贵州师范学院科学研究基金项目资助（2021BS034）

田锡与北宋士风及文学

杨小红 著

光明日报出版社

图书在版编目（CIP）数据

田锡与北宋士风及文学 / 杨小红著 . -- 北京：光
明日报出版社，2025. 2. -- ISBN 978 - 7 - 5194 - 8514 - 6

Ⅰ. I206.441

中国国家版本馆 CIP 数据核字第 2025VF1293 号

田锡与北宋士风及文学

TIANXI YU BEISONG SHIFENG JI WENXUE

著　　者：杨小红

责任编辑：史　宁　　　　　　　　责任校对：许　怡　李海慧

封面设计：中联华文　　　　　　　责任印制：曹　净

出版发行：光明日报出版社

地　　址：北京市西城区永安路 106 号，100050

电　　话：010-63169890（咨询），010-63131930（邮购）

传　　真：010-63131930

网　　址：http：// book. gmw. cn

E － mail：gmrbcbs@ gmw. cn

法律顾问：北京市兰台律师事务所龚柳方律师

印　　刷：三河市华东印刷有限公司

装　　订：三河市华东印刷有限公司

本书如有破损、缺页、装订错误，请与本社联系调换，电话：010-63131930

开　　本：170mm×240mm

字　　数：205 千字　　　　　　　印　　张：16

版　　次：2025 年 2 月第 1 版　　　印　　次：2025 年 2 月第 1 次印刷

书　　号：ISBN 978 - 7 - 5194 - 8514 - 6

定　　价：95. 00 元

目　录
CONTENTS

绪　言

宋代学术文化昌明，柳诒徵在《中国文化史》中称："有宋一代，武功不竞，而学术特昌。上承汉唐，下启明清，绍述创造，靡所不备。"[①] 作为新王朝的开端，宋初是宋代文化形成的关键时期。一方面，五代长期的战乱割据，遗留给宋初社会的仍是儒门淡薄、民风不古。宋之疆域虽已趋于一统，但社会伦理道德问题却不是一朝一夕能够解决的，其精神文化层面亟待统一和稳定。另一方面，最高统治者制定修文偃武的国策，以科举取士，为儒生尤其是无家世背景的平民阶层提供了大量参与政治的机会，北宋朝廷对士大夫群体的优待和包容，"皆前代所无"[②]。社会的需要和统治者的礼遇，使大量的白衣之士开始积极主动地参与到政治中来，士大夫阶层迅速崛起。这个群体的成长并非一朝之功，而是经历了一个漫长的过程。宋初，五代时期颓靡消极的士风仍然影响着当时的政坛与文坛。很多有识之士宁愿隐逸山林也不愿出仕做官，而在朝为官的士大夫大部分都属于持重的保守派，士风并不如想象那样激进。儒道不振、士风浇漓在很大程度上也阻碍了文学的发展。宋初文学，多以歌功颂德、描写内心情感以及闲适的生活为主，文人的淑世精神、文学的经世功能几乎消失殆尽。"社会道德风气的改变，必从一二人开始"[③]，北宋文化困境的改变，除了统治者的努力外，还需要少数有影响力的士大夫参与其中，以身示范。真正以平民精神自觉重振儒风，并开始对整个宋初社会产生影响，田锡应属第一人。

田锡生于后蜀，蜀地虽地处西南，但受儒学启蒙较早。自汉朝文翁入蜀兴学以来，蜀地就开始接受正统儒学之浸染，巴蜀文化也在汉代迎来了第一个繁荣时期。其后，巴蜀地区虽长期远离中原政治文化中心，但其物产丰富，地沃民丰，地理位置易守难攻，少有战乱，故而吸引了众多的文人雅士，巴蜀也因

---

① 柳诒徵．中国文化史［M］．上海：上海古籍出版社，2001：565.
② 王栐．燕翼诒谋录［M］．诚刚，点校．北京：中华书局，1981：46.
③ 钱逊．历史上士人的文化担当［N］．北京日报，2012-02-06（20）.

此成为历代政权偏安之所。尤其到了唐代，唐朝前期大一统的环境，让蜀中经济文化得以迅速发展，加之唐代两任君主幸蜀避乱，大量士人涌入蜀地，极大地促进了巴蜀文化的再次繁盛。也正是由于外来人口的增多及成分的复杂，巴蜀形成了特有的兼容并包的文化传统。

田锡长于鼎革之际，以榜眼入仕，历仕太宗、真宗两朝，经历了北宋文化最重要的萌芽时期。他的前半生都在蜀中度过，自小就接受巴蜀文化的熏陶，巴蜀特有的文化传统在他身上打上了深深的烙印。田锡虽出身寒门，但继承和发扬了儒家积极入世的文化传统，有以天下为己任的行道自觉。作为在宋廷成长起来的第一代士大夫，田锡秉持士君子之"自觉精神"，一生以恢复儒道正统为己任。同时，田锡还率先发扬儒道的实践精神，将致君尧舜的最高政治理想积极付诸自己的政治生涯中。田锡勇于直言，针砭时弊尖锐深刻，即使是面对最高统治者，他仍能够仗义执言，是宋初不可多得的谏官。《宋史》将他与张咏、王禹偁同列一传，除了他们同为太平兴国进士且私交甚好外，最重要的原因是此"三人者，躬骨鲠謇谔之节，蔚为名臣"①，他们同样具有刚正不阿的品格。

作为宋初思想活跃、卓有见地且拥有独立政治人格的士大夫，田锡在生前受到两任最高统治者的重视和赏识。太平兴国六年（981），宋太宗在答田锡上疏的诏书中称田锡"不为从谀，得争臣之风"②。宋真宗亦曾评价田锡"得争臣之体"③。田锡去世后，宋真宗对宰相李沆说："朝廷少有阙失，方在思虑，锡之奏章已至矣。"④ 可见其对田锡公忠体国的印象之深刻，绝非当时其他士大夫所能企及的。仁宗尝语翰林学士彭乘云："田锡好言事。其章疏一漆匣，先帝尝自收之，今尚在。"⑤ 能让皇帝将其章疏亲自收纳到漆匣中精心保存，对田锡来说，是无上的荣耀，同时也能看出统治者对田锡的重视。田锡对朝廷的忠心，让他成为后来许多帝王心生向往的大臣典范。田锡殁后，范仲淹亲自为其写墓志铭，司马光为其撰神道碑阴，范与司马皆称赞田锡为"天下之正人"，苏轼在《田表圣奏议序》中亦奉其为"古之遗直"⑥，田锡在政坛的声誉之盛和对后人

---

① 脱脱，等. 宋史：卷二百九十三 [M]. 北京：中华书局，1985：9804.
② 司义祖. 宋大诏令集 [M]. 北京：中华书局，2009：683.
③ 李焘. 续资治通鉴长编：卷五十一 [M]. 北京：中华书局，1979：1111.
④ 脱脱，等. 宋史：卷二百九十三 [M]. 北京：中华书局，1985：9792.
⑤ 王应麟. 玉海：卷九十 [M]. 扬州：广陵书社，2003：1654.《四库全书总目提要》中此为太宗对陈尧咨所言，然田锡在太宗朝入仕，故此语为仁宗所出更符合史实。
⑥ 曾枣庄，刘琳. 全宋文：第八十九册 [M]. 上海：上海辞书出版社，2006：182.

影响之大，由此可见一斑。作为北宋初期士大夫的代表人物，田锡清净自守的形象和敢于言事的性格可以说是后世楷模，他不仅对北宋士大夫群体的生态环境产生了积极的影响，还对北宋儒学价值观体系的建构起到了极大的推动作用。

同时，田锡的文学理论在宋初文坛也极具代表性。田锡以复兴儒道为己任，他的文学观亦是为重建儒道正统服务的，他号召"文学韩柳"，重视文章的经世致用功能，并且主张文道并重，承认"文"于"道"之外的独立性。他认为，作文应"自然"，要能体现自己的真性情。对于诗歌，田锡表现出与其他宋初古文家不同的文学观点，比如，他主张诗"变"于文，不能以文章的标准来看待诗歌。因此，他主张"艳歌不害于正理"，为五代时期绮丽的诗风正名。这些观点在当时文坛不可不谓先进。

不仅如此，作为宋廷建立后的第一代作家，田锡还以自己的亲身创作，在诗文创作与革新上做出了一定的贡献。在宋初文坛还弥漫着晚唐五代时期萎靡不振的文风之时，田锡已经试图通过他的文学创作实践来革除文坛积弊，他的文学作品体现了前所未有的清新风气。田锡虽常常被归于"白体诗人"一派，但事实上，他的诗歌不仅继承了"元白体"的清新，不流于卑俗外，还有自己的风骨和特色。他的文章在很大程度上受古文运动的影响，文从字顺、简朴晓畅，深得韩、柳之旨，在宋初文坛独树一帜。更难能可贵的是，田锡还继承了蜀中士人忧国忧民的优秀文化传统，成为宋初文坛率先用诗歌来反映民间疾苦的士大夫，他的诗歌，颇具杜甫、白居易的现实主义精神诗风。因此，他的文学作品颇受时人所重，如张咏在《送田锡韩丕之任序》中称赞田锡"文彩纯正，争走造化"①，王禹偁亦评价田锡"笔力辞锋有余刃"②（《酬赠田舍人》）。另外，唐代的诗歌，已经达到了登峰造极的状态，宋代文学该如何发展，是宋之文士值得思考的问题。田锡的诗文创作，不仅承接了汉唐的优良文统，还为宋代文学于唐之后的独树一帜进行了积极的尝试。从其诗文作品不难看出，田锡是精于文学的，但文学却不是田锡最终的价值追求，因此田锡在文学上的影响往往会被其政治上的声誉所掩盖。田锡文学作品的数量和艺术价值虽不如宋代鼎盛时期的文学大家那样突出，但他对汉唐文统的继承与发扬却是不遗余力的，他的文学思想对北宋诗文革新以及后世的作家群体都产生了一定的影响。

因此，将田锡放置在宋初的文化大背景下，研究其在宋代社会核心价值建构以及北宋诗文革新运动中的地位与作用是非常有必要的。

---

① 张咏. 张乖崖集［M］. 北京：中华书局，2000：86.
② 王禹偁. 小畜集：卷十二［M］. 摛藻堂四库全书荟要本.

　　田锡以儒学立身，敢于直言、忠君爱国的高大形象成为宋朝很多士大夫的榜样，可谓开有宋一代士风之先河。他的文学思想对北宋许多文士有着一定的启迪作用。然而与同时代的柳开、王禹偁相比，学术界对田锡的研究起步较晚。清代开始，浦铣、李调元等文学理论家才开始对田锡的文学创作有所关注，且重点皆止于田锡的辞赋。

　　现代意义上对田锡的研究，始于 20 世纪 80 年代末，李健于 1989 年发表的论文《试论田锡的文学思想》，可以说是研究田锡专论的开始。王运熙先生、顾易生先生主编的《中国文学批评史新编》中也注意到了田锡，在第四编第一章第一节中，他们将田锡单列一目，对田锡的文学思想进行了概括性的评论，并且提到了田锡对苏洵、苏轼的文学创作理论产生的影响。到了 21 世纪，研究田锡的论文逐渐增多，相关的硕士论文也开始出现，虽然数量较少但呈上升趋势，尤其是最近几年，关于田锡研究的论文不断出现。由此可见，该领域将会成为一个研究的新热点。

　　迄今，通过笔者目前所掌握的资料来看，学界对田锡个人及其作品的相关研究专著有 1 部，论文共 38 篇①（其中单篇论文 26 篇，学位论文 12 篇）。对田锡的研究主要分为以下四方面：

　　一是对田锡作品的整理点校。现有罗国威整理校点、巴蜀书社出版的《咸平集》，此点校本以明代祁氏澹生堂钞本为底本，以文渊阁四库全书本、李之鼎《宜秋馆汇刻宋人集》丁编本做比勘，对田锡《咸平集》三十卷进行标校和勘误，对原文中的遗漏、错讹都进行了校正，并且在附录中列出了《咸平集》以外的田锡诗文辑目，为现代学术界提供了较为可靠的当代版本，也为研究田锡的作品和思想提供了很大的便利。

　　二是关于田锡本人及其生平经历的考证分析。主要有姜西良的著作《田锡年谱》、罗国威的学术论文《田锡年谱》、孙华的硕士论文《田锡事迹著作编年》、马伟的论文《田锡生平述论》、张胜海的硕士论文《宋初直臣田锡研究》等。姜西良的《田锡年谱》，按年月对田锡的生平事迹进行了编排，对宋代相关的重要人物的出生年代以及重大事件亦有所提及，同时，他考订了田锡大部分著作的写作年代，对田锡所做已散佚的文章及写作年代亦进行了考证，内容丰富而翔实。罗国威的《田锡年谱》，从数十种文献中钩沉出田锡的生平资料，对田锡的生平进行了考订，并对田锡的部分作品进行了系年。马伟的《田锡生平

---

　　① 因本论文是对田锡和北宋士风及文学的研究，故对田锡酿酒著作《曲本草》的研究论文未统计在内。

述论》则是对田锡的游学和从政生涯进行了详细的考查。张胜海的《宋初直臣田锡研究》，不仅对田锡的生平经历进行了梳理，还对田锡的品德、个性进行了具体的研究。以上研究多从史学的角度，偏重田锡政治家的身份，考证、分析田锡的生平经历和个人性格。

三是对田锡文学创作及文学思想的研究。作为宋初新生代文学家之一，田锡的文学创作数量较多，且颇具自己的风格，因此对其文学作品的研究占据了田锡研究的很大一部分。其中，有以田锡文学作品的某一部分为研究对象，相关论文如唐华的《田锡诗歌研究》、孔令君的《田锡及其诗歌研究》等侧重于田锡的诗歌作品，而陶然的《田锡辞赋研究》和任宪国的《田锡及其辞赋研究》等则主要研究田锡的辞赋创作。学界还有专门针对田锡文学理论的研究，如李健的论文《试论田锡的文学思想》，对田锡的文学思想进行了高度的概括。学界另有少数对田锡的文学创作和文学理论都有涉及的论文，如祝尚书的《试论宋初西蜀作家田锡》，对田锡的诗文创作和理论就进行了较全面和概括性的探讨。除此之外，学界还有对田锡在文学上产生的影响的研究，如尹梦杰的论文《田锡与宋初古文运动》。其中，梁涛的硕士论文《田锡文学活动及文艺思想研究》是目前为止对田锡文学作品和文学思想研究较为详细和全面的论文，不仅对田锡的诗文和文论的积极和不足之处都有详细的分析，还涉及巴蜀文化对田锡思想影响的研究，也论及田锡文学思想对"三苏"的影响。

四是对田锡政治思想的研究。作为北宋朝廷培养起来的第一代传统儒家士大夫，田锡的政治思想在宋初是极具代表性的。学术界对田锡的政治思想的关注并不是太多，涉及的论文也较少。克炎在论文《田锡批评宋太宗事必躬亲》中，对田锡直谏太宗一事进行了简要的概括。张胜海在其硕士论文《宋初直臣田锡研究》中，将田锡的政治思想作为其中的一章进行了分析。其后，官性根于2008 年发表论文《论田锡的安民思想》，从求贤、民生和兵本三方面，详细分析了田锡关于安内的政治思想。

总体而言，学术界对田锡的研究由以往的泛泛而谈逐步向具体化发展。当今，学术界对田锡的研究多偏重于其某部分文学作品，不能完整地反映田锡的文学思想，且都将田锡作为一个独立的个体来研究，忽略了田锡作为宋初文学家在整个宋代文学中所起的奠基作用。更为重要的是，一个新王朝士风与文风的形成与开启，有赖于对前朝的批判与继承，田锡正是宋对汉唐文化传承的桥梁。正如王国维所言："天水一朝人智之活动与文化之多方面，前之汉唐，后之元明，皆所不逮也。"① 其中所谓"人智"，包括士人群体忧国忧民、以天下为己任的自觉精神。田锡在宋朝"人智之活动"中，绝对称得上是先驱。作为一个真正的儒家君子，他积极投身于政治和文学的改革当中，对北宋的士风与文风产生了积极的影响。他的正人形象，以及他以一己之力重振儒道的传统士大夫精神，不仅影响了当代之士人，还对宋朝后期的士大夫群体同样有不可磨灭的影响，尤其是对北宋庆历时期的许多政治人物和文学家的影响。政治和文学本就是互相影响的，如果只是单纯地对田锡在政治上或者文学上的贡献进行研究，则很难从整体上把握田锡在宋代文化形成过程中所起的作用。因此，对田锡在北宋文统的形成与儒学价值观体系建构中的先导作用，进行系统的研究是很有必要的，而这些，也正是目前学界对田锡的研究所欠缺的。

本书以田锡与北宋士风及文学的互动为中心，旨在探讨田锡对汉唐文化的承继以及对宋代文化的开启之功，研究内容主要包括以下方面：

其一，宋初文化生态所面临的困境。太祖太宗之时，士风淡薄、文风浇漓已是事实。正是在这种士风、文风交困的情况下，田锡的出现才具有意义。田锡代表了宋廷新兴士大夫群体，其展现出来的，也是宋初贰臣所不具备的崭新的精神风貌。在士风、文风的双重困境之下，田锡有着革新的勇气，亦具备革新的条件。

其二，蜀地传统文化，包括最为重要的汉唐正统文化对田锡的影响。田锡生于西蜀，长于西蜀，对蜀地传统的儒学文化及兼容并包的文化传统，以及对前后蜀时期承自李唐的典章文物自小就有深刻的体认。这些文化烙印都深深地刻在田锡的政治生涯和文学创作当中。

其三，田锡在重塑儒家传统社会价值观和士风建设上所做出的努力。作为宋廷培养的第一代士大夫，田锡勤于修己、正直敢言，为当代及后世树立了宋朝士大夫的典范。同时，他鞠躬尽瘁，以积极的姿态参与政事，树立了"以天下为己任"的宋代士大夫形象。

其四，田锡的文学理论以及文学创作。作为宋初古文家之一，田锡的文学理论与创作是以传统的儒家文学观为基础的，但在传承中亦有新变。他的文学创作可谓兼前朝大家之所长，同时也为宋代文学的发展提供了积极的探索，他对文学作品的包容也体现出了一个文学家应有的客观性和公正性，是宋调先声之开启者，这也正是他区别于当时其他古文家的地方。

其五，宋人对田锡的认同与接受。田锡对宋代士大夫的精神以及文化品格

---

① 谢维扬，房鑫亮. 王国维全集：第十四卷［M］. 杭州：浙江教育出版社，2009：315.

的养成起着至关重要的作用。本书通过具体的人物对田锡思想的接受，来探讨在士风养成和诗文革新运动中，田锡作为引路者所产生的影响。

本书主要通过史书记载和田锡现存的诗文，以及作家作品中涉及田锡的叙述，梳理出田锡的生平事迹。本书将史书和地方志中涉及田锡的叙述进行整理，对田锡的性格及思想进行恰当的分析论证，考查田锡思想与汉唐文化正统之间的渊源关系。同时，本书就田锡在宋初王朝正统建立中所起的作用以及他对北宋的士风产生的影响做出分析判断。另外，本书立足于文本阐释，并结合北宋时期相关背景，包括历史文化背景、诗歌创作背景、文学观念演变背景等，对田锡的作品内容、风格进行全面、深入的分析和探讨，揭示其文学作品的独特之处，结合整个宋代的文学理论演变、发展历史，论述田锡之于宋代文坛的重要作用和意义。

第一章

宋初文化生态①困境与表现暨田锡出现之意义

中国古代社会，士人群体作为社会精英阶层，向来被视为社会道义的承担者和文化的传承者，肩负着精神文明建设的重要使命。"'士'作为一个承担着文化使命的特殊阶层，自始便在中国历史上发挥着'知识分子'的功用。"② 士人群体也因此被统治阶级所倚重，但五代时期的士人却是例外。五季之时，藩镇割据严重，短短数十年，政权更迭频繁，统治阶级之间政权的争夺可谓无所不用其极，臣弑君、子弑父、兄弟之间互相残杀的事情屡见不鲜，社会道德价值体系遭遇全面崩塌。宋人陈师锡在评价这一历史时期时感慨道："甚哉！五代不仁之极也，其祸败之复，殄灭剥丧之威，亦其效耳。"③ 五代的开国君主，皆为武将。在大多数的五代统治者眼中，只有武将才能帮他们夺取政权，文人是毫无用处的。因此在这段时期，武将大受重用，文士的地位相应降低，不仅当时的统治者看轻文士，而且朝中的武将亦丝毫不把文士放在眼里。后梁太祖朱温未称帝时，曾经与幕僚和游客同坐于一棵大柳树之下，"全忠独言曰：'此木宜为车毂。'众莫应。有游客数人起应曰：'宜为车毂。'全忠勃然厉声曰：'书生辈好顺口玩人，皆此类也！'"④ 朱温认为文士只会逢迎拍马，仅仅因为这一句顺口而出的话而扑杀数十人，足见朱温的残暴和对文人的憎恶。后唐明宗的爱子李从荣本是最有希望的继位者，但因其好儒术，门下皆为知名文士，武将康知训等人窃议曰："秦王好文，交游者多词客，此子若一旦南面，则我等转死沟壑，不如早图之。"⑤ 为了保住武臣在朝中的重要地位，一干武将对从荣起了杀心，最终将从荣逼上谋逆的绝境。从荣因为重用文士而招致武将的不满甚至

---

① 本文所说的文化生态，指狭义的文化生态，是指一定区域内的人们在长期的历史发展中所形成的独特的社会意识形态。

② 余英时．士与中国文化［M］．上海：上海人民出版社，1987：3.

③ 陈师锡．五代史记序［M］．文渊阁四库全书本．

④ 司马光．资治通鉴：卷二百六十五［M］．北京：中华书局，2011：8763.

⑤ 薛居正，等．旧五代史：卷五十一［M］．北京：中华书局，2015：802.

反叛，简直让人咋舌。后汉侍卫都指挥使史弘肇对文人可说是厌恶至极，认为这些文士看不起武臣，"轻人难耐，每谓吾辈为卒"①。他甚至扬言："安朝廷，定祸乱，直须长枪大剑，至如毛锥子，焉足用哉！"② 诸如此类之事在五代屡见不鲜，此时的士人群体，基本得不到社会上应有的认同与尊重。

社会价值观体系的崩塌必然导致士人阶层伦理价值观的变化。《宋史》有云："五季为国，不四、三传辄易姓，其臣子视事君犹佣者焉，主易则他役，习以为常。"③ 在这样一个政治秩序和道德秩序都极度混乱的时期，士人所固守的儒家传统仁义道德价值观遭受重创。欧阳修《新五代史》中所录全其节者仅三人而已，且皆为武将，无一文士。其言："士之不幸而生其时，欲全其节而不二者，固鲜矣。于此之时，责士以死与必去，则天下为无士矣。然其习俗，遂以苟生不去为当然。至于儒者，以仁义忠信为学，享人之禄，任人之国者，不顾其存亡，皆恬然以苟生为得，非徒不知愧，而反以其得为荣者，可胜数哉！"④ 如果用正统儒士的标准来要求和看待五代士人，则"天下无士"，欧阳修此语说出了彼时士人群体的无奈。有些士人为了存活早已无法顾及礼义廉耻，丧失了士人应有的气节和责任感，而另外一些尚有良知的士人，不愿同流合污，于是采取了消极避世的态度。赵令畤《侯鲭录》载："唐末五季，士大夫有言曰：'贵不如贱，富不如贫，智不如愚，仕不如闲。'"⑤ 由此可以看出当时士大夫群体的基本价值取向，积极进取的淑世精神在他们身上消失殆尽，保身尚且不易，更遑论文化的弘扬与传承。因而，五代时期的中国，几近"亡天下"的边缘。

文化的演进是一个循序渐进的过程，任何一个封建王朝在建立之初都不可避免地会留有大量前代的印记，宋王朝亦是如此。宋朝建立初期，经过太祖太宗的武力征伐，疆域逐渐趋于稳定，然宋之建立，承五代之根基，社会虽然趋于统一，但世人的道德价值观仍然停留在五代时期。以历仕后唐、后晋、后汉、后周四朝十位皇帝，甚至还曾向契丹称臣、毫无儒士操守的士大夫冯道为例，五代士人尊其为"元老"，将其视为人生偶像。五代入宋的薛居正就对冯道敬重有加，认为他"以持重镇俗为己任，未尝以片简扰于诸侯……道之履行，郁有

① 司马光 . 资治通鉴：卷二百八十八［M］. 北京：中华书局，2011：9532.
② 薛居正，等 . 旧五代史：卷一百七［M］. 北京：中华书局，2015：1636.
③ 脱脱，等 . 宋史：卷二百六十二［M］. 北京：中华书局，1985：9083.
④ 欧阳修 . 新五代史［M］. 徐无党，注 . 北京：中华书局，2016：403.
⑤ 赵令畤 . 侯鲭录［M］. 孔凡礼，点校 . 北京：中华书局，2002：195.

古人之风；道之宇量，深得大臣之体"①，范质亦称赞冯道"厚德稽古，宏才伟量"②。对于贰臣，他们的态度也是十分宽容的。安彦威曾效力于后唐明宗，后石敬瑭即位，彦威又成为后晋臣子，深受高祖器重。薛居正在评价安彦威等人时称："夫才之良者，在秦亦良也，在虞亦良也。故彦威而下，昔为梁臣，不亏亮节，泊归唐祚，亦无丑声，盖松贞不变于四时，玉粹宁虞其烈焰故也。况彦威之辅明宗也，有翊戴之绩；晏球之伐中山也，著戡定之功。方之数公，尤为优矣。"③ 由此可知，忠义已不再是当时人品藻臣子优劣的标准之一，只要臣子有功于社稷，不管这个社稷的拥有者是谁，他都称得上是一个优秀的士大夫。宋初时人的道德价值观可见一斑，在这样的大环境下，儒家思想已完全丧失原有的约束力和号召力。伦理道德观的长期缺失，必然导致宋初士风与文风皆陷入困顿的境地。

第一节　士风的浇薄

宋初，尤其是太祖朝和太宗执政前期，士风在很大程度上受五代士风的影响，整体呈现出颓废之势。在旧朝覆灭、新朝政局不明朗的情况下，部分士人选择了隐居避世。而出仕宋廷的士人当中，有很多都是五代遗臣，他们要么明哲保身，在新的朝廷中如履薄冰，不敢有积极的建树，要么努力钻营，以求在新王朝中据有一席之地。儒家传统士人恪守的气节和淑世情怀在他们身上很难见到。

一、隐逸

晚唐五代时，战乱不断，民不聊生，很多士人眼见难以得君行道，同时又为了躲避混乱时局，选择归隐不仕。宋朝建立后，他们仍然习惯于隐居山野，不乐出仕。著名道学家陈抟即是如此："抟负经纶之才，历五季乱离，游四方，志不遂，入山隐居。"④ 在后唐长兴年间，陈抟曾赴科举考试，但名落孙山。从此以后，陈抟便隐居山野，以山水为乐，不再有仕进之心。他潜心研究道家思

---

① 薛居正，等. 旧五代史：卷一百二十六 [M]. 北京：中华书局，2015：1934-1935.

② 司马光. 资治通鉴：卷二百九十一 [M]. 北京：中华书局，2011：9643.

③ 薛居正，等. 旧五代史：卷六十四 [M]. 北京：中华书局，2015：999.

④ 朱熹. 宋名臣言行录：卷十 [M]. 美国哈佛大学汉和图书馆藏清道光元年（1821）洪氏绩学堂刊本.

想，成为当时有名的隐士和易学大家。后周时期，周世宗曾召陈抟入朝，并欲赐予其官职，但遭到了陈抟的拒绝，周世宗感念其德行，赐号"白云先生"。纵观陈抟一生，自科考失利后，他便断绝了仕禄之心，虽然其名声在外，而且屡受历朝统治者召见赐官，但他都丝毫不为所动，可谓真正的隐士。

另外，还有一些前朝的旧臣及士人，在旧王朝覆灭之后，一方面遭受覆国丧君之痛，另一方面则出于对新王朝的恐惧，他们于是主动放弃对功名的追求，加入隐逸的行列，如荆南的孙高怿，南唐的孟宾于和曹汝弼等。同时，经过统治者的励精图治，宋初的社会环境较前代更加安定舒适，且经济上也得以很快恢复，"宋初岁入，已两倍于唐"①。这些都给隐逸者提供了有利的外部条件，也更加催生了士人淡泊名利的心态和对自由生活的向往，如陈烈、孙侔等，皆是安于隐逸的名士，《宋史·隐逸传》中有详细的介绍，在此就不一一赘述了。

为了巩固皇权，宋初最高统治者利用隐逸群体"独善其身，不干势利"的行为来对士风及文化建设进行引导和改善，同时，他们也希望借优待隐士之举来向世人彰显国家的安定与繁荣。因此，宋初三朝对隐士的赏赐和册封十分频繁。太祖时，朝廷为樊知古之师、隐士夏乾锡制冠裳。太宗登基后，曾屡次召见陈抟，并赐其"希夷先生"称号，也先后召赐种放、潘阆等隐士。真宗即位，对隐士群体的赐赠力度更大，如对于太宗屡召不至的隐士种放，真宗亲自在崇政殿接见他，问以边事民政，并授其左司谏，直昭文馆。对于这些对朝廷毫无贡献的隐士而言，宋初统治者所给予的，是极高的礼遇和荣耀。在三代帝王的不懈努力下，隐逸之士群体对朝廷的看法也逐渐有了改变，从太祖朝夏乾锡的"不得已拜命，然竟不出"②的直接拒绝，到真宗时期隐士的"屡至阙下"③，他们不仅与统治阶级频繁互动，而且面对朝廷的"禄赐既优"④，隐士开始坦然接受并享受其中，隐逸者的心态从根本上发生了很大的变化。

这些隐逸之士中，也有少数"以隐干禄"之徒。如北宋著名隐士种放，自小天资聪慧，却无仕进之打算。其父去世后，种放与母亲隐于在唐朝就素有"终南捷径"之称的终南山的东明峰上，以聚众讲学为业，从学者数百人。种放其人，在当时就颇受争议的隐士，他常以"退士"自诩，还曾经作传以述其志。真宗时，其母去世，种放因无钱埋葬母亲而向士大夫宋湜求援，宋湜因而上言真宗，最后还是由真宗赐钱解决。种放虽言隐居，却时常往来于山林与朝

① 钱穆. 国史大纲［M］. 北京：商务印书馆，2010：573.
② 李贤. 大明一统志：卷一六《池州府》条［M］. 文渊阁四库全书本.
③ 脱脱，等. 宋史：卷四五七［M］. 北京：中华书局，1985：13433.
④ 脱脱，等. 宋史：卷四五七［M］. 北京：中华书局，1985：13424.

廷之间：

> 戊申，种放以幅巾入见于崇政殿，命坐与语，询以民政边事。放曰："明王之治，爱民而已，惟徐而化之。"余皆谦让不对。即日授左司谏、直昭文馆，赐冠带、袍笏，馆于都亭驿，大官供膳。上谓宰臣曰："放亦有就禄仕意，且言迹孤。朕谕以俟升班列，必见朝廷清肃，排摈之事，无敢为者，赏一人可劝天下矣。"……居数日，复召见，赐绯衣、象笏、犀带、银鱼及御制五言诗，又赐昭庆坊第一区，加帏帐什物，银器五百两，钱三十万。中谢日，赐酒食于学士院。光宠之盛，近所未有也。①

种放在朝中居住数日，并且欣然接受朝廷对他的封赏，还美其名曰，"主上虚怀待士，放固不敢以羁束为念"，仿佛自己这么做并不是出于自愿，而是为了成全帝王的爱才之心。面对朝廷的高官厚禄，种放欲拒还迎的姿态，就连真宗都看出他有仕禄之心，而种放自己却极力地否认推辞。在当时很多士人看来，种放这种言行不一的做法只是他沽名钓誉的手段而已。但正是这种以退为进的姿态，让身为隐士的种放在太宗、真宗两朝都获得了很多士大夫都无法企及的殊荣。他也终于在奢侈的生活中丧失了一个隐士该有的操守，以隐干禄的目的日益显露出来："放至晚节，侈饰过度，营产满雍、镐间，门人戚属以怙势强并，岁入益厚，遂丧清节，时议凌忽。"② 他不仅自己生活奢侈，到处置办营产，其亲属和门人亦仗势欺人，四处横行。因此，种放受到了当时很多士大夫的讥讽和非议。杜镐就曾经在朝堂之上公然批评种放的这种行为，"种放以谏议大夫还山，真宗命宴饯于龙图阁，群臣赋诗以赠行。杜镐学士独跪上前，诵《北山移文》，音句锵越，一坐尽倾，上尤善之"③。《北山移文》本就是为讽刺假隐士所作，杜镐在真宗为种放饯行时公然朗诵此文，可以说是当众揭露种放的虚伪本质，杜镐的行为也得到在座君臣的肯定。王嗣宗亦曾两度上《劾种放疏》，指斥种放"才识无以逾人，专饰诈巧盗虚名"④，以及其族人仗势欺人、称霸一方，给时人造成了极坏的影响。后世对种放"以隐干禄"的行为亦多有指责，清人杨以贞即云："宋太宗之世有种放，真宗之世有魏野，皆隐者也。放后拜中书舍人，东封西祀，皆预其事。野征召不起，僻居陕东。同一隐也，而

---

① 李焘.续资治通鉴长编：卷五十二［M］.北京：中华书局，1979：1151-1152.《宋史》本传中此为咸平四年之事，存此以备一说。

② 文莹.湘山野录：续录·玉壶清话［M］.黄益元，校点.上海：上海古籍出版社，2012：110.

③ 王君玉.国老谈苑：卷二［M］.北京：中华书局，1985：14.

④ 曾枣庄，刘琳.全宋文：第五册［M］.上海：上海辞书出版社，2006：405.

真伪判焉矣。"① 他将种放与真隐士魏野进行对比，对种放这种"假隐士"给予毫不留情的批判。

南唐入宋的周惟简也是深受时人诟病的假隐士之典型，据《续资治通鉴长编》中记载："初平江南，太祖以周惟简为国子博士。惟简先有愿隐终南之言，不得已，乃上书述前志，求解官，改虞部郎中致仕。惟简实非本心，又无禄养，上即位，自东南至阙下求入见，有司以致仕官非有诏召无求对之制，于是惟简击登闻鼓，上表复求出仕。"② 周惟简本为道士，隐居于洪州西山，后入仕南唐，王师欲平江南，李煜遣徐铉与周惟简赴宋廷求和以期保全南唐。然而，太祖心意已决，在其盛怒之下，周为保全性命以隐居终南为志上陈。南唐灭亡后，太祖以惟简为国子博士，但由于与自己之前的归隐言论相悖，不得已之下，周惟简向太祖上书请求致仕。然而，退休后的清贫，周惟简难以忍受，加之归隐并非出自真心，因此在太宗即位之后，他便击登闻鼓上表以求复出，其求禄养之迫切以及出尔反尔的行为，也引得当时士人的鄙夷。

宋真宗在重赏种放，惹得朝中士大夫的质疑和不满时直言不讳地说道："朕谕以俟升班列，必见朝廷清肃，排摈之事，无敢为者，赏一人可劝天下矣。"③ 不管是"真隐"还是"假隐"，于统治者而言并无不同，他们只不过将优赏隐士的行为当作笼络人心、巩固自己政权的手段而已，因此也不会对此深究。

二、因循

五代时期，群雄割据、战乱不休，武将自然成为各个政权的重要倚仗，而文臣相应地不再受当权者的重视。在如此重武抑文的政治氛围下，文人很难施展抱负。士风大颓，能够在五代时期苟存下来的士大夫，很多也早已经失去了儒者该有的气节和担当，"以仁义忠信为学，享人之禄，任人之国者，不顾其存亡，皆恬然以苟生为得，非徒不知愧，而反以其得为荣者"④。宋朝建立之初，朝中很多士大夫都是五代各政权的股肱之臣，在前朝覆灭之后转而仕宋，不可否认，宋初的政治文化环境虽得到了很大的改善，但是五代士人的陋习很难在短时间发生根本性的改变。钱穆《国史大纲》中称："宋初文臣，出五代南唐之遗，皆猥琐浮薄，无堪建树。"⑤ 对于这些入宋的五代儒臣，宋朝最高统治者的

① 杨以贞.志远斋史话：卷二［M］.始丰张氏刻畅园丛书本，清光绪二十年（1894）.
② 李焘.续资治通鉴长编：卷十九［M］.北京：中华书局，1979：424.
③ 李焘.续资治通鉴长编：卷五十二［M］.北京：中华书局，1979：1151.
④ 欧阳修.新五代史［M］.徐无党，注.北京：中华书局，2016：403.
⑤ 钱穆.国史大纲［M］.北京：商务印书馆，2010：531.

态度是矛盾的，一方面，他们爱惜这些臣子的才气以及其中一些忠义之士对前朝的忠心；另一方面，他们又自然而然地怀疑这些贰臣对自己的忠诚。因此，贰臣的身份让这些士大夫在新朝君王面前时时都战战兢兢，生怕被抓到眷恋故国的把柄。

南唐入宋的徐铉就是一个典型的例子。徐铉自幼聪慧，十岁即能属文，曾仕南唐三主。他在江南时就以博学多才闻名朝野，其文章功力与韩熙载并称，具有很高的名望。其后随南唐后主归宋，受到太祖礼遇，官至散骑常侍。徐铉其人，是崇儒重教的典范，在入宋之前，他有儒家传统士人的自觉担当。面对五代儒道不振、立教之难的社会现状，他痛心疾首地发出"日觉儒风薄，谁将霸道羞。乱臣无所惧，何用读春秋"①（《观人读〈春秋〉》）的感叹。即使身处乱世，他仍旧对恢复儒道充满信心，在给友人写的文集序中，徐铉即称："斯文未丧，何代无人？"②（《翰林学士江简公集序》）他深知"务远者必勤于弘道"③（《御制杂说序》），认为"君子依仁据德，读书为文，孜孜于求己，汲汲于待问，盖将以行道济物，勤身存教"④（《送叶元辅秀才序》）。因而，他在仕南唐后一直致力于斯文的重建，并鼓励身边好友加入恢复儒道的事业中来："今天子重文好古，诸生怀才待用……吾以为斯道之复不远，吾子其勉之！"⑤（《宋张佖郭贲二先辈序》）徐铉为官亦致力于民生，政治上多有建树："元宗命内臣车延规、傅宏营屯田于楚州，人不堪其苦，群起为盗，遣铉乘传巡抚。铉至，辄奏罢屯田，切责内臣不少贷，又捕得贼首，即斩于军前。"⑥南唐后主李煜尊崇佛教，大臣皆投其所好，吃素持戒以示奉佛，南唐百姓也多信仰佛教，唯独徐铉不为所动，"绝好鬼神之说"⑦，传统士大夫的独立个性和淑世精神在他身上体现得淋漓尽致。徐铉为人正直，敢于言事，曾因为直言屡受贬谪。据《宋史·徐铉传》载，"（铉）与宰相宋齐丘不协，时有得军中书檄者，铉及弟锴评其援引不当。檄乃汤悦所作，悦与齐丘诬铉、锴泄机事，铉坐贬泰州司户掾，锴贬为乌江尉"⑧，即使如此，他仍谨守儒者士大夫之本分，从政热情未有丝毫减弱。而正是这样一个为世人所称道且拥有独立人格的士人君子，在入宋之后，

① 北京大学古文献研究所.全宋诗：第一册［M］.北京：北京大学出版社，1995：69.
② 曾枣庄，刘琳.全宋文：第二册［M］.上海：上海辞书出版社，2006：187.
③ 曾枣庄，刘琳.全宋文：第二册［M］.上海：上海辞书出版社，2006：183.
④ 曾枣庄，刘琳.全宋文：第二册［M］.上海：上海辞书出版社，2006：179.
⑤ 曾枣庄，刘琳.全宋文：第二册［M］.上海：上海辞书出版社，2006：173.
⑥ 吴任臣.十国春秋［M］.徐敏霞，周莹，点校.北京：中华书局，2010：401.
⑦ 毕沅.续资治通鉴：卷五［M］.北京：中华书局，1957：107.
⑧ 脱脱，等.宋史：卷四百四十一［M］.北京：中华书局，1985：13045.

他的性格和处事态度却发生了很大的变化。徐铉表面上受到太祖太宗的优待，但因贰臣的身份却始终让统治者有所猜忌，加上朝廷中一些嫉才之人的不断挑唆，更让他如履薄冰。他时常以"亡国之大夫"自称，后来被贬之后，甚至选择了"端居不出"①。徐铉在《晁错论》中，就明确表示了自己以道家心态从政以及淡泊名利的心境。李煜去世后，朝中有人想趁机中伤徐铉，便向太宗推荐徐铉为李煜撰神道碑。作为降臣，他为前国主撰写碑文，既要显示出对故主的情义，又不能表现出对本朝的不忠，很明显是一件两难的事情。于是"铉遽请对而泣曰：'臣旧事李煜，陛下容臣存故主之义，乃敢奉诏。'太宗许之。铉为碑，但推言历数已尽，天命有归而已"②，其内心的谨小慎微由此可见一斑。与仕南唐时的桀骜不驯和耿介正直相比，徐铉此时完全是一副任人宰割的降臣姿态。在这样的政治环境中，以儒术闻名天下的徐铉尚且是如此境遇，其他入宋之士大夫的处境更不用说。因此，很多从前朝进入宋廷的臣子都选择了明哲保身。

宋初那些身居高位的当朝宰执大臣，也多以谨慎循默为是，因循持重更是成为当时士林的一种风尚。《宋史》记载："宋初，在相位者多龌龊循默。"③为相两朝的赵普，可说是这种风气的始作俑者："祖宗朝，宰相怙权，尤不爱士大夫之论事。赵中令普当国，每臣僚上殿，先于中书供状，不敢诋斥时政，方许登对。"④臣子奏事之前，必须经过赵普的首肯，其以绝对的权威制止士大夫妄议时政，故而大臣们便不敢有什么激进的言论。不仅如此，对于那些激进的新进士人，赵普更认为擢用他们于治无益。王化基入仕之初，就深受其苦，因而发出"不幸丞相以元勋自恃，特忌晚进"⑤的感叹，最后不惜得罪赵普抗疏自荐。卢多逊升宰执，亦同样怙权："群臣章表，不先禀多逊，则有司不敢通。"⑥宋人吕中更称宋朝"大臣遏绝人言，自多逊始"⑦。当然，赵普、卢多逊为相时，对大臣所奏之事有诸多限制，可以视为其专权所致，因此并不能片面地将他们作为循默大臣的典型，然而正是二人的这种行为，间接导致了朝中士大夫

① 文莹. 湘山野录：续录·玉壶清话 [M]. 黄益元，校点. 上海：上海古籍出版社，2012：112.

② 潘永因. 宋稗类钞 [M]. 北京：书目文献出版社，1985：242.

③ 脱脱，等. 宋史：卷二百五十六 [M]. 北京：中华书局，1985：8940.

④ 魏泰. 东轩笔录 [M]. 李裕民，点校. 北京：中华书局，1983：158.

⑤ 文莹. 湘山野录：续录·玉壶清话 [M]. 黄益元，校点. 上海：上海古籍出版社，2012：111.

⑥ 毕沅. 续资治通鉴：卷十 [M]. 北京：中华书局，1957：257.

⑦ 吕中. 宋大事记讲义：卷四 [M]. 文渊阁四库全书本.

不敢轻议时政，在政治上难有作为。

宰臣范质、李沆等人，莫不以因循持重为执政理念，遇事动遵条制。李沆，于太宗时登进士第，官至礼部侍郎，并兼任太子宾客，负责辅导当时的太子赵恒。真宗即位后，拜平章事。宋真宗曾问李沆治道之事，李沆答曰："不用浮薄新进喜事之人，此最为先。"① 李沆在位期间无所言进，故而被士大夫戏称为"无口瓠"。当同年以此事戏谑和责问他时，李沆不仅不以为耻，反而笑曰："吾居政府，别无所长，但中外建议，务更张喜激昂者，一切告罢，聊以此报国耳。今国家防制纤悉，密若凝脂，苟徇所陈，一一行之，则所伤实多。"② 作为宰相，李沆不思为国家、为朝廷有所贡献，反倒以循默为荣，将朝中"激昂者"所提出的改革建议全部告罢，并以此自诩为"报国"之举，实在匪夷所思。

后周入宋为相的范质，是传统儒学文化的儒者典范，其学识、执政能力以及自身的人格魅力都是无可挑剔的。范质在后周时就颇受统治者重用，甚至是周世宗病危时的托孤重臣，太祖拥兵篡位之时他曾表示出强烈的反对，然而在大势所趋，劝阻无效时只得被迫妥协，给自己和太祖都找了一个台阶，以禅让的借口掩饰太祖武力伐周的事实。入宋之后，范质虽受太祖重用，依旧被任命为宰相，但他的心情却是十分复杂的：

> 先是，宰相见天子必命坐，有大政事则面议之，常从容赐茶而退……唐及五代，皆不改其制，犹有坐而论道之遗意焉。质等自以前朝旧臣，稍存形迹，且惮上英武，每事辄具札子进呈，退即批所得圣旨，而同列署字以志之。尝言于上曰："如此，则尽禀承之方，免妄误之失矣。"上从之。由是，奏御寖多，或至旰昃，赐茶之礼寻废，固弗暇于坐论矣。后遂为定式，盖自质等始也。③

宋朝以前，宰相的地位是很高的。出于对宰相的尊敬，历代宰相面见帝王，皇帝必赐座赐茶，宰相与天子商议国事时，必定是与皇帝坐下来边喝茶边商讨，此宰相坐朝的惯例已沿袭一千多年。范质在此时请求废前代坐论之制，虽有废除冗制、简化程序的目的，但更为重要的是他洞悉到赵匡胤对皇权绝对化的极度渴望。从此以后，坐论制被废除，宰相的特权与尊崇被弱化，皇帝的权威与尊贵进一步强化。一方面，是对前朝旧主的愧疚；另一方面，是对太祖的忌惮，这些都注定了范质在宋廷很难再有作为。作为宰相，范质耿介自持、廉慎守法，

---

① 朱熹. 宋名臣言行录前集：卷二 [M]. 文渊阁四库全书本.

② 潘永因. 宋稗类钞 [M]. 北京：书目文献出版社，1985：39.

③ 李焘. 续资治通鉴长编：卷五 [M]. 北京：中华书局，1979：118.

在自律方面无愧于宰相之称谓，但是在宋廷执政期间，他几乎没有任何突出的政绩。太宗论及范质时说道："宰辅中能循规矩、慎名器、持廉节，无出质右者，但欠世宗一死，为可惜尔。"① 太宗此语，表达出内心深处对范质个人节操的否定，也从侧面印证了范质谨小慎微，随时需要揣摩圣意而行事的行为并不是事出无因。范质本人亦对自己生前所为而深感悔恨，在临终前特地嘱咐后人不要为他请谥立碑。他在国难时未能尽忠，宋朝建立后依然享受新朝之俸禄，或许这是他在新朝无所作为的重要原因。

北宋开国功臣沈义伦（太宗即位后，为避太宗讳改名沈伦），在后周时期就投入赵匡胤幕府，掌管财政。宋朝建立后，以"佐命功"得以升迁，后官至宰相。沈伦其人，关心民瘼，对百姓十分宽厚仁慈。他为人廉洁朴素、清介谨厚，深受统治者信任，故每逢皇帝出巡，必定令其居守，"然十年相位，但龊龊固宠，不能有所建明"②。宋初这样谨小慎微的士大夫还有很多，他们身居高位，以墨守成规自许，且颇受主流价值观的肯定以及最高统治者的赞赏。太祖评价李昉时说："李昉事朕十余年，最竭忠孝，未尝见损害一人，此所谓善人君子也。"③ 李昉在相位期间谨慎保守，无所作为，却被太祖称为"善人君子"，并受到太祖的重用。太宗亦称赞李沆为"嘉士"，"（李沆）尝侍曲宴，太宗目送之曰：'李沆风度端凝，真贵人也。'"④ 当朝士大夫对李沆也是敬佩有加，张咏就曾宣称"慎重有雅望，无如李文靖"⑤，邵伯温亦称李沆等人的因循之举为"贤相思虑远矣"⑥。如此上行下效，因循持重也就成了当朝的普遍政治风气，在极大程度上影响了宋初士风。

三、奔竞

北宋建立后，前朝旧臣入宋为官者众多，这些贰臣虽有前文提到的如徐铉这类眷恋旧国、谨小慎微之士，但亦不乏惯于追逐权势的奔竞迎合之徒。如与徐铉同仕南唐的张洎，就是其中的典型。张洎（934—997），在南唐时颇得后主恩宠。其仕南唐之时，周旋势利的个性就已经显露出来："张洎为举人时，张佖在江南已通贵，洎每奉谒求见，称从表侄孙；既及第，称侄；稍贵，称弟；及

---

① 脱脱，等．宋史：卷二百四十九［M］．北京：中华书局，1985：8796.
② 李焘．续资治通鉴长编：卷二十三［M］．北京：中华书局，1979：518.
③ 刘斧．青琐高议［M］．王友怀，王晓勇，注．西安：三秦出版社，2004：1.
④ 脱脱，等．宋史：卷二百八十二［M］．北京：中华书局，1985：9538.
⑤ 朱熹．宋名臣言行录前集：卷二［M］．文渊阁四库全书本．
⑥ 邵伯温．邵氏闻见录：卷六［M］．上海：上海古籍出版社，2012：35.

秉政，不复论中表，以庶僚遇之。"① 随着自己地位的变化，他对张泌的称呼和态度也是一日千里，张泌为举人时，迫切地想攀上张泌这根高枝，及贵，便不再将张泌放在眼里，张泌因此对他恨之入骨。李焘在《续资治通鉴长编》中称张泌"能伺人主颜色，善构同列短长"②，为了能上位，他不断排挤同朝为官的士大夫，哪怕是曾经帮助过他的人。南唐后主李煜以汤悦为平章事，汤悦对时任清辉殿学士的张泌一直很优待，没想到张泌却私底下上表云"悦非经纶才，不宜居相位"③，可谓十足的小人。对国主李煜，张泌更是极力巴结。李煜佞佛，不仅在政治上和经济上对佛教大加支持，还斥巨资修建塔像佛饰，并亲自做法事以示虔诚。时为中书舍人的张泌便投其所好，"每见辄谈佛法，由是骤有宠"④。李煜对他越加重用，张泌的官职也一路飞升，终于成为南唐万人之上的宰相。宋军围攻金陵时，张泌还在后主面前信誓旦旦地声称"苟一旦不虞，即臣当先死"⑤，以示对南唐的忠心。金陵城破之后，他又与陈乔约好以身殉国，然陈乔如约自缢身亡，张泌却打着替李煜辩护的借口苟活下来。太祖平定江南之后，向张泌等询问自己和李煜孰优孰劣，张泌巧舌如簧，对曰："陛下生而知之，国主学而知之。"⑥《论语·季氏》有云，"生而知之者，上也；学而知之者，次也"⑦，在张泌口中，太祖和江南国主高下立见。而在此之前，徐铉出使宋朝时却当着殿上群臣的面直谓"太祖不文"，同时盛赞李煜博学多才，丝毫不顾及太祖颜面。所谓"时危见臣节"，张泌在此时义无反顾地选择了夸赞太祖贬低旧主，足见其巧舌之能以及谄媚的功力。入宋之后，张泌与徐铉同为南唐遗臣，徐铉面对旧主新君，终日郁郁寡欢，反观张泌却丝毫未受丧国的影响，马上投身新的朝廷，继续积极钻营，极力讨好新的统治者：

> 春正月甲寅朔，上制元旦、除夕诗各二章，赐近臣，俾之属和。翰林学士张泌，上表解释诗意，凡数千言。上甚悦，命宰相召至中书奖谕。⑧
>
> 丁巳，上赋诗一首，令待诏吴郢、张用和赍以赐翰林学士张泌、钱若水。泌因揣摩上意，上疏称述，凡数千言。上览而善之，赐诗嘉奖，召宰

---

① 司马光. 涑水记闻 [M]. 北京：中华书局，1989：46.
② 李焘. 续资治通鉴长编：卷九 [M]. 北京：中华书局，1979：201.
③ 李焘. 续资治通鉴长编：卷九 [M]. 北京：中华书局，1979：201.
④ 李焘. 续资治通鉴长编：卷八 [M]. 北京：中华书局，1979：192.
⑤ 脱脱，等. 宋史：卷二百六十七 [M]. 北京：中华书局，1985：9208.
⑥ 田况. 儒林公议 [M]. 张其凡，点校. 北京：中华书局，2017：3.
⑦ 孔子. 论语 [M]. 杨伯峻，杨逢彬，注译. 长沙：岳麓书社，2018：161.
⑧ 李焘. 续资治通鉴长编：卷三十五 [M]. 北京：中华书局，1979：765.

相等，命坐于崇政殿西庑，谓曰："张洎所上表，深喻朕旨，足以戒躁竞之辈，殄浇薄之风矣。'"令付史馆，许众人就观，因嗟叹流俗不安义命者久之。①

此二事皆发生在淳化五年（994），一个在正月，一个在十一月。数月之间，宋太宗仅仅是赋诗一二首以赐近臣，张洎却能马上揣摩出太宗之意，并借机延伸发挥出几千字来博得皇帝的欢心，极尽阿谀奉承之能事。太宗对张洎大加褒赏，可见张洎伺人主之颜色、溜须拍马的本领之高。无怪乎至道二年（996），张洎越级上奏，指摘吕端"上有所询，乃缄默不言"，吕端亦毫不客气地回敬道："洎欲有言，不过揣摩陛下意耳，必无逆鳞忤旨之事。"② 一句话将张洎的心态行迹暴露无遗，连太宗都无法反驳，只有默然无语。

陶谷（903—970），亦是奔竞迎合之士大夫中的代表人物。在宋朝建立之前，陶谷历仕后晋、后汉、后周三朝，《宋史》本传中称其"为人隽辨宏博，然奔竞务进，见后学有文采者，必极言以誉之；闻达官有闻望者，则巧诋以排之，其多忌好名类此"③。陶谷之所以有如此矛盾之举，完全出自他的私心：奖掖后学，是为了培植自己的势力；贬斥名望，则是妒其名声，害怕他们超过自己。魏泰在《东轩笔录》中亦称陶谷为人"倾险狠媚"④，同朝为官者皆畏忌之。陶谷历仕多朝，但仍保有一颗追逐名利之心，也正是因为他仕宦经历的丰富，养成了他察言观色、以行媚上的本事。"太祖诣崇元殿行禅代礼。召文武百官就列，至晡，班定，独未有周帝禅位制书，翰林学士承旨新平陶谷出诸袖中，进曰：'制书成矣。'遂用之。宣徽使引太祖就龙墀北面拜受"⑤。司马光《涑水记闻》对此事亦有记载，并且表明太祖因此事"薄其为人"⑥。太祖代周称帝，陶谷未得到太祖授意便已经提前拟好周恭帝禅位之文，其迎合媚上之态毕露无遗。

除了在五代入宋的士大夫中有不少奔竞之徒外，宋朝建立后，天下趋于一统，政清人和，由此产生的躁竞之士亦不在少数。这些人在入仕之前汲汲于功名，为能在科举考试中脱颖而出想尽办法："先是，胡旦、苏易简、王世则、梁灏、陈尧叟皆以所试先成，擢上第，由是士争习浮华，尚敏速，或一刻数诗，

① 李焘. 续资治通鉴长编：卷三十六 [M]. 北京：中华书局，1979：800-801.
② 李焘. 续资治通鉴长编：卷三十九 [M]. 北京：中华书局，1979：834.
③ 脱脱，等. 宋史：卷二百六十九 [M]. 北京：中华书局，1985：9238.
④ 魏泰. 东轩笔录 [M]. 李裕民，点校. 北京：中华书局，1983：5.
⑤ 李焘. 续资治通鉴长编：卷一 [M]. 北京：中华书局，1979：4.
⑥ 司马光. 涑水记闻 [M]. 北京：中华书局，1989：3.

或一日十赋。"① 有诸多成功的先例在前，"尚敏速"之风气迅速席卷整个科场，最后不得不由太宗出面整顿，此风才得以禁止。入仕之后，这些人又急于在朝廷中占有一席之地，例如，以文章著称的张去华，因为官期满而未得升迁，于是心生不满而上疏自诉，"且言澹及祠部员外郎、知制诰卢多逊等文字肤浅，愿得校其优劣"②，虽然策试的结果最终以张去华胜出，太祖以去华为右补阙，并赐袭衣、银带，但张去华轻躁、急于表现的行为也引得朝中士大夫的非议，认为他"喜激昂，急进取"③，张去华也因此在之后十六年都未升迁，反而不及同年后进者。此外，胡旦、柳开等人，皆是当时士大夫中有名的狷躁、好逐名、喜骛进于世之辈。这其中也不乏有一些位高名重之人，他们的成功更是给时人及后辈做出了极为不好的示范，杨徽之就曾经指责寇准和温仲舒"用搏击取贵仕，使后辈务习趋竞，礼俗寖薄"④，认为他们带坏了士林风气。

　　较之隐逸和因循持重之士，宋初最高统治者对这类奔竞士大夫的态度更为复杂。一方面，他们鄙薄其为人，认为有失君子风范和传统儒家士大夫应有的气节涵养，故难以在短时间内对其加以重用。太宗就曾对宰相说："极知（张）洎文学资任不下（毕）士安，第德行不及耳。"⑤ 淳化二年（991），时任刑部郎中、知制诰的范杲数次上书宰相，希望能求得翰林学士之职。他还曾经将自己所作制诰一编示李昉，并毫不谦虚地宣称自己的才华足以任翰林学士，希望能得到李昉的推荐。在屡次求荐无果的情况下，他终于按捺不住，将主意打到太宗身上，于是他向太宗"献《玉堂记》，请备其职，上恶其躁竞，终不使居内署，改右谏议大夫，出知濠州"⑥。可见，对于范杲这等奔竞之人的自荐，太宗是极其反感的。真宗亦曾与宰相言及朝中有为速求进用而互扇虚誉者。为了消除这种浮薄之风，真宗特"命降诏申警，御史台纠察之"⑦。另一方面，不可否认，此类人当中又确实有才华出众之士，同时作为最高统治者，他们有时候也需要一些善于揣摩圣意，能够顺从、迎合和取悦自己的人。于是，张洎通过自身的不懈努力和寇准的屡次引荐，终于得到太宗的信任与垂青。张去华虽然在太祖朝长期未得升迁，但太宗对他重用有加。由此可见，这类人虽然为其他士

---

① 李焘. 续资治通鉴长编：卷三十三 [M]. 北京：中华书局，1979：734.

② 李焘. 续资治通鉴长编：卷五 [M]. 北京：中华书局，1979：118.

③ 文莹. 湘山野录：续录·玉壶清话 [M]. 黄益元，校点. 上海：上海古籍出版社，2012：83.

④ 李焘. 续资治通鉴长编：卷四十四 [M]. 北京：中华书局，1979：929.

⑤ 李焘. 续资治通鉴长编：卷三十二 [M]. 北京：中华书局，1979：725.

⑥ 李焘. 续资治通鉴长编：卷三十二 [M]. 北京：中华书局，1979：725.

⑦ 李焘. 续资治通鉴长编：卷四十四 [M]. 北京：中华书局，1979：930.

大夫所鄙，但其中仍有不少人终能在宋初朝廷占有一席之地。然而，必须承认的是，这些为了名利而失去气节的士大夫以及统治者对他们的矛盾态度，在很大程度上阻碍了宋初士风的健康发展。

宋初士风的淡薄，与当时的时代环境有很大关系。太祖太宗两朝，宋廷初建，"维稳"成为统治阶级该阶段的主要目标。为了有利社稷，宋廷在士风建设上，同样以守成和持重为主。从统治阶级对此三类士风的态度可以看出，宋廷对隐逸和因循之士风表现出极大的宽容和推重，而对躁竞的士风则表现出一定程度上的否定，于因势利导中，形成士风之敦厚与进取。

第二节　文坛之浮弊

一个时代士风的变化必然会对文风产生极大的影响，五代之际，时局动荡，社会的混乱和儒学体系的坍塌，以及文士地位的降低，使文学的发展受到很大的影响。牛运震在《五代诗话序》中云："五季兵戈之际，风雅凌夷。谈艺至此，等诸季札观乐，自郐无讥已矣。"①五代的很多国主，整日沉迷于声色犬马之中，对艳丽浮靡的文学作品尤其喜爱。所谓"上有所好，下必甚焉"，最高统治者的喜好必然会给整个社会带来很大的影响。宋人田况《儒林公议》中云："伪蜀欧阳炯尝应命作宫词，淫靡甚于韩偓。江南李煜时，近臣私以艳薄之词闻于王听，盖将亡之兆也。"② 作为文学重地的南唐和后蜀尚且如此，可以想象五代整体文风的颓靡。宋朝建立之初，文士几乎由五代过渡而来，这样的局面很难在短时间内改变。活跃于宋初政坛的开国功臣诸如范质、陶谷等多为北方士人，这些人虽有吏才，但论文学素养实难与南方文士相匹敌，江南旧臣占据了整个文坛，江南文士所带来的旧文风也影响着宋初文坛。重文抑武国策的推行，让政治与文学的关系更加密切，其时淡泊的士风也在很大程度上影响了文学思想与创作。因而，宋初文坛同样面临着很多问题。《宋史》中所载："宋兴且百年，而文章体裁，犹仍五季余习。锼刻骈偶，淟涊弗振，士因陋守旧，论卑气弱。"③ 在田锡步入政坛之前，宋初文坛仍处于晚唐五代文风笼罩之下，整体风貌并不乐观。

---

① 王士禛. 五代诗话 [M]. 郑方坤，删补. 戴鸿森，校点. 北京：人民文学出版社，1998.
② 田况. 儒林公议 [M]. 张其凡，点校. 北京：中华书局，2017：115.
③ 脱脱，等. 宋史：卷三百一十九 [M]. 北京：中华书局，1985：10375.

一、"四六"骈文：文胜于质的润饰藻丽

自唐以来，朝廷、官府的许多重要文书皆以骈体书写而成，因此对于文臣来说，骈文写作是他们必备的技能。唐季群雄割据，幕府文士为了寻求上位的机会，纷纷"飞文染翰，以济霸国"①（《旧五代史·唐书·卢程传》），骈体文由此愈加兴盛。宋朝建立后，依旧秉承了唐朝以骈文写作公文的传统。加之太祖太宗两朝，国家刚刚稳定，面对一个结束战乱的新兴政权，朝中士人无不顺势歌功颂德，极尽夸耀之能事，长于铺排的骈体文成为他们歌颂新政权的不二之选。因此，宋初士大夫所出应制文章，无一例外的铺排华丽，精于润饰，很少有真情实感可言。其时，最高统治者也有意宣示太平，故而对这些迎合之作照单全收。上者的肯定与嘉奖，更促进了这些带有五代浮丽陋习的文章的发展。宋初科举基本承袭唐之制度，以诗赋取士，于是对形式和技巧的把握成了科场取胜的关键。士子为了顺利步入仕途，不得不奉工整华丽为作文之圭臬，故而对这种浮华的文风起到了推波助澜的作用。宋初文坛，除了高锡、柳开、范杲、梁周翰等极少数士人好为古文外，其他文士的文章风格几乎延续了五代时期柔靡华艳的文风。

当然，宋初文坛也有将骈文写得恰到好处之人，如南唐旧臣、宋初名儒徐铉所作骈俪文自然流畅、浑然天成。卢文弨在《徐常侍文集跋》中评价其文"丽体为多，亦淡雅有余，为组织之学者见之，或不尽喜，然冲融演迤，自能成家"②。但像徐铉这样文学素养极高、张弛有度的骈文家很少，宋初更多的是将骈文铺排华丽特点发挥到极致的文士。后周入宋的陶谷，文翰冠绝一时，他的骈文言辞精当，长于用典，充分发挥了骈文应有的特色，但他的一些文章也不免带有浮艳的陋习。他在《泾州回山重修王母宫记》中想象王母的神姿云："丹台命驾，七夕为期。云骈凤辇，剑佩光辉。倩兮盼兮，穆若仙姿。"③ 这句用语丽而无质，颇具五代绮丽特色。又如被时人誉为"文学名流"的扈蒙，曾历仕后汉、后周两朝，入宋后迁为翰林学士。扈蒙的文章就是典型的五代时文，他的应制之作浮华艳丽，深受太祖的喜爱，开宝九年（976）正月，"蒙上《圣功颂》，以述太祖受禅、平一天下之功，其词夸丽，有诏褒之"④。他在《新修唐高祖庙碑记》中描述李渊时写道："实天之英，实地之灵，体曦舒之至明，禀融

① 薛居正，等．旧五代史：卷六十七［M］．北京：中华书局，2015：1034.
② 卢文弨．抱经堂文集：卷十三［M］．四部丛刊本.
③ 曾枣庄，刘琳．全宋文：第二册［M］．上海：上海辞书出版社，2006：21-22.
④ 脱脱，等．宋史：卷二百六十九［M］．北京：中华书局，1985：9240.

结之元精，应符命而出，顺时运而生。体貌多奇，乃轩皇之瑞表；宽仁大度，即汉祖之英风。故举义参墟，尧起唐候之比也；陈师渭曲，武誓商郊之类也。"① 其对李渊的相貌、性格、功绩进行了全方位的夸赞，但辞艳虚浮，流于表面，又如《宋东太一宫碑铭》中所写：

> 观其壮丽也，则崇塘屹屹，百雉冈连，峻宇耽耽，千楹洞启。广闲逼吞于闻阖，飞甍上轧于昭回，金殿八隅，朝阳烂其丹碧，瑶坛三袭，夕露缀其珠玑，皇天外之药宫，乃海中之蓬岛也。观其象设也，则瑸姿温润，宝座荧煌，秋月如珪，莹其杂佩，晨霞似火，贲乃长倨，搴彩雾以为旗，揭彤云而作盖，群仙列侍，还如校籍之时，众圣咸归，宛似朝元之处。②

他笔下的太一宫，金碧辉煌，恍如仙境，虚无缥缈，完全不似人间所有。其词句骈俪整饬，极尽夸耀、铺排之能事，给人以距离感。其余如《显圣庙碑》《上宣祖尊谥册文》等文学作品，皆以四六为文，气势宏大，颇有炫才之势。

此类华靡文风的盛行对士大夫的公文写作产生了极不好的影响。为此，乾德四年（966）六月，宋太祖专门颁布《进策不得乱引闲词诏》，其中有云："今后应诸色进策人，并须事关利害，情绝虚浮，益国便民，言直事当者，方可为策，即不得乱引闲词。"③ 对于文学素养有限的太祖而言，如果说歌功颂德的锦绣文章是为太平盛世锦上添花，那这些华而不实的公文却真真实实地让他感到头痛，于是不得不采取政治手段予以禁止。

诚然，这类文章能够充分体现为文者的才气与博识，但内容却很难有真情实感可言。无怪乎宋初文学家柳开批评其"华而不实，取其刻削为工，声律为能。刻削伤于朴，声律薄于德"④（《上王学士第三书》）。石介亦曾评价时文"淫巧侈丽，浮华纂组"⑤（《怪说》），毫无筋骨可言。这种靡丽的文风，对宋初文学产生了很大的影响，稍后出现的以杨亿为代表的"西昆体"，和此时的"五代体"时文可谓一脉相承。

二、徐铉与李昉：忽略社会关怀的体效乐天

宋初诗坛，效仿白乐天的诗人几乎占据了半壁江山。这种现象的出现，有

---

① 曾枣庄，刘琳．全宋文：第二册［M］．上海：上海辞书出版社，2006：86.
② 曾枣庄，刘琳．全宋文：第二册［M］．上海：上海辞书出版社，2006：92.
③ 曾枣庄，刘琳．全宋文：第一册［M］．上海：上海辞书出版社，2006：94.
④ 曾枣庄，刘琳．全宋文：第六册［M］．上海：上海辞书出版社，2006：282.
⑤ 曾枣庄，刘琳．全宋文：第二十九册［M］．上海：上海辞书出版社，2006：291.

着深刻的历史渊源和文化背景。

白居易生于"世敦儒业"的士人家庭，他从小便深怀儒家传统的淑世精神，且终生不改其志。他曾亲身经历过战乱割据，对民生疾苦有着深切的体会，故其诗歌多以反映现实为主。作为新乐府运动的主要倡导人之一，白居易极力主张恢复诗歌讽喻时事、补察时政的经世传统，"有可以救济人病，裨补时阙，而难于指言者，辄咏歌之。欲稍稍递进闻于上"①（《与元九书》），白居易的诗歌在其生前就已盛行于世，但可惜的是，此时流传甚广的白诗并非白居易自己所看重的针砭时事、有益政治的一类。对此，白居易在《与元九书》中不无惋惜地说道："今仆之诗，人所爱者，悉不过'杂律诗'与《长恨歌》已下耳。时之所重，仆之所轻。"② 白居易的杂律诗，少了讽喻诗的目的性和政治功利性，多出于自身情感的需要，常常灵感乍现，妙笔生花，语言平实却金句频出，更容易引发读者的情感共鸣，故而深受当时人的偏爱。同时，因其随性而发和诗歌易于流传的特性，他的诗歌受广大文士的极力推崇。如荆州人葛清，遍体刺满白诗，被当时的人称为"白舍人行诗图"③，其对白居易诗歌的喜爱，几乎到了变态的地步。僖宗时期，文人张为在其所著的《诗人主客图》中更是将白居易奉为"广大教化主"，足见其对白居易的尊崇。

到了五代时期，文士不受重视且境遇危险，他们中的大多数人选择了远离政治中心，白居易诗歌中的讽喻精神在此时文士的诗歌作品中消失殆尽，诗人学白居易开始着重于通俗自然的语言特色、旷达自适的诗歌风格以及个人生活琐事的抒写。历仕数朝的冯道，"诗虽浅近而多谐理，若'但知行好事，莫要问前程''须知海岳归明主，未省乾坤陷吉人'之类，世虽盛传，而罕见其全篇"④，他的诗歌就因为通俗浅近而深受时人喜爱，广为流传。李建勋也是五代时学白诗的代表，他虽然身在官场，但所作诗歌抒发的多为个人怡然自得的闲适生活，极少涉及社会政治，如"携酒复携筯，朝朝一似忙。马谙频到路，僧借旧眠床。道胜他图薄，身闲白日长。扁舟动归思，高处见沧浪。"⑤ （《闲游》）"小园吾所好，栽植忘劳形。晚果经秋赤，寒蔬近社青。"⑥ （《小园》）

---

① 白居易. 白居易集［M］. 顾学颉，校点. 北京：中华书局，1979：962.
② 白居易. 白居易集［M］. 顾学颉，校点. 北京：中华书局，1979：965.
③ 段成式. 酉阳杂俎［M］. 曹中孚，校点. 上海：上海古籍出版社，2012：44.
④ 吴处厚. 青箱杂记：卷二［M］. 李裕民，点校. 北京：中华书局，1985：16.
⑤ 彭定求，等. 全唐诗：卷四百二十六［M］. 中华书局编辑部，点校. 北京：中华书局，1999：8509.
⑥ 彭定求，等. 全唐诗：卷四百二十六［M］. 中华书局编辑部，点校. 北京：中华书局，1999：8511.

等，内容都是描绘自己在官场外的出游和日常生活，语言平实浅易，表现出一种闲适淡雅的趣味，与白居易的诗风一脉相承。

前蜀诗人，也多以白体为宗，王蜀时期的重臣韦庄，就继承了乐天的平易诗风："五代十国诗家最著者，多有唐遗士。韦端己（庄）体近雅正，惜出之太易，义乏闳深。"①　又如前蜀卢延让，其诗"素平易近俳"②，被时人称为"白话诗人"，他也因为"栗爆烧毡破，猫跳触鼎翻"这样俚俗生动的诗句，受到了蜀主王建的赏识。据何光远《鉴诚录》载：

> 王蜀卢侍郎延让吟诗，吟诗多着寻常容易言语，时辈称之为高格……有《松门寺》云："山寺取凉当夏夜，共僧蹲坐石阶前。两三条电欲为雨，七八个星犹在天。衣汗稍停床上扇，茶香时拨涧中泉。通宵听论莲华义，不藉松窗一觉眠。"……又《赠僧》云："浮世浮华一段空，偶抛烦恼到莲宫。高僧解语牙无水，老鹤能飞骨有风。野色吟馀生竹外，山阴坐久入池中。禅师莫问求名苦，滋味过于食蓼虫。"③

由上可知，卢诗语言朴实平易，诗中所及皆为生活中所常见之事物，虽看似平淡自然，实则却经过诗人多番提炼而成，故其自称"莫话诗中事，诗中难更无。吟安一个字，捻断数茎须"④（卢延让《苦吟》）。卢延让也因平易的诗风被时人奉为"高格"，由此足以看出当时文士的文学审美取向。

宋初士人多由五代入宋，安定舒适和相对宽松自由的社会环境为白体诗的发展提供了土壤，"白体"诗自然而然成为文坛最重要的一派，拥有众多拥趸，就连最高统治者，也是白居易忠实的拥护者。据《渑水燕谈录》记载，曾有寺庙藏有《白集》七十卷，相传为白居易手书，唐僖宗时期，被高骈强取而去，后流落民间，在流传过程产生颇多舛谬。宋真宗知道之后，特下诏取至京城，"令侍臣以诸本参校缮写，付寺僧谨藏之。时真宗对侍臣语及居易与元稹齐名，而居易保持名节，终始不易，故不至相位。叹惜久之"⑤。虽然元、白齐名，但与元稹相比，真宗更欣赏白居易，皆因"名节"一条。除了对白居易文学作品

---

① 胡震亨．唐音癸签：卷八［M］．上海：古典文学出版社，1957：68.
② 王士禛．五代诗话［M］．郑方坤，删补，戴鸿森，校点．北京：人民文学出版社，1998：193.
③ 何光远．鉴诚录校注［M］．邓星亮，邬宗玲，杨梅，校注．成都：巴蜀书社，2010：117.
④ 彭定求，等．全唐诗：卷四百二十六［M］．中华书局编辑部，点校．北京：中华书局，1999：8293.
⑤ 王辟之．渑水燕谈录［M］．北京：中华书局，1985：50.

的悉心整理和保存外，真宗还因白居易"蔚君子之鸿文，履古人之淑行"①，特下诏封其孙为河南府助教，并令他"常令修奉坟茔影堂"，白居易的孙子因祖父的余荫能在宋朝得以为官，足见真宗对白居易的敬仰。

宋人蔡居厚所云，"国初沿袭五代之余，士大夫皆宗白乐天诗"②（蔡启《蔡宽夫诗话》），这其中又以颇具诗名的徐铉为甚。方回在《瀛奎律髓》中评价徐铉的诗歌"有白乐天之风"③。徐铉在太祖朝时，是最富才情和诗名的士大夫。徐铉所作诗歌，语言平淡自然，清新流畅，与乐天诗风如出一辙。入宋之后，作为前代旧臣，徐铉一直采取明哲保身的态度，其参政的热情已经消失殆尽，所作诗歌也趋向于白居易闲适的诗风，如《春分日》："仲春初四日，春色正中分。绿野徘徊月，晴天断续云。燕飞犹个个，花落已纷纷。思妇高楼晚，歌声不可闻。"④ 全诗几近口语，短短八句，却写尽春天的美景和思妇的想念，读来平实易懂，朗朗上口，易于流传。《除夜》："寒灯耿耿漏迟迟，送故迎新了不欺。往事并随残历日，春风宁识旧容仪。预惭岁酒难先饮，更对乡傩羡小儿。吟罢明朝赠知己，便须题作去年诗。"⑤ 同样只用寥寥数语，宛如长者闲谈，语言平淡，却道尽时光易逝、年岁难再的感叹。

除了徐铉，位极人臣的李昉也是宋初"白体"诗的主要代表人物。李昉（925—996），曾仕后汉、后唐，宋初名相，工于诗。李焘在《续资治通鉴长编》中称"（李昉）为文章慕白居易，尤浅近易晓"⑥，王禹偁评价李昉时亦云："须知文集里，全似白公诗。"⑦（《司空相公挽歌》其二）在宋初的白体诗人当中，李昉对白诗的效仿是最不遗余力的，他不仅在诗歌创作中务求浅近晓畅，还在言语中透露出对白居易的尊崇以及对其诗歌的效法之意。李昉在《二李唱和集序》中云："昔乐天、梦得有《刘白唱和集》流布海内，为不朽之盛事。今之此诗，安知异日不为人之传写乎？"⑧ 他在言辞中不仅显示了对自己文才的自信，还透露出对乐天诗的推崇以及有心效仿的写作态度。李昉尊称白居易为"白公"，还曾明确提到自己对白居易诗歌的关注，足见他对白居易的倾慕。他

---

① 司义祖．宋大诏令集［M］．北京：中华书局，2009：586.

② 王大鹏，等．中国历代诗话选［M］．长沙：岳麓书社，1985：299.

③ 方回．瀛奎律髓汇评［M］．李庆甲，集评校点．上海：上海古籍出版社，2020：666.

④ 北京大学古文献研究所．全宋诗：第一册［M］．北京：北京大学出版社，1995：68.

⑤ 北京大学古文献研究所．全宋诗：第一册［M］．北京：北京大学出版社，1995：70.

⑥ 李焘．续资治通鉴长编：卷三十九［M］．北京：中华书局，1979：828.

⑦ 王禹偁．小畜集：卷十［M］．摛藻堂四库全书荟要本．

⑧ 曾枣庄，刘琳．全宋文：第三册［M］．上海：上海辞书出版社，2006：162.

的诗歌，通俗晓畅，颇具白诗之风，如《谢侍郎三弟朝盖相过》："喜得君来慰我心，清欢何假酒频斟。共窥鹤迹行苔迳，同听莺声坐柳阴。蝴蝶绕栏飞又歇，蔷薇厌架浅兼深。相留不用忙忙去，直待林梢夕照沉。"① 这首诗的语言浅近清新，读来如闲话家常般亲切，将朋友间短聚的欢愉和闲适、景色的慵懒迷人都描绘得恰到好处。其中，"共窥鹤迹行苔迳"这句景物描写，以拟人的手法入诗，用语平常却又出人意料，营造出来的恬淡的意境令人印象深刻。《赠贾黄中》："七岁神童古所难，贾家门户有衣冠。十人科第排头上，五部经书诵舌端。见榜不知名字贵，登筵未识管弦欢。从今稳上青云去，万里谁能测羽翰。"② 全诗通俗易懂，近乎口语，甚至因为过于平淡直白，可以说难有称道之处。在他的诗中，也有很多借鉴白居易诗句的地方，如同为咏鹤，李昉《仙客》诗中"警露秋声云外影，翘沙晴影月中孤"③，即脱胎于白居易《答裴相公乞鹤》"警露声音好，冲天相貌殊"④ 之句。李昉所作《牡丹盛开对之感叹寄秘阁侍郎》，正是有感于白乐天数次咏牡丹而有意为之。

太祖太宗优待文士，同时为了安抚群臣，避免臣子觊觎皇位，有意提倡士大夫及时享乐。文士宴游唱和成风，故而宋初宗白诗人群体，不仅在诗歌语言上推崇白乐天，还有意识地效仿白居易与元、刘等人往来唱和之行为，由此写下大量的酬唱诗。如徐铉等人的《翰林酬唱集》、李昉与李至的《二李唱和集》、宋太白《广平公唱和集》都是在此情形下产生的。以上的唱和诗，内容也多以抒写士大夫之间的闲适生活为主，没有多少思想内涵。

宋初白体诗人在政治上的特殊政治地位，以及统治者对白居易的推重，必然引起"白体"诗在士大夫群体中的风行，崇白诗风几乎席卷整个朝野。继徐铉等人之后的翰林学士宋白、苏易简等人，无不是"白体"诗的践行者。在政治集团中，"白体"诗歌的大量产生，一则承袭五代诗歌之旧习，二则为顺应太宗时期奉和应制之风。这些诗歌虽然在语言和形式上都看似习得了白居易诗歌的精髓，但在诗歌的内容上多为宴饮、游赏等一些无关痛痒之事，"万事不关思想内，一心长在咏歌中"⑤ （李昉《依韵奉和见贻之什且以答来章而歌盛美也》），极少涉及现实社会和政治敏感话题，与白乐天"惟歌生民病，愿得天子知"的文学创作目的相去甚远，因此也就注定了这些"白体诗"的行而不远。

---

① 北京大学古文献研究所．全宋诗：第一册［M］．北京：北京大学出版社，1995：185.
② 北京大学古文献研究所．全宋诗：第一册［M］．北京：北京大学出版社，1995：186.
③ 北京大学古文献研究所．全宋诗：第一册［M］．北京：北京大学出版社，1995：188.
④ 白居易．白居易集［M］．顾学颉，校点．北京：中华书局，1979：573.
⑤ 北京大学古文献研究所．全宋诗：第一册［M］．北京：北京大学出版社，1995：174.

对白居易诗歌精神的真正继承，唯有期待新生代的白体诗人。

三、九僧与林逋：专注精神锻炼的超然世事

宋初诗坛，还有一部分文士崇尚晚唐以贾岛、孟郊、姚合为代表的诗风，被归为"晚唐体"诗人。欧阳修在《六一诗话》中称孟郊、贾岛二人"皆以诗穷至死"①，以"苦吟"著称。他们十分注重用语的雕琢和字句的钻研，故苏轼称"郊寒岛瘦"。他们虽然生活清苦，但都以作诗为乐，并安于此。"晚唐体"诗人，主要由方外之士和隐逸士人组成，贾岛、姚合等人的诗歌创作旨趣与其正相符。"晚唐体"诗歌题材多以描写空灵的山林景色和恬淡的隐逸生活为主。

方外之士是当时颇有诗名的九僧。他们继承了贾岛、姚合的苦吟精神，在遣词上可谓精练，也颇有一些佳句，如"历阳南望极，岸远石城危。去梦惊潮断，行吟见雁随。淮帆向风阔，楚木落秋迟。"②（释惟凤《送史馆李学士任和州》）"巴水寒声去渺茫，半空云树落秋光。离人此夜和愁宿，不听啼猿亦断肠。"③（释保暹《巴江秋夕》）等。诗人主体生活环境和眼界的狭窄也就注定了九僧所作诗歌内容的贫乏。九僧诗歌的意象有很多重复之处，进士许洞曾请九僧赋诗，"（许洞）出一纸，约曰：'不得犯此一字。'其字乃'山、水、风、云、竹、石、花、草、雪、霜、星、月、禽、鸟'之类，于是诸僧皆搁笔"④。由此可见，九僧诗境的狭窄和意象的固化在当时已是世所公认的。当时本就不喜浮屠的欧阳修更是认为九僧的学识浅陋，文学功底薄弱，讥诮此辈虽然号称诗人，然皆"区区于风云草木之类，为许洞所困"⑤，难以担当"诗人"之名号。

隐逸人士则以孙晟、林逋、潘阆、魏野等人为代表。被时人称为"梅妻鹤子"的林逋，是隐逸诗人群体中的最具诗名的诗人，他的诗歌往往清新可人，意境悠远。《宋史·隐逸传》称林逋"喜为诗，其词澄浃峭特，多奇句"⑥。除

---

① 欧阳修，司马光．六一诗话·温公续诗话［M］．克冰，评注．北京：中华书局，2014：35.

② 北京大学古文献研究所．全宋诗：第三册［M］．北京：北京大学出版社，1991：1460.

③ 北京大学古文献研究所．全宋诗：第三册［M］．北京：北京大学出版社，1991：1449.

④ 欧阳修，司马光．六一诗话·温公续诗话［M］．克冰，评注．北京：中华书局，2014：32.

⑤ 欧阳修，司马光．六一诗话·温公续诗话［M］．克冰，评注．北京：中华书局，2014：72.

⑥ 脱脱，等．宋史：卷四百五十七［M］．北京：中华书局，1985：13432.

了脍炙人口的《山园小梅》外，林逋的其他诗歌也清润有加，如"一池春水绿于苔，水上花枝竹间开。芳草得时依旧长，文禽无事等闲来。"① （《池上春日》） "巾子峰头乌臼树，微霜未落已先红。凭阑高看复低看，半在石池波影中。"② （《水亭秋日偶书》） 等，其所营造出来的意境唯美而独特，远非其他山水诗可比。他的遣词造句也颇具"晚唐体"的推敲特色，如《小隐自题》："竹树绕吾庐，清深趣有余。鹤闲临水久，蜂懒采花疏。酒病妨开卷，春阴入荷锄。尝怜古图画，多半写樵渔。"③ 其中"鹤闲临水久，蜂懒采花疏"两句，他以己度物，将动物赋予人的感情，正可谓神来之笔，一"闲"一"懒"，让人读之不觉莞尔。清代纪昀就曾称赞此诗"兴象深微，无凑泊之迹。此天机所到，偶然得之，非苦吟所可就也"④，对林逋的才气和该诗的与众不同给予充分肯定。以上可知，同样是对文字的推敲，林逋和九僧相比，就显得更加自然和不着痕迹。另一隐逸诗人魏野，他虽身为隐士，但仍心系时政，与寇准等士大夫常有往来，故其诗歌酬唱之作颇多。魏野一生清苦，却能安贫乐道，"仲先赠先公诗，有'文虽如貌古，道不似家贫'"⑤。他的诗歌亦效法贾岛、姚合，注重字句的精练，诗风平实清雅，故释文莹评价其诗"无飘逸俊迈之气，但平朴而常，不事虚语"⑥。《冬暮郊居》诗："村落欲黄昏，寒云片片凝。隔城钟似磬，远岫烧如灯。名利堪弹指，林泉但枕肱。何由遂闲散，自喜本无能。"⑦ 其仅以"寒""凝"二字，就生动地写出天气的寒冷，而又以忽明忽暗的灯光形容夕阳照耀下的远山，可谓出人意料又十分自然贴切。他的《陕州平陆县》："寒食花藏县，重阳菊绕湾。一声离岸橹，数点别州山。"⑧ "藏"与"绕"用语别致，以人化的语言赋予花独特的情态，让静态的景色顿时生动有趣。也正因为平淡精练的诗风，魏野的诗歌不仅被宋人称道，还深受契丹人的喜爱。在魏野去世数年后，契丹使臣至宋，向真宗讨要魏野全部诗歌，真宗始知有魏野其人。然而，这些隐逸之士的诗歌仍不可避免地具有"晚唐体"共同的不足之处。他们

---

① 北京大学古文献研究所 . 全宋诗：第二册［M］. 北京：北京大学出版社，1995：1209.
② 北京大学古文献研究所 . 全宋诗：第二册［M］. 北京：北京大学出版社，1995：1233.
③ 北京大学古文献研究所 . 全宋诗：第二册［M］. 北京：北京大学出版社，1995：1192.
④ 方回 . 瀛奎律髓汇评［M］. 李庆甲，集评校点 . 上海：上海古籍出版社，2020：1035.
⑤ 欧阳修，司马光 . 六一诗话·温公续诗话［M］. 克冰，评注 . 北京：中华书局，2014：120.
⑥ 文莹 . 湘山野录：续录·玉壶清话［M］. 黄益元，校点 . 上海：上海古籍出版社，2012：105.
⑦ 北京大学古文献研究所 . 全宋诗：第二册［M］. 北京：北京大学出版社，1995：910.
⑧ 沈括 . 梦溪笔谈［M］. 施适，校点 . 上海：上海古籍出版社，2015：105.

的诗歌虽然清新可人、颇有佳句，但整体格调却不高，且同样只能以自己的隐逸生活为主要写作对象，故明朝薛学评价魏野的诗歌，称其"绝无要紧，又无气魄"①，指的就是他诗歌内容的于世无益。

第三节　统治者的改革与垂范

面对宋初文化秩序所面临的困境，统治者自然不能视若无睹。事实上，他们很早就已经意识到要实现真正意义上的思想文化大一统，重建社会道德秩序，恢复儒家正统是必不可少且至关重要的一项内容。宋太祖即位之初就曾说过："王者虽以武功克定，终须用文德致治。"② 他制定了以推崇儒家伦理道德来建立长治久安的社会秩序的治国之策。随着赵宋统治者的励精图治，北宋政权日趋稳定，天下政治秩序稳定虽易，文化秩序的重建却需要经历一个复杂而漫长的过程。宋朝建国于乱世之后，既要扫清五代遗留的颓废乱世之风气，又要远承辉煌的盛唐文化，担负儒道复兴、建立新的社会文化秩序的重任。最高统治者为了恢复儒道正统，可谓费尽心力。

一、修文偃武

作为一个刚刚建立起来的王朝，宋初王朝百废待兴的同时面临着各种危机，如何巩固政权，是宋初最高统治者亟待解决的问题。历经晚唐五代之乱后，初兴的赵宋王朝开始反思，为了避免藩镇割据而导致地方势力过于强大的情况再次出现，赵匡胤开始一系列的改革来加强中央集权，其中最重要的举措就是重文抑武。

宋太祖以武力承袭大统，故其自得天下之后，深以武官为虑，唯恐他们当中有人会效法自己取己而代之。另外，宋朝统治者深知，五代时期的战祸频发、政权不断更迭，很大程度上都是武将为祸所致。因此，赵匡胤采纳赵普的意见，对于和他一起打江山的武将，"稍夺其权，制其钱谷，收其精兵"③，杯酒释兵权，以安天下，从此所有的地方官吏，都由中央政府任命。不仅如此，他曾经还"密遣人于军中伺察外事"④，以防武将有不臣之心。为了钳制地方官，宋廷

---

① 薛雪. 一瓢诗话［M］. 续修四库全书本.
② 毕沅. 续资治通鉴：卷十一［M］. 北京：中华书局，1957：270.
③ 李焘. 续资治通鉴长编：卷二［M］. 北京：中华书局，1979：49.
④ 田况. 儒林公议［M］. 张其凡，点校. 北京：中华书局，2017：32.

特置通判一职，辅佐州政，并负监察之职，凡当地政务，皆须地方长官与通判连署签议，方许执行。朝廷对掌握地方军政大权的节度使的权力更是极力控制，如将由节度使手下担任的镇将的辖制权力范围缩小："五代以来，节度使补署亲随为镇将，与县令抗礼，凡公事专达于州，县吏失职。自是还统于县，镇将所主，不及乡村，但郭内而已。"① 从此，镇将不得再干预郭外之政事，"还统于县"的举措，从根本上杜绝了五代时期镇将与县令争权的现象，继而在一定程度上削弱了节度使的权力。

宋太宗也是一个生性多疑的人，其皇位来之不易，因而他就更加谨慎提防，"京师之人见太子，喜跃曰：'真社稷之主也。'上闻之，召准谓曰：'四海心属太子，欲置我何地？'"② 对待自己钦定的继承者，太宗尚且有所猜忌，生怕他的民望高过自己，更何况是其他人。在选择武将方面，太宗曾说："朕选擢将校，先取其循谨能御下者，武勇次之。"③ 由此可见，其选拔武将也是以能够服从命令、控制下属为首要条件，希望以此来降低武将叛乱的可能性。然而，正是这样的选将标准，极大地影响了大宋武将的战时自主指挥能力，从而使宋朝之边防军事一步步走向衰落。太宗尝谓宰相曰："国之兴衰，视其威柄可知矣。五代承唐季丧乱之后，权在方镇，征伐不由朝廷，怙势内侮。故王室微弱，享国不久。太祖光宅天下，深救斯弊。暨朕篡位，亦徐图其事，思与卿等谨守法制，务振纲纪，以致太平。"④ 太宗此语，主要目的是为臣子敲响警钟，希望他们能够恪守本分，但也道出了五代时期武将的权力过大，从而使朝廷失去了自主权，只能任由其宰割的历史教训。因此，他认为唯有将权力完全掌握在自己手中，才能保证皇权的稳固。于是，太宗又进一步加强中央集权，控制武将的权力。太平兴国二年（977），太宗下令禁止节度使的亲随为镇将，而以本州牙吏出任，变相地控制了节度使在各州县的势力。

对于朝中功高权重的武将，赵宋统治者及其身边的谋臣同样有所忌惮，并采取时刻提防的态度。初时，太祖对符彦卿非常器重，欲让其统领军队，赵普却坚决反对，认为符彦卿名位已达到极盛，不能再让他掌握兵权。太祖坚信自己待符彦卿不薄，符彦卿定不会背叛自己，赵普于是说道："陛下何以能负周世宗？"⑤ 这句话可以说深深地触到了赵匡胤的痛处，因此太祖只有默然，符彦卿

① 李焘. 续资治通鉴长编：卷三 ［M］. 北京：中华书局，1979：76.
② 李焘. 续资治通鉴长编：卷三十八 ［M］. 北京：中华书局，1979：818.
③ 李焘. 续资治通鉴长编：卷二十五 ［M］. 北京：中华书局，1979：573.
④ 李焘. 续资治通鉴长编：卷二十九 ［M］. 北京：中华书局，1979：662.
⑤ 司马光. 涑水记闻 ［M］. 北京：中华书局，1989：20.

典兵之事也就此作罢。太宗之时，李顺、王小波于蜀地叛乱，太宗欲以赵昌言平蜀，其时寇准知州事，"密上言：'赵昌言素有重名，又无子息，不可征蜀，授以利柄。'太宗得疏大惊，曰：'朝廷皆无忠臣，言莫及此。赖有寇准忧国家耳。'乃诏昌言所至即止"①，赵昌言当时威望极高，且无子嗣等后顾之忧，将兵权交给这样的人入蜀平乱无疑是有很大风险的。李焘在《续资治通鉴长编》中提到关于太宗临时阻止赵昌言入蜀还有另外一个原因：有善于相术的僧人茂贞向太宗进言，说赵昌言"鼻折山根，此反相也，不宜委以蜀事"②。太宗闻言，火速下诏书追至已行军十多天的赵昌言，命其改知凤翔。然不管是哪个原因使得太宗下此诏书，他仅仅因为旁人言及赵昌言在相貌或者地位，而并非主观意识上有谋反的可能，就在军事万分紧急的情况下，遣使追至收回成命，未免显得过于儿戏和谨慎，但也由此可见，太宗对武将起兵谋反之事的敏感程度以及对手握兵权的武将的忌惮之深。

赵宋统治者深谙可以在马上得天下，但不能在马上治天下的道理，与太祖一起打天下的多为武将出身，他们本身并没有多少文化素养可言。于是，宋太祖在建立政权伊始，除了抑武之外，还开始推行高度右文政策："太祖勒石，锁置殿中，使嗣君即位，入而跪读。其戒有三：一、保全柴氏子孙；二、不杀士大夫；三、不加农田之赋。"③赵匡胤立下碑誓，确定了士大夫群体在朝中的地位，并将"不杀士大夫"作为祖宗家法之一，规定以后每个即位的国君都要履行。太宗对太祖的做法十分赞同，其云："王者虽以武功克定，终须用文德致治。"④在太宗执政期间，他更是提出"天下至广，借群材共治之"⑤的口号，借此笼络天下士人。因此，重文偃武也成为贯穿整个宋朝的王朝气质。

重文国策的实施，首先体现在统治者对学文的倡导。太祖赵匡胤虽是武将出身，却是一个非常喜欢读书的人。在辅佐周世宗的时候，他就已经流露出了对读书的浓厚兴趣：

> 上性严重寡言，独喜观书，虽在军中，手不释卷。闻人间有奇书，不吝千金购之。显德中，从世宗平淮甸，或谮上于世宗曰："赵某下寿州，私所载凡数车，皆重货也。"世宗遣使验之，尽发笼箧，唯书数千卷，无他物。世宗亟召上，谕曰："卿方为朕作将帅，辟封疆，当务坚甲利兵，何用

---

①　司马光. 涑水记闻 [M]. 北京：中华书局，1989：24.
②　李焘. 续资治通鉴长编：卷二十五 [M]. 北京：中华书局，1979：573.
③　王夫之. 宋论：卷一 [M]. 北京：商务印书馆，1936：4.
④　李焘. 续资治通鉴长编：卷二十三 [M]. 北京：中华书局，1979：528.
⑤　李焘. 续资治通鉴长编：卷三十三 [M]. 北京：中华书局，1979：735.

书为!"上顿首曰:"臣无奇谋上赞圣德,滥膺寄任,常恐不逮,所以聚书,欲广闻见,增智虑也。"①

在五代时期崇武抑文的政治大环境中,赵匡胤却将学文视为自己的业余爱好,显然属于"另类",为此,他的这种行为甚至还受到世宗的嘲笑。为周世宗臣子时,太祖自言读书是为了增广见闻,从而提升自己的智慧与谋略,以此来更好地为统治者服务。到了宋朝建立之后,太祖身为一国之主,依然手不释卷,经常遣人去史馆取书,此时太祖好读书,则是为了以史为鉴,通晓往来治国之道,能更好地治理国家。

同样是武将出身的宋太宗赵光义,其好学程度不亚于太祖。即使是在执政后日理万机之时亦不废读书,太宗曾谓宰相曰,"朕每日所为有常度,辰巳间视事,既罢,即看书"②,可知太宗已将看书作为每日作息中不可缺少的一部分。太宗爱读书之事尽人皆知,甚至还衍生出与此相关的故事,被士人传为美谈,李焘在《续资治通鉴长编》中就记载了一则关于太宗读书引发的奇事:"上于禁中读书,自己至申始罢,有苍鹤飞上殿鸱吻,逮掩卷乃去。上怪之,以语近臣,对曰:'上好学之感也。昔有鹳雀衔三鳣鱼堕杨震讲堂下,抑亦类此。'"③ 于是,太宗自述其事,苍鹤停于屋脊的真实性尚且不论,近臣将其解释为受太宗好学所感,亦有讨好夸耀太宗之嫌,但仍可从侧面证实太宗爱读书是不争的事实。作为最高统治者,太宗喜好读书的目的,和太祖如出一辙,其尝云:"朕每退朝,不废观书,意欲酌前代成败而行之,以尽损益也。"④ 在执政多年后,这种嗜好依然没有改变:"朕年长,他无所爱,但喜读书,多见古今成败,善者从之,不善者改之,斯已矣。"⑤ 从太祖太宗的言论中可以看出,他们经常读书的目的,皆是从书中观古今之成败以期有利于统治,因此他们所读之书,亦以史书居多。

赵宋统治者对读书十分执着和热爱,不仅以身作则,对于王朝可能的继任者——王室子孙,也要求他们能熟读经书。宋太祖曾对秦王的侍讲提出"帝王之子,当务读经书,知治乱之大体"⑥,为以后可能的治国之路做好准备。至道元年(995),太宗听取大臣的意见,沿袭唐朝为诸王延请讲读的先例,命司门

① 李焘.续资治通鉴长编:卷七 [M].北京:中华书局,1979:171.
② 李焘.续资治通鉴长编:卷二十五 [M].北京:中华书局,1979:588.
③ 李焘.续资治通鉴长编:卷二十四 [M].北京:中华书局,1979:562.
④ 李焘.续资治通鉴长编:卷二十三 [M].北京:中华书局,1979:528.
⑤ 李焘.续资治通鉴长编:卷三十二 [M].北京:中华书局,1979:713.
⑥ 司马光.涑水记闻 [M].北京:中华书局,1989:20.

员外郎孙奭教授皇侄、皇孙。对于朝廷官员,最高统治者亦时常勉励他们多读书。太祖就曾对宰相赵普说:"卿苦不读书,今学臣角立,隽轨高驾,卿得无愧乎?"① 赵普虽为文吏,但文化水平并不高,在太祖的激励下,赵普从此手不释卷,尤其是到了晚年,每次回到家中,便"阖户启箧取书,读之竟日"②。对于那些少知书的武将,太祖更是不遗余力地勉励他们能够学文:"太祖闻国子监集诸生讲书,喜,遣使赐之酒果,曰:'今之武臣,亦当使其读经书,欲其知为治之道也。'"③ 五代以来,武夫悍卒,"皆不知书"④,太祖在立朝后却要求所有武臣皆读书,这样的决定不仅让武臣难以置信,就是对文臣来说都是出乎意料的。一般来说,武将的文学素养有限,且多不爱读书,让他们如文士般博览群书显然是不可能的。于是,太宗退而求其次,仅希望他们能够读一些与自己专业相关的书籍。出身宋太宗藩邸的王显就是很好的例子。王显本出于儒学世家,但因五代时期战乱不断,没有机会继承家学,学识浅薄,但性格谨介,初为殿前小吏时就洁身自好,不与同辈一般耽于享乐,因此受到太宗的重用。太宗知其公务繁忙,无暇博览群书,于是"命左右取《军戒》三篇赐显"⑤,希望他能够读此而增长见识,以便能更好地为朝廷服务。其所取文章量少而实用,足见太宗用心。最高统治者的推崇,必然导致整个社会风向的变化。在最高统治者的大力提倡下,朝野上下,开始广阅经书,好读书成为宋初的普遍风气。据《宋史·文苑传序》记载:"太宗、真宗其在藩邸,已有好学之名,作(及)其即位,弥文日增,自时厥后,子孙相承,上之为人君者,无不典学;下之为臣者,自宰相以至令录,无不擢科,海内文士彬彬辈出焉。"⑥ 不管是即位前还是登基后,太宗、真宗都积极致力于朝廷的学文风气,不仅王室子孙对读书有着强烈的兴趣,整个朝野一时之间,也是文风盛行,最终在整个社会形成尚文的氛围。

其次,在于对文官的重用和优待。如果说宋太祖重文的初衷是为了抑制武官的势力,那么对文官的重用却在一定程度上表现出了宋朝最高统治者对文人发自内心地佩服。太祖出身武将,文学素养欠缺,跟随他打天下的将领亦少有

① 文莹.湘山野录:续录·玉壶清话 [M].黄益元,校点.上海:上海古籍出版社,2012:75.

② 脱脱,等.宋史:卷二百五十六 [M].北京:中华书局,1985:8940.

③ 司马光.涑水记闻 [M].北京:中华书局,1989:15.

④ 李焘.续资治通鉴长编:卷六 [M].北京:中华书局,1979:150.

⑤ 李焘.续资治通鉴长编:卷二十四 [M].北京:中华书局,1979:538.

⑥ 脱脱,等.宋史:卷四百三十九 [M].北京:中华书局,1985:12997.

文学之士，而要保证一个朝廷的正常运作，则必须有文士的参与。太祖平定后蜀，有后蜀宫人进入掖廷者，其奁具刻有"乾德四年铸"的字样，"上大惊，出鉴以示宰相曰：'安得已有四年所铸乎？'皆不能答。乃召学士陶谷、窦仪问之，仪曰：'此必蜀物，昔伪蜀王衍有此号，当是其岁所铸也。'上乃悟，因叹曰：'宰相须用读书人。'"① 此前，太祖命宰相取一个从未有过的年号代替"建隆"，宰相献上"乾德"。灭蜀之后，从蜀王宫中运来的铜镜上居然刻有"乾德四年"字样，这使太祖感到十分惊讶，左右莫能解之，最后，还是由学士窦仪解开此谜团。此次事件，让太祖见识到了读书人的学识渊博，他从此对文臣更加器重。此外，太祖还亲自"选儒臣干事者百余，分治大藩"②，以儒臣执掌军政大权，文臣的政治地位由此得到显著的提高。

除了对儒学之士的学识表示佩服外，统治者对他们身上表现出来的独特气质和与众不同的个人修养也赞赏有加。建隆元年（960），翰林学士王著酒后失态，太祖震怒不已，王著因此被贬官，太祖就此事进行了深刻反思，随后"谓宰相曰：'深严之地，当待宿儒处之。'范质等对曰：'窦仪清介重厚，然已自翰林迁端明矣。'"③ 被太祖称为"宿儒"的窦仪，除了学问渊博，通晓典故外，其自身所表现出来的文人特有的涵养也是一般士大夫所不及的。

另外，宋朝最高统治者对文臣的爱护和宽容也是历代所罕见的。本节以开国元老赵普为例：

> 上因出，忽幸普第。时吴越王俶方遗普书及海物十瓶列庑下，会车驾卒至，普亟出迎，弗及屏也。上顾见，问何物，普以实对。上曰："此海物必佳。"即命启之，皆满贮瓜子金也。普皇恐，顿首谢曰："臣未发书，实不知此，若知此，当奏闻而却之。"上笑曰："但受之，无害。彼谓国家事皆由汝书生耳。"④

钱俶借献海物之名，将黄金置于瓶内送予赵普，被突来赵府的宋太祖当场揭穿。当朝宰相接受贿赂被最高统治者发现，若是放在其他朝代，后果自然不堪设想。但是，太祖不但没有发怒，反劝赵普不要有顾虑，坦然接受馈赠。如果说赵普的因祸得福有赖于自身的位高权重以及太祖的恩宠有加，并不能完全显示出最高统治者对文人的真实态度，那太祖对梁周翰的态度可称作优容士大

---

① 李焘. 续资治通鉴长编：卷七 ［M］. 北京：中华书局，1979：171.

② 李焘. 续资治通鉴长编：卷一三 ［M］. 北京：中华书局，1979：293.

③ 脱脱，等. 宋史：卷二百六十三 ［M］. 北京：中华书局，1985：9093-9094.

④ 李焘. 续资治通鉴长编：卷三十九 ［M］. 北京：中华书局，1979：272-273.

夫之典型：

> 周翰尝监绫锦院，杖锦工过差，为所诉。帝怒甚，召而责之，曰："尔岂不知人之肤血与己无异，而忍肆其酷毒！"将亦杖之，周翰自言："臣负天下才名，不当如是。"上乃止。①

梁周翰是宋初有名的才子，但脾气暴虐，为官时常好滥施酷刑。其通判眉州之时，就因为打人致死而被削官，后监绫锦院，又杖罚锦工，被锦工所诉，惹得龙颜大怒，太祖要杖责他，好让他能以此为戒，他竟然说自己是天下闻名的才子，不应该接受这样的惩罚。他以这样的理由为自己开脱，实在是不可思议，然而更不可思议的是，宋太祖竟真的因此饶恕了梁周翰。

宋初最高统治者优待文士，几乎是宋代士大夫的共识。陆游在《老学庵笔记》中记载："太宗朝，胡祕监周甫贬坊州团练副使，擅离徙所，至鄜州谒宋太素尚书，被劾，特置不问。"② 胡旦身在公门，却擅离职守，且并非为了公事，更没有任何正当和急迫的理由，仅仅只是为了和自己的朋友见面，如此随性，甚至可说是恣意妄为的做法，连谏官都看不下去请求予以弹劾，没想到太宗却没有任何的处罚，太宗对文士的优容可见一斑。

宋真宗亦对文士十分爱护，据《宋稗类钞》记载，真宗即位之初，王禹偁本为知制诰，因撰写《太祖实录》直书其事，惹怒宰相，故而被贬至黄州，"谢上表有'宣室鬼神之问，岂望生还；茂陵封禅之书，唯期身后'之语。上览表，惊其词之悲。方欲内徙，会黄州有二虎斗而食其一。占者以为咎在守土之臣，遽有旨移守蕲州以避其变"③。此事在《宋史·王禹偁传》中也有详细的记载。王禹偁在上真宗的谢表中言辞哀婉，真宗即生内徙之心，而此时恰逢黄州生异事，占者依照惯例将责任归咎到地方官王禹偁身上，但真宗出于爱才之心，不仅没有对王禹偁加以怪罪，反而赶紧下令让其迁任他地以避祸。王禹偁后来很快卒于任上，但真宗爱护文士之心却是不可否认的。

再次，科举制度的改革与完善。作为古代社会选拔人才的重要途径之一，科举考试自隋朝开始实施以来，一直都备受历朝最高统治者的重视。然晚唐五代时期，政权更迭频繁，科举制度受到很大的冲击，宋人赵令畤在《侯鲭录》中云："唐末、五代，权臣执政，公然交赂，科第差除各有等差。故当时语云：

---

① 李焘. 续资治通鉴长编：卷十二 ［M］. 北京：中华书局，1979：272.

② 陆游. 老学庵笔记：卷六 ［M］. 杨立英，校注. 西安：三秦出版社，2003：200.

③ 潘永因. 宋稗类钞 ［M］. 北京：书目文献出版社，1985：444.

'及第不必读书，作官何须事业。'"① 科举逐渐成为官僚买卖的工具，公平性严重缺失，只要有钱行贿，便可以进士及第，而那些真正用功读书、身负才气的人却难以通过正规途径步入仕途，因此许多文士对科举丧失兴趣，科举制度名存实亡。太祖建国之初，人才短缺，为了广泛吸纳社会上的人才为朝廷服务，宋太祖采取了很多措施，比如，通过举荐吸纳人才，以科举取士等。举荐固然有一定的好处，但难免会出现徇私情的现象，相比之下，科举取士就相对能够反映出士人的真实水平，同时也能够最大限度地吸纳有才之士。宋朝的科举基本上沿袭了唐代的科举制度，并承高宗以后科举之思想，仍以进士科为重。宋廷最高统治者对科举取士十分重视，对科举考试的改革也不遗余力。其中，最具转折性的事件应是开宝六年（973）发生的一次大事故：

> 辛酉，新及第进士雍邱宋准等十人、诸科二十八人诣讲武殿谢。上以进士武济川、三传刘濬材质最陋，应对失次，黜去之。济川，翰林学士李昉乡人也。昉时权知贡举，上颇不悦。会进士徐士廉等击登闻鼓，诉昉用情，取舍非当。上以问翰林学士卢多逊，多逊曰："颇亦闻之。"上乃令贡院籍终场下第者姓名，得三百六十人。癸酉，皆召见，择其一百九十五人，并准以下及士廉等，各赐纸札，别试诗赋，命殿中侍御史李莹、左司员外郎侯陟等为考官。乙亥，上御讲武殿亲阅之，得进士二十六人……皆赐及第。又赐准钱二十万，以张宴会。责昉为太常少卿，考官右赞大夫杨可法等皆坐责。自兹殿试遂为常式。②

当时李昉知贡举，所选进士在讲武殿与太祖应对时，武济川等人因才疏学浅、资质浅陋被太宗当场罢黜，而武济川正是主考官李昉的同乡，李昉也因此引起太祖的不满。而后适逢进士徐士廉击鼓状告李昉徇私舞弊，太祖于是将终场下第者全部重新召集起来，亲自举行殿试，并赐及第者赏钱及宴会，同时也将李昉一干人等问责。这次事件可以说是宋朝开科举以来的标志性事件之一，它不仅显示了宋初科举制度的公平公正，还彰显了最高统治者对科举的重视程度以及对新科进士的极致荣宠。自此，殿试成为惯例，最高统治者对新科进士的荣宠也成为传统。宋人田况在《儒林公议》中叙述新科状元之殊荣时写道："状元登第，虽将兵数十万，恢复幽蓟，逐强虏于穷漠，凯歌劳还，献捷太庙，其荣亦不可及也。"③ 此语虽有些夸张，但由此可以看出宋朝统治者对科举的重

---

① 赵令畤 . 侯鲭录 [M]. 孔凡礼，点校 . 北京：中华书局，2002：103.
② 李焘 . 续资治通鉴长编：卷十四 [M]. 北京：中华书局，1979：297-298.
③ 田况 . 儒林公议 [M]. 张其凡，点校 . 北京：中华书局，2017：8.

视以及当时文武官员地位的悬殊。宋朝进士，一旦登第即释褐，步入仕途，较之前代可谓待遇非常。

其后，宋太祖又花了很多时间完善科举制度，以积极主动的姿态推动了科举考试向着更加公平、公正的方向发展。自南北朝到唐代，朝廷皆以门第相尚，"朝廷显官，须是公卿子弟……寒士纵有出人之才，登第之后，始得一班一级，固不能熟习也。则子弟成名，不可轻矣"①，统治阶级对寒门之士出仕为官始终怀有偏见。太祖却打破旧习，反其道而行之，强调贫苦家庭出身者同样享有获取功名的权利，打破前代科举考试录取的名额"多为势家所取，致塞孤寒之路"② 的陈旧局面。为了让寒门之士能够同其他阶层的士人一样拥有公平竞争、为国效力的机会，太祖甚至在宦官子弟的仕进之路上设置更多障碍，对他们表现出了前所未有的严苛。开宝元年（968）三月，素以不能教育子女而出名的陶谷，其子陶邴却在进士选举中得了第六名，引起了太祖的怀疑，太祖当即命令举行复试，结果陶邴依然登第，此事才就此作罢。乾德六年（968）三月，太祖又特下《令诸色举人内有父兄骨肉食禄者更与覆试诏》曰："造士之选，匪树私恩，世禄之家，宜敦素业。如闻党与，颇容窃吹，文衡公器，岂宜斯滥！自今举人凡关食禄之家，委礼部具析以闻，当令覆试。"③ 太祖为了防止公器私用，当然也有世族大家结成朋党的顾虑，诏书中明确提出对世禄之家的子弟开复试进行考查，以求名实相副。太祖在位时间相对宋初的其他两位皇帝来说并不算长，但他在改革科举方面做出了很大的贡献。

及至宋太宗，他对世禄子弟的限制更加明显。雍熙二年（985）三月殿试，"宰相李昉之子宗谔、参知政事吕蒙正之从弟蒙亨、盐铁使王明之子扶、度支使许仲宣之子待问，举进士试皆入等。太宗亲试进士，上曰：'此并势家，与孤寒竞进，纵以艺升，人亦谓朕为有私也！'皆罢之"④。李宗谔、吕蒙亨、王扶等皆为当时朝廷权臣之子，其能入选进士，必然具有一定的实力。然而，这些权臣子弟不仅没有因为家族的关系而被优待，反而因此遭到不公平的待遇，太宗为了向世人证明科举的公平，鼓励孤寒学子踊跃参加科举，不惜以牺牲权臣应有的权益为代价，可见其用意之深、改革力度之大，无怪乎太宗当时不无得意地宣称："昔者，科名多为势家所取，朕亲临试，尽革其弊矣。"⑤ 他认为自己

---

① 刘昫，等. 旧唐书：卷十八上 [M]. 北京：中华书局，1975：603.
② 李焘. 续资治通鉴长编：卷十六 [M]. 北京：中华书局，1979：336.
③ 李焘. 续资治通鉴长编：卷九 [M]. 北京：中华书局，1979：200.
④ 李焘. 续资治通鉴长编：卷二十六 [M]. 北京：中华书局，1979：595.
⑤ 脱脱，等. 宋史：卷一百五十五 [M]. 北京：中华书局，1985：3606.

在保证本朝科举制度的公平上做出了突出贡献。不仅如此，太宗即位后，在取士的人数上也大大增加："（太宗）连辟礼闱，收采时俊，每临轩试士，中第者不下数百人。虽俊特者相踵而起，然冗滥亦不可胜言，当时议者多以为非古选士之法。"① 唐代科举每次录取的也不过数十人，而至宋太宗，科举取士的数量开始成倍增长，人数之多，远超唐代，仅太平兴国二年（977），所取进士就达到了一百零九人②。太宗的这一举措与科举选拔社会精英的宗旨相违背，其中固然有俊才，但更多的是平庸之徒。进士人数的增多，必然会导致政府机构人员过多，连带产生的一系列不良影响都是可以预见的。故而，当时有识之士皆认为此法不可行，薛居正等人还因此向皇帝谏言，认为取士人数过多、用人太骤，然太宗"欲兴文教，抑武事"③，并没有采纳臣子的建议。雍熙二年（985）及端拱初，在礼部考试完毕之后，太宗"虑有遗才"④，又将不中者召集起来再组织一次考试，由此得官者数百人。正所谓非常时期用非常手段，宋初正处于百废待兴之际，对人才的需求亦甚于前代，太宗不按常理，最大限度地做到了世无遗才，为宋朝的发展积蓄了人才力量。而将进士及第的人数不断增加，除了笼络人才外，这也是统治者维护国家稳定的一种方式。唐朝末年，科举录取的进士一年只有一二十人，非才华超众者莫能登第，很多人因此绝意仕途。唐末敬翔、李振、王仙芝等叛乱之徒，皆是科举不得意者，"故圣朝广开科举之门，俾人人皆有觊觎之心，不忍自弃于盗贼奸宄……英雄豪杰皆汩没消靡其中而不自觉，故乱不起于中国"⑤，鉴于唐朝晚期许多有才学的人因为进士未第而犯上作乱的事情时有发生，太宗将进士上第人数增多，此举让国朝之文人看到了希望，皆思在科举场上博取功名，不再有他心。

科举取士的人数剧增，必然会引发很多作弊和以权谋私的行为，太宗为了防止科举中的舞弊现象发生，特地于雍熙二年（985）下诏："自今诸科并令量定人数，相参引试，分科隔坐，命官巡察监门，谨视出入。有以文字往复与吏为奸者，置之于法；私以经义相教者，斥出科场；伍保预知，亦连坐。进士倍加研覆，贡举人勿以曾经御试，不考而荐。"⑥ 他对科举考试时考场的秩序和程序等都进行了极为详细的规定，并对触犯的人给予严厉惩罚。同时，宋朝取消

---

① 田况. 儒林公议 [M]. 张其凡，点校. 北京：中华书局，2017：7.
② 李焘. 续资治通鉴长编：卷十八 [M]. 北京：中华书局，1979：303.
③ 李焘. 续资治通鉴长编：卷十八 [M]. 北京：中华书局，1979：394.
④ 脱脱，等. 宋史：卷一百五十五 [M]. 北京：中华书局，1985：3608.
⑤ 王栐. 燕翼诒谋录 [M]. 诚刚，点校. 北京：中华书局，1981：1.
⑥ 李焘. 续资治通鉴长编：卷二十六 [M]. 北京：中华书局，1979：594.

了唐代的释褐试，直接对考中之人授予官职，这样就避免了寒门学子因为朝中无人，中举也很难通过释褐考试的现象。科举制度的不断完善，选拔力度的加大和中举之后的无上荣光，让士人阶层纷纷以在科举场上一较高下、获取功名为读书的最终目的。在太宗朝，甚至有很多僧道还俗来参加科举考试，这些僧道，只知靠语言的雕饰在科举考试场上取胜，通经义者甚少，实非吏才。以至于到了太平兴国八年（983），太宗不得不下令禁止僧道参加科举①，可见当时科举取士对整个社会的吸引力。

真宗在科举选士上，同样继承了太宗对寒门学子的态度。咸平元年（998），真宗命翰林学士杨砺等知贡举时说："贡举重任，当务选擢寒俊，精求实艺，以副朕心。"② 从这句话可知，真宗时之科举，仍是以选擢寒门学子为重。宋真宗时期，科举制度已相当完善，而在严防徇私之事上，真宗朝又有了新举措："试进士初用糊名法，以革容私之弊。张士逊以监察御史为巡铺官，因白主司有亲戚在进士，明日当引试，愿出以避嫌。主司不听，士逊乃自言引去。真宗是之，遂诏自今举人与试官有亲嫌者，移试别头。"③ 张士逊此举，让真宗看到了科举考试可能存在的漏洞，考虑了官僚士大夫子弟与考官的亲故关系，真宗采取了回避制度，考官的亲族参加科考，须另设考试。"别头试"的施行，将士大夫私相授受的可能性降到最低，从而最大限度地保证了科举的公正。

宋朝最高统治者对人才选拔的重视，使宋一代文人之盛，社会文化素质之高，远超其他封建王朝，即使是汉唐两代也未能及。"宋有天下三百载，视汉唐疆域之广不及，而人才之盛过之"④，这几乎成为后世的共识，宋朝也因此与汉、唐被后世并称为"后三代"。

最后，对文学的倡导。宋朝自太祖制定重文轻武之国策以来，最高统治者对文士的优待是显而易见的。文化环境的优渥和宽松，相应地刺激了文学的发展。然而，太祖之时，对文学并没有太重视，据司马光的《涑水记闻》载："太祖尝谓秦王侍讲曰：'帝王之子，当务读经书，知治乱之大体，不必学作文章，无所用也。'"⑤ 太祖虽提倡多读书，然其所倡之书乃经史，而并非文章之学。其以武力夺得天下，本身对务虚的文学是不甚重视的。太祖在位期间，最热衷

---

① 曾枣庄，刘琳. 全宋文：第四册［M］. 上海辞书出版社，2006：144.
② 李焘. 续资治通鉴长编：卷四十三［M］. 北京：中华书局，1979：907.
③ 王栐. 燕翼诒谋录［M］. 诚刚，点校. 北京：中华书局，1981：44.
④ 见（明）徐有贞《重建文正书院记》，《范仲淹全集》附录七，范仲淹. 范仲淹全集［M］. 李勇先，王蓉贵，校点. 成都：四川大学出版社，2002：1196.
⑤ 司马光. 涑水记闻［M］. 北京：中华书局，1989：20.

的业余活动和与朝中大臣互动最多的便是"宴射"，尤其是即位初，每年都有数次"宴射"活动，以乾德四年（966）为例，《续资治通鉴长编》记录的太祖参与的宴射竟达十次之多，而太祖本人与文学相关的活动在史书上却难觅踪迹。太祖武将出身，文学素养有限，陈师道《后山诗话》曾记载，宋军围困金陵，南唐后主遣徐铉来朝，"铉伐其能，欲以口舌解围，谓太祖不文，盛称其主博学多艺，有圣人之能"①，可见，"太祖不文"是当时人的共识。太祖生平的文学创作极少，《全宋诗》中录太祖所作完整的诗歌仅有一首。其《日诗》云："欲出未出光辣达，千山万山如火发。须臾走向天上来，逐却残星赶却月。"全诗以叙述为主，几近日常口语，毫无意境可言，更谈不上任何艺术价值。《全宋文》中收录的太祖本人所作之文章，也只有寥寥四篇而已，且都带有明显的口语色彩，文学价值并不高。太祖不仅不重视文学，甚至对文人和诗词歌赋还带有一些轻视：

> 艺祖时，新丹凤门，梁周翰献《丹凤门赋》。帝问左右："何也？"对曰："周翰儒臣，在文字职，国家有所兴建，即为歌颂。"帝曰："人家盖一个门楼，措大家又献言语。"即掷于地。②

对于文人士大夫而言，文章就是他们的立身之本，但太祖却认为，那些文学作品不过是朝中文士借机表现的工具而已。士大夫陶谷就曾因朝廷待词臣不厚而心生不满，乞罢禁林，太祖不仅对陶谷的诉求不以为意，还以"依样画葫芦"来形容翰林之职，认为翰林的工作不过尔尔。最高统治者的轻视间接导致太祖一朝文学不振，此时的文坛除了五代入宋的文学之士外，几乎没有新鲜血液注入。

太宗朝时，这种现象发生了变化。太宗虽同样是武人出身，却对文学充满了兴趣，在其尚未即位之时就喜好与臣下相唱和，"上居藩邸时，每有篇咏，令防属和，前后数百章"③。太宗即位之后，天下太平，太宗更加有时间留意文学，他仍时常与大臣唱和，《续资治通鉴长编》中就记载了太宗多次与臣子的唱和。太平兴国二年（977）九月，太宗狩猎于近郊，"作诗赐群臣，令属和"④，雍熙元年（984）三月，"召宰相近臣赏花于后苑，上曰：'春风暄和，万物畅

---

① 陈师道 . 后山诗话［M］. 北京：中华书局，1981：302.

② 龚鼎臣 . 东原录［M］. 文渊阁四库全书本 .

③ 脱脱，等 . 宋史：卷二百六十五［M］. 北京：中华书局，1985：9140.

④ 李焘 . 续资治通鉴长编：卷十八卷［M］. 北京：中华书局，1979：413.

茂，四方无事，朕以天下之乐为乐，宜令侍从词臣各赋诗'"①，君臣赏花赋诗的传统由此开始。不仅如此，太宗还经常增加赋诗的难度来考查群臣各自的文学造诣，"时从臣应制赋诗，皆用险韵，往往不能成篇"②。同时，太宗本人也积极参与文学创作，《全宋诗》收录太宗之诗多达五百余首。太宗的诗歌语言大多平易晓畅，颇具白诗遗风。除却阐释道家经典、佛经教义等宗教意味明显的内容外，他的诗中亦不乏有一些佳句，如"银汉影沉星乍没，又看红日起扶桑"③（《缘识》），将普通的黎明破晓时的景色写得平淡却大气，显现出天地由昏暗变光亮的朝气蓬勃，极具帝王风范。又如"轻轻相亚凝如酥，宫树花装万万株"④（《太平兴国七年季冬大雪赐学士》），其描写雪景，巧妙地运用了叠词，读来朗朗上口，且将雪描绘得娇俏可爱，言辞通俗却别有一番滋味。

田锡在《答胡旦书》中亦提到太宗对文学的重视以及这种现象对当时士人的积极影响："帝王好文，士君子以名节文藻相乐于升平之世，斯实天地会通之运也。自数百载罕遇盛事，今锡与君偶斯时焉。"⑤宋太宗提倡文学，除了亲自进行文学创作，并时常与大臣往来唱和外，还对文学侍臣格外优待：

> 辛巳，翰林学士承旨苏易简《续翰林志》二卷以献，上嘉之，赐诗二章，纸尾批云："诗意美卿居清华之地也。"易简愿以所赐诗刻石，昭示无穷。上复为真、草、行三体书书其诗，命待诏吴文赏刻之，因遍赐近臣。又飞白书"玉堂之署"四大字，令中书召易简付之，牓于厅额，上曰："此永为翰林中美事。"易简曰："自有翰林，未有如今日之荣也。"⑥

太宗不仅亲自赐诗，还特意用"飞白"体为苏易简题字，并准许他牓于厅额，这在当时的翰林，实是荣耀之至。李昉在《禁林宴会诗序》中列举了当今学士的七件盛事，指出太宗"特出异恩，有以见圣君待文臣之优厚也"⑦。甚至对于某些道德及为人上有很多不尽如人意之处的文学侍从，太宗都因为诗文之才华对他们的这些缺陷视而不见。如陶谷、张洎之流，太宗虽鄙薄他们的为人，但最终仍对其加以重用。

① 李焘. 续资治通鉴长编：卷二十五卷［M］. 北京：中华书局，1979：575-576.
② 叶梦得. 石林燕语：卷八［M］. 田松青，徐时仪，校点. 上海：上海古籍出版社，2012：71.
③ 北京大学古文献研究所. 全宋诗：第一册［M］. 北京：北京大学出版社，1995：430.
④ 北京大学古文献研究所. 全宋诗：第一册［M］. 北京：北京大学出版社，1995：447.
⑤ 田锡. 咸平集［M］. 罗国威，校点. 成都：巴蜀书社，2008：41-42.
⑥ 李焘. 续资治通鉴长编：卷三十二［M］. 北京：中华书局，1979：724.
⑦ 曾枣庄，刘琳. 全宋文：第三册［M］. 上海：上海辞书出版社，2006：159.

此外，太宗还经常勉励大臣们在为宦之时勿忘文学。他在廷试之时常常嘱咐及第者"效官之外，更励精文采"①，不要将前功荒废。田锡对此也曾回忆道："仍念策名之岁，亲闻金口之言，常令各守谦和，莫忘笔砚。"② 帝王的重视和嘱托自然会对臣下产生重大的影响，于是一时之间，群臣莫不以文学从事。当时朝中，亦有很多文士因为诗歌而受到太宗的另眼相看："（李）度尝知歙州，坐事左迁，十年不调。有中黄门得度歙州所著诗石本，传入禁中，上见之，因问宰相曰：'度今安在？'即召赴阙，寻授虞部员外郎。度进《贺雨》诗，上特与继和，令宰相召度至中书宣示之。"③ 李度本已被降职，十年都不曾调任，却因为创作的诗歌传入宫中，就马上被太宗召见，不仅破格提用，还给予厚赐，不得不承认太宗对士大夫文学创作的看重。在太宗的倡导下，宋代文学开始逐步兴盛起来。

真宗即位后，对文学的重视又更进一步。作为宋朝王室培养起来的第一位太平天子，宋真宗从小就接受儒家思想的教育，"言必合道，动必由礼"④（陈充《上真宗乞恭勤守治》），深受儒学文士大家的耳濡目染，对文学创作有着自发的爱好。《青箱杂记》载："真宗听政之暇，唯务观书，每观毕一书，即有篇咏，使近臣赓和，故有御制《看〈尚书〉诗》三章、《看〈春秋〉》三章、《看〈周礼〉》三章、《看〈毛诗〉》三章……可谓近代好文之主也。"⑤ 虽然真宗所作之文，都是关于经史著作的议论和思考，然从上面的统计可以看出，真宗的确笔耕不辍。宋真宗不仅热爱文学创作，他的文学功底亦十分深厚。据《宋稗类钞》记载："真宗祀汾而还，驾过伊阙，亲洒宸翰，为铭勒石，文不加点。群臣皆呼万岁。"⑥ 大臣表现出来的对真宗的钦佩与赞赏固然有虚夸、奉承之嫌，但"文不加点"，一气呵成，则必须有一定的实力方能为之。欧阳修在《归田录》中记载杨亿为人所谮，真宗在愤怒之余，为了证明自己的实力，"出文稿数箧，以示大年（杨亿）云：'卿识朕书迹乎？皆朕自起草，未尝命臣下代作也'"⑦。真宗之文稿皆亲自撰写，由此可知他确实是一位文学素养极高的君主，同时真宗朝亦沿袭了太宗朝君臣唱和的文学传统。咸平二年（999），"上作

---

① 脱脱，等．宋史：卷一百五十五［M］．北京：中华书局，1985：3608.
② 田锡．咸平集［M］．罗国威，校点．成都：巴蜀书社，2008：236.
③ 李焘．续资治通鉴长编：卷二十八［M］．北京：中华书局，1979：632-633.
④ 曾枣庄，刘琳．全宋文：第六册［M］．上海：上海辞书出版社，2006：1.
⑤ 吴处厚．青箱杂记：卷三［M］．李裕民，点校．北京：中华书局，1985：27.
⑥ 潘永因．宋稗类钞［M］．北京：书目文献出版社，1985：8.
⑦ 欧阳修．归田录［M］．林青，校注．西安：三秦出版社，2003：37.

《社日》五言诗赐近臣属和，宰执求免次韵，上曰：'君唱臣和，亦旧制也，无烦多让。'"①太宗时的赏花钓鱼宴，真宗仍因袭传统，并将其视为定例，"岁岁赏花钓鱼，群臣应制"②。而对于治下百姓，真宗亦提倡他们多读书，为此，他还特意作了一首劝学诗："富家不用买良田，书中自有千钟粟。安居不用架高堂，书中自有黄金屋。出门莫恨无人随，书中车马多如簇。娶妻莫恨无良媒，书中自有颜如玉。男儿欲遂平生志，六经勤向窗前读。"③ 全诗通俗易懂，阐述道理清晰、平白而又让人记忆深刻。真宗贵为一国之尊，却以这首接地气的诗歌向百姓传播读书带来的各种好处，可谓用心良苦。该诗虽赋予了读书明显的功利倾向，然正是诗中提到的功名、利禄，对于士人尤其是平民阶层来说却是极具吸引力的，这首诗也成为后世勉励世人读书向学的名作，在民间广为流传。

二、儒道重建

由于时代和认识的局限性，宋朝封建统治阶级将五代时期战乱割据的根本原因归结为道德的败坏。因此，实现道德体系的重建和思想上的统一，成为宋初统治者所追求的新目标，而传承数代的儒家思想自然是赵宋统治者的不二之选。

当时的宋太祖倚靠兵变夺取天下，本就是冒天下之大不韪，严重违背了儒家所宣扬的伦理道德观。赵匡胤深知这样的行为给臣下、给百姓造成的负面影响。作为新朝统治者，太祖当然急于改变这种印象，以期恢复传统的伦理道德体系。在陈桥兵变之后，太祖返京时即与部下立下约定"太后、主上，我北面事者，不得惊犯"④，借此树立自己忠君的形象。立朝之后，他自然也希望自己统治下的百官和黎民百姓能够以传统的伦理道德来约束自身。要稳定人心，维持社会秩序，他必须借助传统儒学思想，因此宋初统治者一直致力于儒学在社会意识形态上的建构。

（一）恢复礼乐

礼乐制度是儒家文化的精髓，是儒家维护社会秩序及道德的重要手段，同时也是中国古代社会自觉化的表征。"乐者，天地之和也；礼者，天地之序也。

---

① 李焘. 续资治通鉴长编：卷四十五 [M]. 北京：中华书局，1979：959.

② 欧阳修. 归田录 [M]. 林青，校注. 西安：三秦出版社，2003：95.

③ 黄坚. 详说古文真宝大全 [M]. 熊礼汇，点校. 长沙：湖南人民出版社，2007：14. 当今学界亦有学者对该诗作者存疑，认为此诗言辞俚俗，不似帝王手笔，存此以备一说。

④ 陈邦瞻. 宋史纪事本末 [M]. 北京：中华书局，1977：2.

和，故百物皆化；序，故群物皆别。"①（《礼记·乐记》）传统儒家文化强调以礼乐治国，"'礼者，君之大柄也，所以别嫌明微，傧鬼神，考制度，别仁义，所以治政安君也。'君得礼则得其柄矣，安上治民莫善于礼。"②要想恢复儒家传统文化，恢复礼乐制度是第一步。所谓"由三代而上，治出于一，而礼乐达于天下，由三代而下，治出于二，而礼乐为虚名"③，在士大夫心目中，礼乐的全面落实已成为国家统一的标志。宋初最高统治者，深知礼乐制度的重要性，因此，对儒家礼乐传统不敢不谨慎对待。太祖及其拥护者依靠武力夺得天下，对礼乐知之甚少。太祖其人，虽然心底对儒家礼乐制度怀有轻视，但出于巩固政权的需要，其对礼乐制度的承袭未敢有丝毫懈怠：

> 先是，上入太庙，见其所陈笾豆簠簋，问曰："此何等物也？"左右以礼器对。上曰："吾祖宗宁识此？"亟命撤去，进常膳如平生。既而曰："古礼亦不可废也。"命复设之。于是判太常寺和岘言："案唐天宝中享太庙，礼料外，每室加常食一牙盘，五代以来，遂废其礼，今请如唐故事。"诏自今亲享太庙，别设牙盘食，禘祫、时享皆同之。
>
> 岘又言："乾德初，郊祀上帝，就望燎位，而燎坛稍远，有司不闻告柴燎之声。臣时为礼官，职当赞导，亲闻德音，令举烛相应。案《史记·封禅书》，秦常以十月郊见，通权火，状若桔槔，欲令光明远照，通于祀所。望敕有司率循前制。"④

太祖对太庙祭祀用的礼器全然不识，但在撤去后马上意识到"古礼不可废"，又命复设。和岘看到了太祖对"礼"的态度，故而顺势进言，认为宋初郊祀时的礼仪有不尽如人意之处，希望能恢复汉唐时的制度，他的谏言也得到了太祖的支持。其实，在此之前，太祖就已经意识到礼乐对于巩固统治的重要性，随即着手开始恢复五代时期废弃的儒家经典礼乐制度。建隆三年（962），太常寺博士聂崇义考证三礼，并上《三礼图》，太祖命尹拙、窦仪加以订正。建隆四年（963）八月，宋太祖颁布《令宰臣参定礼仪诏》，旨在恢复礼乐制度。⑤乾德元年（963），窦俨进言："三五之兴，礼乐不相沿袭。洪惟圣宋，肇建皇极，

---

① 鲁同群．礼记［M］．南京：凤凰出版社，2011：154．
② 杨简．先圣大训：卷一［M］．文渊阁四库全书本．
③ 欧阳修，宋祁．新唐书：卷十一［M］．北京：中华书局，1975：307．
④ 李焘．续资治通鉴长编：卷九［M］．北京：中华书局，1979：211-212．
⑤ 曾枣庄，刘琳．全宋文：第一册［M］．上海：上海辞书出版社，2006：46．

一代之乐，宜乎立名。乐章固当易以新词，式遵旧典。"①太祖遂命窦仪对乐制进行改革。不管是礼制的恢复，还是乐制的立名，这些都是在遵从古法旧典的大原则下进行的。以和岘关于郊祀之乐的制定为例：

> 六年，岘又言："汉朝获天马、赤雁、神鼎、白麟之瑞，并为郊歌。国朝合州进瑞木成文，驯象由远方自至，秦州获白乌，黄州获白雀，并合播在管弦，荐于郊庙。"诏岘作《瑞文》《驯象》《玉乌》《皓雀》四瑞乐章，以备登歌。

> 未几，岘复言："按《开元礼》，郊祀车驾还宫，入嘉德门，奏《采茨》之乐；入太极门，奏《太和》之乐。今郊祀礼毕，登楼肆赦，然后还宫，宫县但用《隆安》，不用《采茨》。其《隆安》乐章本是御殿之辞，伏详《礼》意，《隆安》之乐自内而出，《采茨》之乐自外而入，若不并用，有失旧典。今太乐署丞王光裕诵得唐日《采茨曲》，望依月律别撰其辞，每郊祀毕，车驾初入奏之；御楼礼毕还宫，即奏《隆安》之乐。"并从之。②

汉朝郊歌，以所获祥瑞名之，而北宋的郊祀之乐，亦承汉统，其乐章同样以宋初所获祥瑞命名。郊祀车驾还宫之时，按照大唐之《开元礼》，车驾初入和礼毕还宫之时，所奏的是不同的乐章，而宋初却只奏《隆安》之乐，和岘认为，这是不符合传统儒家礼乐制度的，因而上谏请求加以改正，这些都得到了宋太祖的许可。从上面不难看出，宋初对于乐的制定，也是以汉唐旧制为基础，尽管稍有改动，但大部分都仍然依照前制旧典。礼乐的恢复为宋朝社会秩序的建立和儒学复兴提供了基本保障。

（二）伦理道德

不仅如此，最高统治者为了恢复儒家正统，还积极致力于社会伦理道德重建。首先，他们以身作则，用儒家的伦理道德标准来约束自己。太祖性孝悌，对自己的母亲杜太后可谓言听计从。太后在临终之际，提出以太祖弟赵光义为皇位继承人。数代以来，皇位大多是由皇帝的儿子继承，彼时太祖亦有子嗣。杜太后的决定虽号称是为赵氏江山考虑，然对于现任皇帝而言，兄终弟及，于情于理，都是有些说不过去的。但是，当时的太祖却毫不犹豫地答应了太后的

---

① 陈邦瞻. 宋史纪事本末 [M]. 北京：中华书局，1977：44.
② 陈邦瞻. 宋史纪事本末 [M]. 北京：中华书局，1977：47.

请求，并让赵普记录下来藏于金匮之中，即后世所称"金匮之盟"。① 对于弟弟妹妹，太祖也极尽兄长友爱之情。除了赐予封号等虚名外，他对他们也是发自内心的关怀和爱护。其妹妹燕国长公主去世，太祖哀恸不已，并提出在自己次年生辰之时罢会禁乐。对于弟弟赵光义，太祖更是无微不至地关心，《续资治通鉴长编》中描写了很多太祖对太宗在日常生活中的细致关怀：

> 上以晋王光义所居地势高仰，水不能及，庚子，步自左掖门，至其第，遣工为大轮，激金水河注第中，且数临视，促成其役。王性仁孝，上雅钟爱，尹京十五年，庶务修举，上数幸其府，恩礼甚厚。尝疾病，殆不知人，上亟往问，亲为灼艾，王觉痛，上亦取艾自灸，自辰及酉，王汗洽苏息，上乃还。疾良愈，复往视之，赐以龙凤氇褥。又尝宴宫中，王醉，不能乘马，上起送至殿阶，亲披之。王帐下士蒙城高琼左手执镫以出，上顾见，因赐琼等控鹤官衣带及器帛，勉令尽心。间谓近臣曰："晋王龙行虎步，且生时有异，必为太平天子，福德非吾所及也。"②

太祖按太后之意将赵光义拟为皇位继承人，对赵光义更是关怀备至，同时，为了能让朝中大臣拥戴这位继位者，他时常向身边近臣暗示赵光义的与众不同，以此强调赵光义继位天子的合理性。《宋史》论及宋太祖时，除了对他建立宋朝的奠基之功予以肯定外，还对太祖为宋朝儒家道德重建所做的贡献也做出了客观的评价："（太祖）在位十有七年之间，而三百余载之基，传之子孙，世有典则。遂使三代而降，考论声明文物之治，道德仁义之风，宋于汉、唐，盖无让焉。"③ 太祖以身示范，为朝中大臣和天下百姓做出了榜样。

宋太宗即位后，同样积极致力于儒家伦理道德的重建。较太祖而言，太宗对儒学的尊崇又进了一步，"太宗崇尚儒术，听政之暇，观书为乐，殆至宵分，手不释卷"④。据《宋史》记载，太宗"以慈俭为宝，服浣濯之衣，毁奇巧之器，却女乐之献"⑤，修身养性，严格按照儒家传统道德标准来要求自己。

---

① 对于"金匮之盟"的真实性一直以来都有质疑的声音。其说始见于《太祖新录》，王禹偶《建隆遗事》和司马光《涑水记闻》皆有载，而"烛影斧声"事件则见于文莹《续湘山野录》，正史和实录皆无记载，杜撰的可能性极大。因此，太祖应是自愿将太宗定为第一顺位继位者。

② 李焘. 续资治通鉴长编：卷十七［M］. 北京：中华书局，1979：372-373.

③ 脱脱，等. 宋史：卷三［M］. 北京：中华书局，1985：51.

④ 范祖禹. 帝学：卷三［M］. 杨淮，杨洹，释译. 呼和浩特：远方出版社，1998：149.

⑤ 脱脱，等. 宋史：卷五［M］. 北京：中华书局，1985：101.

除了身体力行之外，对于社会的精英群体——朝中士大夫，统治者同样以儒家伦理道德来要求他们，以期重塑儒士的君子人格。宋太宗曾与宰相薛居正论及读史的心得："朕常夙夜畏惧，防非窒欲，庶几以德化人之义……为臣者，或不终其名节，而陷于不义。盖忠信之薄，而获福亦鲜，斯可戒矣。"① 其中，明确提到了君王应该以德化人，而"名节""忠信"则是他对为臣者的期待。太宗所希冀的，都是典型的儒家学派对君臣的具体要求和政治理想。淳化三年（992）三月，"（太宗）时诏刻《礼记·儒行》篇，赐近臣及京官受任于外者，并以赐（孙）何等，令为座右之戒。"② 《礼记·儒行》中关于儒者的描述可以说是对儒者言行举止和内在修养的总体规范和要求。宋太宗特意下诏刻《礼记·儒行》，并赐给众大臣及新科进士孙何等人，就是希望这些朝廷的士大夫以及未来的士大夫们能够以此为标准，砥砺前行。

同时，宋初帝王也尽可能地为臣子创造条件，树立他们的儒家君子形象。

> 八月壬午，上谓近臣曰："孝者人伦至重。古之人，三年守坟墓。今臣僚子弟以祖父亡没，或与叙用，意在继其后嗣，然有不俟百日便预朝集者，朕每睹之，中心不忍。"赵昌言曰："陛下如此宣谕，乃敦厚风俗之旨也。"遂诏文武百官子弟，因父兄亡没，叙用未经百日，不得辄赴公参，令御史台专知纠察，并有冒哀求仕，释服从吉者，并以名闻。③

按照古代传统的道德礼仪制度，在位官员遭逢父母去世，必须离职回祖籍，为父母守制，称为"丁忧"。"丁忧"始于西汉，是士大夫孝道的具体体现。宋朝建立之初，士大夫服丧制度还不完善，臣僚子弟为了仕途，常常是服丧未满百日便赴任，太宗于是下诏，令御史台负责纠察此事，以厚风俗。

对于身边近臣，太宗经常语及其父母并予以召见，嘘寒问暖，以示对孝道的重视。他经常强调父母在子女成才道路上起到的重要作用，如淳化五年（994），贾黄中出知澶州之时，针对贾过分小心谨慎的性格，"上因谓左右曰：'黄中母有贤德，年七十殊未衰，每与之语，甚明敏。黄中终日忧畏，必先其母老矣。'又顾参知政事苏易简曰：'卿母亦然。自古贤妇人盖不可多得。'易简曰：'陛下孝治天下，重人之亲。臣实何人，老母得蒙圣奖，此人子之荣耀也。'"④ 贾黄中、苏易简品格高尚、才华出众，是太宗倚重的文臣，太宗将他

---

① 李焘.续资治通鉴长编：卷十六［M］.北京：中华书局，1979：334.
② 李焘.续资治通鉴长编：卷三十三［M］.北京：中华书局，1979：735.
③ 李焘.续资治通鉴长编：卷三十六［M］.北京：中华书局，1979：796.
④ 李焘.续资治通鉴长编：卷三十六［M］.北京：中华书局，1979：799.

们如此优秀的原因全归功于他们的母亲，称他们的母亲"有贤德"，是不可多得的"贤妇人"，并对她们赏赐有加。当然，这其中必然有笼络臣心的成分，但更多的是践行太宗本人"孝治天下"的初衷。

另外，对于治下百姓，宋初最高统治者同样以儒家道德标准进行约束和教化，为了改变当时所谓的薄俗旧习，他们以赏罚分明的态度着力恢复儒家道德传统，积极致力于民风民俗的淳化。以川、陕地区为例，乾德四年（966）五月，太祖下诏，禁止西川百姓按照自己的旧俗，在父母至亲生病的时候不去省视医药①。西川及山南诸州一带的百姓，父母及祖父母尚在，而子孙大多却远离长辈移居到别处。太祖知道后，认为有悖孝道，特意下诏禁止此类事情，并指出，如有违者以罪论处②。对于有孝行的百姓，太祖亦大行奖赏。河中永乐姚宗明十世族姚栖云，三岁时其父死边塞，其母改嫁，栖云受养于伯母。栖云长大后，"事伯母如其母，伯母亡，栖云葬之。又招魂葬其父，痛其父死于边，乃庐于墓次，终身哀慕不衰"③。为了表彰此等孝行，太祖诏加优赐，不仅旌表其门，连带乡、社、里都赐名为"孝悌""节义""敬爱"，以表彰这种良好的家风。宋太宗即位后不久，特下《诫饬士庶子弟甥侄等诏》敦劝孝悌人伦。淳化元年（990），崇仪副使郭载向太宗进言，提及四川地区的富人喜欢招婿入赘，入赘的女婿在富人死后同样可以分得财产，因此，许多贫穷人家的男子都抛弃自己的双亲入赘到富人家，郭载希望这种有伤风化的行为能够得到禁止。太宗于是下诏，禁止川陕地区的男子在父母健在时入赘为婿。对于民间闻名乡里的孝子贤孙，太宗亦给予褒奖赏赐："庚辰，温州言永嘉县民陈侃五世同居，内无异爨，侃事亲至孝，为乡里所称。诏旌表门闾，赐其母粟帛。"④ 太宗不仅赐予财物，还大张旗鼓地进行表彰，以期引发百姓的效仿之心，进而达到淳化风俗的目的。古代社会，经常有将子女过继给他人的现象，太宗为了广泛地宣传孝道，还颁布了一道前所未有的条令，"皇朝以孝治天下，笃厚人伦，子之出继他位者，得封赠其本生父母"⑤，按照常理，儿子过继给他人之后，功名利禄等一切都与亲生父母再无关系，太宗却格外开恩，准许封赠其亲生父母。太宗雍熙三年（986）七月癸未，发生了一件复仇杀人事件："京兆府鄠县民甄婆儿，报

① 曾枣庄，刘琳．全宋文：第一册［M］．上海：上海辞书出版社，2006：92.
② 见《禁西川山南诸道祖父母父母在别籍异财诏》，司义祖．宋大诏令集［M］．北京：中华书局，2009：730.
③ 脱脱，等．宋史：卷四百五十六［M］．北京：中华书局，1985：13402.
④ 李焘．续资治通鉴长编：卷四十［M］．北京：中华书局，1979：842.
⑤ 王栐．燕翼诒谋录［M］．诚刚，点校．北京：中华书局，1981：16.

母仇杀人，诏决杖遣之。"① 杀人本应处死，但太宗却念其是为母报仇而免去此人的杀戮之罪，太宗也因此事被百姓奉为"明主"。孝义甚至可以凌驾于法律之上，可见宋初统治者为重建儒家道德价值体系所做出的努力。《宋史·孝义传》亦称："太祖、太宗以来，子有复父仇而杀人者，壮而释之；刲股割肝，咸见褒赏，至于数世同居，辄复其家。"② 为父母报仇而杀人者，可以免除一定的牢狱之灾，对于有孝行、数代同居之人，朝廷都给予奖赏，可谓将孝道推崇到极致。

（三）提倡忠义

"忠"是中国儒家文化中一个重要的伦理道德范畴。《论语》有云："君使臣以礼，臣事君以忠。"③（《论语·八佾》）这句话对君臣之间的关系进行了完美的诠释，被后世视为君臣关系的最佳状态，忠义也成为最高统治者对大臣的最高要求。由上文可知，宋初最高统治者真正地做到了"君使臣以礼"，同时，和历朝历代的统治者一样，他们也希望"臣事君以忠"。然五代时期，政变乃常有之事，士人们已习以为常，大部分臣僚的忠义观极度缺失，一臣事二主甚至多主的情况时有发生，据史书记载："五代之际，霸据角立，君无世臣，臣无定主，而窥神器为蓬蓬，则士之全节者无几。"④ 因此，为了加强中央政治集权，保证王朝的长治久安，重新树立臣子的忠义之伦理道德观势在必行，宋初统治者在忠义观建设上花费了大量心血。

首先，是对忠臣的赏识和重用。太祖初立宋朝，征伐五代诸国，其间降伏了各国许多文武大臣。这些由前朝入宋的大臣，其中不乏忠义之士。故国虽已不复存在，但这些人，或誓死不做宋臣，或身为宋臣却对前朝仍念念不忘。对于这些前朝忠臣，太祖极力以礼相待，希望他们能为自己效力。以南唐徐铉为例，太祖平定南唐之后，徐铉跟随李煜入朝觐见宋太祖，太祖责其不早劝李煜投降，铉曰："臣在江南，备位大臣，国亡不能止，罪当死，尚何所言！"⑤ 徐铉对太祖的责骂不仅没有丝毫的胆怯，反而直言自己面对故国之灭亡而无所作为的悔恨。徐铉对南唐的忠心不仅没有惹来杀身之祸，反而赢得了太祖的敬佩，太祖称赞其为忠臣，并希冀徐铉对自己如对李氏。徐铉进入宋廷之后，也得到了宋太祖的重用。

---

① 王栐．燕翼诒谋录［M］．诚刚，点校．北京：中华书局，1981：32.
② 脱脱，等．宋史：卷四百五十六［M］．北京：中华书局，1985：13386.
③ 孔子．论语［M］．杨伯峻，杨逢彬，注译．长沙：岳麓书社，2018：38.
④ 马令．南唐书［M］．文渊阁四库全书本．
⑤ 司马光．涑水记闻［M］．北京：中华书局，1989：15.

有些亡国旧臣，出于对前朝的忠心，坚决不出仕宋廷。对于这些人，太祖也并未有所迁怒，仍然将他们安顿妥当，确保其生活无虞。后晋卫融就是一个典型的例子，太祖征讨李筠，刘钧派卫融前去相助，卫融兵败被擒，太祖因此对其发起责难：

> 融曰："犬吠非其主，臣四十口受刘氏丰衣美食，不忍负之。陛下纵不杀臣，臣亦不为陛下用，终当间道走河东尔。"太祖怒，令左右以铁挝击其首，曳出将戮之。融大呼曰："大丈夫死或重于泰山，或轻于鸿毛，今之死正得其所尔。"太祖闻之曰："此忠臣也。"①

卫融被俘，却仍选择尽忠刘氏，将生死置之度外。赵匡胤感叹卫融对刘氏的忠诚，随后命人替卫融治伤，并且破例让他写信给刘钧，欲放卫融回河东，然而刘钧却久未回信，太祖于是赐卫融宅第，让他能在京城安身。

宋太宗赵光义，同样对忠臣青睐有加，有着敬重之心："太宗皇帝以亲邸勋望，绍有大统，深惩五代之乱，以刷涤污俗，劝人忠义为本。"② 以浦城杨徽之为例，后周时期，杨徽之看到太祖在军中的势力和影响，预见到太祖将来必然会引起祸患，因此向周世宗进言解除太祖的兵权，从而招致赵匡胤的记恨。太祖即位后，杨徽之仕途一直不显赫，后又因事惹太祖对其起了杀念。在明知太祖与杨徽之早有嫌隙的情况下，赵光义仍然极力阻止太祖借机处死杨徽之，原因就是他认为杨为"周室忠臣也，不宜深罪"。太宗即位后，杨徽之这位"周室忠臣"终于得到朝廷的重用。

其次，对于那些对前朝统治者不忠不义之人，宋廷统治者始终有所顾虑，不愿委以重任。太祖、太宗对张洎的态度就能说明问题。张洎在南唐时，宋太祖就对此人有所耳闻，并称其为"弄权者结喉小儿"③，言语中满是鄙夷。"张洎与陈乔皆为江南相，金陵破，二人约效死于李煜之前。乔既死，洎白煜曰：'若俱死，中朝责陛下久不归命之罪，谁与陛下辨之？臣请从陛下入朝。'遂不死。"④ 张洎为人诡谲善辩，善于周旋。南唐破灭之时，张洎与陈乔相约为国赴死，在陈乔以身殉国后，他又以为李煜辩白太祖为由而与后主共同入朝。入宋之后，他又极力地钻营，想在宋廷谋取官职。张洎与寇准私交甚好，寇准对其也有重用之心，因而屡次向太宗推荐张洎："初，执政欲用右谏议大夫张洎，因

---

① 脱脱，等．宋史：卷四百八十二 [M]．北京：中华书局，1977：13942．
② 田况．儒林公议 [M]．张其凡，点校．北京：中华书局，2017：7．
③ 李焘．续资治通鉴长编：卷十五 [M]．北京：中华书局，1979：320．
④ 司马光．涑水记闻 [M]．北京：中华书局，1989：46．

对，言洎文学久次，不在士安下。上曰：'极知洎文学资任不下士安，第德行不及耳。'执政乃退。"① 若论张洎的文学与智谋，绝非一般人可比，先是，太宗也有启用之心，但后来听说张洎在南唐时曾诬陷忠臣潘佑，使其自杀于家中之事，遂"薄其为人"，并在宰相举荐时直言其"德行不及"，而选用了才情稍逊但品行却高于张洎的毕士安。淳化四年（993），太宗和身边大臣论及张洎时云："张洎富有词藻，至今尚苦心读书，江东士人中首出也。然搢绅当以德行为先，苟空恃文学，亦无所取。"② 太宗对张洎的才华和勤奋都给予充分肯定，但在主观上却不愿予以重用，并以此告诫近臣用人需以德行为首要考量条件。张洎害死忠臣潘佑，间接导致了南唐的灭亡，于国是为不忠；他与陈乔相约殉国，陈乔死而他却独自偷生，于友是为不义。如此不忠不义之人，即便寇准屡荐之而太宗却不予取用，这也从侧面反映了太宗对忠义之臣的向往。

（四）尊孔崇儒

为了重建儒家道统，宋廷历任统治者在尊孔崇儒方面也做出了极大的努力。宋太祖在建国之初，便开始大力提倡儒学，首先就体现在对孔子的尊崇上："上既受禅，即诏有司增葺祠宇，塑绘先圣、先贤、先儒之像。上自赞孔、颜，命宰臣、两制以下分撰余赞，车驾一再临幸焉。"③ 太祖不仅下令修葺圣人祠堂，还亲自撰写孔子、颜回之赞。太宗继太祖之后，多次拜谒孔子庙，"建隆中，凡三幸国子监，谒文宣王庙。太宗亦三谒庙"④。对于孔子后人，宋朝统治者也给予极大的优待。如太平兴国三年（978），太宗就以孔子世嗣为右赞善大夫，并袭封文宣公，同时免其租税。真宗即位后，同样对孔子后人给予格外的礼遇："戊寅，以长葛县令孔延世为曲阜县令，袭封文宣公，并赐《九经》及太宗御书、祭器，加银帛而遣之。诏本道转运使、本州长吏待以宾礼。"⑤ 孔延世，乃孔子四十五世孙，因孔子后裔的身份，就得到了朝廷的重封与赏赐。大中祥符元年（1008），宋真宗亲自前往山东曲阜拜谒孔子庙和孔子墓，并且加谥孔子为"至圣文宣王"，随后又下令在全国范围内兴建孔庙，尊孔崇儒至此被推向高峰。

其次，在选拔人才上，宋初统治者亦喜欢选用儒家君子，究其原因有两点。一是儒家君子身上所表现出来的高尚气节和节操让人敬佩。例如，为人刚直、时刻维护儒家礼仪制度的"宿儒"窦仪，就用自己的实际行动给太祖上了生动

---

① 李焘．续资治通鉴长编：卷三十二 [M]．北京：中华书局，1979：725.
② 李焘．续资治通鉴长编：卷三十四 [M]．北京：中华书局，1979：757.
③ 李焘．续资治通鉴长编：卷三 [M]．北京：中华书局，1979：68.
④ 脱脱，等．宋史：卷一百五 [M]．北京：中华书局，1985：2547.
⑤ 李焘．续资治通鉴长编：卷四十二 [M]．北京：中华书局，1979：881.

的一课:"上尝纳凉后苑,召仪草制,仪至苑门,见上岸帻跣足而坐,因却立不肯进。合门使以奏,上自视微笑,遽索冠带而后召入。未及宣诏意,仪亟言曰:'陛下创业垂统,宜以礼示天下,臣虽不才,不足以动圣顾,第恐豪杰闻而解体也。'上敛容谢之。自是对近臣未尝不冠带。"① 在窦仪身上,太祖看到了传统儒家士大夫特有的气节,因此太祖坚信,只有具有儒家文化道德修养的君子才能恪尽职守,协助赵宋政权建立起一个全新的社会。

对于那些与真正儒士行为相悖的假儒士,宋廷最高统治者也明确表现出了对他们的反感,并极力反对这些沽名钓誉的行为。以贡举为例,宋初,胡旦、苏易简、王世则、陈尧叟等人在考试中皆先他人而成,又都被擢为状元,于是士人争习浮华,尚敏速的风气由此而成。"将作监丞莆田陈靖上疏,请糊名考校,以革其弊,上嘉纳之。于是,召两省、三馆文学之士,始令糊名考校,第其优劣,以分等级。内出《卮言日赋》题,试者骇异,不能措词,相率扣殿槛上请。会稽钱易,时年十七,日未中,所试三题皆就,言者指其轻俊,特黜之。"② 因为有了在考试中以速成而拔得头筹的先例,后来者为了能进士及第,争相效仿,纷纷以速成为荣,这种急功近利的做法引起太宗的反感。于是,在淳化三年(992)的殿试上,太宗亲自命题,并自信满满地对大臣说道:"今此题渊奥,故使研穷意义,庶浇薄之风可渐革也!"③ "卮言日出"语出《庄子》,太宗特意出这样一道题为难士人,其革除时弊、纠正举子陋习的决心亦由此可见一斑。然其时就试者数百人,全都愕然不知其所出,包括后来得了第一名的孙何。钱易却未能领会圣意,快速成文,故而被太宗排除在进士名单之外,以儆效尤。淳化五年(994),对于向皇帝献诗赋歌功颂德以求得到帝王青睐的现象,太宗特下《不许献诗赋杂文诏》予以严厉禁止,认为这种现象"长躁竞之风,非可以取敦朴之士"④。

经过太祖、太宗两代帝王的提倡和变革,儒学开始慢慢兴盛起来。真宗即位后,继续致力于儒学的复兴,他曾作《崇儒术论》刻石于国子监,其中有云,"儒术污隆,其应实大,国家崇替,何莫由斯……太祖、太宗丕变弊俗,崇尚斯文。朕获绍先业,谨遵圣训,礼乐交举,儒术化成"⑤。对儒术的推崇,于真宗来说,除了是前两代帝王的圣训遗命之外,这也是他个人真实的爱好。作为宋

---

① 李焘. 续资治通鉴长编: 卷七 [M]. 北京: 中华书局, 1979: 182.

② 李焘. 续资治通鉴长编: 卷三十三 [M]. 北京: 中华书局, 1979: 734.

③ 魏泰. 东轩笔录 [M]. 李裕民, 点校. 北京: 中华书局, 1983: 6.

④ 司义祖. 宋大诏令集 [M]. 北京: 中华书局, 2009: 733.

⑤ 李焘. 续资治通鉴长编: 卷七十九 [M]. 北京: 中华书局, 1979: 1798-1799.

廷第一位太平天子，宋真宗从小受儒学熏陶，他一直以儒家君子的标准要求自己，尤其是在执政前期，真宗"言必合道，动必由礼。无声伎之好，无畋游之娱，未尝兴土木之功，未尝纳珍奇之贡"①（陈充《上真宗乞恭勤守治》），可谓儒家标准的有道明君。宋真宗不仅重儒术，还对儒学之士爱护有加，魏泰在《东轩笔录》中记载："真宗天纵睿明，博综文学，尤重儒术，凡侍从之臣每因赐对，未始不从容顾问。真宗善谈论，虽造次应答，皆典雅有伦。"② 真宗喜欢将儒学之士留在身边，在其执政期间，甚至有终生未尝外宦的官员。以当时的儒臣杜镐为例，杜镐以博学深得真宗倚重，其晚年身患肺疾，屡次向真宗乞求外出居闲职，都未能如愿，最后真宗终于松口，让杜镐举荐一人取代他，然而杜镐未及得请就死于任上。

除了最高统治者之外，宋初执政大臣同样以儒道为依归。北宋初期的历任宰相，皆以儒家思想为治国之术。《言行龟鉴》记载：

> 赵韩王普为相，每朝廷遇一大事，定一大议，才归第，则亟合户，启箧取一书而读之，有终日者，虽家人不测也。及翌日出，则是事决矣。用是为常。后普薨，家人始开箧见之，则《论语》二十篇也。太宗欲相普，或谮之曰："普，山东学究，惟能读《论语》耳！"太宗疑之，以告普。普曰："臣实不知书，但能读《论语》，佐艺祖定天下才用得半部，尚有一半可以辅陛下。"上意释然，卒相之。③

开国功臣赵普文吏出身，他虽不爱读书，且才学有限，却能主动将儒家经典用于治世。明代张燧在评价赵普时云："宋之兴也，赵普以半部《论语》佐艺祖致太平，而其后也，遂有濂洛诸儒之盛，是所谓青出于蓝也，所贻者远矣。"④ 他对赵普在北宋儒道复兴过程中所做的贡献给予了很高的评价。除了以"半部论语治天下"的赵普外，世称"圣相"的李沆也经常以《论语》为自己修身和为政的准则，并时常以未能如《论语》之言而引以为憾："沆为宰相，如《论语》中'节用而爱人，使民以时'，尚未能行。圣人之言，终身诵之可也。"⑤

① 曾枣庄，刘琳. 全宋文：第六册［M］. 上海：上海辞书出版社，2006：1-2.
② 魏泰. 东轩笔录［M］. 李裕民，点校. 北京：中华书局，1983：6.
③ 张光祖. 言行龟鉴［M］. 沈阳：辽宁教育出版社，2001：1.
④ 张燧. 千百年眼［M］. 贺天新，校点. 石家庄：河北人民出版社，1987：150.
⑤ 脱脱，等. 宋史：卷二百八十二［M］. 北京：中华书局，1985：9540.

以上可以看出，最高统治者为了社会的长治久安，在重建社会秩序上付出了不少心力，而他们的付出，也取得了一定的成效。宋初国内的安定，高度佑文国策的确立，以及最高统治者对人才的重视，都为当时士人提供了良好的政治文化环境，最大限度地调动了士人的从政热情。同时，宋初最高统治阶级的改革与垂范，更为宋初儒学复兴提供了有力的外部条件。这些无疑对田锡这样有心于儒道重建的平民阶层有很大的吸引力。他在《上开封府判书》中描述："今皇上嗣守丕图，殆将周岁，孚大信，需洪恩，用贤才，黜不肖。英威果断，有类太宗；豁达大度，无异汉祖……宜乎儒雅道光，贤豪时至，遂令朝在布衣之伍，暮升华绶之荣。自古汲善拔才，进人之速，未有若斯之盛也。"① 国家统一，社会安定，最高统治者急于求贤，且对寒门学子大开方便之门，这些都让田锡这种无祖上福荫的布衣之士看到了希望。他认为，在宋初这样政通人和的政治环境下，作为儒士，唯有"伏奏于丹墀之下，导扬其名于天子"②，才能不"负于才良"，不"负于邦国"，不"负于己心"。因此，他年轻时就对国事非常关心，希冀有一天能够进入官场一展所长、扬名立万。在尚未入仕之时，田锡就以布衣身份上《请复乡饮礼书》《请修藉田书》，并在王师讨伐金陵之时作诗《夏日即事》："王师犹未下全吴，何日封章贺献俘。正是郁蒸生瘴虐，可堪水潦满江湖。威宣铁轴千艘盛，势撼金陵一垒孤。羁客无能为筹略，闲消白日覆棋图。"③ 他对宋廷的文治武功都给予热切的关注，充分反映了他身在江湖，却心系社稷的人生态度。

第四节 田锡出现之意义

如上所述，宋初作为宋文化形成的关键时期，社会必然面临着诸多问题。清人杨以贞评价宋初士风时言："宋初士大夫多苟贱，故取轻人主如此。然非宋无礼义之防也，承五代之后而其毁节灭义之风未尽革也。"④ 统治阶级虽然从立朝伊始就已经开始刻意地致力于恢复社会道德文化秩序，但毕竟只限于自身行为的模范作用和法律的约束，然"影响世人，移风易俗，并非只靠位居高位的

---

① 田锡. 咸平集 [M]. 罗国威，校点. 成都：巴蜀书社，2008：49.
② 田锡. 咸平集 [M]. 罗国威，校点. 成都：巴蜀书社，2008：45.
③ 田锡. 咸平集 [M]. 罗国威，校点. 成都：巴蜀书社，2008：134.
④ 杨以贞. 志远斋史话：卷二 [M]. 始丰张氏刻畅园丛书本：清光绪二十年（1894）.

人"①。最高统治者与普通士大夫在身份上已经有很大的差距，跟一般士人和平民阶层更是有着云泥之别，因此帝王及少数位高权重之人以身示范的做法很难产生广泛的影响。加之如前文所提到的，那时的文化基础已然受到了毁灭性的破坏，如果没有其他力量的介入，仅仅依靠宋朝最高统治者，很难完成儒学的复兴。宋初帝王也深知自己的力量有限，因此他们极度渴望有一股新兴势力来帮助他们建立一个全新的文治社会，从平民阶层选拔出来的精英知识分子——士大夫阶层就成了不二之选。在儒道衰落之际，士阶层所需要承担的重建社会秩序的任务就显得更加急迫。余英时在《士与中国文化》中说："在'礼崩乐坏'之余，人间性格的'道'是以重建政治社会秩序为其最主要的任务。但是'道'的存在并不能通过具体的、客观的形式来掌握。它既不化身为人格性的上帝（Personal God），也不表现于教会式的组织，而只有靠以'道'自任的个人——知识分子来彰显。"② 宋初所面临的士风与文风的双重困境，注定了北宋文化建设的主体难以由那些五代入宋的文士来承担，只有跟着新政权成长起来的新一代士人，才能真正肩负起儒学复兴的重担。因而，重振儒道的任务就落到了少数具有自觉意识且自我道德修养极高的士大夫身上。在士大夫群体当中，宋朝亦急需一个代表，以平民士大夫之精神，带领士大夫群体重建儒家道德传统，树立北宋特有的士大夫形象。

另外，宋初文坛，不管是骈俪浮艳的四六文，还是提倡浅易自然的白体诗，抑或是追求精练格律的晚唐体，士人的文学作品题材和情感范围都是极其狭窄的。这些文士往往只关注自己的一方小天地，文人的现实主义精神亦跟着消失殆尽，其诗歌多为应和酬唱、纵情山水或抒发内心情感，普遍缺乏对政事的关照和对社会的人文关怀，以及士阶层该承担的社会责任。他们当中的大多数人都经历过数次朝代的更替和社会的离乱，但这些历史和现实生活在他们的文学作品中却极少有所反映，这不得不说是一种遗憾。故而，宋初文坛急需有识、有才之士打破僵局，一扫沉疴，恢复文学的用世精神。

而相对于五代十国其他政权的儒风淡薄，两蜀时期的士大夫却是例外。敢于直谏，是蜀士之传统。前蜀时期，御史大夫冯涓"清苦直谏"③，为士大夫之

---

① 钱逊. 历史上士人的文化担当［N］. 北京日报，2012-02-06（20）.
② 余英时. 士与中国文化［M］. 上海：上海人民出版社，1987：122.
③ 何光远. 鉴诫录校注［M］. 邓星亮，邹宗玲，杨梅，校注. 成都：巴蜀书社，2010：96.

楷模。后蜀蒋贻恭"无媚世之诣，有咏人之才"①，全蜀士流都对他忌惮三分，后蜀高祖孟知祥称赞其为"敢言之士"。隐士张立"雅善吟咏，性朴直无忌讳"②，直言讽刺的对象直指后主孟昶。这些士人，继承了儒家的淑世传统，时刻不忘民瘼，对时事及民生都十分关心，在文学上亦体现出难得的现实主义精神。前蜀韦庄，有《秦妇吟》这样可与杜甫诗歌比肩的史诗般的巨作。为时人所重的直臣冯涓，曾在王建生辰时作《生日歌》，其中云："百姓富，军食足，百姓足，军民欢。争那生灵饥且寒，吾王有术应不难。但令一斗征一斗，自然百姓富于官。"③ 语言之直白，讽刺之辛辣程度令人咋舌，王建听后颇为惭愧，于是下令减轻百姓徭役。冯涓还著《大虫榜》《橛龙文》《嵰竿歌》等讽谏诗文，被当世所称道。后蜀欧阳炯，亦曾"拟白居易讽谏诗五十篇以献"④ 孟昶，后主不仅手诏给予褒奖，还赐予他银器和锦彩。士人杨士达"撰五十篇，颇讽时事"⑤。孟氏据蜀后四处搜访遗材，蒋贻恭因而见用，他因敢于针砭时事而闻名蜀中，如蒋贻恭所作《咏安仁宰捣蒜》："安仁县令好诛求，百姓脂膏满面流。半破磁缸成醋酒，死牛肠肚作馒头。长生岁取餐三顿，乡老盘庚犯五瓯。半醉半醒齐出县，共伤涂炭不胜愁。"⑥ 此诗语言虽然质朴无华，却将一个贪官县令无耻贪婪的形象刻画得惟妙惟肖。其言辞的直白和无所忌讳，实无愧为后蜀有名的正直士大夫。此外，蜀地的隐士虽远离庙堂，但其所作诗歌却体现出了对时事的尖锐讽刺。如有"诗谏"之称的隐士郑徵君，在诗作《富贵曲》中就体现出了对统治阶级奢靡生活赤裸裸的讽刺，其诗云："美人梳洗时，满头间珠翠。岂知两片云，戴却两乡税。"⑦另如后蜀有"诗谏"之称的隐士张立，他更是将所刺之矛头直指后主孟昶："后主常于罗城上遍植芙蓉，每至秋间四十里尽铺锦绣，高下相照，立作诗以《豳风·七月》为刺。"⑧ 面对后主的奢靡生活，张立以诗为谏，提醒蜀后主不能只顾自己贪图享乐，而要以民生为重。蜀中的

---

① 何光远．鉴诫录校注［M］．邓星亮，邬宗玲，杨梅，校注．成都：巴蜀书社，2010：88.

② 吴任臣．十国春秋［M］．徐敏霞，周莹，点校．北京：中华书局，2010：818.

③ 何光远．鉴诫录校注［M］．邓星亮，邬宗玲，杨梅，校注．成都：巴蜀书社，2010：97.

④ 脱脱，等．宋史：卷四百七十九［M］．北京：中华书局，1985：13894.

⑤ 钱易．南部新书［M］．尚成，校点．上海：上海古籍出版社，2012：90.

⑥ 何光远．鉴诫录校注［M］．邓星亮，邬宗玲，杨梅，校注．成都：巴蜀书社，2010：90.

⑦ 何光远．鉴诫录校注［M］．邓星亮，邬宗玲，杨梅，校注．成都：巴蜀书社，2010：119.

⑧ 吴任臣．十国春秋［M］．徐敏霞，周莹，点校．北京：中华书局，2010：818.

这部分士人，对杜甫和白居易诗歌的继承，不仅是形式上的，还是精神上的。蜀中地区，不仅文人普遍具有淑世情怀，就连方外人士对时事也颇为关心。在他们的诗歌当中，亦有许多讽刺时政的篇章，其中又以前蜀时居蜀的僧人贯休为典型。贯休入蜀，太祖王建不仅给予厚赐，还以高僧之礼相待，并封贯休为禅月大师，贯休始居于蜀地。他在蜀地的几年时间里，可谓看尽了统治阶级的豪奢淫逸，于是写下大量讽喻诗，如《公子行》："锦衣鲜华手擎鹘，闲行气貌多轻忽。稼穑艰难总不知，五帝三皇是何物。"① 此诗讽刺皇亲贵族的奢侈，以及对百姓疾苦及民生艰辛的漠不关心。有诗有"绣林锦野，春态相压。谁家少年，马蹄蹋蹋。斗鸡走狗夜不归，一掷赌却如花妾"② 等诗句，对上层阶级奢靡放浪的生活给予详细的描写和强烈的批判。

后蜀灭亡，随孟昶入宋的士大夫不在少数，如欧阳炯、毋守素、王著等，他们虽受到宋朝最高统治者的礼遇，在宋廷据有一席之地，但贰臣的身份也让他们的心态发生转变，在新的朝廷里几乎是毫无政绩可言。如欧阳炯，其仕后蜀孟昶时，节俭自守，颇为时人所赞赏。他好为歌诗，曾效仿白居易作讽谏诗五十篇以献，可说是忧国忧民的儒士典范。欧阳炯入宋之后，"末年少检操"③，在太祖平定南汉后，有大臣向太祖建议让其祭南海时，他甚至称病不出。太祖数次召见他，也无非是因为欧阳炯雅善长笛，太祖让他演奏数曲，不过是用以验证"孟昶君臣溺于声乐"之传言，并以此来警醒自己，其对欧阳炯并无任何政治上的期待。又如王贲之子王著，他在后蜀时任隆平主簿，颇有政绩，随后主降宋后，不过是因为工书法而得到太宗的赏识。正是由于政治上的种种因素制约，西蜀文人士大夫正直的政治人格，以及对唐文统的坚守与尊崇，仅限于蜀地之内，而无法将其传播于更广阔之地，更遑论在中央政权中有所影响。

田锡的出现，正好弥补了这一缺憾。他成长于西蜀，对蜀地士林与文坛的风气从小耳濡目染，他继承了蜀地传统文士热心时事的文学传统，对白诗的吸收不止于内容和形式上，而是彻底承袭了白诗的现实主义精神。他顺应宋廷文化建设、道德树立之形势，作为宋廷成立后成长起来的第一代士大夫，田锡视赵宋朝廷为自己的唯一效忠对象，心态完全不同于贰臣，他身上体现出来的士

---

① 何光远. 鉴诫录校注［M］. 邓星亮，邬宗玲，杨梅，校注. 成都：巴蜀书社，2010：128.

② 何光远. 鉴诫录校注［M］. 邓星亮，邬宗玲，杨梅，校注. 成都：巴蜀书社，2010：130.

③ 吴任臣. 十国春秋［M］. 徐敏霞，周莹，点校. 北京：中华书局，2010：777.

大夫自觉精神和传统儒士的淑世精神在当时的社会环境中显得尤为珍贵。同时，田锡将西蜀优良的士风与文风传统引至中央政权，为当时低迷的宋廷引入一股清新风气，为突破宋初文化困境提供了可能。他亦成为缔造宋初文化的先行者，在宋廷尚未建立文化风标体系之时，孤明先发，形塑了宋代士人之典范。

第二章

时代背景下的人格选择——田锡思想渊源与心理结构论析

　　一个人性格和思想的形成，与他成长的环境和人生经历有着密不可分的联系。田锡能够在宋初政界和文学界占有一席之地，并成为北宋士大夫的典范，其人生观和思想的成型必然是经历了一个长期积淀的过程，故土文化、家庭环境以及游学经历都对田锡产生了很大的影响。有些因素，让他的心理发生了变化，而有些因素，则成就了他一生不变的信仰。

第一节　儒学为主的兼容并蓄：蜀地传统文化浸润

　　作为中国地域文化的重要组成部分，蜀地传统文化的形成有着深刻的历史渊源，也并非一朝一代可以完成。自汉朝始，蜀文化就开始它的勃兴之路，泊乎北宋建立，蜀文化已有一千多年的历史。在这样漫长的时间里，蜀地形成了以儒学为宗的传统文化，并成长出土生土长的宗教——道教。同时，蜀文化还以兼容并包的态度对待一切外来人士和外来宗教与文化，这其中就包括了许多有名的文学之士和佛教文化。蜀地得天独厚的地理环境和风土人情给予了蜀地文士丰富的创作土壤和极大的心理慰藉，蜀文化在本土文士的成长过程中起到了不可估量的作用。另外，历代的蜀地文士又通过自身的发展与努力共同丰富了蜀地文化，奠定了蜀文化在中国地域文化中不可撼动的地位。田锡与蜀地文化的互动就形象地证明了这一点。

一、蜀地历史沿革

　　田锡成长的蜀地位于西南地区，早在武王伐纣之时，蜀地就渐渐兴盛起来，虽地处偏僻，但地理环境得天独厚："地称天府，原曰华阳。故其精灵，则井狼垂耀，江、汉遵流……其宝，则有璧玉，金、银、珠、碧、铜、铁、铅、锡、赭、垩、锦、绣、罽、氂、犀、象、毡、毦，丹、黄、空青之饶……其山林泽渔，园囿瓜果，四节代熟，桑、漆、麻、纻靡不有焉。"① 蜀地不仅拥有大量的宝石矿藏，还有种类繁多的农产品，物产十分丰富。因此，自古以来，蜀地居民都是衣食无忧、安定富足的。

泊乎汉代，汉景帝以文翁为蜀郡太守，文翁在蜀地兴建学宫、发展教育，并选出优秀的学宫青少年随同自己一起外出巡查、宣传教化。同时，他还派出大量的蜀地青年到京城学习，归来后担任要职。中原文化和儒学开始在蜀地萌芽，蜀地的文教事业开始兴盛，"自是蜀士学者比齐、鲁焉"②，蜀文化达到了空前的繁荣。《华阳国志·蜀志》对汉朝时期蜀文化发展的盛况有着详尽的描述："蜀自汉兴，至乎哀平，皇德隆熙，牧守仁明。宣德立教，风雅英伟之士，命世挺生，感于帝思……故司马相如耀文上京，杨子云齐圣广渊，严君平经德秉哲，王子渊才高名隽，李仲元湛然岳立，林翁孺训诂玄远，何君公谟明弼谐，王延世著勋河平……故'汉征八士，蜀有四焉。'"③ 司马相如进入京师之前，曾在石室执教，"从者数千人"④，出蜀之后以辞赋名动京师，其赋"不师故辙，自摅妙才，广博闳丽，卓绝汉代"⑤，司马相如遂成为乡党追慕效仿的对象，蜀地也因此奠定了"好文"的传统。可以说，司马相如对蜀中教育文化事业的发展起到了重要作用，其后扬雄、王褒等都是当时满朝闻名的巴蜀本土文士，其他知名的文士更是数不胜数。那时，无论从数量上还是从知名程度上，蜀中所出之文士都远超除京师以外的其他地区。巴蜀文学在汉代可说是达到了顶峰，以至后世称颂巴蜀文化时，必祖述汉代扬雄、司马等人。宋人李焘云："当两汉之际，蜀人文章节义，足以冠冕海内，柱石帝京。"⑥

魏晋南北朝时期，巴蜀因为物资丰饶，加之蜀地并无任何世家豪族，在面对外敌侵入时难以形成坚定而持久的抵抗力量，易于征服，晋武帝司马炎就曾谓"蜀人服化，无携贰之心"⑦（《晋书·华谭传》），各大政权都想将其占为己有，以增强自己的经济实力，故南北政府皆视其为必争之地，于是巴蜀地区战乱频发。此时的统治政权和地方官员在巴蜀地区无不巧取豪夺，压榨百姓以

① 常璩. 华阳国志校补图注［M］. 任乃强，校注. 上海：上海古籍出版社，1987：113.
② 杜佑. 通典：卷一七六［M］. 北京：中华书局，1992：21.
③ 常璩. 华阳国志校补图注［M］. 任乃强，校注. 上海：上海古籍出版社，1987：146.
④ 曹学佺. 蜀中名胜记［M］. 重庆：重庆出版社，1984：7.
⑤ 鲁迅. 汉文学史纲要［M］. 上海：上海古籍出版社，2011：43.
⑥ 郭允蹈.《蜀鉴》校注［M］. 赵炳清，校注. 北京：国家图书馆出版社，2010：147.
⑦ 房玄龄. 晋书：第五册［M］. 北京：中华书局，1974：1450.

满足自己的私欲，迫使巴蜀民众不堪压迫，奋起反抗，因此导致了巴蜀地区政治上的大动乱，"蜀之士大夫，狼狈于杜弢之流徙，空虚于蛮獠之冲突，非复两京之旧矣"①，巴蜀文化的发展也随之一度陷入沉寂。

　　至唐代，天下归为一统，巴蜀地区的经济和文化开始逐渐恢复。贞观年间（627—649），高士廉入蜀担任益州大都督府长史。其任职期间，一直专注于发展农业经济和复兴教育事业。经过一段时间的休养生息，巴蜀地区经济开始复苏，蜀地又重新恢复了往日的安宁和富庶，因而吸引了大批的外来人士。据《隋书·地理志》所载，隋大业年间，巴蜀地区的人口仅有四十余万户②，而到了唐贞观年间，巴蜀人口增至近七十万户③，不到四十年的时间就增加了约三十万户，可见当时外地移民入蜀之盛况。初唐四杰，皆有在蜀地生活的经历。梓州射洪人陈子昂，其诗歌清新自然、意境悠远，颇具风骨，更是开辟有唐一代诗风，对唐诗的发展产生了积极而深远的影响，韩愈曾云："国朝盛文章，子昂始高蹈。"④（《荐士》）他对陈子昂基于唐代文学的重要意义给予很高的评价。

　　到了晚唐时期，战争不断，民不聊生，蜀地位置偏远，战火少及，生活相对安定，且物资充足，于是便成为唐朝王室出奔的必去之地："唐都长安，每有寇盗，辄为出奔之举，恃有蜀也，所以再奔再北而未至亡国，亦幸有蜀也。长安之地，天府四塞，辟如堂之有室，蜀以膏沃之土处其阃阈，辟如室之有奥，风雨晦明有所依而蔽焉。盖自秦、汉以来，巴、蜀为外府，而唐卒赖以不亡，斯其效矣。"⑤ 与环境恶劣、民族成分复杂的关外比起来，蜀地易守难攻，生存条件优渥，且蜀地人民历来都是拥护中央王朝的，因此，唐朝统治者一直将巴蜀视为避难的外府、东山再起的有力靠山。垂拱四年（688），武则天想征蜀人为兵出袭吐蕃，陈子昂上书谏之，其中有云："蜀者国家之宝库，可以兼济中国。"⑥ 他对蜀地的定位可谓十分恰当，武则天因此打消了在蜀地征兵的念头，让当地百姓可以休养生息，创造出更多的经济财富，以备不时之需。后来的历史也证明，正是因为有巴蜀这样一个"外府"的存在，唐王朝才能在风雨飘摇中屹立数年而不至灭亡。756 年，为避安史之乱，唐玄宗听从杨国忠的计策，出

---

① 郭允蹈.《蜀鉴》校注［M］.赵炳清，校注.北京：国家图书馆出版社，2010：147–148.

② 据《隋书·地理志上》统计而成。

③ 据《新唐书·地理志四》统计而成。

④ 彭定求，等.全唐诗：卷三百三十七［M］.中华书局编辑部，点校.北京：中华书局，1999：3786.

⑤ 于慎行.谷山笔麈［M］.北京：中华书局，1984：136.

⑥ 郭允蹈.《蜀鉴》校注［M］.赵炳清，校注.北京：国家图书馆出版社，2010：257.

幸蜀地，一年多之后，安史之乱平息，唐玄宗才得以重返长安。一百多年后，880年，黄巢起义军进逼长安，当权宦官田令孜建议僖宗幸蜀，其在与义子王建书中云："中原多故，惟三蜀可以偷安。"① 于是，唐僖宗便效法玄宗，带领王室及近臣出奔至蜀。那时，"群臣追从车驾者稍集成都，南北司朝者近二百人，诸道及四夷贡献不绝，蜀中府库充实，与京师无异，赏赐不乏，士卒欣悦"②，僖宗此次幸蜀，声势壮大，天府的偏安，让摇摇欲坠的唐王朝有了喘息的机会，唐僖宗在蜀地待了整整四年才踏上回京之路。当然，跟随两代帝王出奔蜀地的除了王室和重臣之外，还有许多迁居避难的外来人口，田锡的祖上正是在僖宗时举家迁移至此。

五代之时，蜀地经历了前蜀和后蜀两代政权。虽然在五代十国期间，地方割据严重，战乱不断，但蜀地在统治者的治理下相对来说却是安定和富足的。天祐四年（907），朱温在中原地区以梁代唐，随后王建在成都建立政权，自立为帝，史称"前蜀高祖"。王建身历唐末之混乱，深知唐朝覆灭的根源所在，在位期间，励精图治，采取了一系列的举措，一心想带领蜀地人民走向"永致清平"的美好社会。

同光三年（925），后唐灭蜀。934 年，后唐明宗病逝，孟知祥据蜀称帝，建立后蜀政权。孟知祥之子孟昶汲取前蜀后主王衍荒淫无度导致灭国的教训，在执政前期，他"戒王衍荒淫骄佚之失"③，孜孜于朝政，后蜀经济因此得到快速发展。"（昶）在位三纪以来，人生三十有不识米麦之苗者"④，可以想象孟昶治下蜀地人民生活的安逸。不仅如此，孟昶为人宽厚仁慈，《五代诗话》中云："昶区区爱民之心，在五季诸僭伪之君为可称也。"⑤ 同时，孟昶也十分注重文化教育事业，《资治通鉴》称："自唐末以来，所在学校废绝，蜀毋昭裔出私财百万营学馆，且请刻板印《九经》，蜀主从之。由是蜀中文学复盛。"⑥ 孟昶自

---

① 张唐英. 蜀梼杌［M］. 北京：中华书局，1985：2.

② 司马光. 资治通鉴：卷二百五十四［M］. 胡三省，注. 北京：中华书局，2011：8369-8370.

③ 张唐英. 蜀梼杌［M］. 北京：中华书局，1985：27.

④ 王士禛. 五代诗话［M］. 郑方坤，删补. 戴鸿森，校点. 北京：人民文学出版社，1998：23.

⑤ 王士禛. 五代诗话［M］. 郑方坤，删补. 戴鸿森，校点. 北京：人民文学出版社，1998：24.

⑥ 司马光. 资治通鉴：卷二百九十一［M］. 胡三省，注. 北京：中华书局，2011：9626.

己也好文学，"蜀主（孟昶）能文章，好博览，有诗才"①，《五代诗话》评价孟昶时亦称："昶好文，有功后学，诚未可以成败论。"② 其虽然认为孟昶作为国君政绩无甚可数，但对于他在文化方面所做的努力却是极力赞扬的。

蜀国最终为宋所败，虽是大势所趋，蜀主也有不可推卸的责任，但若就文治方面，前后蜀主绝对是尽心尽力的。五代之季，蜀地文化与教育仍能够持续发展，蜀中子弟好学者甚众。"十国文物，首推南唐、西蜀"③（郑方坤《五代诗话》例言），此言非虚。十国之中，除了南唐以外，唯有后蜀设置了史馆与史官，并且拥有较为健全的教育制度和完善的学术基础，图书典籍保存得也最为完善。

965 年，宋太祖平定后蜀，基于蜀地的重要地理位置，太祖对蜀地的统治非常重视，他不仅给予已降的蜀后主孟昶足够的礼遇，封其为检校太师兼中书令、秦国公，并尊昶母为"国母"，还颁布诏令，责州县官吏掩埋死于战争中的伪蜀将士们的尸骨。④ 同时，宋太祖对在蜀地官员的俸禄及家属的饮食起居都十分优待和照顾，还屡次减免蜀地人民的赋税，《宋史·太祖本纪》载，乾德四年（966），"七月丙寅，诏：蜀官将吏及姻属疾者，所在给医药钱帛。戊辰，西南夷首领董暠等内附……癸酉，赐西川行营将士钱帛有差。庚辰，罢剑南蜀米麦征。华州旱，免今年租。给州县官奉户。八月丁酉，诏除蜀倍息"⑤，只在两月之间，宋太祖就有数次赐钱、免租等行为。蜀地民众普遍信仰佛教，宋太祖为了能在思想上加强对百姓的统治，开始从信仰着手，在蜀地大力印刷刊行佛经。太宗朝时，又下诏令，免除川峡诸州上供的官织锦绮、鹿胎等珍贵织物和补品，但并不禁止此类物品在民间的流通，可见此诏明显是上者体谅蜀地百姓的辛劳，为了减轻巴蜀地区人民的负担而颁发的。蜀地因其险要的地理位置和富饶的物产，在宋朝仍被视为军事重地以及朝廷的大后方，南宋人郭允蹈曾云："蜀在今日为上流之重也如此，保蜀如保元气，犹惧不支，况轻视而浅谋乎!"⑥ 在外患

---

① 王士禛．五代诗话［M］．郑方坤，删补．戴鸿森，校点．北京：人民文学出版社，1998：23.
② 王士禛．五代诗话［M］．郑方坤，删补．戴鸿森，校点．北京：人民文学出版社，1998：25.
③ 王士禛．五代诗话［M］．郑方坤，删补．戴鸿森，校点．北京：人民文学出版社，1998.
④ 见《宋大诏令集》卷二二二，乾德三年正月甲戌《收瘗伪蜀将士诏》，司义祖．宋大诏令集［M］．北京：中华书局，2009：859.
⑤ 脱脱，等．宋史：卷二［M］．北京：中华书局，1985：24.
⑥ 郭允蹈．《蜀鉴》校注［M］．赵炳清，校注．北京：国家图书馆出版社，2010：215.

频发，大宋朝廷已岌岌可危之际，蜀地便成了南宋最后的希望。

宋人邵博曾言："蜀号'天险'，秦以十月取之，后唐以七十五日取之，本朝以六十六日取之。"① 其中自有显示大宋为人心所向之意，蜀地势险峻难攻亦由此可见一斑。在宋朝建立之前，拥有蜀地的各个政权虽然囿于地势的限制不能向外扩张，但也正是因为蜀地的独特地理环境而能够偏安一隅，同时也能保证自己的王朝在其他外来势力入侵时可以保存实力，不至于被很快消灭。梁启超在《中国地理大势论》中称："蜀，扬子江之上游也。其险足以自守，其富足以自保，而其于进取不甚宜。故刘备得之以鼎魏吴，唐玄幸之以逃安史，王建、孟知祥据之以传数世。"② 蜀地在历朝历代的发展与灭亡中都起到了它不可忽视的作用。"一地人文之兴衰，大抵观其所受兵祸洗涤之程度也。"③ 由汉至宋，历经千余年，蜀地处于西南一隅，自得一方天地，相对于其他地区来说，它是安定和富足的。其文化虽也偶有沉寂之时，但总的来说，西蜀文化一直处于一个稳定发展的状态，尤其是前后蜀时期的相对稳定，为田锡的成长创造了一个极好的社会环境。

二、以儒学为宗的蜀学传统

自西汉文翁在蜀地兴学起，北方的儒家经典文化就正式进入巴蜀地区。一时之间，蜀中儒学至盛，"蜀自汉兴至乎哀平，皇德隆熙，牧守仁明。宣德立教，风雅英伟之士，命世挺生，感于帝思。于是玺书交驰于斜谷之南，玉帛践乎梁、益之乡"④，文人雅士层出不穷。自此，巴蜀开始承儒学之正统。不仅如此，此时的蜀地文士，已开始有以传承儒学为己任的意识，西汉末年著名的文学家和哲学家扬雄就是此中典型。扬雄，蜀郡郫县人，年少时长于辞赋，晚年却以潜心著书、恢复儒道正统为主要目标。扬雄认为，儒家经典是评判社会道德的最高标准，而其他诸子学说则难有价值可言。为此，他还模仿圣人作经，如仿《论语》作《法言》、仿《周易》作《太玄》，以自己的亲身创作践行"以六经为宗，以圣人为榜样"。他在《法言·吾子》中云："古者杨墨塞路，孟子辞而辟之，廓如也。后之塞路者有矣，窃自比于孟子。"⑤ 其以孟子自比，虽然

① 邵伯温，邵博. 邵氏闻见录·邵氏闻见后录 [M]. 王根林，校点. 上海：上海古籍出版社，2012：247.
② 梁启超. 新史学 [M]. 夏晓虹，陆胤，校. 北京：商务印书馆，2014：282.
③ 钱穆. 国史大纲 [M]. 北京：商务印书馆，2010：589.
④ 常璩. 华阳国志校补图注 [M]. 任乃强，校注. 上海：上海古籍出版社，1987：146.
⑤ 汪荣宝. 法言义疏 [M]. 陈仲夫，点校. 北京：中华书局，1987：81.

有些自夸的成分，但由此可以看出，扬雄振兴儒学的决心是十分坚定的。桓谭评价扬雄时说："今扬子之书文义至深，而论不诡于圣人，若使遭遇时君，更阅贤知，为所称善，则必度越诸子矣。"①（《汉书·扬雄传》）他甚至对时人给予扬雄"西道孔子"的称号表示不满，认为扬雄应是继孔子之后的又一位影响整个社会的圣人，而不是局限于西南一隅，对扬雄在儒道的继承与发扬所做出的贡献给予了极高的评价。作为汉代蜀地的著名文士，司马相如以辞赋成为后世的文学偶像，而扬雄却以儒学上的成就成为后世尤其是蜀地后学敬仰的对象。也正是因为有像扬雄这样的儒学之士的号召，汉时的蜀地"教化流而文雅盛……学者相继"②（田况《进士题名记》），世人更是将其与儒学圣地齐鲁相提并论。

三国魏晋南北朝时期，巴蜀地区并未受到玄学兴起这个文化大环境的影响，而是继续专注儒学的研究与发展。史书上记载了许多巴蜀本土贤士，皆精于儒学，并在治儒学上颇有建树。如：

> 五梁者，字德山，犍为南安人也，以儒学节操称。
>
> 谯周，字允南，巴西西充国人也……治《尚书》，兼通诸经及图、纬。③
>
> ——《三国志·蜀书》
>
> 司马胜之，字兴先，广汉绵竹人也。学通《毛诗》，治《三礼》……
>
> 李宓，字令伯，犍为武阳人也……治《春秋左传》，博览《五经》，多所通涉。
>
> 寿良，字文淑，蜀郡成都人也……治《春秋三传》，贯通《五经》……④
>
> ——《华阳国志·后贤志》

正是有了这些传统儒士的坚守，巴蜀地区的儒学在乱世之中仍能够持续发展。

后至隋末唐初，大量文人入蜀，为蜀地儒学的发展做出了巨大贡献。至唐代两任帝王出奔蜀地期间，蜀中儒学受到很大的影响。唐玄宗为避安史之乱入蜀，很多以儒学立身的士人也跟着进入蜀地，其中最著名的莫过于杜甫。杜甫

---

① 班固.汉书：卷八十七下［M］.北京：中华书局，1962：3585.
② 田况.儒林公议［M］.张其凡，点校.北京：中华书局，2017：186.
③ 陈寿.三国志［M］.陈乃乾，校点.北京：中华书局，1964：1020，1027.
④ 常璩.华阳国志校补图注［M］.任乃强，校注.上海：上海古籍出版社，1987：628，637，648.

出生于儒学世家，他的先祖杜预是晋代名臣，祖父杜审言是初唐著名诗人，他在《进雕赋表》中自述自己以儒道为业："自先君恕、预以降，奉儒守官，未坠素业矣。"① 陆游诗中云："天未丧斯文，杜老乃独出。"②（《宋都曹屡寄诗且督和答作此示之》）他将杜甫视为当时斯文的唯一传人。杜甫在年少时就有"兼济天下"的抱负，虽然在仕途上屡遭挫折，但终其一生，他都未曾放弃儒家的淑世情怀，始终有对国家和民生的深切关怀。759 年，杜甫经陇右辗转进入蜀地，并在蜀居住了三年之久。其后，黄巢之乱，唐僖宗幸蜀，大量文士涌入蜀中避乱。中和元年至三年（881—883），科举考试都改在蜀中举行，为了参加科考，很多的文人进入蜀地，间接推动了蜀地文化的发展。唐朝两代帝王幸蜀，尤其是唐僖宗幸蜀历时四年之久，对蜀中文化产生了很大的影响。唐朝帝王出奔蜀地，随之而来的除了唐朝正统文化以外，还有大量的"衣冠之族"，即当时社会文化的精英。玄宗、僖宗返回长安后，很多文士仍然选择留在蜀中，中原传统儒学也由此在蜀地越加兴盛。

　　五代时期，欧阳修所言："干戈贼乱之世也，礼乐崩坏，三纲五常之道绝，而先王之制度文章扫地而尽于是矣。"③ 蜀地在前后蜀主的治理下，却是一个特例。蜀中文士在蜀主的带领下，积极致力于汉唐儒学的延续，在蜀国兴起一股崇儒尚古之风潮。

　　前蜀开国皇帝王建虽出身行伍，但对读书人却十分欣赏和敬重，其在位期间，大量任用儒学之士。《资治通鉴》云："蜀主（王建）虽目不知书，好与书生谈论，粗晓其理。是时唐衣冠之族多避乱在蜀，蜀主礼而用之，使修举故事，故其典章文物有唐之遗风。"④ 王建对中原人士和唐之遗士给予了最大限度的礼遇和重用，其中又以随唐僖宗避难而来的唐朝世族名臣居多。唐朝吏部尚书冯宿之孙、唐朝前进士冯涓因忠谏直言被王建视为重臣。王建还任用唐朝宰相韦见素之后，著名文学家、儒学典范韦庄为相，"凡开国制度号令，刑政礼乐，皆庄所定"⑤，给予了韦庄极大的行政权力。《唐才子传》称："及建开伪蜀，庄托在腹心，首预谋画，其郊庙之礼，册书赦令，皆出庄手，以功臣授吏部侍郎

---

①　董诰，等．全唐文：卷三五九 [M]．北京：中华书局，1983：3650.

②　北京大学古文献研究所．全宋诗：第四十一册 [M]．北京：北京大学出版社，1995：25631.

③　欧阳修．新五代史 [M]．徐无党，注．北京：中华书局，2016：188.

④　司马光．资治通鉴：卷二百六十六 [M]．胡三省，注．北京：中华书局，2011：8805.

⑤　吴任臣．十国春秋 [M]．徐敏霞，周莹，点校．北京：中华书局，2010：593.

同平章事。"① 王建曾说过对于宰相之人选的要求，"不恃权，不行私，惟正是守"②，其以韦庄为相，无疑是对他的极度倚重，同时也是对韦庄人格的最好肯定。韦庄出生在以儒道传家的世族之家，祖上都是有名的文臣，虽然到了韦庄一代，家族早已几近衰败，但他自小深受儒家思想浸染，在他身上，有着儒家士人与生俱来的淑世精神。韦庄应举之时，正逢黄巢之乱，于是他便作长篇叙事诗《秦妇吟》，极状乱离之悲惨，道尽战乱带给普通百姓的痛苦与辛酸，韦庄也因此被称为"秦妇吟秀才"。韦庄生逢乱世，有感于儒道不行，于是立志重建儒道及太平社会。其诗《长年》云："大盗不将炉冶去，有心重筑太平基。"③不难想象，韦庄一直身负重建太平社会的伟大抱负，他缺乏的只是一个机遇而已。后来他在王建治下任职，其关心民瘼的心态展露无遗，"庄为王建管记时，一县宰乘时扰民，庄为建草牒云：'正当凋瘵之秋，好安凋瘵；勿使疮痍之后，复为疮痍'"④。韦庄为相之后，上升至统治阶层，地位发生变化，他前期的直言性格在诗文中亦有收敛，不再直白地触及统治者的底线，诗文内容多以描绘安逸奢侈的生活为主，风格也逐渐向婉丽柔美发展，但这并不表示他内心的淑世情怀也随之发生改变。主政蜀地之后，韦庄重振儒道的抱负终于得以施展，其所建立的典章制度自然也是以儒家思想为基础的。"宰相之职，佐天子总百官、治万事，其任重矣"⑤，宰相之于国家的重要性不言自明，而宰相的个人政治风格在一定程度上影响着整个王朝以及治下之民。作为一个致力于恢复儒道，得君行道的宰相，韦庄在任职期间给蜀地带来的影响不言而喻，其对蜀地儒学之建设亦是功不可没。

后蜀孟昶同样注重发展儒学，据史书载，孟昶"在位三纪以来，尊儒尚道……开献纳院，创贡举场。不十余年，山西潭隐者俱起，肃肃多士，赳赳武夫，亦一方之盛事"⑥，百姓对他在位期间致力于儒道之建设所做出的贡献和取得的成效给予了很大肯定。孟昶还下令刻儒家经典于石壁，此石经是历代石经中最早将《孟子》一书镌刻入经的，而且是首次将十三经全部汇集起来的。⑦宋人吕陶称："蜀学之盛冠天下，而垂于无穷者，其具有三：一曰文翁之石室，

---

① 傅璇宗. 唐才子传校笺：第四册 [M]. 北京：中华书局，1989：326.

② 张唐英. 蜀梼杌 [M]. 北京：中华书局，1985：4.

③ 韦庄. 韦庄集注 [M]. 李谊，校注. 成都：四川大学出版社，2017：69.

④ 计有功. 唐诗纪事 [M]. 上海：上海古籍出版社，1987：1020.

⑤ 欧阳修，宋祁. 新唐书：卷四十六 [M]. 北京：中华书局，1975：1182.

⑥ 王明清. 挥麈后录余话 [M]. 文渊阁四库全书本.

⑦ 谭平. 惟蜀有才：宋代四川人才辈出的文化机理 [M]. 成都：四川大学出版社，2013：24.

二曰高公之礼殿，三曰石壁之九经。"① 他将蜀国的石刻九经与文翁石室相提并论，足见镌刻石经为蜀中儒学的兴盛所做的贡献。孟昶对儒家经典积极主动的保护，在当时的五代君主当中，是独一无二的。另外，随孟知祥入蜀的毋昭裔，学问广博、精通经术，在后蜀时期曾任同平章事。在毋昭裔任职期间，他不仅自己出资百万兴建学馆，还向蜀主请镂版以刻九经，使蜀地的儒学得到了很大的发展。

除了蜀地的统治阶层为了复兴儒学做出的不懈努力外，当地许多普通的士人学者也为此做出了极大的贡献。晚唐五代，蜀地不乏传授儒经的学者。如前蜀著名儒士刘孟温，其父刘再思随唐僖宗奔蜀，后刘再思又随僖宗返回长安，刘孟温自此便留在蜀中，与长子刘玙历前后两蜀，皆以传授儒学为业，为蜀地的儒学发展可谓倾尽全力。另有处士李谌，开馆讲授五经，教授学生四十余年，他不遗余力地讲授经学，弟子来自四面八方，受教者众多。

正是在前后蜀主的提倡和由唐入蜀的众多文士的推动下，蜀地儒学大兴，成为五代之时少有的保存儒学种子的区域。历代蜀主与入蜀文士在儒学传承方面所做的努力，亦收到了很大成效。苏轼在《眉州远景楼记》中称："吾州之俗，有近古者三：其士大夫贵经术而重氏族；其民尊吏而畏法；其农夫合耦以相助。盖有三代、汉唐之遗风而他郡之所莫及也。"② 蜀地之人皆人心向学，且人人都对儒学有一定的研究，《齐东野语》云："蜀优尤能涉猎古今，援引经史，以佐口吻，资笑谈。"③ 优伶尚且熟谙经史，拥有超然的儒学素养，在日常的谈话中引经据典、谈笑古今，其他人就更不必说了。

三、佛道思想在蜀地的发展

当然，巴蜀文化之所以能傲立于中原文化以外，成为独具一格的地域文化，与其开放兼容的态度不无关系。在历史的进程中，巴蜀文化不断汲取新的养分来达到自身的发展壮大。除了儒学以外，道教和佛教思想对巴蜀地区的影响亦是不可忽视的。

（一）道家思想在蜀地的传播

道教发源于西蜀地区，是我国土生土长的宗教。汉顺帝年间（115—144），

---

① 扈仲荣，程遇孙. 成都文类：卷三〇［M］. 四库全书本.

② 张志烈，马德富，周裕锴. 苏轼全集校注·诗集［M］. 石家庄：河北人民出版社，2010：1112.

③ 周密. 齐东野语［M］. 高心露，高虎子，校点. 济南：齐鲁书社，2007：165.

张陵（张道陵）客蜀之时，在鹤鸣山创立天师道，其奉老子为教主，以《道德经》为经典，并著道书二十四篇。凡入其道者须纳米五斗，因此，道教又被称为"五斗米道"。在简州逍遥洞内，有碑石刻有"汉安元年四月十八日会仙友。东汉仙集，留题洞天"①，汉安为东汉时期汉顺帝年号，可知当时道教在巴蜀地区已经有相当大的规模了。

西晋太康元年（280），被道教奉为"四大天师"之一，时年42岁的著名道士许逊出任蜀郡旌阳令。他在任期间，为官清廉，政绩卓越，施行了许多济民之策，并在瘟疫横行之时以符水（医术）救治了大量的民众，当地百姓亲切地称他为"许旌阳"，邻县的百姓更是纷纷前来归附。十年之后，许逊挂冠而去，前来送行的民众不可胜数，甚至有人不远千里从蜀地随其至西山，成为许逊的忠实信众。明人何宇度在《益部谈资》中云："（许逊）尝为德阳县令，有仙术。岁歉，点石化金，以济民。"② 其中提到的关于许逊神乎其神的点石成金、符水驱瘟疫，应该不过是方士变幻之术和民间医术，因许逊有功于百姓，百姓尊崇其德，而将其神化。由此可见，许逊在当地百姓心目中的地位之高。为了感谢他为旌阳做出的贡献，旌阳百姓为他绘制画像，建立生祠，修建道观，终年祭祀。东晋之时，许逊去世后［传说其于东晋宁康二年（374），即136岁时合家飞天成仙］，朝廷为了表彰许逊的功德，将旌阳改名德阳。许逊为官旌阳，不仅得到了当地百姓的爱戴和尊崇，还以道士和官员的双重身份促进了道教在蜀中地区的传播。到了南北朝时期，崇尚道教已经成为巴蜀地区普遍的风俗，正如《北史》有云："巴俗事道，尤重老子之术。"③ 作为一个土生土长的宗教，道教的发展离不开巴蜀这片土壤。

到了唐代，道教不止在民间具有极大的影响力，还取得了中央统治者在政治上的支持。唐朝最高统治者对道教的重视，远超前代。李唐皇室，因与老子同姓，为了彰显王朝正统，便尊老子为"始祖"，并将其尊奉为太上老君，屡加尊号，唐玄宗更是立道教为国教。到了僖宗时期，统治者对道教的推崇则实实在在地影响了蜀地人民。黄巢之乱，使得僖宗仓皇逃至蜀地。唐僖宗幸蜀之时，为道教在蜀地进一步繁荣做出了巨大的贡献。为了维护唐室岌岌可危的统治，僖宗打出太上老君神佑唐室的口号，大肆宣扬道教，企图借助宗教的力量稳定民心。中和元年（881），僖宗驻跸成都，《封青城丈人山为希夷公敕的诏令》，

---

① 龙显昭，黄海德. 巴蜀道教碑文集成［M］. 成都：四川大学出版社，1997：1.

② 何宇度. 益部谈资［M］. 北京：中华书局，1985：4.

③ 李延寿. 百衲本二十四史·北史·卷六十六［M］. 北京：商务印书馆，1974：2331.

赐道教圣地青城山嘉号。中和二年（882），僖宗还特意引道士杜光庭入蜀，主持蜀中道教发展之事业。

两蜀后主，皆是道教的忠实拥护者。前蜀乾德三年（965）八月，蜀主王衍封著名道士杜光庭为传真天师，崇真馆大学士。王衍的穿衣喜好，也偏爱道士装扮："蜀主衍尝裹小巾，其尖如锥，官妓多衣道服，簪莲花冠，施胭脂夹脸，号'醉妆'……九月，奉太后、太妃祷青城山，宫人皆衣云霞之衣，自制甘州曲，令宫人唱之……后主之意，本以神仙而在凡尘耳。"① 他常外出巡游，同时喜欢将官妓作道姑打扮，营造出一种神仙出游的梦幻情景，以达到自己对神仙这种虚无缥缈的形象的追求。后主孟昶，不仅好道，还拥有自己的道号"玉宵子"②，可见其尊崇道教之程度。

从道教的起源来看，道家思想是道教的重要思想来源，然而道家和道教最大的区别在于"道家重道轻术，而道教则先是重术轻道，接着以道统术，进而以术得道"③。从上面的论述可知，历代崇道的统治者和普通百姓所信奉的偏重于"术"。国主对道教的尊崇，一是因为道家思想有利于国家的统治，二是为了追求长生不老。也正是因为了解统治者的这种心理，为了得到统治者的支持，魏晋时葛洪将道教与儒教相结合，构建出长生不死的理论，鼓吹服食丹药能够获得长生，甚至羽化登仙，从而受到统治阶级和上层士族的吹捧。针对下层普通百姓，道教徒则利用符水能消灾解难保平安之说，取得下层人民的推崇。值得一提的是，与统治者和道教信徒不同的是，历代文士更看重的是道家思想。崇尚自然，讲求清静无为，这些都对知识分子有着莫大的吸引力。蜀地与道教的发展一直有着纠缠不清的联系，因而蜀中很多文人学者都不可避免地受道教及道家思想的影响。

田锡与道教是否存在信仰关系，仅靠目前所存的资料并不能妄下断语，但道家思想对田锡的影响却是的的确确存在的。虽然这样的影响在田锡的政治思想中难以觅得踪迹，但是在田锡的文学作品和文学理论当中可以看出，道家思想始终贯穿田锡的人生。田锡的朋友中，亦有道家学者，《咸平集》中有《赠朱玄道士》。他还特意作《卜台铭》，来颂扬西汉蜀地著名的道家学者严君平的睿智与心系天下。关于道家思想对田锡文学观的影响，后文将有详细的论述。

---

① 王士禛．五代诗话［M］．郑方坤，删补．戴鸿森，校点．北京：人民文学出版社，1998：22.
② 王士禛．五代诗话［M］．郑方坤，删补．戴鸿森，校点．北京：人民文学出版社，1998：23.
③ 孔令宏．道教概论［M］．杭州：浙江大学出版社，2013：2.

（二）佛教在蜀地的传播

道教虽然在蜀中地区流传甚广、信者众多，但这并不影响佛教在巴蜀的传播。佛教进入蜀地的时期很早，具体时间至今尚无定论。据近年来的考古发现，东汉末年，巴蜀已有佛教石刻造像。巴蜀地区是中国与印度两国僧众进行佛教文化交流的必经之路之一，唐高僧义净在《大唐西域求法高僧传》中提及支那寺遗址时称："有一故寺，但有砖基，厥号支那寺。古老相传云是昔室利笈多大王为支那国僧所造。于时有唐僧二十许人，从蜀川牂牁道而出（蜀川去此寺有五百余驿），向莫诃菩提礼拜……准量支那寺，至今可五百余年矣。"①其中所言中国僧人赴印度求法距当时五百余年，这个数字是义净的大致估计，其准确时间学术界说法不一。但可以肯定的是，至少在西晋时期，巴蜀地区就已成为中国僧人经西南丝绸之路到印度求法必经的道路。至东晋，外地僧侣进入巴蜀弘扬佛法的人数逐渐增多。为避"石氏之乱"，僧侣带领徒众入蜀，深受巴蜀人士的欢迎和敬重，其时"巴汉之士，慕德成群"②（《法和传》）。随后，东晋名僧慧持于隆安三年（399）入蜀，在龙渊精舍宣讲佛法，当地信者甚众，有登堂者，号"登龙门"，足见其在蜀中的影响力之巨，佛教由是开始在蜀地兴盛起来。南北朝时期，除了外地入蜀的僧众以外，本地出家的僧侣亦不在少数。巴蜀地区的执政者，亦尊崇佛教，对僧侣极其敬重。

隋末唐初，为了躲避战乱，大量僧众进入当时相对安定富足的蜀地，"时天下饥乱，唯蜀中丰静，故四方僧投之者众，讲座之下常数百人"③，其中不乏有许多大德高僧。巴蜀地区本就有佛教文化底蕴，当地百姓对高僧宣讲佛法之事亦十分欢迎。在这样的情况下，巴蜀逐渐成为中国佛教文化的重要基地，唐朝著名高僧玄奘年轻时就曾在成都空慧寺受戒学佛。自唐代起，蜀地对佛教的信仰已经蔚然成风。由于蜀地多山的独特地理环境，其地之民对佛教的推崇也别具一格："凌云山与嘉州对岸，石壁镌千佛。内弥勒像，首攒峰顶，趾啮江水，高三百六十尺，唐韦皋所造……蜀中水陆舟车所经，凡有岩石，莫不镌佛像。"④彼时的蜀中地区，有岩石之处，百姓就会在上面镌刻佛像，足见蜀中佛教之兴盛。峨眉山原本为道教名山，但随着佛教在巴蜀地区的不断发展壮大，峨眉山被奉为普贤菩萨道场，成为中国佛教四大名山之一，"大峨山者，普贤大

---

① 义净.大唐西域求法高僧传校注［M］.王邦维，校注.北京：中华书局，2000：103.
② 释慧皎.高僧传：卷五［M］.汤用彤，校注.北京：中华书局，1992：189.
③ 释慧立.大唐大慈恩寺三藏法师传：卷一［M］.北京：中华书局，1983.
④ 何宇度.益部谈资［M］.北京：中华书局，1985：10.

士道场，西竺僧所称高出五岳、秀甲九州、震旦第一山也。"① 峨眉山也因此成为许多僧徒信众的"佛教圣地"。

五代时期，周世宗大力排佛，中国北方的佛教因此受到沉重打击。然在蜀中地区，佛教却在统治阶级的保护下得以继续发展。前蜀主王建，为了巩固其统治，广纳四方英才，其中亦包括佛门之人。王建称帝后不久，著名的诗僧贯休游历至蜀地，王建对贯休十分敬重，为其兴建龙华道场，尊封贯休为"禅月大师"，并大加赏赐，礼遇非常。后蜀时期，枢密使王处回还以私人财力建崇真禅院，用以弘扬佛法。统治阶级对佛教的庇佑和发扬，使很多外地甚至西域的僧众前往蜀地，宣讲佛法，这也大大促进了蜀地佛教的进一步发展。

蜀中崇佛的大环境亦给田锡造成了一定的影响。田锡喜欢访游名寺，在宦游各地之时，他就时常游览当地有名的寺庙，并写下不少与此相关的诗歌，如田锡为官睦州时，就有《题天竺寺》《送僧归天宁万年禅院》等诗作。在诗歌中，田锡也时常引入佛寺等意象，如"宛陵古寺经游少，叠嶂名楼眺望迟"②（《寄陈处士》）"翠微钟磬行香寺，红叶楼台祝寿筵"③（《圣节有怀》）"半露寺楼深岭里，密笼渔舍夕阳间"④（《红树》）等。不仅如此，田锡和佛家子弟来往密切，唱和不断，如"九僧"之一的峨眉怀古，和田锡的交往就十分频繁。早在田锡尚未入仕之前，怀古就曾作《送田锡下第归宁》，以"前期有公荐，莫愧老莱衣"⑤ 宽慰后蜀科举落第的田锡。田锡为官之后，亦有与诗僧的来往，如《送僧归天宁万年禅院》，叙述的就是田锡在浙江为官时，与寿昌寺僧人的交往。

在后周时期，世宗采取灭佛政策，对佛教的发展带来了重大的打击。然而，这也让宋初统治者了解到佛教是不可能被完全消除的，同时也意识到佛教对巩固封建统治起着很大作用，于是他们采取了与后周统治者不同的态度，将佛教视为有利于统治的工具，积极致力于佛教文化的发展，在财力、人力上都花费甚多。太祖即位后就对佛教采取了保护措施，建隆元年（960）六月，太祖下诏，责令各诸路州府，对"当废未毁"⑥的寺院加以保存，对佛教文化给予一定的保护。对于公然反对释氏之人，太祖则给予严厉的惩处。乾德四年（966）四

---

① 何宇度. 益部谈资 [M]. 北京：中华书局，1985：4.
② 田锡. 咸平集 [M]. 罗国威，校点. 成都：巴蜀书社，2008：145-146.
③ 田锡. 咸平集 [M]. 罗国威，校点. 成都：巴蜀书社，2008：157.
④ 田锡. 咸平集 [M]. 罗国威，校点. 成都：巴蜀书社，2008：157.
⑤ 北京大学古文献研究所. 全宋诗：第三册 [M]. 北京：北京大学出版社，1991：1476.
⑥ 李焘. 续资治通鉴长编：卷一 [M]. 北京：中华书局，1979：17.

月，河南府进士李霭，"不信释氏，尝著书数千言，号《灭邪集》，又辑佛书缀为衾裯"①，后被僧所诉，李霭因此被决杖，发配至沙门岛。太祖还专门派人前去印度寻求佛法，并遣亲信前往益州开始佛教经典《大藏经》的雕印工作，为佛教在宋朝的发展奠定了基础。太祖崇佛，但又不佞佛，他尤其反对因为崇佛而有碍农业生产的行为。开宝五年（972）丁酉，宋太祖为了防止百姓毁掉农器来铸造偶像徼福，特下诏禁止百姓用铁铸造佛像、浮屠等无用之形象。太宗则将佛学视为有利于统治的政治工具，他在与赵普的谈话时云："浮屠氏之教有裨政治……虽方外之说，亦有可观者，卿等试读之，盖存其教，非溺于释氏也。"② 太宗明确表示，自己对于佛教，只是汲取其中有益于统治的部分，而并不会沉溺其中。然而实际上，太宗对佛教的重视已远远超过太祖，其在佛事上的花费亦让人叹为观止。他在各地大建佛寺，耗资甚巨。《续资治通鉴长编》载："上遣使取杭州释迦佛舍利塔置阙下，度开宝寺西北隅地，造浮图十一级以藏之，上下三百六十尺，所费万亿计，前后逾八年。癸亥，工毕，巨丽精巧，近代所无。"③ 从此规模来看，耗费大量的民脂民膏，过度地崇奉佛教带来的危害远远超过"有俾政治"的积极作用。另外，为了显示自己的虔诚，太宗还亲自撰写《圣教序》《莲华心轮回文偈颂》等佛教经文。真宗继太宗之后，作圣教序，并编入经藏，并且认为佛教戒律之书，都是劝恶扬善，"与周、孔、荀、孟迹异道同"④，在本质上和儒道并无差别。此二帝对佛教的推崇，已经大大超过宋太祖。

端拱二年（989）正月，朝廷重铸龙兴寺大悲像，太宗命田锡作碑铭。这篇《大宋重修铸镇州龙兴寺大悲像并阁碑铭并序》，可以看作是田锡关于佛教态度的集中体现。在序中，田锡畅谈佛理，可谓信手拈来，如"夫随感而通，能救诸苦，谓之大慈大悲乎；应变无方，能现诸相，谓之千手千眼乎。然真性本空，不生亦不灭"⑤，显示出田锡对佛教义理的精通。他对世人崇佛的现象，亦有自己的见解："民有余财，方能施佛财；众有羡利，方能修福利。"⑥ 田锡认为，民众对佛教的信仰，是基于生活富足、尤有余财的基础上的，若是崇佛影响到了百姓的日常生活甚至造成沉重的负担，就没有必要耗资于此。因此，他在从

---

① 李焘．续资治通鉴长编：卷七［M］．北京：中华书局，1979：169.
② 李焘．续资治通鉴长编：卷二十四［M］．北京：中华书局，1979：554.
③ 李焘．续资治通鉴长编：卷三十［M］．北京：中华书局，1979：686.
④ 李焘．续资治通鉴长编：卷四十五［M］．北京：中华书局，1979：961.
⑤ 曾枣庄，刘琳．全宋文：第五册［M］．上海：上海辞书出版社，2006：323.
⑥ 曾枣庄，刘琳．全宋文：第五册［M］．上海：上海辞书出版社，2006：324.

政后对太宗佞佛的行为加以指责便是无可厚非的了。田锡非常反对最高统治者在佛事上的铺张浪费，他在《上太宗答诏论边事》中就建议："若陛下省罢塔庙之费耗，回充军旅之赏给，则孰不革其怨心，孰不致其死力。"① 然而，委婉劝诚并未起到任何效果，太宗"志奉释老，崇饰宫庙"②，在佛老之事上依然花费尤多。如上文提到的，太宗曾经建开宝寺灵感塔，用来安放佛门大师的舍利，随后又建二阁置放佛像，其规模宏大，花费甚多。塔建成之后，金碧辉煌、蔚为壮观，朝中唯有田锡上疏直言："众以为金碧荧煌，臣以为涂膏衅血。"③ 其言辞激烈，直接顶撞最高统治者，没有丝毫顾忌。由此可见，田锡对佛教信仰本身并没有任何的反对倾向，其反对的是统治者为了崇佛而花费大量财力和物力，他的根本立场还是为了维护国家经济利益。

更难能可贵的是，田锡还以卓越超前的眼光，看到了儒教与佛教在人类社会发展中共同做出的积极贡献："夫所宝者慈与俭，所修者礼与乐。叙彝伦，建皇极，生民所以获福者，中国圣人之教也。所去者贪嗔痴，所修者戒定慧，诸天由修福生，诸趣由造罪入，超无生、证无漏者，西方释氏之教也。"④（《大宋重修铸镇州龙兴寺大悲像并阁悲铭并序》）田锡将佛教之理论与儒家传统文化相融合，为其所用。他对儒、释的看法，亦可以视为宋代儒释合流的前奏。

正是由于蜀文化开放兼容的特性，它才能在历史长河中不断发展。所谓"蜀雄李杜拔"⑤（韩愈《城南联句》），蜀地特有的自然环境和人文环境，也给本土文士及入蜀文人提供了思想及创作的养分。洎乎宋初，随着川籍士大夫田锡在政坛上的崭露头角，蜀学开始绽放出它的光芒。田锡生于洪雅，三十二岁离蜀游学，其个性和气质形成的关键时期都是在蜀中度过的，蜀地对于田锡来说是具有特殊意义的存在。一方面，蜀地相对安定的社会环境和富足的生活条件给田锡的成长提供了有力的物质保障，蜀地特有的风景、气候也孕育出田锡的独特气质。田锡对蜀地亦有着浓重的故乡情怀，即使是身在外乡，他的诗文也常提及蜀地特有的山水景物。另一方面，蜀地坚实的文化底蕴和文学传统对成长中的田锡有极大的影响。儒学造就了田锡的主体性格，而释与道等多元文化思想的碰撞，对田锡文化人格的形成亦有影响。对优秀传统文化的自觉继

---

① 田锡.咸平集［M］.罗国威，校点.成都：巴蜀书社，2008：6.

② 潘永因.宋稗类钞［M］.北京：书目文献出版社，1985：151.

③ 潘永因.宋稗类钞［M］.北京：书目文献出版社，1985：152.

④ 曾枣庄，刘琳.全宋文：第五册［M］.上海：上海辞书出版社，2006：324-325.

⑤ 彭定求，等.全唐诗：卷七百九十一［M］.中华书局编辑部，点校.北京：中华书局，1999：8994.

承和对巴蜀历代著名文人雅士的仰慕是他读书的主要动力之一。田锡在《先君赠工部郎中墓碣》中曾写道，"锡幼好读书，慕扬雄、相如为文"①，在幼时，他就立志，希望能像司马相如和扬雄那样写得一手好文章。在他的诗文中，田锡对蜀地前代之文士亦是称道有加。作为巴蜀本土文士，无论是才气、名声，还是历史地位，李白都是当之无愧的翘楚。田锡自然将其视为自己崇拜的对象，他在《读翰林集》中写道："太白谪仙人，换酒鹔鹴裘。扁舟弄云海，声动南诸侯。诸侯尽郊迎，葆吹罗道周。哆目若饿虎，逸翰飞灵虬……下交魏王屋，长揖韩荆州。"② 他倾慕李白的才华，亦羡慕当时李白在朝野的尊崇地位，在和友人往来唱和中，田锡常以李白做比，赞扬友人的才气："彤庭何处安排好，李谪仙才称草麻。"③（《览太素新编》） 田锡也继承了蜀地数代文人所特有的豪迈奔放气质，他曾作《倚天剑赋》，其中铺排的气势、夸张的想象，可窥司马、李白之余韵。另外，蜀国在历史上曾拥有过的辉煌也让田锡自豪不已。三国之时，刘备所建立的蜀国虽然势力较弱，但因刘备是汉室宗亲，且一直打着匡扶汉统的旗号称帝，因此蜀汉一直被认为是汉朝正统之延续。东晋史学家习凿齿在其撰写的以"实录"著称的《汉晋春秋》中，就尊蜀汉为正统。田锡更是尊蜀国为正统，他在《诸葛卧龙赋》中称："（蜀）复火德之世祚，续炎精之绝离。"④他认为蜀承继周朝之火德，应奉蜀为正宗。

当然，偏远的蜀地历史再悠久，经济和文化再昌盛，也无法和当时的中央王朝所在地中原地区相媲美，这也造成了田锡心理上的些许自卑。他曾多次在与友人的书信及呈给皇帝的谢表中表达出了这种信息，如"臣盖远人，幸逢昌运。冒涉遐阻，入关知蜀道之难；孤苦零丁，挈家比秋蓬之转"⑤ "遐远之人，孤危自奋"⑥ 等等，正是这种文化和心理上的差距，让田锡一直鞭策自己，并以此为动力，奋发图强，以期在中央王朝统治中能有一席之地，实现自己的人生价值和政治理想。

然而，无论是传统历史文化上的自豪还是地理位置偏远所引起的些许自卑，故土对于田锡来说都是非常重要的存在。田锡离蜀游学之时常常思念故乡，并

---

① 田锡 . 咸平集［M］. 罗国威，校点 . 成都：巴蜀书社，2008：368.
② 田锡 . 咸平集［M］. 罗国威，校点 . 成都：巴蜀书社，2008：165.
③ 田锡 . 咸平集［M］. 罗国威，校点 . 成都：巴蜀书社，2008：139.
④ 田锡 . 咸平集［M］. 罗国威，校点 . 成都：巴蜀书社，2008：55.
⑤ 田锡 . 咸平集［M］. 罗国威，校点 . 成都：巴蜀书社，2008：255.
⑥ 田锡 . 咸平集［M］. 罗国威，校点 . 成都：巴蜀书社，2008：257.

在诗中时时表达思乡的情绪，如"江山似画怜湘浦，鱼笋尝新忆华阳。"①（《和太素春书》）尤其是远离故土，思归而不得时，这种情绪就更加饱满了："家住天涯归未得，岭梅江蓼自辛酸。"②（《冬夕书事》）其游学所到之处多为清苦之地，这让他无时无刻不思念蜀中旧友和闲适的蜀地生活，"翠忆玉津官舍竹，繁思金马故城花。去年方与君游洛，况味争如不在家。"③（《渭北春尽日作因思蜀洛旧游寄太素》）出仕之后，田锡对蜀地依然念念不忘，咸平年间，他曾同峨眉中峰寺"九僧"之一的怀古一起，在峨眉举行诗会，并将诗会中诗人之诗编订成书，史称"咸平唱和"，此举让本就以佛教圣地扬名的峨眉成为文人雅士的聚集之地，对蜀地文化的发展起到了积极作用。巴蜀特有的文化底蕴赋予了田锡独有的个性和气质，以儒学为宗的蜀学传统造就了田锡以天下为己任的士大夫自觉。作为在巴蜀文化浸染下成长起来的川籍士大夫，田锡的政治文化思想也深深地打上了蜀文化之烙印。可以说，儒学造就了田锡的主体性格，而释与道等多元文化的思想碰撞，对田锡的文化人格的产生亦有影响。其人其文，充分展现了巴蜀文化的传统魅力。

第二节　平民精神之初显：家学渊源

田氏是一个非常古老的姓氏，昔周武王封舜后人妫满于陈，传至春秋公子完，陈完为避战祸逃到齐国，遂以田为姓。公元前368年，田氏子孙田和废齐王，取代姜姓成为齐国君主，史称"田氏代齐"。"汉兴，诸田并徙阳陵，后又徙北平。又田都田角田间亦田氏之族也。汉兴，徙关中。"④ 至此，田锡的祖先便在关中一带定居。在宋朝以前，历史上的田氏一族已经是人才济济，最为著名的有春秋时期的军事家田穰苴和汉朝因上书言事而成为宰相的田千秋等。

唐末黄巢起义，危及长安。为躲避战乱，在唐僖宗幸蜀之时，田锡祖上亦随之举家从京兆迁至蜀地。田锡的曾祖父和祖父皆为洪雅名士，但其祖上三代都未出仕为官。究其原因，或许正如田锡在《附先君赠工部郎中墓碣》中所称："锡高祖开，曾祖易直，祖诚，皆高尚不仕。"⑤ 田锡先祖生逢乱世，面对晚唐

---

① 田锡．咸平集［M］．罗国威，校点．成都：巴蜀书社，2008：138-139.
② 田锡．咸平集［M］．罗国威，校点．成都：巴蜀书社，2008：140.
③ 田锡．咸平集［M］．罗国威，校点．成都：巴蜀书社，2008：143.
④ 郑樵．通志·氏族略：卷二十六［M］．文渊阁四库全书本．
⑤ 田锡．咸平集［M］．罗国威，校点．成都：巴蜀书社，2008：368.

五代时期社会的黑暗，不出仕为官亦属正常。田锡在《设边吏对》中言："臣尝读家藏之书，见唐尧帝天下，以清净为理，先劳精于求贤，果得舜于侧陋。"①田锡以边吏的口吻叙述本人对边事的见解，不自觉地将自己的人生经历代入其中，可见田锡祖上亦是以读书传家，他自小就接受良好的文化熏陶。田锡在父亲的墓碣中亦言先君曾"聚书数千卷"②，可知田锡家中藏书之多。田锡的父亲田懿，也是个读书人，并且以乐善好施闻名于乡里，但凡有亲友无钱婚嫁者，他都慷慨解囊给予资助，也正是因为他"博施济众"的名声甚广，在后蜀孟昶时期，受陵州刺史赵庭让的赏识，被任命为本郡司马。田懿还有一大爱好就是术数，术数是中国古代文化的主要内容之一，古人常用它来预测人事吉凶、国家命运等。田锡在《先君赠工部郎中墓碣》写道，田懿在捐馆之前，"尝先会乡里，别亲族大署于厅事之南庑壁曰：'亡六月二十三日'"③。田懿预知自己将要离世，于是与乡里和亲族一一告别，并在庑壁上写下自己离世的具体时间，后来果真在那天去世，能清楚地计算出自己的去世之日，可见田懿是精于术数的。田懿曾对田锡说："观尔之性，必光大吾门也。当立身扬名，勉副吾望乎尔也。"④田锡家中共有兄弟三人，但田懿却把田锡视为光耀门楣的唯一依靠，对其寄予了厚望。田懿的个性和期望对田锡的出处观产生了很大的影响。后来事实证明，田锡果然没有辜负其父的期冀，这或许是田懿早已预料到田锡之后将在政治上有一番作为，才会对田锡有此寄托。

在家庭环境的熏陶下，田锡自言"幼好读书"⑤，加上父亲的殷切期望，田锡很小的时候就开始了他的读书生涯。田懿曾经教导他："汝读圣人之书而学其道，慎无速，为期二十年可以从政矣。"⑥他希望田锡能够潜心向学，在文化积累足够深厚的情况下再考虑致力科场。所谓"气命于志，志立于学"⑦（魏了翁《攻媿楼宣献公文集序》），正是因为父亲的鼓励，田锡自小便立下了从政的志愿。虽然田懿及其祖上都是不爱做官之人，他却勉励自己的儿子志于科场，大概也是以一个术数之士的身份看到了天下分久必合的曙光。在田锡心里，"孝莫大于扬名"⑧，在父亲的鼓励和殷切希望下，田锡更是潜心学植，志在扬名于天

---

① 田锡．咸平集［M］．罗国威，校点．成都：巴蜀书社，2008：232-233.
② 田锡．咸平集［M］．罗国威，校点．成都：巴蜀书社，2008：368.
③ 田锡．咸平集［M］．罗国威，校点．成都：巴蜀书社，2008：368.
④ 田锡．咸平集［M］．罗国威，校点．成都：巴蜀书社，2008：368.
⑤ 田锡．咸平集［M］．罗国威，校点．成都：巴蜀书社，2008：368.
⑥ 田锡．咸平集［M］．罗国威，校点．成都：巴蜀书社，2008：3.
⑦ 魏了翁．鹤山集：卷五十六［M］．文渊阁四库全书本．
⑧ 田锡．咸平集［M］．罗国威，校点．成都：巴蜀书社，2008：260.

下。年轻时候的田锡早已因其才学而声名远播，这些都给予了田锡极大的信心。在后蜀时期，田锡就怀着从政之心，前后参加过几次科举考试，然而都未能入选。他的这段经历在《贻青城小著书》中写得很清楚："当小国时，尝以艺文干于时。时不我知，委顿废弃。"① 田锡在《海州谢恩表》中亦回忆到："乡里荐称，遂谋干禄，相继数举，未成一名。"② 他的方外好友释怀古曾作诗《送田锡下第归宁》，写田锡落第归家之时。屡次科考不第，这对田锡无疑是一个打击，却不能浇灭他的一腔斗志，尤其是在宋太祖平蜀之后，天下归为一统，皇帝为政清明，更让他看到了为国效力的希望。

田锡生于蜀地，其时"蜀中士子，旧好古文，不事举业，迨十五年，无一预解名者"③。宋初，世居蜀地之士人并无仕进之心，然由外地移居入蜀的文士之后则是例外。田锡和太平兴国五年（980）进士第一的苏易简，观此二人，其祖上都是随唐僖宗幸蜀之时移居至此，他们能一直保持着仕进之心，必然和其所受家学有很大关系。据范仲淹为田锡所作墓志铭称，田懿不仅"博施济众"，乐于接济他人，而且"善教于家"，对子女的教育也非常重视。田锡的母亲杨氏，生于前蜀永平二年（912），"世以孝行称，事舅姑以孝闻，妇道母仪合于诗礼"④（《附先君赠工部郎中墓碣》），杨家世代以孝行著称，杨氏更是安守妇道，以孝顺公婆闻名于乡里。田锡另有姐一人、妹二人，出嫁后皆以令淑闻。由此可见，田锡及其兄弟姐妹都受到了良好的家庭教育。父亲的寄托、良好的家教，这些都对田锡的成长产生了一定的影响，也为他以后的人生做好了铺垫。

第三节　河洛主流文化熏陶：仕前游学经历

蜀地文化虽有其他地域文化难以取代的独特魅力，但地理位置的偏远却是不争的事实，其与主流文化有着一定的差距也是事实。后蜀广政十七年（954），田锡母亲去世，三年后，其父也离开人世。田锡于蜀地生活数十年，亦一直深怀"蜀为内地，锡滞若匏系"之感触。此生既无双亲所系于心，为了能够增长自己的学识，田锡离开蜀地，开始了他的游学生涯。他在写给胡旦的回信中称：

---

① 田锡. 咸平集 [M]. 罗国威，校点. 成都：巴蜀书社，2008：47.
② 田锡. 咸平集 [M]. 罗国威，校点. 成都：巴蜀书社，2008：256.
③ 江少虞. 宋朝事实类苑 [M]. 上海：上海古籍出版社，1981：749.
④ 田锡. 咸平集 [M]. 罗国威，校点. 成都：巴蜀书社，2008：368.

"余念自出蜀至咸、镐间，今已六稔。"①《答胡旦书》作于太平兴国三年（978）春，可知田锡离开蜀地应在开宝五年（972），即田锡三十二岁的时候，他离开家乡，开始了陕西、河南两地的游历生活。此后数年，他的足迹遍布渭北、洛阳、开封等地。

河洛地区位于中原，文化发源甚早，"河出图，洛出书，圣人则之"②（《周易·系辞上》）。河洛地区的很多地方都曾是历代的建都之所，文化根基深厚，因而河洛文化一直被历代文士视为华夏文明的源泉及主流文化。出于对京都主流文化的向往，田锡选择了河洛地区作为自己的游历之所。

田锡出蜀后东游，一开始便到了秦地。关中地区作为数代帝都所在，经济文化都异常发达，各地名人才子皆慕名而来，可谓是多种文化的汇集地，"积千余年之精英，而黄河上游，遂为全国之北辰，仁人君子之所经营，枭雄桀黠之所搀夺，莫不在于此土。取精多，用物宏，故至唐而犹极盛焉"③（梁启超《中国地理大势论》）。数千年来，关中都被奉为全国政治文化的中心、历代统治者必争之地，尤其到了唐代，帝都长安的繁华使关中的地位更加突出，它拥有当时最先进的文化，是国内文人聚集之地。唐朝两代帝王的幸蜀，让作为全国主流文化的"秦文化"对巴蜀文化产生了极大的影响。然而，与气候宜人、生活富足的蜀中相比，渭北无疑是个苦寒之地，田锡在诗中常将渭北称作"寒垣"，并多次提到这里生活的凄苦，如"渭北居来似寒垣，三逢尧历度寒暄。家贫老幼思归国，性癖交朋少及门"④（《渭北即事书呈太素》）、"寒垣风劲应吹尽，江国霜微想半衰"⑤（《醉题红叶》）、"江南梅早多红蒂，渭北山寒少翠微"⑥（《对酒》）等等。在这里，生活条件艰苦，没有朋友相伴，除了读书，田锡只有靠诗酒聊以自慰。

随后，田锡的足迹又遍布了河南各地。河南地区亦多京邑和帝乡，早在先秦时期就有极高的政治地位和深厚的文化基础，因此一直被视为中国传统文化的发源地，以儒家文化为核心的"中原文化"也被视为中国正统文化。到了宋朝，太祖赵匡胤定都开封，无论是从文化角度还是从政治角度来看，中原地区都成为当之无愧的核心区域。田锡往来咸、镐之间，原因之一自然是为了增长

---

① 田锡. 咸平集［M］. 罗国威，校点. 成都：巴蜀书社，2008：41.
② 周易［M］. 宋祚胤，注译. 长沙：岳麓书社，2000：340.
③ 梁启超. 新史学［M］. 夏晓虹，陆胤，校. 北京：商务印书馆，2014：260-261.
④ 田锡. 咸平集［M］. 罗国威，校点. 成都：巴蜀书社，2008：137.
⑤ 田锡. 咸平集［M］. 罗国威，校点. 成都：巴蜀书社，2008：137.
⑥ 田锡. 咸平集［M］. 罗国威，校点. 成都：巴蜀书社，2008：141.

自己的知识，他曾与韩丕一起在长安白鹿书院、河南嵩山太乙书院读书，而另外一个原因就是为了参加科举考试。其出蜀数年，却两次遭遇权停贡举，一直等到太平兴国三年（978），田锡才得以如愿参加科举考试。

从田锡主动出蜀游学，可以看出他积极的进德修业意识和为社稷谋利，为民生谋保障的儒者情怀，正是有这明确的目的，才造就了他这个影响一代风气之人才。游学的这几年，可以说是田锡人生中最为凄苦的一段岁月，一方面，在生活上，他远离安逸的故土，背井离乡，衣食无着，生活凄苦；另一方面，在事业上，他未功成名就，空有一腔抱负而无法施展。田锡言及这段游历时光，不禁感慨"自离乡井，颇历星霜"①，足见其中的艰难与不易。然而，正是这段时光，他历经磨炼，"器志大成"。这几年困苦的游学经历，让以前在蜀地衣食无忧的田锡内心深处发生了很大变化，经此一历，他更加了解社会底层人民生活的艰辛。也正是这种亲身经历，田锡在从政之后，能够以更加自觉之精神投入社稷民生当中。同时，这段游学经历也使田锡得以进入当时的主流文化圈进行学习交流，从而让田锡得到了精神上的自信，为他以后的从政生涯打下深厚的基础，这也是他的政治观点和个人魅力得到主流文化认同的原因之一。

第四节　自信心与凝聚力的仰望：汉唐文化精神情结

如前文所述，蜀地可以说是汉唐儒学文化最直接的继承者，田锡离开蜀地时已经年过三十，在人生观和价值观形成的重要时期，他都是在蜀地度过的，汉唐儒学文化对田锡性格造成的影响不言而喻。田锡所处的宋初时期，文化并不算昌隆，甚至有些低迷。当时的士人，无力于短时间内塑造出更加成熟的宋文化，于是不得不向前代寻求文化上的认同与自信。在宋之前，汉、唐无疑是中国古代王朝经济文化发展的两个高峰，也是中国传统文化发展史上的重要阶段，它们"全面地完成了从制度文化的建设到精神文化的发展，中国古代社会政治、文化的规模与制度大体定下来了"②。因此，追溯汉唐文化自然就成了当时士人的不二之选。建隆四年（963）六月，太祖命有司三年一举先代帝王祭祀，皆以功臣配享。除了已有的帝王庙，太祖还特意在南阳建汉世祖（光武帝）

---

① 田锡.咸平集 [M].罗国威，校点.成都：巴蜀书社，2008：307.
② 熊铁基.汉唐文化史 [M].长沙：湖南出版社，1992：13.

庙，在醴泉建唐太宗庙，并画像于庙壁，将光武帝、唐太宗等与二帝三代君王相提并论，足见太祖对汉唐帝王的重视。在宋初士人的文章当中，他们对汉唐君王文治武功的褒扬以及对汉唐文物的向往更是无处不在，如"汉皇启运，斩蛇之剑倚青天。绵绝既兴，文物斯盛"① （宋鸾《道德经篇章玄颂序》），"总唐汉之雄盛，乃圣乃神"② （宋白《太宗皇帝谥议》），"汉洗秦弊，七十年，武威文德，渐被四海"③ （张咏《拟富民侯赞传序》），"有唐贞观之风，最为称首"④ （孙何语）……而这些士人当中，又以田锡为甚。

在《咸平集》中，随处可见田锡对汉唐儒家名士和传奇人物的倾慕。如《谢除右补阙表》有"臣每读《唐书》，载观名士，裴度蕴三公之业，历此清途；吴兢有良史之才，当兹衮职"⑤，又有"慷慨情怀何企慕，宋璟政事杜牧诗"⑥ （《酬桐庐知县刁衎歌》），唐代裴度、宋璟的政绩，吴兢的史才，杜牧的文才……都令田锡佩服不已。在《赠宋小著》中，田锡写到人间俊杰死后升天列为星辰仙吏者，所列举之人全是汉唐时期著名的风流人物："所以房星之精姓东方，字曼倩，受天命，佐炎汉。昴星之灵其姓萧，其名何，贵为相，封于酂。复有中台称茂先，读书三十车，乃为晋朝辅相之大臣。又有长庚字太白，下笔一万字，是为唐朝之俊人。"⑦ 东方朔、萧何、李白，皆是田锡所景仰的前代先贤。

汉唐之所以被称为盛世，除了经济水平和领土面积因素外，最重要的原因是汉唐时期的文化精神。田锡对汉唐盛世的向往，也不只是因为汉唐的风流人物，或是汉唐两代对于蜀文化发展而言是至关重要的时期，其中更深层次的原因同样是基于他对汉唐时期形成的民族文化精神的憧憬。

一、儒学为主的文化导向

汉唐盛世的形成，很大一部分原因得益于统治阶级对儒学发展的推动。自汉武帝时期推行"群儒首"董仲舒所提出的"罢黜百家，独尊儒术"政策伊始，儒学成为社会文化思潮的主流意识形态，以及其后历朝历代的官方正统思

---

① 曾枣庄，刘琳．全宋文：第二册［M］．上海：上海辞书出版社，2006：29.
② 曾枣庄，刘琳．全宋文：第三册［M］．上海：上海辞书出版社，2006：401.
③ 曾枣庄，刘琳．全宋文：第六册［M］．上海：上海辞书出版社，2006：140.
④ 李焘．续资治通鉴长编：卷四十五［M］．北京：中华书局，1979：958.
⑤ 田锡．咸平集［M］．罗国威，校点．成都：巴蜀书社，2008：243.
⑥ 田锡．咸平集［M］．罗国威，校点．成都：巴蜀书社，2008：191.
⑦ 田锡．咸平集［M］．罗国威，校点．成都：巴蜀书社，2008：187.

想。西汉后期，最高统治者对儒术的推崇到了无以复加的地步，甚至朝廷公文、群臣奏议，皆援引经义，经学由此越加昌盛。《汉书·儒林传》中记载了这种质变到量变，再引起质变的现象："自武帝立《五经》博士，开弟子员，设科射策，劝以官禄，讫于元始，百有余年，传业者寖盛，支叶蕃滋，一经说至百余万言，大师众至千余人。"① 一时人心向学，风气为之大变，儒学之士开始迎来属于他们的春天。不仅如此，儒家经典在统治阶级的政治决策上起着至关重要的作用，"汉家宰相，无不精通一经。朝廷若有疑事，皆引经决定，由是人识礼教，理致升平"②。后人甚至将汉代盛世的主要原因归结于儒学的昌隆。徐铉在《御制春雪诗序》中即称："汉崇儒学，史称好道之名，所以泽及四海，化成天下。"③

汉代以后直至隋朝，中国进入较为混乱的历史阶段，儒道衰落。历史的经验表明，只有儒家思想才能维持封建统治秩序，保证国家的长治久安。泊乎唐朝，很多帝王是佛、道信徒，但他们自己也深谙佛教和道教虽有裨于统治，然终究无法成为治国指导思想的道理。因此，出于巩固统治的需要，唐代仍旧将儒学作为官方正统思想，并采取一系列措施来复兴儒学。即使是在儒、释、道三教并用的情况下，唐朝统治者也仍然坚持以儒学为重。唐高祖李渊在开国之初，就颇好儒臣，兴化崇儒。太宗即位后，立孔子庙堂于国学，并征天下儒士，以为学官，又命颜师古考订《五经》，孔颖达等撰《五经正义》，颁于天下，令学者习之。玄宗在执政前期，亦坚持以儒学治国，他曾下《求儒学诏》，让地方州县举荐通经之士，并亲自注《孝经》。唐文宗在位期间，镌刻石经，以维护儒学的正宗。唐朝历代统治者对儒学的重视与维护，由此可见一斑。

在唐代民族大融合的历史背景下，儒学不仅仅为汉民族所尊崇，各少数民族也皆以掌握儒家文化为核心。《旧唐书·儒学上》记载："是时四方儒士，多抱负典籍，云会京师。俄而高丽及百济、新罗、高昌、吐蕃等诸国酋长，亦遣子弟请入于国学之内。鼓箧而升讲筵者，八千余人。济济洋洋焉，儒学之盛，古昔未之有也。"④ 儒学在唐代的兴盛程度之深与传播范围之广，在中国历史上也是罕见的。

---

① 班固．汉书：卷八十八 [M]．北京：中华书局，1962：3620.
② 刘昫，等．旧唐书：卷一百八十九上 [M]．北京：中华书局，1975：4939.
③ 曾枣庄，刘琳．全宋文：第二册 [M]．上海：上海辞书出版社，2006：180.
④ 刘昫，等．旧唐书：卷一百八十九上 [M]．北京：中华书局，1975：4941.

二、不拘一格的用人方略

汉唐最高统治者为了国家的长治久安，无不显露对人才的渴望。刘邦就曾在诏书中许下承诺："贤士大夫有肯从我游者，吾能尊显之。"① 足见其慕才之心。元封五年（前106），汉武帝下《求贤诏》，其中有"非常之功，必待非常之人"② 之语，表现出武帝求贤若渴的心情。唐朝历任统治者对人才的渴求更是甚于前代，正如《新唐书·选举志》云，"唐兴，世崇儒学，虽其时君贤愚好恶不同，而乐善求贤之意未始少息"③，唐太宗曾言其择人的宗旨为"苟或不才，虽亲不用……如其有才，虽仇不弃"④，体现出对人才的极度包容。由此可见，汉唐诸帝王为了求得贤才，可谓不拘一格。事实上也是如此，汉唐诸君对人才的宽宥和大胆擢用，确实是史上少见。汉武帝时期，家奴出身的卫青，在武帝的破格擢用下成为一代名将；匈奴降臣金日磾，最后竟成为汉武帝的托孤重臣；出身贫寒、屡遭冷遇的主父偃，在直接上书汉武帝当天就受到召见并赐为郎中，一年之内连升四次……汉武帝的胸襟与气魄，绝非一般君王所有。魏征本是太子李建成的谋士，唐太宗夺得政权后不仅不加以怪罪，反而对其礼遇有加，最终造就明君贤臣的历史佳话。

汉唐的取士制度，是最高统治者求才心理的最好映射。汉代取士，以察举为主，尚未有科举这样定期举行的选拔人才的考试，但因统治者广纳贤才的初衷衍生出令后世认同和向往的取士制度。制科作为一种不定期的选拔人才的考试制度，始于汉代。到了曹魏时期，统治者创九品中正制，虽然其初衷是唯才是举，但到了两晋时期，却沦为门阀势族的政治工具，中央政府选拔人才都在门阀之中，于是造成了"上品无寒门，下品无势族"的局面。此用人之法延续了几百年，直到隋朝建立，门阀制逐渐式微后才正式被废除。隋朝首开科举制度，但科举制度真正开始对国家政治生活产生影响，是从唐朝开始的。唐代对科举制度的发展和完善以及太宗等最高统治者唯才是举的思想，打破了前代只从望族中取士的陋习，虽然科举取士的数量并不算多，但平民阶层终于有机会参与政治，可以依靠自己的才学在统治阶层当中拥有一席之地，这不得不说是历史的一大突破。始于汉代的制举在唐朝亦达到兴盛，朝廷以皇帝的名义举行制举考试，涵盖面极广，参加制举考试的应试者，有白衣之士，也有在职官员，

---

① 班固.汉书：卷一 [M].北京：中华书局，1962：71.
② 班固.汉书：卷六 [M].北京：中华书局，1962：197.
③ 欧阳修，宋祁.新唐书：卷一百九十八 [M].北京：中华书局，1975：1169.
④ 司马光.资治通鉴：卷一百九十四 [M].胡三省，注.北京：中华书局，2011：6215.

其目的正是"待非常之才"①。

当然，汉唐统治者不拘一格降人才的愿望以及取士的种种政策到底为社会选拔了多少人才、取得多少成果我们姑且不论，但它们产生的积极影响却是不容忽视的。在此种社会环境的感召下，汉唐士人莫不希望能为国家贡献自己的力量，"致君尧舜"的淑世情怀成为当时时代的主旋律。这些制度，也正是后代士人所向往的，即使历史的车轮不断演进，汉唐的取士制度仍有不少可取之处。田锡对汉代的制科考试就称赞有加，其云："汉诏取人，不限对策，字数随其所对，尽其所见。故孝文时晁错对策不过二千余字，孝武时董仲舒对策不过二千余字，然上览之而异焉，乃复策之。凡诏策三问，而所对皆不及二千余字。洎公孙弘答策才五百余字，然汉之得贤良，斯为盛矣。"② 炎汉之时，统治者只管借此契机选得贤良之人，对考试的题目、内容和形式并没有任何限制，汉朝统治者这种开放的心态，为国家赢得了许多有才之士。到了宋初，从太祖到真宗，朝廷依然沿袭制科考试，面向全社会选拔人才，无论是在职官吏，还是草泽布衣，皆可应试。其"虽设制科之名，未尽取人之理"③，不仅固定了制科的题目，对字数和答题时间都有了严格的要求，早已违背制科所设之初衷。田锡因而大声疾呼，希望帝王能依照汉制取人，不加限制，方能最大限度地为朝廷选拔人才。

三、自信进取的时代精神

汉唐时期，尤其是汉唐全盛时期，国家的强大、政治的稳定以及经济的繁荣，都给当时社会营造出一种积极向上的良好氛围。上至最高统治者，下至普通士人，皆以进取、自信的心态和积极向上的精神风貌，对文化的创造与发展做出了自己应有的贡献。

汉唐社会的安定，政治的清明，以及统治者对人才的渴求，都大大激发了士人建功立业的决心，这正是他们施展才华的黄金时代。"登上中国文化舞台的庶族寒士是正在上升的世俗地主阶级的精英分子，有为的时代，使他们对自己的前途与未来充满自信和一泻千里的热情"④，故而汉唐所表现出来的恢宏气势与文化自信是空前绝后的，也只有汉唐精神，才能孕育出独有的"明犯强汉者，

---

① 欧阳修，宋祁. 新唐书：卷四十四 [M]. 北京：中华书局，1975：1159.
② 田锡. 咸平集 [M]. 罗国威，校点. 成都：巴蜀书社，2008：20.
③ 田锡. 咸平集 [M]. 罗国威，校点. 成都：巴蜀书社，2008：20.
④ 张岱年. 中国文化概论 [M]. 北京：北京师范大学出版社，2006：97.

虽远必诛"① 的霸气和"仰天大笑出门去，我辈岂是蓬蒿人"②（李白《南陵别儿童入京》）的豪迈与自信。

汉唐时代形成的这些先进文化和民族精神，对后世的平民士子的影响是至深的。田锡所处的时代，百废待兴，与汉唐前期有很多相似之处。当时社会所需要的，也正是如汉唐文化所特有的积极进取的精神以及开放包容的社会环境。田锡对汉唐盛世的向往是显而易见的："（汉）高祖以英武取天下，而文帝以道德化海内，措刑不用几四十年……迨至有唐贞元、长庆间，儒雅大备，洋洋乎可以兼周、汉也。"③ 田锡在提到太宗时，曾言其"英威果断，有类太宗；豁达大度，无异汉祖"④，从其中可以看出田锡对当朝统治者的期望，以及对宋朝所抱有的比肩汉唐的希冀。宋初宽松的政治环境，也让田锡萌生了汉唐士人才有的扬名立万、一展所长的雄心与抱负，以及为国家、为人民的儒者情怀，并时刻以"苟名未扬于亲，惠未及于民，敢思甘寝，以忘夙兴夕惕之勤"⑤ 警醒自己。

① 班固 . 汉书：卷七十［M］. 北京：中华书局，1962：3015.
② 彭定求，等 . 全唐诗：卷一百七十四［M］. 中华书局编辑部，点校 . 北京：中华书局，1999：1792.
③ 田锡 . 咸平集［M］. 罗国威，校点 . 成都：巴蜀书社，2008：41.
④ 田锡 . 咸平集［M］. 罗国威，校点 . 成都：巴蜀书社，2008：49.
⑤ 田锡 . 咸平集［M］. 罗国威，校点 . 成都：巴蜀书社，2008：129.

第三章

承唐为宋——田锡与社会核心价值观① 的反思与建构

纵观有唐一朝，儒家思想虽为官方主流意识形态，但道教和佛教始终有重要的地位。到了中唐时期，安史之乱爆发，传统的意识形态遭受重创，儒家思想在释、道的冲击下日渐凋敝，在此环境下，韩愈高举振兴儒学的大旗，以维护儒家正统为己任，大力排斥佛老。苏轼曾评价韩愈"道济天下之溺"②（《潮州韩文公庙碑》)，足见其为儒道复兴所做的贡献。至晚唐五代，虽有皮日休等极少数文士承韩愈之志，致力于儒学重建，然儒学之颓势终究难以挽回，儒家传统的思想价值观亦不复存在。因此，宋初在思想上确定儒学的统治地位，并且自上而下地将这种核心价值观融入宋初社会，是亟待完成的重要任务。田锡作为川蜀士人以及唐文化的积极拥护者，其所秉承的社会核心价值观亦是以儒学和唐文化为基础的。同时，田锡又以极具前瞻性的眼光，积极为宋文化的建立寻求可靠的途径和方法。

第一节　两蜀典章文物对李唐之承袭

李唐盛世，是五代十国君主梦寐以求的理想社会，两蜀君主亦不例外。不管是开国帝王，还是亡国之君，前后蜀主皆将唐皇的行为规范视为自己行事的重要参考依据。王建在唐朝时，深得唐僖宗的喜爱和器重，其对大唐亦称得上忠心耿耿，他对唐朝君主也是发自肺腑的尊崇。907 年，朱温篡唐称帝。听闻唐王朝覆灭，九月，王建在蜀称帝，建立前蜀政权，"以金德王，用承唐运"③。与朱温相比，王建建立前蜀更多的是被情势所逼。王建曾对近臣云："吾为神策

---

① 社会核心价值观，指社会群体的核心意识形态，即社会判断事务的标准及其所遵循的行为准则。

② 曾枣庄，刘琳. 全宋文：第九十二册 [M].上海：上海辞书出版社，2006：12.

③ 吴任臣. 十国春秋 [M].徐敏霞，周莹，点校. 北京：中华书局，2010：501.

将军时，宿卫禁中，见天子夜召学士，出入无间，恩礼亲厚如寮友，非将相可比也。"① 因此建国后，他也依循僖宗的做法，对朝中文士异常优待。后蜀建立者孟知祥曾仕之后唐虽以"唐"为国号，且打着中兴唐祚的口号，但毕竟与唐有所区别。孟知祥拥兵自重，割据一方，本就急于与"后梁""后唐"划清界限，越承唐统便是最直接的办法。故而，后蜀政权亦奉李唐君主为偶像。明德元年（934）六月，孟知祥"幸大慈寺避暑，观唐明皇、僖宗御容"②，以此显示他对唐代君王的尊崇。后主孟昶，曾效仿武则天，于朝堂之上设铜匦，以求下情上达。在大臣与自己意见相左时，他亦将唐皇的做法视作标准。明德三年（936），大臣曾进言让孟昶责问谏言者，遭到孟昶的否定："吾见唐太宗初即位，狱吏孙伏伽上书言事，皆见纳，奈何劝我拒谏邪？"③

前后蜀国主，大体来讲也都和唐代的许多君主一样拥有容人的雅量和勇于纳谏的王者之风。旧唐名士冯涓，性格耿介，不容于物，对前蜀十分不满，"蜀主（王建）虽知，怜其文艺，每强容之"④。即便是冯涓戏谑韦庄在内的满朝官员，王建也不加怪罪，一笑了之，足见其容人之心。即使是亡国之君、颇为世人诟病的两蜀后主，也同样拥有虚怀纳谏的一面，前蜀后主王衍，"乾德四年二月，帝御文明殿试制科……白衣蒲禹卿对策切直，执政皆切齿，欲诛之。帝以其言有益，擢为右补阙"⑤。乾德四年（966）重阳节，王衍于宣华苑曲宴群臣，至夜半仍未结束，"内侍宋光浦咏胡曾诗，声节凄婉，帝闻之不乐，遂罢宴"⑥。后主孟昶也颇能听从臣下的谏言，其曾因为听信方士之言，大量搜罗良家子以充盈后宫，"枢密副使韩保贞切谏，帝即日出之，赐保贞金数斤"⑦，在臣下谏言之后，他马上反省自己的错误，并立即践行韩的谏言，没有半点迟疑和不满。即使不采纳谏议，孟昶也不会迁怒于谏言者，其"雅好击球，茂州录事参军幸寅逊上书谏止，帝虽不从，颇优容之"⑧。

此外，两蜀政权建立的根基——朝中士大夫，大多带有李唐的影子。前蜀的建立，在很大程度上有赖于唐之士人，"是时唐衣冠之族多避乱在蜀，帝礼而

---

① 欧阳修. 新五代史 [M]. 徐无党，注. 北京：中华书局，2016：885.
② 吴任臣. 十国春秋 [M]. 徐敏霞，周莹，点校. 北京：中华书局，2010：703.
③ 吴任臣. 十国春秋 [M]. 徐敏霞，周莹，点校. 北京：中华书局，2010：708.
④ 吴任臣. 十国春秋 [M]. 徐敏霞，周莹，点校. 北京：中华书局，2010：1708.
⑤ 吴任臣. 十国春秋 [M]. 徐敏霞，周莹，点校. 北京：中华书局，2010：537.
⑥ 吴任臣. 十国春秋 [M]. 徐敏霞，周莹，点校. 北京：中华书局，2010：538.
⑦ 吴任臣. 十国春秋 [M]. 徐敏霞，周莹，点校. 北京：中华书局，2010：708.
⑧ 吴任臣. 十国春秋 [M]. 徐敏霞，周莹，点校. 北京：中华书局，2010：708.

用焉，使修举政事"①。王建所任用的大臣皆为唐之名臣世族："庄，见素之孙；格，浚之子也……其余宋玭等百余人，并见信用。"②（《新五代史·前蜀世家》）其"老将大臣多许昌故人"③，这些都注定了前蜀政权不可避免地带有李唐的烙印，因而前蜀典章文物，"有唐之遗风"。后蜀政权建立后，许多在前蜀王朝覆灭时离蜀入洛的士人又复归西蜀，并得到蜀主的重用，如欧阳炯，原事前蜀王衍，前蜀国亡，欧阳炯入仕后唐，后蜀建立后，复入蜀，任中书舍人等要职。又如李昊，在前蜀时曾任中书舍人、翰林学士等职，前蜀灭亡之后，李昊入洛，并在后唐担任官职，孟知祥建立后蜀之后，李昊返回成都，经过一番波折后，终受蜀主重用，前蜀"凡表、奏、书、檄，皆出昊手"④。

"逮乎朱梁、后唐，历晋与汉，皆享国不远，未暇及于礼乐"⑤，前后蜀政权虽然国祚短促，但与中原相比，其偏安一隅，经济也相对发达，为文化的发展提供了物质基础。可以说，两蜀政权既有承继李唐典章文物的主观意愿，也有承继李唐典章文物的物质基础。前后蜀主对唐代的典章文物是十分认可的，因此他们在建国以后，皆以传承李唐正统为己任。两蜀的典章制度，如官制、军制、法律等方面，与大唐可谓一脉相承。

然若仅就这些方面而言，其他政权亦以李唐为圭臬，并不足以显示出两蜀政权的独特之处。前后蜀真正区别于其他政权，成为十国中承继李唐典章文物的最彻底者，主要表现在文教方面。前蜀主王建虽为武人，但对文化教育十分重视，他在立国时曾下《郊天改元敕文》，其中有云："国之教化，庠序为先；民之威仪，礼乐为本……其国子监正，令有司约故事，速具修之。兼诸州应有旧文宣王庙，各仰崇饰，以时释奠。"⑥ 前蜀在建国之初，就设立国子监，并且按照唐朝旧制恢复了各州的学校和孔庙祭祀。不仅如此，前蜀主对文化典籍的搜集与保存亦是尽心尽力。永平元年（911）十二月，王建建新宫，命人集四部书，并"选名儒专掌其事"⑦。通正元年（916）八月，其又建文思殿，特命清资五品正官购买大量书籍置于殿中，同时任命内枢密使的毛文锡为文思殿大学士。更为难得的是，前蜀政权还在重武的大环境中举行制科考试选拔人才。《十

---

① 吴任臣. 十国春秋［M］. 徐敏霞，周莹，点校. 北京：中华书局，2010：501.
② 欧阳修. 新五代史［M］. 徐无党，注. 北京：中华书局，2016：885.
③ 欧阳修. 新五代史［M］. 徐无党，注. 北京：中华书局，2016：889.
④ 吴任臣. 十国春秋［M］. 徐敏霞，周莹，点校. 北京：中华书局，2010：773.
⑤ 薛居正，等. 旧五代史［M］. 北京：中华书局，2015：2256.
⑥ 董诰，等. 全唐文：卷一百二十九［M］. 北京：中华书局，1983：1291.
⑦ 吴任臣. 十国春秋［M］. 徐敏霞，周莹，点校. 北京：中华书局，2010：514.

国春秋·前蜀本纪》有载，乾德四年（966）二月，"帝（王衍）御文明殿试制科……白衣蒲禹卿对策切直……擢为右补阙"①，此事在《蜀梼杌》中亦有记载。乾德五年（967）九月，后主下诏，"置贤良方正、博通经史、明达吏治、识洞兵机、沉滞丘园五科，令黄衣选人、白衣举人投策就试，吏部考校"②。王衍的本意，是不分阶级，广纳贤才，此次考试由韩诏主持，韩收受贿赂，徇私舞弊，选出来的都是皇亲国戚，与王衍的初衷背离甚远。但在这样的乱世，后主能有选才之心，已胜过当时其他政权的统治者。

孟昶治蜀期间，汲取王衍灭国的教训，"劝农恤刑，肇兴文教，孜孜求治"③。"蜀土自唐末以来，学校废绝"④，毋昭裔出私财建立学宫。随后，孟昶从毋昭裔之请，镂版印九经，由是蜀地文学复盛。宋朝建立之初，文化典籍极其欠缺，后蜀保存下来的很多书籍正好在一定程度上弥补了这种缺陷。此外，五代十国时期，战乱频发，许多政权的科举也因此废停，而后蜀是为数不多的举行科举选士的政权之一。据《新五代史》记载，广政十二年（949），后蜀"置吏部三铨、礼部贡举"⑤，此外，在史料中，也有关于后蜀科举的零星记载。《十国春秋·后蜀列传》载，句中正于明德中，"复举进士及第"⑥；简州人王归，"广政中状元及第"⑦；王著，"广政时进士及第"⑧……宋人黄休复《茅亭客话》亦有太平兴国二年（977）状元苏易简之父苏协在后蜀进士及第的记载，"明年春，苏（协）于制诰贾舍人下及第"⑨。欧阳炯、范禹偁等人都曾有过在后蜀知贡举的经历。

也正是因为前后蜀主在治国时多遵循唐代典章文物之优良传统，其中尚有许多可圈可点之处，故而对于两蜀的灭亡，总是能引得时人及后世的叹惋。清人吴任臣感叹前蜀灭亡时不无惋惜地总结道："奈何阉人秉钧于外朝，母后司晨于阃内……可不哀哉！"⑩ 其对前蜀亡国之骤、国运之短促表现出无限同情。后

---

① 吴任臣. 十国春秋［M］. 徐敏霞，周莹，点校. 北京：中华书局，2010：537.
② 吴任臣. 十国春秋［M］. 徐敏霞，周莹，点校. 北京：中华书局，2010：539.
③ 吴任臣. 十国春秋［M］. 徐敏霞，周莹，点校. 北京：中华书局，2010：743.
④ 吴任臣. 十国春秋［M］. 徐敏霞，周莹，点校. 北京：中华书局，2010：769.
⑤ 欧阳修. 新五代史［M］. 徐无党，注. 北京：中华书局，2016：905.
⑥ 吴任臣. 十国春秋［M］. 徐敏霞，周莹，点校. 北京：中华书局，2010：814.
⑦ 吴任臣. 十国春秋［M］. 徐敏霞，周莹，点校. 北京：中华书局，2010：785.
⑧ 吴任臣. 十国春秋［M］. 徐敏霞，周莹，点校. 北京：中华书局，2010：785.
⑨ 钱易，黄休复. 南部新书·茅亭客话［M］. 李梦生，校点. 上海：上海古籍出版社，2012：561.
⑩ 吴任臣. 十国春秋［M］. 徐敏霞，周莹，点校. 北京：中华书局，2010：557.

蜀灭亡，后主孟昶朝宋之时，"自二江至眉州，万民拥道，痛哭恸绝者凡数百人"①，百姓对国主的不舍、对亡国之哀痛都是五代十国政权中罕有的，足以见后主之治深得民心。

五代十国，虽政权林立，然唯有两蜀典制多循唐制，较好地承继了唐代的典章文物。前后蜀两朝典章文物之建构，源自李唐，远承汉文化精神，成为在五代战乱时局下，较好地保存并传承汉唐文化的重要一脉。前后两蜀对唐代典章文物的继承，也为宋初政治文化建设提供了一定的保障。

第二节　正统之争：越承李唐与直承后周

宋朝建立之初，昔日与赵匡胤实力相当的同僚自然是心有不服，对所谓的"禅让""天命"等说辞表示质疑。其中，实力雄厚者，如后周大将李筠、后周太祖外甥李重进，揭竿而起，公然反叛宋廷。对于表面的叛乱，尚可以武力制服，但对于民众心里的质疑，最高统治者却无能为力。因此，统治者向世人证明宋王朝的正统身份以及建立的合法性就显得尤为迫切。梁启超曾云"正统之辨，昉于晋而盛于宋"②，正是基于此，历代王朝在论证政权正统性时多依据战国时期阴阳家邹衍的"五德终始说"，即以土、木、金、火、水代表的五种德运周而复始的循环运动来解释王朝更迭。秦始皇是第一个采纳邹衍"五德终始说"的帝王。秦始皇统一天下后，为了显示政权来源的合法性，便承袭了"五德终始说"，以秦为水德，意为承周（火德）之正朔。因而秦汉之后，"五德终始"说便被历代王朝所重视，各个政权都根据自己的政治立场和利益关系来推定本朝的德运。在承何代之正统，即德运选择的问题上，宋初主要分为两派。

一是主张远承唐统。唐朝作为距宋朝最近的大一统封建王朝，在政治、经济等各方面都取得了其他封建王朝难以企及的成就。更重要的是，唐代的典章制度、礼乐教化不仅承袭了三代及炎汉的成果，还经过自身的改进发展至巅峰，对后世产生了深远的影响。徐铉在《御制杂说序》中称："有唐基命，长发祥符，旧物重甄，斯文不坠。"③ 另外，唐代所表现出来的超强民族凝聚力，让唐朝国祚在遭受安史之乱重创后仍能够绵延一个多世纪而屹立不倒，可以说是一

---

① 吴任臣．十国春秋［M］．徐敏霞，周莹，点校．北京：中华书局，2010：743.

② 刘梦溪．中国现代学术经典：梁启超卷［M］．石家庄：河北教育出版社，1996：561.

③ 曾枣庄，刘琳．全宋文：第二册［M］．上海：上海辞书出版社，2006：183.

个奇迹。辉煌的唐文化，给宋初社会留下了深刻的记忆。对于宋人而言，在为李唐盛世自豪的同时，他们更多的是具有欲与盛唐比肩的理想与追求。

宋承唐统，似乎也是合乎情理的。赵宋之建立与李唐之兴起如出一辙，宋太祖和唐高祖一统天下的情形更是极其相似，二人皆为乱世豪杰，应势而起，取前主而代之。也正因如此，宋朝最高统治者对唐朝数代君王亦有相惜之意。北宋建立后，就曾重修唐朝高祖、太宗、玄宗等皇帝庙，可见北宋统治者内心对唐文化亦有向往和崇拜。加上后周国祚短促，不管是制度还是文化都乏善可陈，对有宋的影响更是微乎其微。因此，宋初士大夫在请议制度与提出政见时也多以唐朝故事为参照，而绝少提及后周。乾德二年（964）六月，太祖召集百官议表首，陶谷提出以太子三师为表首，而窦仪却根据《唐会要》《礼阁新仪》等，指出以三师为表首无据可考，认为应以仆射为表首。魏仁浦议妇服制度时，提出"并如后唐之制"①（《议妇服制奏》）。范质议舆服、和岘议礼乐，亦将《开元礼》等唐时制度作为主要参照对象，凡此种种，不一而足，正如范仲淹所言："我国家累圣求理而致太平，大约纪纲法象唐室。"② 宋代不管是在文化上还是在制度上也都积极效法唐代。另外，唐代的圣主明君亦是宋代士子心目中不可磨灭的向往。宋初士人，更是时常将宋之君王与唐代的历代明君相提并论，扈蒙在《新修唐高祖庙碑》中即云："昔唐高祖凿乾构象，载育含灵，括地开阶，重垂大统……今我宋后仪天立极，稽古临人……则知前圣后圣，不谋而同，以古拟今，相去何远。"③ 他们习惯将太祖太宗与唐高祖、唐太宗相提并论，而将嗣守大业的宋真宗与唐玄宗相比。在这种崇唐氛围的影响下，自太宗朝开始，宋代士人就已经有士人明确提出继承唐文化之正统。雍熙元年（984），布衣赵垂庆上书谏太宗以金德代火德，即越五代而承唐之正统：

> 皇家当越五代而上承唐统为金德。若以梁上继唐，后唐至国朝，亦合为金德。矧自禅代以来，符瑞狎至，羽毛之色，白者不可胜纪，皆金德之应也。望改正朔，易车服旗色，以承天统。④

太宗对他的建议非常重视，专门召集百官商议此事。然而，正统之事并没有士人们得那么简单，最高统治者有自己的顾虑。宋太祖以武力夺得天下，其王朝正统性很容易受到质疑。太祖为了显示自己王位的正当性，便与近臣炮制

---

① 曾枣庄，刘琳．全宋文：第二册［M］．上海：上海辞书出版社，2006：34.
② 赵汝愚．宋朝诸臣奏议：卷一四六［M］．上海：上海古籍出版社，1999：1661.
③ 曾枣庄，刘琳．全宋文：第二册［M］．上海：上海辞书出版社，2006：87-88.
④ 李焘．续资治通鉴长编：卷二十五［M］．北京：中华书局，1979：577.

了后周幼主禅让的戏码。

二是直承后周，这是关于宋朝正统承袭的另一种选择，也是最高统治者在政治上所认可的、建国之初的第一选择。建隆元年（960），太祖"定国运以火德王，色尚赤"①，原因自然是"国家受周禅，周木德，木生火，当以火德王"②，为了掩饰篡位之实，太祖据五行相生之论，以宋得后周禅让，承后周之正统，故为火德。建隆四年（963），太祖下《前代帝王三年一享诏》，上至二帝及三代君王，下至汉高祖世祖、唐太宗，都制定了详细的祭祀规格，并以功臣配享。所涉帝王皆为历史上有名的圣主明君，唯独后周无一君王在此祀典之列。由此可见，后周对于太祖而言，是一段他内心极其不想面对却又不得不面对和承认的历史。然事关"天命"，即使太祖再不情愿，他也只能选择以后周为正统。后来的统治者，也只能随太祖之命，永承火德。试想，如果此时太宗听从承唐德的建议，太祖"禅让"的借口便不复存在，等于间接承认了武力代周的事实。在证明宋朝之建立是顺应天命、合乎礼法这一事情上，他们是容不得半点退让的，即便其所面对的是辉煌的、令人神往的唐文化。因此，徐铉等一众大臣经过商讨，极力否定赵垂庆的建议。

其后，太宗和真宗两朝，也有不少士人提出越五代而继唐统，改火德为金德，如大中祥符三年（1010）九月，开封府功曹参军张君房上言："唐土德，五运相承，国家当承唐室正统，用金德王。"③ 真宗称"言此者多矣"，但仍拒绝了他的建议，其理由无非是火德由太祖建国时所定，代代传承，若擅自加以改动，恐有失大统。太祖以后的统治者同样否定宋承唐统，目的就是维护宋朝政权的合理性及皇权正统性。

士人屡次进言承唐室之正统都遭到了最高统治者的拒绝，然而由此却可以看出，在宋初士人群体当中，下至布衣之士，上至朝廷士大夫，皆有以继承汉唐正统为己任的共识。在他们眼中，五代时期并不能算是华夏正统，只有汉唐才是真正意义上的正统存在。

由上可知，宋初统治者出于政治的考量，选择了承后周之正统，而当时的文士出于对唐文化的崇拜，选择了远承唐统。但从实际情况来看，宋对唐的继承却是全方位的。后世对宋代政治文化的评价，也多与汉、唐两代相提并论。《宋史》云："遂使三代而降，考论声明文物之治，道德仁义之风，宋于汉、唐

---

① 脱脱，等．宋史：卷一［M］．北京：中华书局，1985：6.
② 李焘．续资治通鉴长编：卷一［M］．北京：中华书局，1979：10.
③ 李焘．续资治通鉴长编：卷七十四［M］．北京：中华书局，1979：1690.

盖无让焉。"① 甚至有儒士将宋与汉、唐并称"后三代",这可谓宋承唐统的最好证明。

田锡亦是主张继承唐统的典型代表。他之所以有这样坚定不移的选择,主要基于巴蜀文化对他的浸染。前后蜀政权对唐统之继承前文已有论述,田锡长于西蜀,对唐文化充满向往,自然不可避免地将李唐视为正统,并将继承唐统视为自己的政治目标之一。同时,与其他士人一样,田锡对这个充满生命力的新兴封建王朝充满了期待。他在《太平颂序》中称:"旷数千载之间,踰七十君之盛,中有汉氏,称刑措而不用,迨至唐室,有囚释而自还,亦足方驾皇风,并驱大道。臣今谓继唐者,非大宋乎?"② 他认为,作为继唐之后的唯一一个一统天下的封建王朝,大宋朝必然肩负着远继唐朝文化的重任。他对宋代继承盛唐之大统充满了信心:"况贞观之风,开元之化,左顾不远,右盼可及,彝章不泯,令式斯在。"③(《请复乡饮礼书》)同时,田锡也对李唐繁华数年却一朝覆灭的历史教训进行了深刻的反思,希望宋廷能够避免历史的重演。他在《上太宗论军国要机朝廷大体》中称:"臣每念有唐之末,天下分离,中原疆土,不过千里。"④ 他希望以唐朝晚期藩镇割据造成的中央王朝分崩离析的教训,来引起最高统治者的警示。

当然,田锡主张承唐之正统,但并不表示他对唐朝文化全盘接受与继承。相反,作为一个新兴政权的参政者之一,田锡更多的是站在时代的风口上,审视过往,着眼未来,在传承唐文化有益于宋廷的同时,又结合时代之需要,充分发挥蜀士勇于革新的传统,力求创造出一个全新的、属于大宋的时代。

第三节　崇儒重道:儒家核心价值观的重建

春秋时期,在礼崩乐坏的社会大背景下,孔子创立儒家学派,并提出了相应的基本思想框架。儒学产生于乱世,代表了当时儒家士人的治世思想。汉代,董仲舒在孔孟思想的基础上提出三纲和五常的社会伦理道德体系,成为统治者维护社会秩序的重要支柱,奠定了儒学独尊的地位,儒家思想成为官方哲学。

---

① 脱脱,等.宋史:卷三[M].北京:中华书局,1985:51.

② 田锡.咸平集[M].罗国威,校点.成都:巴蜀书社,2008:205.

③ 田锡.咸平集[M].罗国威,校点.成都:巴蜀书社,2008:29.

④ 田锡.咸平集[M].罗国威,校点.成都:巴蜀书社,2008:10.

此后，儒道的兴衰和封建国家中央政权的盛衰便有了紧密的联系。

徐铉在《御制杂说序》中云："体仁者必恳恳于立言，务远者必勤勤于弘道。然则封泰山，告成功，七十二家；正礼乐，删《诗》《书》，一人而已。大矣哉，立教之难也！"① 立教难，在一片废墟上重建儒道更难。五代文士虽有恢复儒道的意识，但社会条件却难以允许。宋初士人，在经历了五代十国的混乱之后，面对世风的浇漓，其儒学正统意识更加凸显，拨乱反正、重塑儒家正统的思想也越来越强烈。宋初的士大夫，尤其是由五代入宋的士大夫，精通儒学的大有人在，如邢昺、窦仪等人，但有志于重建儒家正统的却很少，像田锡这样能够以身作则，以恢复儒学正统为己任的普通士大夫更是少之又少。

田锡一直将儒家道德价值观体系视为安身立命以及国家社稷的根本。宋初所面临的社会道德体系的严重破坏，让田锡深感恢复儒家礼仪道德规范的迫切性和必要性："以礼化民，推诚致道。必因读习，方致淳和。验前代乡饮之仪，见跻俗礼容之盛，有唐之后，历代弗修。"② 太祖、太宗建国以来的励精图治，也让田锡看到了宋建立王朝正统的希望。他在《太平颂序》中云："自陛下临御以来，天下之目，颙然观朝廷之所行；天下之耳，专然听国家之所务。陛下果以天下为貌，以道为心，以万民为体，以六合为家。"③ 要想确定王朝正统，必须依靠儒道支撑。宋初王朝正统的建立与儒道正统的复兴是密切相关的。对于儒学之士而言，儒家道统与帝王正统是相辅相成的。"儒者之统与帝王之统并行于天下，而互为兴替。其合也，天下以道而治，道以天子而明。"④ 儒家正统与封建王朝正统合二为一，才能达到天下大治的目的。作为宋初忠君爱国的代表人物，田锡自然知晓这个道理，在他的政治生涯中，他将儒家正统与王朝正统相关联，通过对儒家正统的维护和复兴来达到建立北宋王朝正统的最终目的。田锡亦深知儒道重建对北宋王朝的重要性，"夫子之道，布在六经。深于六经者，得其时、遇其主而用之，则王道明而万邦受其赐也"⑤ （《睦州夫子庙记》）。因此，田锡从政之后，大部分的精力都用在重振儒道上了。在宋初儒学复兴的政治大环境下，田锡以卓越的见地和正统的儒士精神，积极地推动儒学在宋朝的发展，并有意识地发挥儒道在重建皇权权威性上的指导作用。

---

① 曾枣庄，刘琳．全宋文：第二册［M］．上海：上海辞书出版社，2006：183．
② 田锡．咸平集［M］．罗国威，校点．成都：巴蜀书社，2008：220．
③ 田锡．咸平集［M］．罗国威，校点．成都：巴蜀书社，2008：205．
④ 王夫之．读通鉴论：卷十五［M］．上海：世界书局，1936：295．
⑤ 曾枣庄，刘琳．全宋文：第五册［M］．上海：上海辞书出版社，2006：282．

一、儒家思想体系之重塑

（一）恢复礼制

礼是儒家思想的核心，礼制是维护社会秩序的重要手段。要想重塑儒家思想在社会意识形态上的统治地位，恢复礼制是最直接有效的措施。田锡所处的时代，实为百废待兴之时。对于一个新兴的王朝来说，一切似乎都是崭新的，而对于朝中士人来说，摒弃过去，创造与五代完全不同的新气象似乎才是当下该做的事情。田锡于此时，提出了恢复礼乐制度的建议。他认为，"礼"为"经邦国"之大业。其以光武承王莽之后、晋朝承曹魏之乱、太宗革隋季之淫，皆能复古礼而开启王朝新气象为例，推演出宋初复礼的可行性。田锡在身为布衣时，就积极向太宗上书，请求修籍田和恢复乡饮酒礼。

籍田，又称藉田。籍田礼是最高统治者带领诸侯躬耕籍田、祭享先农的祭祀之礼，是中国古代最重要的礼仪之一。农业历来是我国古代社会的立国之本，故籍田礼早在先秦时期就已经存在。《诗经·载芟》篇对籍田礼有十分详细的描述，《毛诗序》释其为"春籍田而祈社稷也"①。《礼记》亦有云："昔者天子为藉千亩，冕而朱纮，躬秉耒；诸侯为藉百亩，冕而青纮，躬秉耒。以事天地、山川、社稷、先古，以为醴酪齐盛，于是乎取之，敬之至也。"②（《礼记·祭义》）此时的籍田礼，带有浓厚的祭祀性质。先民以此来表示对天地神明的敬畏，祈求粮食的丰收。汉文帝时期，贾谊上《积贮疏》，文帝听从贾谊的谏议，"始开籍田，躬耕以劝百姓"③，成为史书记载的第一位有年限可考的开籍田之礼的皇帝，修籍田之礼遂成为两汉定制。籍田礼之于当时社会的典范意义，干宝撰《周礼》注中有详尽的阐释："一曰，以奉宗庙，亲致其孝也；二曰，以训于百姓在勤，勤则不匮也；三曰，闻之子孙，躬知稼穑之艰难无逸也。"④汉末以后，籍田礼随着政局的安定和板荡而时有兴废。至唐代，杜佑《通典》对籍田礼的重要性给予了肯定。

田锡在《请修藉田书》中，详细列明籍田礼的五大益处，即"劝民不忘本""农有余蓄""俗知廉耻""政教可喻"以及"盗寇不起"。由此可以明显地看出，田锡请求修籍田的主要目的在于教化百姓，而对于历代所谓籍田的祭

---

① 阮元. 十三经注疏［M］. 北京：中华书局，1980：601.
② 杨天宇. 礼记译注［M］. 上海：上海古籍出版社，2004：617.
③ 班固. 汉书：卷二十四上［M］. 北京：中华书局，1962：1130.
④ 范晔. 后汉书［M］. 北京：中华书局，1965：3106.

祀功能，田锡丝毫未提。他希冀太宗"沿革唐朝之制"，为百姓做表率，以化天下。这既是对周礼唐制的继承，又包含了士人积极务实的实践作风。在此之前，宋朝自建立开始，从未有过修籍田之先例。直至雍熙四年（987），太宗"始诏以来年正月择日有事于东郊，行籍田礼"①（《宋史·礼志·籍田》），于是才有了正史记载雍熙五年（988）关于宋代的第一次籍田之礼的举行，这其中不无田锡的功劳。

乡饮酒礼，源于周代，原本只是乡人在举行射礼之前的一种宴饮风俗，该仪式对长幼尊卑有明显的区分，《礼记》云："乡饮酒之礼者，所以明长幼之序也。"②（《礼记·射义》）后经过儒家的改造，乡饮酒礼便有了明显的举贤养老的社会教化意义。它初时不过是地方上举行的礼仪，参加者多为地方贤士及有名望之人。至东汉，乡饮酒礼不仅在郡县学校中施行，用以为贡士践行，而且天子之辟雍中也行此礼。"至唐用之，明著礼文，散颁郡国，咸俾长吏以化黎元。至开元中，宣州刺史裴耀卿以为乡饮之仪，唯于贡士之日，略得举用，其余寝停，岂圣王化俗之心，岂良吏知礼之大。"③ 乡饮酒礼演变至唐朝，则以贡士之仪为重，并成为定制，令牧宰在每年十二月行此礼，目的在于劝赏风俗。田锡充分肯定了乡饮酒礼对唐朝盛世"贞观之风""开元之化"的形成所具有的推波助澜的作用，认为乡饮酒礼的长期施行，必然会"使民知耻""使民知教"，最终"使民知礼"。

田锡为官之后，又上书请求东封泰山。封禅是古代帝王祭祀天地的一项颇为盛大的典礼，在三皇五帝时期就已经出现。自秦始皇起，封禅成了帝王彰显君权神授、夸耀文治武功的重要手段。泰山作为古人心目中的最高峰，成为历代帝王封禅次数最多的山峰。封禅泰山，象征着帝王"受命于天"，乃宣示正统之必要举措。"自古受命帝王，曷尝不封禅？"④（《史记·封禅书》）汉武帝就曾五次在泰山举行封禅仪式，"君权神授"为彼时董仲舒为了迎合统治者而提出的新儒家思想之一，因而封禅便成为儒家推广礼教的重大仪式。封禅仪式烦琐浩大，花费尤多，故后世对此项仪式总是褒贬不一。田锡作为关心民生社稷之士大夫，自然知道封禅的弊端，但仍请求封禅泰山，是有其原因的。雍熙三年（986），宋太宗趁辽君新立之机，发动了轰轰烈烈的北伐，企图收复被契丹占据的燕云十六州，却以失败告终。此次北伐的失利，直接导致宋辽双方军事态势

---

① 脱脱，等．宋史：卷一百二 ［M］．北京：中华书局，1985：2489.

② 崔高维校点．礼记 ［M］．沈阳：辽宁教育出版社，2000：232.

③ 田锡．咸平集 ［M］．罗国威，校点．成都：巴蜀书社，2008：27.

④ 司马迁．史记：卷二十八 ［M］．北京：中华书局，1959：1355.

的变化，宋廷对辽的军事战略由进攻转为防御，至此一役，宋终不振。雍熙四年（987）九月，田锡在权衡利弊之后，提出封禅泰山，其主要目的是稳定民心，向世人宣示国泰民安的太平气象。同时，他亦希望借封禅之机，形成国家社稷之正统观，增强民族的凝聚力。

田锡推崇的封禅、籍田礼与乡饮酒礼，前二者以中央政权为主体，后者则以地方百姓为对象，前二者高屋建瓴，后者则普及大众，但皆以春风化雨、淳化风俗为目的。这些礼仪制度的实施，必须有赖于最高统治者的推行，故其上书太宗，以求施行。在承袭前代礼制的基础上，田锡并未故步自封，而是提出礼仪制度的实施应该因时制宜，"可缮完补缉，损益裁酌，沿其俗，适其时而明之"①。因此，他对唐代裴耀卿简化乡饮酒礼程序的行为表示极大的赞赏。他以发展的心态来看待前代之礼仪，为礼制在当代的顺利推行提供最具操作性的实施方法。

（二）淳化风俗

田锡不仅主张依靠礼制来重塑儒家传统思想价值观，而且他亦身体力行，将恢复儒家礼教、淳化百姓风俗视为自己政治生涯的主要目标之一。他在给友人的诗中云："条奏事宜思复古，兴修风教望还淳。"② 何谓"风俗淳"？田锡释为"为父者以慈而为教也，为子者以孝而自守也；为兄者以友爱而自得也，为弟者以恭谨而自悦也；为夫者以和而有其家室也，为妇者以柔而事于舅姑也。"③ 家庭，是社会群体的基本组成单位，因而田锡将家庭视为人伦关系中最基础、最根本的因子。田锡对家庭伦理关系中父慈子孝、兄友弟恭、夫妇和谐的道德标准源于儒家传统的五伦观念。家庭中父子、兄弟、夫妇相互之间的伦理关系的基本准则一定，家庭的伦理纲常一定，则乡邑得而化之，以风天下，国家因此得以兴焉。基于此，太平兴国八年（983），田锡上书太宗，指出"今国家官僚远宦不得搬家，父母云亡不得离任"④，子女不得尽孝，违背伦理纲常，实在有损圣人之教，希望太宗能更改此例。

田锡为地方官之时，凭借一己之力，以地方官的身份，积极致力于当地民风民俗的淳化。他在相州、睦州等地之时，对治下民风的改善可谓不遗余力。雍熙元年（984），田锡移至睦州。睦州，一直被视为远离京城的南蛮之地，人

---

① 田锡. 咸平集［M］. 罗国威，校点. 成都：巴蜀书社，2008：29.
② 田锡. 咸平集［M］. 罗国威，校点. 成都：巴蜀书社，2008：156.
③ 田锡. 咸平集［M］. 罗国威，校点. 成都：巴蜀书社，2008：28.
④ 田锡. 咸平集［M］. 罗国威，校点. 成都：巴蜀书社，2008：17.

烟稀少，且贫穷落后，自唐代开始，就成为谪官常任之所，宋璟、房琯都曾被贬谪至此。田锡到任后，不仅移建孔子庙，还上表太宗请求赐经书典籍给睦州诸生，教地方子弟以诗书。在田锡的带领下，睦州之人"举孝秀、登搢绅者比比焉"①（范仲淹：《赠兵部尚书田公墓志铭》），一改田锡上任之前不知礼教的民风。田锡以自己的实际行动践行了恢复礼教的志向。

二、儒家传统政治观念之因革

田锡的政治思想亦是建立在儒道基础之上的。然而，与其他崇儒的卫道士不同的是，田锡的政治思想除了传统的儒学思想外，还带有强烈的个人特色和宋初独有的时代特性。

（一）回向三代

二帝三代时期，文物之治和道德仁义之风皆是中国古代社会的鼎盛时期，远为后世所不及。"古之言道德者莫先于二帝"②（范质《乾德上尊号册文》），孔子曾不无遗憾地感叹道："大道之行也，与三代之英，丘未之逮也，而有志焉。"③（《礼记·礼运》）基于当时礼崩乐坏的社会现状，孔子提出"回向三代"的设想，这个伟大的目标遂成为历代儒士群体孜孜以求的最高政治理想。

太祖、太宗两朝政治清明，社会趋于安定，这也让士大夫群体看到了回向三代的可能。建隆四年（963），太祖下《前代帝王三年一享诏》，详细规定了上至二帝三代各君王的祭祀规格。在宋初文化秩序亟须重构的大背景下，最高统治者对二帝三代的价值认同，是其实施德治的基础，也是历史发展的必然结果，更是当时儒士的共识和必然选择。因而，"二帝""三代"成为宋初士人笔下常见的言辞，当时的朝廷士大夫不时表达出对"二帝三代"的肯定与神往，或以"三代之治"标榜此时的太平社会，或以"三代"为宋朝之奋斗目标。吕蒙正曾云："尧、舜、禹、汤，苞至圣之德"④（《大宋重修兖州文宣王庙碑铭并序》），张咏云"尧舜禹汤得治身之要，聪明著焉"⑤（《詹何对楚王疏》）、"夏、商、周之世，事正而民治"⑥（《拟富民侯传赞》），柳开亦云"夏、商、

① 曾枣庄，刘琳. 全宋文：第十九册［M］. 上海：上海辞书出版社，2006：37.
② 曾枣庄，刘琳. 全宋文：第二册［M］. 上海：上海辞书出版社，2006：44.
③ 崔高维. 礼记［M］. 沈阳：辽宁教育出版社，2000：75.
④ 曾枣庄，刘琳. 全宋文：第六册［M］. 上海：上海辞书出版社，2006：34.
⑤ 曾枣庄，刘琳. 全宋文：第六册［M］. 上海：上海辞书出版社，2006：125.
⑥ 曾枣庄，刘琳. 全宋文：第六册［M］. 上海：上海辞书出版社，2006：140.

周之世……王道成而风俗平"①（《上王学士第二书》），他们无一例外地对二帝三代时期君王的德行和治世之道给予了高度的评价。句中正在《三字孝经序》中就表现出"庶将来有以见我圣宋文变及道，跻三代、迈两汉也"② 的期望，乐史亦称："心无不正……有不与唐、虞、三代之治媲美无疆者哉！"③（《太平寰宇记自序》）他表现出强烈的与二帝三代时期比肩的信心。凡此种种，皆可看出当时士人对"三代"的向往，以及回向三代的自信与体认。

作为深受传统儒家文化浸染的士大夫，田锡对二帝三代社会自然心生向往。在田锡心目中，二帝三代时期，可谓是最顺应大道之时，"昔夏后之御历也，宪章于舜，祖述于尧，推历稽人统之正，用寅为岁首之朝……所以致皇猷穆穆，而王道昭昭。又若有商之统天也，以应天顺人，惟干戈兮是举；以逆取顺守，致彝伦兮攸叙……其以宗周之致理也，以道合乎地者称帝，仁合乎天者为皇……是知三王之救衰弊拯黎元也，不相袭乎至音，靡相沿乎大礼"④。田锡认为，三代之时，不单只是礼乐制度的承袭，更重要的是，三代君王对社会及百姓的付出与贡献也是后代帝王难以企及的。"在大禹时，皋陶矢厥谟；在汤武时，伊尹、周公为之训诰，故教化纪纲，莫盛于三代，而子孙有天下皆数百年。"⑤ 也正是因为如此，百姓才能够安居乐业，其所建立的王朝才能够国祚绵长。在未踏入仕途之时，田锡就已经表达了对二帝三代理想社会的热切向往，"尧、舜之圣，禹、汤之明，文武之德，其覆之也如昊穹，煦之也若春景，万物靡不浃，群品靡不安"⑥。他表示"愿追三代之阙文，以扬伯禹之鸿业"⑦。田锡在开封府试策中又有"今国家才三代之典谟，熙百王之礼乐"⑧"我国家政同三代，道迈百王"⑨ 之句，对宋朝回向三代之治充满了信心。田锡希望能够重建三代时期的理想社会，他对三代之治的不懈追求贯穿了他的整个政治生涯。宋初，有部分士大夫为了达到回向三代之治的目标，不顾实际一味地对三代的典章制度完全照搬。田锡却认为，"三王之礼不相沿，五帝之乐非相袭"⑩。当

---

① 曾枣庄，刘琳．全宋文：第六册［M］．上海：上海辞书出版社，2006：280.
② 曾枣庄，刘琳．全宋文：第三册［M］．上海：上海辞书出版社，2006：224.
③ 曾枣庄，刘琳．全宋文：第三册［M］．上海：上海辞书出版社，2006：256.
④ 田锡．咸平集［M］．罗国威，校点．成都：巴蜀书社，2008：83.
⑤ 田锡．咸平集［M］．罗国威，校点．成都：巴蜀书社，2008：4.
⑥ 田锡．咸平集［M］．罗国威，校点．成都：巴蜀书社，2008：109-110.
⑦ 田锡．咸平集［M］．罗国威，校点．成都：巴蜀书社，2008：125.
⑧ 田锡．咸平集［M］．罗国威，校点．成都：巴蜀书社，2008：225.
⑨ 田锡．咸平集［M］．罗国威，校点．成都：巴蜀书社，2008：226.
⑩ 田锡．咸平集［M］．罗国威，校点．成都：巴蜀书社，2008：205.

时曾有大臣提出复"井田之法"，对此，田锡专门撰《复井田论》一文予以驳斥，认为宋朝的现实情况已经不适用商周时期的井田制，应该"适时从宜，以便于国，即同实异名于井田也，何必尽法周制"①。田锡对三代的向往，并不完全局限于礼乐及政治制度，他对二帝三代社会的向往，准确地说是对以三代为代表的君明臣贤的儒家文明的向往。与其他士大夫不同的是，田锡不仅只是在语言上大力提倡回向三代，他还将这个理想积极付诸自己的政治实践当中。

所谓"君仁，莫不仁；君义，莫不义"②，田锡深知，三代理想社会的建立，在很大程度上有赖于君主的贤明，要想真正重建儒家正统，必须正帝王之心，修帝王之身，依靠最高统治者的力量。田锡在《五声听政颂序》中云："昔文命事尧之明，受舜之禅，大功赫奕，炳于日月；至仁涵濡，霈若雨露。"③ 他在奏疏当中多次提到对帝王的这种期望，如"冀圣德日新，与尧舜禹汤文武比隆"④（《上真宗进经史子集要语》），"以禹汤责躬之意以谢天，以尧舜至仁之心以待下"⑤，等等。《宋史·田锡传》称田锡"性凝执，治郡无称"⑥，诚然，田锡曾外宦数地，他的政绩与其他卓越的地方官相比并不算突出，但他的政治目标并不是一方的安宁，而是致君尧舜，让整个天下得到太平和安宁。田锡视两制为神仙清华之职，每次外出任职莫不念着重回阙下，这并不是他贪图馆殿之职的清闲和享受，而是因为更高尚的原因和更宏大的政治目标。田锡在《奏乞不差出》中云："若差出一郡，不过治一方，孰若留臣在馆殿，常以皇王之道致陛下于尧舜也；若差莅事，不过供一职，孰若留臣在左右，得以帝霸之道致陛下于尧、舜也。"⑦ 他时刻以致君尧舜为最高政治目标，因而，他更倾向于在君王左右供职。

从田锡的整个政治生涯来看，他的主要精力，也都是围绕着最高统治者展开的，他不断进言，希望最高统治者能够听从自己的建议，亲贤臣、远小人，勤政爱民，以"皇王之道"治国，做一个符合儒家道德标准的明君。尤其是在官宦生涯的后期，田锡自知泰州被召回后，真宗对其日益器重，经常召见田锡询问政事之意见。田锡趁此机会进言，希望能将自己所编之书呈于真宗，供真

① 田锡. 咸平集 [M]. 罗国威，校点. 成都：巴蜀书社，2008：94.
② 杨伯峻. 孟子译注 [M]. 北京：中华书局，1960：187.
③ 田锡. 咸平集 [M]. 罗国威，校点. 成都：巴蜀书社，2008：213.
④ 田锡. 咸平集 [M]. 罗国威，校点. 成都：巴蜀书社，2008：19.
⑤ 田锡. 咸平集 [M]. 罗国威，校点. 成都：巴蜀书社，2008：20-21.
⑥ 脱脱，等. 宋史：卷二百九十三 [M]. 北京：中华书局，1985：9792.
⑦ 田锡. 咸平集 [M]. 罗国威，校点. 成都：巴蜀书社，2008：302.

宗平时阅览：

> 锡言："臣所撰书，每五日具草一卷，检讨舛互，写为净稿，已七八日，大率十年绝笔。臣虑朝廷俾臣莅事，或委一郡、授一职，不若使臣常以皇王之道致主于尧、舜也。陛下春秋鼎盛，好古不倦，若师皇王之道，日新厥德，十年之内，必致太平，臣虽衰迈，得见其时，私幸足矣。"即先上御览三十卷，御屏风五卷，手诏褒答之。①

真宗咸平年间（998—1003），田锡年岁日高，但仍心系君王，请求修书以供帝王阅览。他将纂修之志视为自己人生最后的"事业"，希冀能通过这些文字为帝王治理天下提供些许帮助，使得真宗可以以皇王之道治理国家，建立又一个太平盛世。

田锡对三代之治孜孜以求的追寻，体现了他身为儒学之士对儒家传统文化的信仰和终极关怀。在田锡之前，宋廷尚无士大夫如他这般明确提出对回向三代的向往，并将其付诸政治实践当中的。在田锡等士大夫的提倡下，三代之治逐渐成为北宋士大夫群体的普遍价值追求，在宋仁宗时期这种思想达到高潮。故而，朱熹云："国初人便已崇礼义，尊经术，欲复二帝三代，已自胜如唐人。"② 对田锡等宋初士大夫致力于回向三代理想所做出的努力给予了充分的肯定。

（二）君臣之分

要创造一个儒家所向往的君明臣贤的理想政治社会，君臣二者必须齐心协力。因此，中国古代自有君臣以来，士人对君臣各自的职责和本分就有相当的研究，在先秦时期，士人们就有意识地对君臣之道提出相应的希冀与要求。荀子在《君道》《臣道》篇中，不仅对为君之道进行了详尽的阐释，列举了他所认为的君主应具备的条件，还对大臣应该具有的品质和遵循的原则给予了分析。荀子对君臣之分的阐述，可以视作儒家思想传统的君臣观，影响了后世历代君臣。田锡对君臣之道的理解，亦是完全基于儒家思想的影响，另外，他还根据当时特定的社会环境和政治环境，特别强调他所认为的君臣之分的重点。

君道，即为君之道，指君主应该具备的德性修养、行为规范和治国理念。在古代封建王朝，帝王具有至高无上的权力，君王的贤能与否在很大程度上决定了王朝的盛衰："以姚崇之贤而值玄宗晚年，稍溺情于逸乐；以裴度之量而遇

---

① 李焘. 续资治通鉴长编：卷四十九 [M]. 北京：中华书局，1979：1065-1066.
② 黎靖德. 朱子语类：卷一百二十九 [M]. 文渊阁四库全书本.

宪、穆之际，未致太平。"① 田锡认为，贤能的大臣固然是盛世的重要条件，但贤臣还得遇上明君才能创造出盛大的太平气象。身处王朝权力的顶端，君王的言行举止决定着社稷的兴衰。田锡在为君之道上有着自己独到的见解，他的君道观大部分继承了传统儒家的为君之道观点，除了儒家常谈的勤政爱民、施行仁政外，田锡还特别指出以下几点。

一是赏罚分明。奖惩制度是激励下属最有效的手段。对于一个国家而言，赏罚是君主笼络大臣、树立威信的重要手段。作为一国之主，掌握最高权力，君王赏罚分明就显得尤为重要。统治者如果不能赏罚分明，仅凭自己的私欲乱用赏罚之权柄，则很容易导致下属的怨恨，长此以往，必然会影响社稷的稳定。纵观历代帝王，能够完全做到赏罚分明的只是少数，很多君王都惯于以自己的好恶行使赏罚。因此，自古以来，赏罚分明一直是士人对君主的主要期待之一。韩非子有云："明君无偷赏，无赦罚。赏偷，则功臣墯其业；赦罚，则奸臣易为非。"② 徐铉在《持权论》中亦云："君之所以尊者，权也。权者非他也，赏罚而已矣。赏公则当善，而为善者进矣；罚公则当恶，而为恶者退矣。"③ 田锡同样认为帝王最重要的品质就是赏罚得当，在他的政治生涯中，他以实际行动向上进言，以期在上者能赏罚有信。太宗时期，太原役大捷，而在其后收复幽燕之地时遭遇契丹的重创。回朝之后，太宗恼羞成怒，久未行太原大捷之赏赐，军士间无不怨声载道，但臣子中却无人敢向太宗提及此事，唯有田锡不畏龙颜之怒，在《上太宗答诏论边事》中言及此事，并称："赏罚必信，人皆乐为用。"④ 他认为只有赏罚有信，才能唤起臣子的尽忠之心，使其乐于国事，希望太宗奖赏军士，以慰军心。同时，田锡又称，身为君王，驭下之术不过恩威并施，"以威信铸其心，恩惠驭其意"⑤（《上太宗论军国要机朝廷大体》）。咸平五年（1002），时任侍御史知杂事的田锡又上言真宗，称"有劳绩稍殊，未与区别，有刑禁久滞，未与辩明"⑥，如果赏罚不分明，朝廷将会陷入混乱，很难稳定臣心，希望真宗能够对有功劳的臣子给予赏赐，对有过错的士大夫给予惩处。田锡不仅在理论上强调君王赏罚有当，还根据具体的事例提出了具体的赏罚措施和建议。如在惩治贪官、奖励清廉方面，田锡针对朝廷"言乎赏劝，似未精

---

① 田锡. 咸平集［M］. 罗国威，校点. 成都：巴蜀书社，2008：38.
② 王先慎. 韩非子集解［M］. 钟哲，点校. 北京：中华书局，2013：32.
③ 曾枣庄，刘琳. 全宋文：第二册［M］. 上海：上海辞书出版社，2006：210.
④ 田锡. 咸平集［M］. 罗国威，校点. 成都：巴蜀书社，2008：6.
⑤ 田锡. 咸平集［M］. 罗国威，校点. 成都：巴蜀书社，2008：11.
⑥ 李焘. 续资治通鉴长编：卷五十三［M］. 北京：中华书局，1979：1159.

详"的现状，提出应该让诸州遍令申奏，对所辖官员逐一排查，将廉洁奉公的官员奏报朝廷进行嘉奖，这样，那些贪官自然会有所警惕和改变。田锡历仕两朝，在君王不能赏罚分明时不断进言，时刻提醒最高统治者赏罚得当的重要性，可谓用自己的实际行动践行着为臣者对帝王的期待。

二是放权任贤。帝王乃一国之君，要处理的事务自然非常繁多，因而，能够提纲挈领、适当放手就显得十分重要，况且，"百官之事、技艺之人也，不与之争能，而致善用其功"①（《荀子·君道》），作为君王，他们要做的不是与臣下争功，展示自己的无所不能，而是要充分发掘、利用他们的能力。太祖、太宗两朝，因国之初建，二帝事必躬亲，对国中大小事务都尽力过问。《续资治通鉴长编》记载，太祖、太宗对百姓的一些刑事案件经常亲自审判。太宗事必躬亲的行为也是当时朝野的共识，当时的士大夫对此也有不同的看法。李昉在《赞太宗以帝幕破损者刺为旗帜奏》中极力称颂太宗"事无大小，咸出意表……虽在细微，无所遗弃，固非臣等智虑所及"②，士大夫张观则上《上太宗乞体貌大臣简略细务》疏，对太宗进行委婉劝诫，希望太宗能少花些时间在琐碎的事务上。然而，田锡对皇帝这种事无巨细皆亲自过问的行为不仅极其不赞同，而且还给予了有力的批判。据《国老谈苑》记载，田锡知制诰时，三班奉职回朝，宋太宗欲召其上殿，亲自询问民间利病，田锡上言："陛下苟令三班奉职上殿言事，未审设吕蒙正已下何用？"③三班出使回朝，按例须由宰执大臣询问巡防之事，然太宗却迫不及待地想要召见询问，完全无视宰相之职，在田锡的力谏下，太宗只得作罢。田锡在《上太宗条奏事宜》中称："臣伏见陛下忧民太过，视事太勤，每日早于崇德殿受百僚之朝，至日午于讲武殿视万机之事，或进呈申状，或拣阅军人，或躬问缧囚，或亲观战马，自甄而进者，或详其词理，挝鼓以闻者，或询彼冤诬。皆金口言词，人人省问，天心揆度，一一区分……然陛下何不移此勤劳以求贤，何不改此精专于选士？"④依田锡之言，君道务简，臣道务勤，国主关心国事，本无可厚非，然事无巨细都一一过问，从早忙到晚，做了臣下应该做的事情，让大臣们心生愧疚，同时又让自己疲惫不堪，势必会本末倒置。因此，田锡提出，一个人的精力有限，君王亦是如此，君王要做的，应该是在适当的时候放手，任用贤能，让大臣各司其职，利用多余的时间为国家选举贤人。

---

① 荀况. 荀子校释［M］. 王天海，校释. 上海：上海古籍出版社，2016：533.
② 曾枣庄，刘琳. 全宋文：第三册［M］. 上海：上海辞书出版社，2006：158.
③ 王君玉. 国老谈苑：卷二［M］. 北京：中华书局，1985：10.
④ 田锡. 咸平集［M］. 罗国威，校点. 成都：巴蜀书社，2008：15.

三是从谏如流。田锡认为，一个贤能的君主，一定要有纳谏的美德，不仅要广纳谏言，还要鼓励朝中大臣尽力谏言。田锡在《白兽樽铭》序中说道："所谓君诱臣之谏也，臣合君之道也，得泽山相感之理，见地天交泰之心。锡以为感之以诚，则纯信之士来；感之以恩，则死节之士至；感之以信，则慷慨之士进；感之以言，则鲠介之士归……苟汲善之诚未著，好谏之志不专，则上之过失或未闻，下之精诚有未尽。"① 作为君主，他必须示臣下以真诚之心，用自己的行为来感动大臣，让他们不得不竭尽所能、畅所欲言，为朝廷尽忠。君主如果没有表现出对谏言的重视，那么臣子们自然也不会主动进言——重臣怕言多失去君主的恩宠，小臣则怯于君威而不敢进谏。由此可见，赵宋皇帝一直以来对直谏之士的鼓励和宽容，是田锡谏净的外因，只有英明宽容的君主，才能催生更多的贤臣。因而，田锡在《谢圣旨许谏事》中提及太宗、真宗时称："先帝以臣遇事敢言，特降敕书奖喻；陛下以臣所进文字，内降剳子褒称。"② 他从侧面印证了二帝对士大夫的优容。

对于为人臣子的本分与职责，田锡亦有自己的见解，并且以实际行动践行着人臣的本分。

一是忠君爱国。忠君爱国思想，一直是中国传统文化的核心内容之一。本文第一章曾论及宋初最高统治者在忠义观建设上所做的努力，可知统治者对忠义士大夫的向往。帝王的期许，必然会在士大夫群体中引起回响。五代时期，政权更替频繁，士人忠君爱国的观念淡薄。五代入宋的士大夫，因为身份的特殊，难以成为忠君爱国的呼吁者和实践者，此重担只能落到由宋廷成长起来的士大夫身上。田锡虽长于后蜀，但他并没有在后蜀政权里担任过一官半职，心理上也就不存在所谓的贰臣心态，因此他一直视大宋朝廷为自己唯一效忠的对象。比起那些为官两朝甚至更多的贰臣，田锡提出忠君爱国的口号，更具说服力。

田锡将忠义视为臣子应尽的本分，他甚至在《妖不胜德论》一文中指斥"不忠之臣，国之妖也"③。田锡入仕不久，就因为上《上太宗论军国要机朝廷大体》疏受到太宗的褒奖，一时间闻名朝野。不仅如此，太宗还屡次赞赏田锡的直言个性，太宗对于田锡来说有知遇之恩，故而田锡在朝为官的愿望之一便是"愿伸微劳以答圣恩，愿馨真诚以报大造"④。真宗对田锡更是敬重有加，给

---

① 田锡. 咸平集 [M]. 罗国威，校点. 成都：巴蜀书社，2008：123.
② 田锡. 咸平集 [M]. 罗国威，校点. 成都：巴蜀书社，2008：308.
③ 田锡. 咸平集 [M]. 罗国威，校点. 成都：巴蜀书社，2008：89.
④ 李焘. 续资治通鉴长编：卷四十一 [M]. 北京：中华书局，1979：874.

予他很多高于常人的礼遇和优待，田锡不止一次表达出对真宗的感激："惟陛下以特达知臣，唯臣以愚直奉陛下"①"臣子之事君亲，愚直之逢明圣，有所见闻，岂敢缄默"②，士为知己者死，有明君如此，田锡自是无时无刻以为君尽忠为念。在出知泰州之前不到一年的时间，田锡就前后上书三次，所陈之事皆为国家大体，他自认"识见虽浅，不足动于宸聪，果敢所陈，亦足伸于忠节"③，同僚劝他谨慎免祸，他称自己"事君之诚，惟恐不竭"④（范仲淹《赠兵部尚书田公墓志铭》），他所求的，不过是问心无愧。即使是在被贬谪外宦之时，他对君王也没有丝毫怨言，反而心心念念欲重回阙下。于君，田锡是尽忠事诚的士大夫典范；于社稷，他亦是公忠体国的表率。田锡活跃在宋初政坛二十余年，一直将国家、社稷放在第一位，从未以个人的荣辱安危为念，也极少仗着自己的荣宠而为个人的事情向统治者寻求帮助。"锡将卒，自草遗表，犹劝上以慈俭纳谏为意，绝无私请"⑤，即使在生命的最后，他上书帝王，想到的仍是劝谏君王，而不是为自己、为后人谋私利。

因为历史和社会的局限性，田锡所提倡的忠君爱国观念，有着必然的两面性。诚然，当忠君和爱国相统一时，它大大强化了宋代士大夫群体的集体意识，并成就了许多舍生取义的英雄人物。但二者一旦存在冲突时，它的不足之处就显露出来了，士人也因此会陷入两难的选择困境。

二是为国进贤。田锡自青年时期就有着投身政坛、为国效力的伟大抱负，然而其出身寒微，一无先祖之荫可蔽，二无朝廷重臣的引荐，仕途之路并没有想象中顺畅。因此，田锡深知自己虽有才华，但也要有人赏识、引荐。在《千金答漂母行》中，我们就可以看出田锡对于伯乐难求、未得赏识的郁闷心情，"止水明沈沈，鉴貌未鉴心。丹凤舞跄跄，知声未知音。楚王欲图霸，不识韩淮阴。淮阴漂母家，独得千黄金"⑥。其运用了"漂母饭信"的典故，描述了当时的韩信空有一身才华却无人赏识，唯独只有漂母愿意接济他，而正因为漂母的慧眼，让她最后得到韩信的丰厚回报。田锡当时的处境和韩信几多类似，但连漂母之类的伯乐都没有，于是他只有发出"楚王欲图霸，不识韩淮阴"的空叹。

在田锡的诗文当中，我们不难看出他对古代名臣进贤行为的赞赏。比如，

---

① 田锡. 咸平集［M］. 罗国威，校点. 成都：巴蜀书社，2008：296.
② 李焘. 续资治通鉴长编：卷四十三［M］. 北京：中华书局，1979：910.
③ 李焘. 续资治通鉴长编：卷四十三［M］. 北京：中华书局，1979：907.
④ 曾枣庄，刘琳. 全宋文：第十九册［M］. 上海：上海辞书出版社，2006：37.
⑤ 江少虞. 宋朝事实类苑［M］. 上海：上海古籍出版社，1981：203.
⑥ 田锡. 咸平集［M］. 罗国威，校点. 成都：巴蜀书社，2008：172.

关于三国名将羊祜和杜预，二人因为文武双全、智勇超群被后代称颂赞，同时也经常被后人拿来做比较，当然孰优孰劣就是仁者见仁，智者见智了。田锡就认为羊祜比杜预要更胜一筹，其中最重要的一个原因就是羊祜推荐了杜预等贤明之士，有为国举贤之功。在《羊祜杜预优劣论》一文中，田锡首先赞扬了杜预的才华是罕有人能匹敌的，然而，像杜预这种贤臣即使能力再强，没有赏识引荐他的人，也只能是空有一身本领，而羊祜却慧眼识人，荐杜预以代己，显示了一个大将应有的眼光和风范。田锡高度称赞羊祜这种把向朝廷进贤视为自己分内之事而不要求任何回报的焚薮行为，甚至认为羊祜这样的贤臣只在尧舜时期才会出现。其次，他也在文中表达了自己的遗憾："所惜者羊公有知人之鉴，得进贤之名，而元恺但知立碑岘山，垂名后世，不能简拔一士裨于国朝。"① 田锡认为，羊祜虽被后世冠以善进贤的美名，但后代所谓的贤臣只知道为羊祜立碑以歌功颂德，在表面上赞扬羊祜的德行，却不能在行为上效法羊祜为国进贤之故事，于朝廷而言没有任何的益处。

对于西汉名相丙吉，后代皆以其宽宏识大体、关心民瘼为多，然而田锡却不以为然："丙吉拜相以来，未能进一贤人，黜一不肖，有黄霸不能早用为同列，有于定国不能早引为同僚。耻府中按吏之名，容车上吐茵之过，不足多也。"②（《问喘牛论》）他跟普通人的评判标准不同，尽管丙吉有问牛、不罪车夫等为后人称道的行为，但丙吉在位期间，没有向朝廷引荐过一个贤人，因此田锡认为丙吉并没有资格担当"贤相"之名。

在当代，田锡又将是否能为国进贤视为官员称职与否的标准之一，并将其视作为臣者的本分。田锡认为，"忠莫大于进贤"③（《上开封府判书》），贤能之士是政权长期稳定的保障，朝廷唯有源源不断的贤才输入，才会保持生机，才能最大限度地保证王朝的长盛不衰。因此，士大夫若能摒弃一己之成见，无私进贤，才能称得上对帝王、对国家尽忠。在《上开封府判书》中，田锡希望开封府判官能向朝廷举荐像他这样的人才，并称此举是"有大忠于国家"。他还积极向其建议网罗贤才的各种办法："采择群舆之议，精详与夺之机，询当朝文学之人，观就试文章之士……随其所长，观其所试。勿舍其所有，而责其所无；勿遗其所长，而陋其所短。"④放弃成见，用人之所长，略其所短，这样，才能够尽得其人，真正做到世无遗才。田锡提出的选人之法，与张咏"询君子得君

---

① 田锡．咸平集［M］．罗国威，校点．成都：巴蜀书社，2008：99.
② 田锡．咸平集［M］．罗国威，校点．成都：巴蜀书社，2008：108.
③ 田锡．咸平集［M］．罗国威，校点．成都：巴蜀书社，2008：50.
④ 田锡．咸平集［M］．罗国威，校点．成都：巴蜀书社，2008：50-51.

子，询小人得小人，各就其党询之，则无不审矣"① 的建议相类。此法虽难免有失以偏概全之虞，但确实对广纳天下之才有所裨益。

自田锡步入仕途开始，他就一直以为人臣子的本分要求自己，他也因忠君爱国、一心为公的个性，赢得了太宗及真宗极大的信任和称赞。太宗曾亲自下敕书嘉奖他的"贤路奋身"。田锡患病告假在家，太宗还专门差中使传宣抚问。田锡弟亡故时，皇帝亦特有宣赐，以示殊常之恩。咸平五年（1002），真宗又命田锡兼任侍御史知杂事，并向他承诺其所上奏疏皆会"一一亲览"。田锡殁后，宋真宗以哀荣之至礼相待，并将其奏疏藏入匣中保存，作为对田锡的哀思及其正君的最好反馈。

（三）德刑并重

德与刑是治理国家、维持社会秩序的重要手段，二者具有不同的特点和功能。关于德与刑关系的讨论，先秦时期就已开始，并且贯穿整个中国古代封建社会。西周时期，统治者以"明德慎罚"为治国理念。春秋战国时期，儒家学派创始人孔子继承了周代的"明德慎罚"论，主张"为政以德"，并将其视为治国的基本方针。儒家提倡德治，但并不反对刑罚，《论语·子路》篇中云："礼乐不兴，则刑罚不中；刑罚不中，则民无所措手足。"② 即在德治的前提下强调刑罚必须得当。法家学派却以主张"以法为教""以吏为师"，将刑罚视为教化的基础。秦始皇采纳法家的主张，实行严刑峻法，二世而亡。汉代大儒董仲舒汲取秦朝的历史教训，完善了儒家的德刑观，认为治国"任德而不任刑"，指出教化之于治理国家的重要性。同时，他又以春夏秋冬四季喻庆赏刑法，意在指出德刑缺一不可。至此，"德主刑辅"的观点遂成为后世历代的治国原则。田锡的德刑观，在继承儒家传统的观念外，也有自己独特的看法。

首先，他将"德治"视为治理国家的基础。田锡所谓"德治"，包含两方面的内容。其一，执政者须以身作则，将仁义道德视为自身具备的基本品质，所谓"不以仁政，不能平治天下"③（《孟子·离娄上》），只有最高统治者为有德之君，才能够施行仁政德治。以德服人，才能使百姓诚服，田锡希望帝王能够修德罔怠，方能成就"至德大业，永保天下"④。他的政治理想之一，亦是致君尧舜。为此，他特意截取经史子集中的要语，编为十一卷，献于真宗，以

---

① 脱脱，等.宋史：卷二百九十三［M］.北京：中华书局，1985：9802.
② 孔子.论语［M］.杨伯峻，杨逢彬，注译.长沙：岳麓书社，2018：160.
③ 杨伯峻.孟子译注［M］.北京：中华书局，1960：163.
④ 田锡.咸平集［M］.罗国威，校点.成都：巴蜀书社，2008：19.

资圣览，"冀圣德日新"。

其二，就治下百姓而言，须以道德教化为主。德政的具体体现在于礼乐，田锡深受儒家传统文化熏陶，自然知道恢复礼乐之于教化万民、改善民风的重要性。他认为，要想恢复儒道在社会的正统地位，必须先正礼乐："乐也者本乎天，礼也者本乎地，将化民以成俗，信有教而无类。礼能加肃，先俎豆之有仪；乐以导和，宜笙镛之大备。"①（《南省试圣人并用三代礼乐赋》）在未取得功名之前，他明知自己人微言轻，但仍然以白衣身份上书最高统治者宋太宗，请求恢复乡饮、籍田之礼。在私试策时，田锡同样表达了对恢复礼乐的向往，且看《对私试策第二道》：

> 先王制作礼乐，化导黎元，亦犹置水于盘，方圆斯就；镕金成器，模范靡遗。观乡饮之仪，喻国人之礼，倬日而习之，月而化之。闻管磬之音，则和乐生于中矣；睹樽彝之设，则恭肃加乎外矣。阅宾主升降之容，则知尊卑有序矣；熟《雅》《颂》诱喻之意，则知孝悌有自矣……乡饮之礼，《白华》之歌，愿复行之，天下之幸。②

田锡认为，以德化人、淳化风俗是一个循序渐进的过程，不可一蹴而就，对百姓晓之以理，假以时日，便感化百姓，让百姓知道礼义廉耻，从而达到淳化风俗的目的。

《荀子·儒效》有云："儒者在本朝则美政，在下位则美俗。"③ 田锡更是身体力行地践行此言。他在《拟古》诗中写道："因念三季时，人为世态迁。迁之不自觉，纯信成险艰。中含妒与忌，外即怡温颜。覆人如覆舟，先示其甘言……愿得返魂香，返其淳化源。"④ 身在宫阙时，田锡以致君尧舜为己任，向最高统治者进言献策。他上书太宗，希冀帝王能够以德治国。太平兴国八年（983），田锡在奏疏中论及世风浇漓，其中有云："或匹妇有正廉之节，野人有孝悌之风，尚旌彼门闾，或赐之粟帛，将以离浇漓之俗，亦以行风教之规。修身者由此彰名，尚义者因兹立节。"⑤ 他希望朝廷通过对正廉孝悌之人进行表彰赏赐来带动民风民俗的改变。释褐为官后，作为儒家精神的践行者，田锡仍以"条奏事宜思复古，兴修风教望还淳"⑥ 为念，努力将理想付诸实践，以一己之

---

① 田锡. 咸平集 [M]. 罗国威，校点. 成都：巴蜀书社，2008：82.
② 田锡. 咸平集 [M]. 罗国威，校点. 成都：巴蜀书社，2008：221.
③ 荀况. 荀子校释 [M]. 王天海，校释. 上海：上海古籍出版社，2016：266.
④ 田锡. 咸平集 [M]. 罗国威，校点. 成都：巴蜀书社，2008：169.
⑤ 田锡. 咸平集 [M]. 罗国威，校点. 成都：巴蜀书社，2008：17.
⑥ 田锡. 咸平集 [M]. 罗国威，校点. 成都：巴蜀书社，2008：156.

力致力于地方的德政建设。太平兴国八年（983），田锡以右补阙出任睦州知州，"至桐庐郡，以吴越之邦归朝廷未久，人阻礼教，邈如也。公下车，建孔子庙，教之诗书，天子赐九经以佑之"①（范仲淹《赠兵部尚书田公墓志铭》）。到任之后，田锡目睹当地百姓礼教缺失的现状，于是迁建孔子庙，并向太宗求赐《九经》。在田锡的努力下，当地百姓变得知礼仪、人心向学，睦州民风自此大淳，此后步入仕途的人也逐渐增多。田锡对地方百姓的教化、儒学的建立以及教育事业的兴盛做出了巨大贡献。他以自己的实践证明了为政以德的重要性。

但同时，田锡并不否认刑罚在治国中的地位。他认为，德刑二者对于为政而言都是非常重要的。"刑"与"德"，即"政"与"教"无先后之分，他将二者"比乎左右手"，但并没有笼统地一概论之，而是主张具体情况具体分析，"辅于躬而适乎用"。若是清净之朝，可以"劳精于设教"，将重心放在德治上；若是处于浇漓之世，则必须"专意于为政"，以刑罚为重。田锡提倡治世须用"刑"，他在《晁错论》中云："夫先王设礼，所以禁邪于未然也。用刑，所以惩乱于已然也。"② 他认为，"刑罚"是针对罪恶已经发生之后，起到惩戒恶人、警示百姓的作用，而治乱世则须用"重刑"。在社会动荡不安之时，刑罚所起的作用甚至远远超过教化。对于《书》中所云"妖不胜德"的观点，田锡却认为并不恰当，他特意撰《妖不胜德论》一文予以辩驳。文中指出，自古以来，"君子寡而小人众，独立其德，不为妖胜者鲜矣"③。即使是以尧舜之德，天下也有不能胜者，譬如四凶，最后仍是"用刑而流之"，天下咸服，故田锡认为，唯有刑罚可以治乱。

田锡承认刑的重要性，但强烈反对严刑酷法。他在《上太宗论军国要机朝廷大体》中进言："臣又每于行路之次，见有羁锢之囚，荷以铁枷，不觉自骇，不知其人所犯何罪，又不知其囚复是何人。臣谨按《刑统》准狱官令枷杻各有短长，钳链各有轻重，制度尺寸并有刑书，未见以铁为枷者也。凡今州县，欲笞一小罪，絷一轻囚，必详格文，尽依典法，奉国家所颁之律，遵法寺所定之科。以铁为枷，事出法外。伏乞陛下厘革此法，免伤皇风。"④ 田锡对国家刑法是十分关注的，对于朝廷出台的严酷刑法，田锡本着儒家传统仁义爱人之思想，认为应该给予免除。如在文中提到的以铁为枷，铁枷负担过重，不管犯人身犯何罪，都不免有重刑之嫌，虽然这样的重刑可以给普通百姓强烈的警示，但其

---

① 曾枣庄，刘琳．全宋文：第十九册［M］．上海：上海辞书出版社，2006：37.
② 田锡．咸平集［M］．罗国威，校点．成都：巴蜀书社，2008：102.
③ 田锡．咸平集［M］．罗国威，校点．成都：巴蜀书社，2008：90.
④ 田锡．咸平集［M］．罗国威，校点．成都：巴蜀书社，2008：13.

不仅违反了相关的法律制度，还违背了太宗"至仁之主"的皇风。田锡所言，有理有据，从法律和人情两个角度，对朝廷之"重刑"给予驳斥，充分体现了以仁为本的儒者情怀。

田锡对德刑的认识，体现了其作为通儒的本色。他不以偏概全，知守正与权变，不仅显示出一个政治家的慎思与面面俱到，还体现出一个儒家学者的情怀与仁爱之心。

第四节　由外向至内敛：宋文化之形态初具

与唐代文治武功、外放征伐的王朝气质不同，宋朝建立未久，从太宗开始，便经历了对外战场上的屡次失利。宋初士人经此巨变后，亦无心开疆拓土，而是由外王转向内圣，专注于内心世界的修炼，在对外关系的态度上也随之产生变化。

一、自我完善：守身行道与修己为人

儒学，即修身安人之学。儒学之道，以修身为本。作为儒家人格典范的君子，统治者更是需要时时刻刻以提高自身修养为己任。"修己"之命题，最早由孔子提出，《论语》中有论及君子修身之语："子路问君子。子曰：'修己以敬。'曰：'如斯而已乎？'曰：'修己以安人。'曰：'如斯而已乎？'曰：'修己以安百姓。修己以安百姓，尧舜其犹病诸？'"①（《论语·宪问》）在儒家思想中，修己是安百姓、治国家、平天下的前提和基础。要重建儒道，修己必然是最基本的要求。中国古代知识分子，皆以"修身"为传统。曾子曰："吾日三省吾身：为人谋而不忠乎？与朋友交而不信乎？传不习乎？"②（《论语·学而》）其意旨是通过不断的自我反省，以达到主观人格的道德完善，从而实现理想人格。儒家所谓理想人格，有圣人，有君子。圣人是儒家理想人格的最高境界，可望而不可即，君子却是普通人通过不断的努力就可以达到的。因此，君子人格便成为传统儒家士人孜孜以求的目标。

君子的称谓，起源甚早，在《诗经》中就有君子之称了。它在当时代表统治阶级，与被统治阶级所谓的"小人"相对，如"驾彼四牡，四牡骙骙。君子

---

① 孔子. 论语 [M]. 杨伯峻，杨逢彬，注译. 长沙：岳麓书社，2018：189.
② 孔子. 论语 [M]. 杨伯峻，杨逢彬，注译. 长沙：岳麓书社，2018：5.

所依，小人所腓"①（《小雅·采薇》）。君子还指女子的心上人，如《国风·君子于役》："君子于役，不知其期。曷至哉？鸡栖于埘。日之夕矣，羊牛下来。君子于役，如之何勿思！"② 然而，不管哪种含义，都没有明显的道德上的指向。及至春秋中后期，经过孔子的发展和阐释，君子和小人演变成区分道德高低的专有名词，君子被塑造成儒家现实的理想人格和道德典范。经过数代的发展，君子的标准也逐步完善和具象化。

太祖、太宗两朝，朝廷中也有为数不多、清净自守的前朝旧臣，如范质、李沆等人，他们以自己的实际行动践行着儒家道德行为规范，修身是他们日积月累形成的习惯和坚持，但碍于贰臣身份，他们守身修己，也只限于自身，不能也没有底气在社会上大声疾呼，让其他人与自己一道，参与这项儒家传统的活动。田锡却不同，作为儒家思想的自觉传承者，无论是在思想还是在行为上，田锡时刻以一个儒家传统正人君子的道德标准来要求自己。不仅如此，他还在自己的诗文当中大力提倡君子之风，以求能在当时社会形成一股以儒学自修的风气。"礼防人之性，抑人之乱，皆于未然，故不见德之日益，必有时而成君子也"③。君子的修养，是一个漫长的日积月累的过程，因此，田锡对修己未尝有一日之懈怠。

田锡自幼熟读儒家经典，他自称："洎吾皇平定中区，蜀为内地，锡滞若匏系，介在一隅，约《国风》以伸辞，酌大《易》以知命，棲息环堵，服膺大道。"④（《贻青城小著书》）可见他在蜀地时，他就一直以儒道修身。同时，他自认颇得经典之旨，"因探易象知深旨，自喜吟高得化机"⑤（《幽居》）。在儒家传统文化的长期浸染下，田锡更是对儒家道德典范——君子的形象倾慕不已，他曾在《贻青城小著书》中云："锡每读圣人之书，慕君子之行，正直自守，耿介独立。"⑥ 对于君子一词，田锡亦有着自己独到的见解。

（一）君子之心：以道为心，仁义正直

"道"是儒家学说的核心命题，孔子屡次提到对道的坚守，"志于道，据于德，依于仁，游于艺"⑦（《论语·述而》），"士志于道，而耻恶衣恶食者，未

① 周振甫.诗经译注［M］.北京：中华书局，2010：226.
② 周振甫.诗经译注［M］.北京：中华书局，2010：89-90.
③ 田锡.咸平集［M］.罗国威，校点.成都：巴蜀书社，2008：88.
④ 田锡.咸平集［M］.罗国威，校点.成都：巴蜀书社，2008：48.
⑤ 田锡.咸平集［M］.罗国威，校点.成都：巴蜀书社，2008：144.
⑥ 田锡.咸平集［M］.罗国威，校点.成都：巴蜀书社，2008：47.
⑦ 孔子.论语［M］.杨伯峻，杨逢彬，注译.长沙：岳麓书社，2018：87.

足与议也"①（《论语·里仁》），孔子终其一生对道的追求，对中国历代士大夫产生了很大的影响。自此以后，儒士将"道"视为安身立命之本，并时刻表现出维护道义的自觉性，"志于道"亦成为士人之传统。同时，"道"也被视为社会清明与否的标准，所谓"天下有道，则庶人不议"②（《论语·季氏》），在主流文化长期处于衰落的困顿时期，作为一个传统的儒学之士，一个对当时社会抱有极大希望的知识分子，田锡一直以积极的态度致力于恢复儒学正统在大宋的延续。他继承了儒家"仁以为己任"③的远大志向，并以"师得古道"④为己任。

在与友人的信中，田锡说道："锡天付直性，非苟图名利者也，窃尝以儒术为己任，以古道为事业。噫，图名不以道，虽使名动朝右，不取也。得位不以道，虽贵为王公，不取也。锡谓进贤为道也，诛谗邪为道也，济天下使一物不失所为道也。"⑤（《贻杜舍人书》）在信中，田锡以儒学复兴为毕生之事业，并明确指出儒道的重要性，他认为，"道"是博取功名利禄的前提，如果失去这个前提，就算有再多的诱惑也是不能接受的。"道"又是进贤诛邪的目的，为政、济天下，都必须以道为最终目标。在给友人何士宗的信中，田锡对自己心目中的君子形象有大概的描述："君子以道为心，以信为体，文彩为貌，声称为言。"⑥（《答何士宗书》）田锡还作《盂铭》以自戒："君子忧道，食不遑味。所以颜子一瓢饮，--箪食，虽屡空而无耻。"⑦其中所谓"道"，即儒家传统精神所谓之"道"。这些都表明，田锡心中所理解的真正的君子，应该时刻以儒道为本心。

田锡认为，正直和仁义也是君子必不可少的性格特质："君子临仁义速不旋踵也。"⑧在《直论》中，田锡亦称："勇于为仁，慷慨正直，君子之心，虽死又何恨焉……直以守道于内，智以济直乎外，无俾祸及，反害正直之心焉。"⑨在田锡心目中，正直是君子坚守自我的底线，只有做到慷慨正直，才能守住内心的道。他也在实际行动中践行了这种君子特质，最典型的事例就是他处理与

---

① 孔子．论语［M］．杨伯峻，杨逢彬，注译．长沙：岳麓书社，2018：47-48.
② 孔子．论语［M］．杨伯峻，杨逢彬，注译．长沙：岳麓书社，2018：208.
③ 孔子．论语［M］．杨伯峻，杨逢彬，注译．长沙：岳麓书社，2018：101.
④ 田锡．咸平集［M］．罗国威，校点．成都：巴蜀书社，2008：48.
⑤ 田锡．咸平集［M］．罗国威，校点．成都：巴蜀书社，2008：35.
⑥ 田锡．咸平集［M］．罗国威，校点．成都：巴蜀书社，2008：43.
⑦ 田锡．咸平集［M］．罗国威，校点．成都：巴蜀书社，2008：128.
⑧ 田锡．咸平集［M］．罗国威，校点．成都：巴蜀书社，2008：45.
⑨ 田锡．咸平集［M］．罗国威，校点．成都：巴蜀书社，2008：99.

魏廷式共事时产生的冲突。魏廷式其人，深受太宗、真宗的喜爱，但性格邪僻，且爱中伤他人，因而受到当时士大夫诟病与鄙薄。其他士大夫对魏廷式都敬而远之，不敢与其发生正面冲突，只有田锡，在受到魏廷式诬陷之后，敢于上书皇帝，明言自己与魏廷式之间的矛盾，甚至不惜求罢，最后出任泰州。

（二）君子之行：实为名先，清净自守

在《贻杜舍人书》中，田锡提到世间有两种人，一种是有君子之行但没有君子之文者，另一种则是有君子之文但没有君子之行者，二者相较之下，田锡发出"与其有文也，宁有行也"① 的感叹，显示出他对德行的看重。田锡曾写信给梁周翰以卜进退，信的开头便对当时仕进之人的心态和行为进行了清晰的描述：

> 锡每见仕进之心，皆欲人特达之遇，而觊遭逢之幸，不揣道何如也，才何如也。迨为明哲之鉴，揣摩其术，高下其才，特达之遇果不为丛脞所役，则怅然触望，以为鉴失于己，而喷有烦谤之言也。君子则不然。不患无通明之知，患艺之未精。不患无特达之遇，患才之未备。不以得失荣辱汩其趣向……仕进亦岂专务求于人，固当先求诸己。岂在求诸名，固当先求诸实。实茂而名自至，己修而人后知。②

田锡在入仕之前，一直致力于科考，并且往来于众多士大夫之间，对当时的科场和官场现状有一定的了解。当时，很多仕进之人一心只为追求功名、博取官职，而不管自己能力和才干是否达到了相应的水平。鉴于此，田锡明确提出"实为名先"。他认为作为真正的君子，想要步入仕途或在仕途中得到晋升，首先应该充实自身，努力让自己的才能达到相应的水平，自己的能力和道德达到了相应的境界，名利自然会随之而来，这样才能做到真正的实至名归。

在《求名箴》序中，田锡反复强调名为君子所重，但如何赢得名声却需要人们遵守一定的底线：

> 君子所懋者德，所贵者名。名高由乎德厚，誉美由乎艺成。德艺苟缺，谤毁亦生。誉善毁恶，如影随形。勿学小人，欲诬君子，唯己弗修，唯名是企。设矫与诈，违谤避毁。矫终失常，久而遂彰。人皆指笑，名亦消忘。箴行在己，华名自至。戒于曲求，无忝无愧。③

---

① 田锡．咸平集［M］．罗国威，校点．成都：巴蜀书社，2008：36.
② 田锡．咸平集［M］．罗国威，校点．成都：巴蜀书社，2008：44–45.
③ 田锡．咸平集［M］．罗国威，校点．成都：巴蜀书社，2008：118.

田锡认为，求名必先修己，切忌"曲求"，才能无愧于心。同时，他也指出小人不懂得这个道理，不专注于自己的道德修养而总是片面地醉心于追求名声，结果自然只会适得其反。

田锡的言论，和当时大部分士人醉心功名、四处求人引荐的做法大相径庭。可他却是这样要求自己的，在入仕之前，他苦心研读，不断充实自己。他又在秦豫一带游学，并在白鹿书院、嵩山书院潜心读书，为以后的科举考试做好充分的准备。当然，这其中有其父"慎无速，为期二十年可以从政"的嘱托，亦有他自己"谢安壮未仕，定远晚封侯。功名俱磊落，时来岂自由"① 的自信与期望。他还特地作《尺铭》提醒自己"言与行相顾，名与实相副"②。他在《贻梁补阙周翰书》中自述志学二十年，并对自己的苦读十分自信，他相信自己的勤学一定会得到相应的回报。也正是因为之前打下的坚实基础，田锡于七十四人中取得了举进士第二的佳绩。

田锡对名利的淡然和对自身修养的毫不懈怠，也为其赢得了宋真宗的尊敬与褒扬。真宗从小深受儒学浸染，所以在他即位后，对臣子自身修养方面更加看重。他曾对辅臣抱怨："朕观士大夫中，多有名无实，何言行之相违也！"③而臣子也以"君子之道暗然而日章，历试既久，自当见矣"④ 安慰真宗。可见，对于某些有名无实的士大夫，真宗是难以忍受的。陈若拙就因为刻意追求名利地位而触怒真宗。当时三司使空缺，陈若拙自恃得皇帝恩宠，便以为三司使自己势在必得，在未能如愿后心生怨怼，于是以父母年老为由，不愿远适，以示对真宗的不满。真宗谓宰相曰："士大夫操修，必须名实相副，颇闻若拙有能干，特迁秩委以藩任，而贪进择禄如此。往有黄观者，或称其能，迁为西川转运使，辄诉免，当时黜守远都。今若拙复尔，亦须谴降。凡用人，岂以亲疏为间，苟能尽瘁奉公，有所树立，何患名位之不至也。"⑤ 陈若拙此举明显惹怒了真宗，他在此之前一直官运亨通，经此事后竟遭贬谪，可见宋真宗对臣子道德品行的看重。田锡对君子人格的阐释，与宋真宗对士大夫的期待可谓十分契合，田锡对自身品德修养的专注，也让他成为最高统治者心目中具有完美人格的士大夫典范。因此，宋真宗对田锡清净自守的品质颇为赞赏，认为田锡"能演皇

① 田锡. 咸平集［M］. 罗国威，校点. 成都：巴蜀书社，2008：169.

② 田锡. 咸平集［M］. 罗国威，校点. 成都：巴蜀书社，2008：130.

③ 李焘. 续资治通鉴长编：卷四十三［M］. 北京：中华书局，1979：915.

④ 李焘. 续资治通鉴长编：卷四十三［M］. 北京：中华书局，1979：915.

⑤ 李焘. 续资治通鉴长编：卷五十二［M］. 北京：中华书局，1979：1135. 为宋真宗咸平五年语，其事又见《宋史》卷二百六十一列传第二十，第9041页，为太宗语，故存疑。

王清净之风，述理乱兴亡之本，备观鉴戒，朕心焕然"①（范仲淹《赠兵部尚书田公墓志铭》）。

（三）君子之智：言默得当，先见之明

田锡在《直论》篇中称："直以守道于内，智以济直乎外，无俾祸及，反害正直之心焉。"② 君子的基本素养就是正直，但正直往往会引来灾祸，如何在坚守君子行为道德标准的同时还能避免招致祸端，这就需要一定的智慧了。人们要想成为真正的君子，需要面临的困难和考验是常人难以想象的，所以君子必须有常人所没有的智慧。晁错因为智小谋大而死于非命，可谓前车之鉴。作为儒家传统经典文化的接受者，田锡将其视为保身的座右铭。田锡在诗文中屡次提到君子之智的关键就是要懂得把握时机，言行举止都应当遵循时机。

一是言默得当。《周易·艮卦·象传》中云："时止则止，时行则行，动静不失其时，其道光明。"③ 说话是一门艺术，在适当的时机发声，在不适当的时机保持沉默，田锡对此深有体会，尤其在他入仕之后，历经官场之事，更加体会到言默得当的重要性。宋初，就有大臣因为过早宣扬自己升官的事情而被太宗认为此人不可信任，从而免去其升官的机会。田锡在《上宰相书》中云，"缄默不言，实辜陶铸，若披伸不密，亦掇讥嫌"④，他又专门作了《守默箴》来提醒自己沉默的重要性：

> 惟天之默，三辰灿然。惟地之默，万物生焉。君子之默，百行昭宣。苟无昭昭之名，赫赫之德，德未为人所仰，行未为人之式。欲讷而言，欲寡而词。孰谓而无包藏，孰以而为秉持。夫事有节，而理有机。机赴节会，一言众怡。所谓时然后言，敢志圣人之规。⑤

言默之机，全赖于时。君子的德行未达到一定的境界，在该沉默的时候开口，必然会被人认为无所秉持，让人不愉快，在合适的时机打破沉默，才会得到众人的认可。当然，田锡虽然一再强调言默得当，但他在政治生涯中却时常不顾后果奋勇直言，然而正是这样的矛盾行为，让我们看到了田锡"舍身取义"般的果敢与坚毅。

二是预见几微。士大夫在国家大事上的先见之明，源于中国传统文化中的

---

① 曾枣庄，刘琳. 全宋文：第十九册 [M]. 上海：上海辞书出版社，2006：37.
② 田锡. 咸平集 [M]. 罗国威，校点. 成都：巴蜀书社，2008：99.
③ 姬昌. 周易 [M]. 宋祚胤，注释. 长沙：岳麓书社，2001：252.
④ 田锡. 咸平集 [M]. 罗国威，校点. 成都：巴蜀书社，2008：53.
⑤ 田锡. 咸平集 [M]. 罗国威，校点. 成都：巴蜀书社，2008：119.

忧患意识。儒家学派将忧患意识视为士君子的自觉，《周易·系辞》中云："君子安而不忘危，存而不忘亡，治而不忘乱，是以身安而国家可保也。"① 《孟子·离娄》云："君子有终身之忧，无一朝之患。"② 君子所忧所患，除了个人以外，更重要的是国家和社稷。徐复观认为，"忧患意识"是中国传统文化的主流，它激发了中国知识分子的使命感、责任感和担当精神。

五代之乱，相去未远，然宋初开国以来，尤其是太祖一朝，朝廷内外一片升平，加之最高统治者意图以优渥的物质生活来安抚大臣，因而士大夫也多以歌颂升平、及时享乐为价值取向，儒道传统的忧患意识在此时显得尤其不合时宜，能够主动发现问题、提出问题的士大夫少之又少。然而，宋初建国以来，不管是内政还是外交，都面临着诸多隐患，主观忽略这些问题并不是士大夫应有的行为，田锡作为传统的儒学之士，没有随波逐流，将发现的可能对朝廷造成隐患的问题都事无巨细地上书直言，充分体现了一个士大夫应有的担当。

田锡所处的太宗、真宗两朝虽为太平治世，但他却针对盛世隐忧，提出很多极具前瞻性的政见，他强烈的忧患意识，来源于儒家士君子居安思危的体认："古之君子，必忧治世而危明主，明主有绝人之资，而治世无可畏之防。"③ 田锡在《上中书相公书》中云："制理于未乱，禁邪于未形，则君子明智先见之常道也。"有先见之明，才能够防微杜渐，"制理于未乱"。贾谊可以说是田锡心中最具先见之明的君子了，他在《晁错论》中云：

> 贾生曰："臣窃迹前事，大抵强者先叛。"谓淮阴王于楚，韩王信倚于匈奴，陈豨兵精，而贯高因全赵之资，皆以因强而叛心生也。斯皆贾生见前车之覆，于是指切时病，抗言于当时也。岂非祸乱有渐乎？贾生有先见之明乎？果数十年后，其言合若符契，景帝固不足以婴以芒刃，又不能断以斧斤，骤悦叛王之心，而陨忠臣之命。④

贾谊根据前代故事预见诸王强大后必然会起叛乱之心，于是上书文王以期防微杜渐，然而在当时并没有引起当权者的重视，以至到了景帝之时，诸王势力强大到已经不能即时削弱，从而导致景帝为了平息诸王之怒不得已诛杀晁错的悲剧。田锡一直视贾谊这位汉代先贤为士大夫之典范，他对贾谊的预见能力表示钦佩，同时也为其未能得君行道表示遗憾，更为当权者杀忠臣、平众王之

---

① 周易 [M]. 宋祚胤，注释. 长沙：岳麓书社，2001：359-360.
② 杨伯峻. 孟子译注 [M]. 北京：中华书局，1960：197.
③ 田锡. 咸平集 [M]. 罗国威，校点. 成都：巴蜀书社，2008：1.
④ 田锡. 咸平集 [M]. 罗国威，校点. 成都：巴蜀书社，2008：102.

怒的行为感到惋惜。这也侧面表达了先见之明的重要性，如果最高统治者拥有贾谊那样的预见能力，那么七国之乱就不会出现，忠臣也无须殒命。

在田锡的政治生涯中，他也时刻保持着忧患之心。咸平三年（1000），江淮漕运大不如往年，四十四州军皆有饿死、病死之人，田锡秉着"于防盗起之萌，致民安之渐"①的精神，上疏真宗，"今若西北沿边未息侵扰，东南沿海复有骚动，则临时制御必费力，临时筹度难成功"②，分析西北、东南边境的形势，希望朝廷能有所调度和准备，以免敌人突袭扰边、国内盗贼趁机作乱而让朝廷处于被动地位。

阎步克曾言："士大夫兼为文人与官僚，而二者统一于更高人格理想——'君子'之中。这也是帝国对其功能期待和身份认定。'君子''小人'之两分，'士农工商'之排列，都是君子治国与贤人政治传统的特有概念。这种'士君子'不仅承担了行政功能，还承担了文化功能，特别是意识形态功能——维系正统儒家教条。"③（《"礼治"秩序与士大夫政治的渊源》）田锡关于君子形象的言论，代表了当时主流文化的基本格调。田锡，更是宋初"士君子"的杰出代表，观田锡之一生，仕途几次起伏，然而不管是身在宫阙深受帝王器重之时，还是被贬谪抑郁不平之时，他都从未放弃过儒家修己自守的精神，一直以君子的言行规范来要求自己。因此，《宋史》本传评价田锡其人时称："（田锡）耿介寡合，未尝趋权贵之门，居公庭，危坐终日，无懈容。慕魏征、李绛之为人，以尽规献替为己任。"④范仲淹在田锡墓志铭中赞其为"天下正人"，称"公动必以礼，言必有法，贤不肖咸惮伏之，出处二十年，未尝趋权贵之门，在贬废中，乐得其正，晏如也"⑤，这可谓对田锡自身修养以及为人处世最真实、客观的评价。

子曰："古之学者为己，今之学者为人。"⑥（《论语·宪问》）田锡积极修身，并不仅仅是出于自足和自适的需要，更重要的是为了能更好地治理国家。田锡这种终身以儒道自守的品质，与同时代的很多士大夫相比，更显难能可贵。田锡之师友梁周翰，其人虽"负天下之才"，但生性残忍，为官时，对所辖之人常常严酷对待，还因此被人诉诸太宗。在早年号称"师孔子而友孟轲，齐扬雄

---

①　李焘．续资治通鉴长编：卷四十六［M］．北京：中华书局，1979：1005．
②　李焘．续资治通鉴长编：卷四十六［M］．北京：中华书局，1979：1005．
③　阎步克．阎步克自选集［C］．桂林：广西师范大学大学出版社，1997：205-206．
④　脱脱，等．宋史：卷二百九十三［M］．北京：中华书局，1985：9792．
⑤　曾枣庄，刘琳．全宋文：第十九册［M］．上海：上海辞书出版社，2006：38．
⑥　杨伯峻．孟子译注［M］．北京：中华书局，1960：136．

而肩韩愈"①（《上符兴州书》），自称以振兴古道为己任的柳开，自身却行事暴虐，为人粗狂自任，宋人诸多笔记小说所载之柳开，皆是"烹食恶仆""生烩人肝""强娶钱氏"等这类骇人听闻之事。不仅如此，柳开还因"喜以名骛于时"②、好追名逐利为时人所非。此等士人，虽在朝廷名噪一时，但实在是难以符合儒道君子的形象，更遑论在北宋士大夫群体中起任何标杆作用。正是因为有田锡这种身居高位，且时刻以维护正统儒家思想而不懈努力的榜样在先，才使得北宋士大夫群起而效之。士大夫群体恢复儒家正统思想的自我意识逐渐加强，才有了后来苏轼、欧阳修、司马光等传统儒家士大夫不断涌现、砥砺前行，最终北宋王朝得以重建儒家正统。

二、华夷之辨：民族文化的自信与坚守

自古以来，中国就是一个多民族的国家。华夏民族地处中原，而少数民族政权地处偏远，多以游牧为生，与中原地区安定的农耕文化相去甚远。基于地域及文化等方面的巨大差异，华夏民族历来与其他民族有着难以调和的矛盾，因而华夷之辨作为中国古代传统的民族观，远自先秦时代就已经存在。此后，历朝中央政权的士大夫群体，皆以天朝上国的姿态自居，强调华夏民族的优越性。皇甫湜在《东晋元魏正闰论》中说道："王者受命于天，作主于人，必大一统。明所授，所以正天下之位，一天下之心……所以为中国者，以礼义也；所谓夷狄者，无礼义也，岂系于地哉。"③（皇甫湜《东晋元魏正闰论》）其后数代，士大夫群体关于严华夷之防的呼声就从未消减过。直至唐代，唐太宗在民族大融合的形势下提出"自古皆贵中华，贱夷狄，朕独爱之如一"④的民族观念。在最高统治者的提倡下，华夷之辨自此开始有所弱化。唐代开放兼容的王朝气质，也让华夷之辨从地域和血缘方面着重向文化方面的差异转变。然安史之乱后，"贱夷狄，贵中华"的传统观念开始复苏。韩愈在斥责佛教时称："佛本夷狄之人……不知君臣之义、父子之情。"⑤（《旧唐书·韩愈传》）这侧面反映了他对夷狄文化的否定。

宋初最高统治者对少数民族政权的态度也经历了一个变化的过程。其时，

---

① 曾枣庄，刘琳．全宋文：第六册［M］．上海：上海辞书出版社，2006：304.

② 文莹．湘山野录：续录·玉壶清话［M］．黄益元，校点．上海：上海古籍出版社，2012：82.

③ 皇甫湜．皇甫持正集［M］．文渊阁四库全书本．

④ 司马光．资治通鉴：卷一百九十八［M］．胡三省，注．北京：中华书局，2011：6360.

⑤ 刘昫，等．旧唐书：卷一百六十［M］．北京：中华书局，1975：4200.

政权虽趋于一统，但行政区域较之唐朝已缩小许多。太祖、太宗皆武将出身，自然知晓边疆安宁对国家的重要性，而且王朝初建，四方之安宁就显得非常重要。另外，宋之前的许多朝代，华夏中央政权基本上都比四夷强大数倍，作为处于强势的一方，华夏核心政权往往不满足于与四夷政权平等相处，统治四夷是华夏族不懈追求的目标，太祖及太宗执政初期，亦有这样的雄心壮志。因此，他们对边疆经营的态度是非常积极的，都希望通过武力实现"安边"，来达到四夷臣服的目的。

太祖曾对近臣说："安边御众，须是得人。若分边寄者能禀朕意，则必优恤其家属，厚其爵禄，多与公钱及属州课利，使之回图，特免税算，听其召募骁勇，以为爪牙。苟财用丰盈，必能集事，朕虽减后宫之数，极于俭约，以备边费，亦无所惜也。"① 对于安边的将领，太祖寄予了厚望，并不惜以高官厚禄来求得这样的人才。宋初虽实行修文偃武的国策，但这并不表示宋廷在军用调度上有所减弱。相反，对于治边费用，太祖毫不吝啬，宁愿减少自己的开销，也要倾尽财力以充边费。宋朝建立之初，东北一带已被其他少数民族政权占据，太祖虽两次征伐契丹，但都以失败告终，这也就为大宋未来的衰微埋下了伏笔。

太宗即位之初，对边疆之事也是非常用心的，"上属意戎事，每朝罢，即于便殿或后苑亲阅禁卒，取壮健者隶亲军，罢软老弱，悉分配外州，自是藩卫之士益以精强"②。对归顺北宋的少数民族政权，太宗摆出天朝上国的姿态，接受他们的款塞来享，同时以礼相待，并大加抚恤来显示中原大国的气派。这点从太宗对吐蕃的态度可以看出来：

> 庚午，吐蕃诸戎以马来献，上召其酋长对于崇政殿，厚加慰抚，赐以束帛，因谓宰相曰："吐蕃言语不通，衣服异制，朕以化外视之。自唐室以来，颇为边患，以国家兵力雄盛，聊举偏师，便可驱逐数千里外。但念其种类蕃息，安土重迁，傥加攘却，必致杀戮，所以置于度外，存而勿论也。"③

以当时宋朝的实力，完全可以吞并吐蕃，但太宗却认为吐蕃安土重迁，对于大宋来说没有攻击性，为了避免战争，太宗并未对吐蕃采取武力措施。

而对于那些未向宋廷称臣甚至觊觎大宋国土的政权，太宗的态度却发生了一番变化。太宗在初即位时，为了证明自己的英明神武，同时亦抱着收复失地

---

① 李焘.续资治通鉴长编：卷三 [M].北京：中华书局，1979：77.
② 李焘.续资治通鉴长编：卷十八 [M].北京：中华书局，1979：411.
③ 李焘.续资治通鉴长编：卷二十四 [M].北京：中华书局，1979：553.

的决心，完成太祖未完成之事业，他积极致力于征战北伐。太平兴国四年
（979），在周世宗及太祖都征伐太原失败的前提下，宋太宗成功收复太原，这无
疑给了太宗及宋廷莫大的信心。随后，太宗决心乘胜收复幽州，于是在平定北
汉之后，不顾将士的不满与疲累，未加休整就下令攻辽。在高粱河受到辽军的
反击，"宋师大败，帝乘驴车南走"①。这是宋辽在战场上的第一次正面交锋，
却以宋军全线溃乱、帝王狼狈逃走为结局。宋军此次的失利，不仅使宋朝统一
天下的步伐受到阻碍，也对以后的对外战争产生了不利的影响。雍熙三年
（986），北宋朝廷通过长时间的精心筹备，举全国之精锐再次北伐，然而因主将
曹彬轻敌等诸多原因，最后同样以失败告终，不仅未收复失地，反而失去涿州
等地，使幽云十六州又重新处于辽国的控制之下。自此以后，北宋在军事上开
始处于守势，契丹日益强大，让太宗锐意统一的心思也发生了改变，对辽已不
复有征伐之心。在对外战略关系上，太宗一反前态，开始实行守内虚外的国策，
将重心放在文治上。太宗不仅在与他国的关系上抱着一种"人不犯我，我不犯
人"的态度，而且在宋朝庇护下的少数民族政权受到其他政权的侵略，宋廷作
为宗主国，也只是听之任之，不管不顾。淳化五年（994）六月庚戌，"高丽国
王治遣使元郁来乞师，言契丹侵掠其境故也。上以夷狄相攻，盖常事，而北边
甫宁，不可轻动干戈"②。宋廷在契丹骚扰高丽事件上完全没有尽到一个宗主国
该尽的庇护责任，只得以厚礼安抚高丽，掩饰自己的心虚。太宗的袖手旁观，
不仅让高丽从此不再朝贡，还逐渐让臣服于大宋政权的其他少数民族政权对宋
廷失去了信任，天朝上国的威严遭到了严重的打击。

　　华夷之辨的最终目的是强调华夏文明的正统地位，因而，民族矛盾越是深
刻之时，越能激发士人关于华夷之辨的讨论。北宋初期，北方少数民族政权契
丹等迅速崛起，大有与宋分庭抗礼之势，民族危机日益凸显，让士大夫群体对
华夷之辨有了更加深刻的认识。宋初有识之士，皆以夷狄为虑。邵伯温在《邵
氏闻见录》中载其父邵雍曾言道："本朝祖宗立天下之士，非前代可比。内无大
臣跋扈，外无藩镇强横，亦无大盗贼，独夷狄为可虑。"③ 自汉朝以来，北方少
数民族政权就一直侵扰着中原领土，使得边民苦不堪言。宋朝政权建立之初，
国内政治清明，而唯有夷狄之虑依然无法避免，其中又尤以契丹对宋朝的威胁
为最。随着宋初国力的日益强大，很多少数民族都甘愿向宋朝俯首称臣，而骁

---

① 毕沅．续资治通鉴：卷十 ［M］．北京：中华书局，1957：242．
② 李焘．续资治通鉴长编：卷三十六 ［M］．北京：中华书局，1979：789．
③ 邵伯温，邵博．邵氏闻见录·邵氏闻见后录 ［M］．王根林，校点．上海：上海古籍出版
　社，2012：110．

勇善战的契丹却屡次进犯大宋疆土。太祖朝时，虽有契丹遣使通好之时，但这样的情况屈指可数。即便经常被宋军打败，契丹政权依然不屈不挠地攻击大宋边民。因而，宋代初期，关于华夷关系的讨论就已经成为士大夫群体避不开的话题。周边四夷的迅速崛起和发展，除了让宋初统治者的治边政策和民族观有了相应的变化外，还让士大夫群体的民族观念有了进一步的发展和改变。在田锡入仕之前，以汉族为中心的民族观念和华夏文明的民族自信在士大夫群体中仍然占据主要地位。赵普在论及夷狄之时曾云："自古帝王，置之度外，任其随逐水草，皆以禽兽畜之。"① 李昉在《谏北征奏》中云："北虏微妖，自古为寇。"② 宋琪在《奉诏论边事疏》中亦称"契丹小丑，克日殄平"③，言辞都充满了对夷族的不屑。

田锡作为宋初拥有独立政治人格的士大夫代表，对华夷的看法除了继承前人的思想外，还包含了新时代所独有的特点。田锡的华夷观主要分为以下几点：

一是夷夏两安。田锡所向往的理想社会便是天下太平，他对夷夏的关系也一直寄希望于二者能够和平共处，互不干扰。田锡《塞上曲》诗有云：

> 秋风生朔陲，塞草犹离离。大漠西风急，黄榆凉叶飞。襜褕罢南牧，林胡畏汉威。薰街将入贡，代马就新羁。浮云护玉关，斜日在金微。萧索边声静，太平烽影稀。素臣称有道，守在于四夷。④

诗中所表露的，是田锡对现实生活中夷族款塞来享的欢迎和边陲太平的欣慰。因而可以看出，在对待夷族的政策上，田锡反对以武力征服少数民族政权，主张通过德政来教化四夷，以达到使周边少数民族政权臣服的目的。太平兴国四年（979），太宗御驾亲征的高梁河之战以失败告终，随后，他又集全国之力积极备战，希望一雪前耻。对于太宗这段时间的好战，田锡上书予以规劝，他在太平兴国六年（981）的奏疏中云："天生四夷，陛下何须收之？必若圣德日新，皇风日远，远夷自然入贡，外域自然来降。"⑤ 田锡力谏太宗修内以怀远，通过德政来吸引周边四夷臣服，这也预示着宋文化内省特性的开始显露。田锡在上太宗的奏疏中亦云："然自古制御蕃戎，但在示之以威德。示之以威者不穷兵黩武，不劳人费财。示之以德者比之如犬羊，容之若天地。或来朝贡，亦不

---

① 李焘. 续资治通鉴长编：卷二十七［M］. 北京：中华书局，1979：614.

② 曾枣庄，刘琳. 全宋文：第三册［M］. 上海：上海辞书出版社，2006：149.

③ 曾枣庄，刘琳. 全宋文：第二册［M］. 上海：上海辞书出版社，2006：400.

④ 田锡. 咸平集［M］. 罗国威，校点. 成都：巴蜀书社，2008：166.

⑤ 田锡. 咸平集［M］. 罗国威，校点. 成都：巴蜀书社，2008：11.

阻其归怀。或背欢盟，亦不怒其侵叛。"① 以威以德都有一定的底线，在夷狄归顺时坦然接受，在夷狄背叛、攻击时亦不恼怒，句句体现了华夏文明大国士大夫应有的气度与胸怀。

二是民族自强。田锡虽然身处太平治世，但眼见四夷对大宋边境不断侵扰，他深以为患。在田锡尚未步入仕途以及从政前期时，那时是宋朝军事力量最强大之时。夷狄的强大和宋廷制度的缺陷，无不让田锡预见宋朝的国力将衰。他虽然主张大国要有大国的气势和包容，但这是建立在足够强大的基础上的。田锡在对外关系中，一直强调华夏民族的自强精神。当国力强盛时，面对少数民族政权的环伺和宋廷统治者的自大，田锡强调"安不忘战"："今陛下乘乾坤交泰之时，而当寰海宴清之际，虽以诗书礼乐以化天下，而致民于富寿之域。然能遵尧、舜、禹、汤之用心，而弗忘战。以是知卜年之祚方远，而卜世之基弥固。"② 更难能可贵的是，作为文人士大夫，田锡不止一次强调武力之于国家安定的重要性："靖乱四方，必以武而底定；怀柔万国，必用文以经纶。是知武辅于文，若雷霆表昊穹之怒；文经于武，犹舟航济巨川之津。"③ 他相信以德服远，但他从不否定武力征伐的必要性，在《武有七德颂》序言中，田锡亦云，"兵不可弭，尧舜犹用之以禁暴；武不可黩，汤武犹戢之以爱人"④，在宋初重文抑武的政治大环境下，田锡能清楚地认识到武力的重要性，并认为只有文武并重，互为表里，才能治理好国家，保四方之宁静，这在一众士大夫里，他是极具前瞻性的。

随着时间的推移，周边少数民族政权的逐渐强大以及对中原的不断侵扰，让田锡更加意识到四夷的危害性，他对边事的态度也因此发生了变化。宋初，国家虽然相对强大，其他少数民族政权也尚未对大宋的中央政权造成实质性的威胁，但田锡多次表现出对夷狄之患的忧虑，尤其是当契丹逐渐强大，并在太平兴国年间太宗亲征时予以重击之后，田锡的忧虑感更加强烈，他在《上太宗答诏论边事》中说道："今戎主一姥而已，用黠虏为谋主，颇有轻中国之志。"⑤ 也正是因为看到了戎人的"轻中国之志"，他甚至预言如果不对其他少数民族政权采取措施的话，宋朝领土将会被蚕食。这与朝中的某些士大夫的对外态度完全不同。当时，有些因循守旧的士大夫一直以大国自居，完全不把夷狄视为威

---

① 田锡．咸平集［M］．罗国威，校点．成都：巴蜀书社，2008：11.
② 田锡．咸平集［M］．罗国威，校点．成都：巴蜀书社，2008：111.
③ 田锡．咸平集［M］．罗国威，校点．成都：巴蜀书社，2008：75.
④ 田锡．咸平集［M］．罗国威，校点．成都：巴蜀书社，2008：209.
⑤ 田锡．咸平集［M］．罗国威，校点．成都：巴蜀书社，2008：9.

胁，当少数民族政权日益强大，不断蚕食大宋朝国土时，他们又主张一味地退让。端拱二年（989），张洎上疏称"契丹虽恃凶残，臣以为终未能果为中国患也"①（《乞废威虏等军奏》），丝毫不把夷狄放在眼里。淳化元年（990），契丹飞速发展，张洎谏议与契丹通和来解决两国的纠纷，并声称通好之举，"盖视彼为不足较耳"②（《请与契丹通和奏》），以"大国"姿态为自己的退让找台阶。到了至道二年（996），李继迁大败宋军，张洎又上疏，试图劝太宗放弃灵州。此类士大夫，不仅未有防微杜渐的远见，还缺乏身为大国之臣，为国为民的正气与担当，而这些，也给宋朝的衰微埋下了伏笔。

正如田锡所预见的那样，在他从政生涯的后期，宋朝国力衰弱已初现端倪，中原政权与四夷的军事力量对比愈加悬殊，安守本分的大宋百姓反而遭到少数民族的屡次骚扰，尤其是在真宗即位后，对四夷的态度仍旧延续太宗后期的做法，他曾说："昔汉武事边，逞一时之志，不顾中国疲敝，诚不足慕。"③ 在对外关系上，真宗采取以和为贵，尽量避免战争。"经国之道，必以养民务穑为先，朕尝冀边鄙稍宁，兵革粗足，则可以力行其事，使吾民富庶也。"④ 在真宗看来，发展国内经济才是首要之事。最高统治者的对外军事策略开始彻底由太祖时的主动进攻变为被动防御。对于这种情况，田锡以为，面对夷族的侵犯，绝不能妥协，必须以武力还击。若不如此，大宋王朝、中原华夏的尊严将荡然无存。咸平五年（1002），田锡在奏疏中云：

> 今戎狄为患非细，陛下宜召宰相、枢密使，更访以决胜千里之外筹谋，不得轻敌玩寇，致戎狄谓中国无人也……今边境被戎狄侵扰，宰相、枢密使不知以为辱乎？不知以为耻乎？若不以为辱，又不知耻，是孤负陛下任用，是安于庙堂之上而不知危乱之将至也。⑤

士大夫强烈的忧患意识，让田锡预感到戎狄的势力不断扩大，必将危及宋朝社稷。当朝宰相和枢密使又未有武将之才，在边事上只知道不断退让，让田锡更加焦虑，于是他又一次冒着得罪宰相的风险上书真宗，希望能让最高统治者有所警惕。奏疏言辞犀利，痛心疾首。然而，田锡的屡次上书谏言虽然得到了最高统治者"得争臣之体"的赞誉，但统治阶级的对外政策并没有改变，最

---

① 曾枣庄，刘琳.全宋文：第三册［M］.上海：上海辞书出版社，2006：348.
② 曾枣庄，刘琳.全宋文：第三册［M］.上海：上海辞书出版社，2006：354.
③ 李焘.续资治通鉴长编：卷五十［M］.北京：中华书局，1979：1082.
④ 李焘.续资治通鉴长编：卷五十［M］.北京：中华书局，1979：1089.
⑤ 李焘.续资治通鉴长编：卷五十一［M］.北京：中华书局，1979：1110.

终导致亡国的下场，实在是令人唏嘘。

三是严守华夷之防。不管是怀柔政策还是使用武力对抗夷狄，田锡从入仕到生命的最后，在边事上的政治主张都一直谨守着华夷之防。和大多数宋朝士大夫一样，田锡十分反对北方少数民族恃强凌弱的行为，加之夷狄从未受过礼教的熏陶，和正统的中原政权统治下的人民有着天壤之别，更加深了田锡华夷有别的印象："戎人之心，不可以信责之，不可以礼教束之，怙强则搔边，畏威则款塞。"①（《开封府试守在四夷论》）因此，他对少数民族及其政权的态度也属于典型的正统士大夫文人一派。在《圣主平戎歌》中，田锡清楚地表达了他对少数民族政权的态度。诗中，田锡称其为"胡儿"，指出他们背信弃义，为了自己的利益不断骚扰大宋边境，给边民的日常生活和生命安全造成了极大的威胁。面对少数民族政权的日益强大，田锡敏锐地察觉到危险的气息。西夏王朝的奠基者李继迁归附大宋，并受宋太宗赐名，田锡明白这只不过是李继迁的缓兵之计，于是他向真宗进言，称李继迁"狼子野心，终是异类"②，希望真宗能辨其诡计，提高警惕。另外，对于朝廷的征伐成功，田锡是十分欣喜的，并对宋廷的武功之盛大加颂扬，故朝廷一有捷报，田锡必定上表称贺。受历史背景的影响和自身认知的局限性，加上他们对宋廷的安全威胁以及对宋朝百姓的横暴掠夺，田锡对少数民族并没有多少好感。从田锡的言论中，我们亦可以看出，他所守的华夷之辨较前代更为严苛。田锡不仅从文化上严守华夷之防，还从血统和疆域上进行严格区分，使华夷的界限变得更为明晰。

田锡对华夷之辨的坚持，代表了宋初士大夫多数人的观点。王禹偁在《鲁壁铭》中云，"世不知六府，则无火食之人，有卉服之众，与夷狄攸同矣"③，柳开亦云，"或出夷狄之中，生不识其礼义，死不知其丧祭"④（《上大名府王祜学士书》），他们虽未与少数民族有过深层次的接触，但无一例外地将夷狄视为野蛮未开化的代名词。他们虽然对夷狄的评价未免失之公允，但这也从侧面反映了宋初儒士强烈的民族责任感与危机意识。同时，以田锡为代表的宋初士大夫的民族观也给整个宋代士大夫群体造成了深刻的影响。《续资治通鉴长编》中曾记载一起谋逆之事："（乾德四年）十二月庚辰，斩妖人张龙儿等二十四人。龙儿有幻术，与卫士杨密刚又遇李丕聂赟刘晖马韬、承旨载章、百姓王裕等共

---

① 田锡. 咸平集［M］. 罗国威，校点. 成都：巴蜀书社，2008：109.
② 李焘. 续资治通鉴长编：卷四十三［M］. 北京：中华书局，1979：910.
③ 曾枣庄，刘琳. 全宋文：第八册［M］. 上海：上海辞书出版社，2006：99.
④ 曾枣庄，刘琳. 全宋文：第六册［M］. 上海：上海辞书出版社，2006：278.

图不轨事，事觉，伏诛。龙儿及密、丕、赟皆夷族。"① 幻术的真实性已无法考究，但李焘在末尾特别指出妖人的夷族身份，可见当时宋朝士人对少数民族的态度是不甚友好的。南宋时期，宋朝因为少数民族政权的逐步扩张而不得不偏安一隅，民族处于危机存亡之际，华夷之辨就越发突出，于是那些传统的士大夫就更加强调华夏正统。叶适在《兵部尚书蔡公墓志铭》中言："若夫不别夷夏，不分正闰，恬其仇我，俛焉并立，甚至以为戎狄之德，黎民怀之，若天眷命而然，则尤公师友之所讳也。"② 南宋时的张栻，就是华夷之辨观念的坚决拥护者。不管当时宋室国力如何不济，最高统治者如何懦弱昏庸，少数民族政权如何强大，统治者如何英明，张栻仍然坚持以汉族为正统，与其他少数民族严格划清界限，甚至视其为寇仇："如今日中原之人，本吾宋之臣子，金乃敌国也。向来不幸而困于金，若幸而脱归，则当明复仇之义，令吾宋臣翦伐之，所当为也。"③（张栻《答沙市孙监镇》）由此可见，这体现了他爱憎分明的态度和强烈的爱国精神。

　　当然，以民族大融合的历史趋势来看，宋朝这些坚持华夷大防的士大夫并没有顺应历史发展的潮流，他们对周边少数民族的态度，在一定程度上阻碍了各民族之间的融合和交流，有着必然的思想局限性。若仅仅以宋代为观察主体，则不难发现他们的民族观虽然狭隘，但在当时的时代背景和认知条件的限制下却是能够理解的。也正是因为宋代传统士大夫强烈的华夏民族主体意识，宋朝在偏安一隅之时，还能够挣扎数年不倒。宋朝士大夫群体对华夏文明的自觉维护，也是他们被后世士大夫奉为典范的主要原因之一。

---

①　李焘. 续资治通鉴长编：卷七 ［M］. 北京：中华书局，1979：182-183.
②　叶适. 水心集：卷二十三 ［M］. 文渊阁四库全书本.
③　张栻. 南轩集：卷二十六 ［M］. 文渊阁四库全书本.

第四章

淑世与同治——田锡与士大夫自我角色
认同及自觉精神之崛起

　　"士大夫"的概念，在先秦时已经产生。《周礼·冬官考工记》中云："坐而论道，谓之王公。作而行之，谓之士大夫。"①汉朝一统天下后，最高统治者重用儒士，士大夫阶层由此勃兴。作为国家政治的执行者和直接参与者，士大夫群体是连接最高统治者和社会普通百姓的桥梁，在中国古代社会中发挥重要的作用。虽然从汉代开始，士大夫阶层就已经成为社会的中坚力量，但是唯有在宋朝，士大夫能真正做到与王权平等对话，士大夫阶层的地位也在此时达到最高。士大夫之所以能取得如此的成就，田锡此等开士风先河的宋初士大夫功不可没。田锡对士大夫群体功能的自我体认，造就了士大夫行道淑世自觉精神的复苏。在统治者对文治社会的主动追求下，田锡顺势而为，以一己之力为士大夫地位的提升和话语权的争取做出了极大的努力。

第一节　宋初统治者士权认知变迁

　　为了维护和加强君王的统治，汉代董仲舒提出"天人感应"说，认为"王者承天意以从事"②（《举贤良对策》），用"天命"来加强王道的权威性与合法性，极大地丰富了君权神授说，为帝王的专制统治提供了理论依据。从此以后，君主的权力进一步加强。此后历代的士大夫，也不乏强烈社会责任感之人，试图以一己之力改变社会秩序，但在君强臣弱的情况下，他们又面临着极大的压力。他们虽然拥有一定的话语权，但在政治权力场上始终难以取得与君王平等的地位。士大夫群体主体意识的产生，与最高统治者有着莫大的关系。太祖建国之初，便有了与士大夫共同治理国家的意识，其云："设科取士，本欲得贤

---

① 陈戍国，点校. 周礼·仪礼·礼记［M］. 长沙：岳麓书社，1989：116.
② 班固. 汉书：卷五十六［M］. 北京：中华书局，1962：2502.

以共治天下。"①（ 李幼武《陈亮言行录》） 加之重文抑武国策的实行，宋初士大夫的地位较五代时期有了明显提高，但宋初士人地位的提升并不是一蹴而就的，而是经历了一个由表及里的过程。

值得肯定的是，宋朝历代统治者对上书直言的忠信之士是极其宽容的。宋朝开国皇帝、英勇强干的太祖赵匡胤登基不久，就密刻一石碑立于太庙寝殿的夹室，石碑上刻有誓词三行："一云柴氏子孙有罪，不得加刑，纵犯谋逆，止于狱中赐尽，不得市曹刑戮，亦不得连坐支属；一云不得杀士大夫，及上书言事人；一云子孙有渝此誓者，天必殛之。"② 其中言明不得杀上书言事者，并嘱咐自己的子孙勿忘此誓，其态度之坚决与强硬，不容丝毫变通。《宋稗类钞》中也记载："艺祖御笔：'用南人为相，杀谏官，非吾子孙。'刻石东京内中。"③ 太祖在建国之初就郑重宣布不杀士大夫和言事者，并将此语刻入石碑，嘱其继位者务必按此行事，不得有逆，可见赵匡胤对士大夫及谏言者的保护。同时，太祖要自己的子孙皆守其誓，其后的赵宋统治者无不谨守太祖教诲，将其视为"祖宗家法"。可以说，太祖为宋代士大夫话语权的行使提供了有力的保证。乾德四年（966 年），宋太祖主持殿试时云："则天，一女主耳，虽刑罚枉滥，而终不杀狄仁杰，所以能享国者，良由此也。"④ 其以武则天优容狄仁杰的事例，来表明自己宽容、优待士大夫的决心以及希冀以此来保障国家的长治久安。

仔细研究，我们不难发现，太祖对朝中文士的重视只是流于表面而非实质上的。出于巩固统治的需要；太祖不得不承认士大夫群体的重要性，太祖虽对文士士大夫爱护有加，但也仅仅是将他们视为统治国家的工具而已，在其内心深处仍不脱五代藩镇奴畜士大夫之本色。对于选拔士人的科举考试，太祖尽管表现得很重视，并进行了一系列的改革和完善，但是他对科举本身却有些不以为意。《玉照新志》记载："开宝八年廷考，王嗣宗与陈识齐纳赋卷，艺祖命二人角力以争之，而嗣宗胜焉，嗣宗遂居第一名，而以识为第二人。"⑤ 为国选士本是十分严肃的事情，太祖却视为儿戏一般，以游戏的心态轻易决之。对于选拔出来的状元王嗣宗，"止授秦州司理参军，尝以公事忤（知）州路冲，冲怒，械系之于狱。然则当时状元所授之官既卑，且不为长官所礼，未至如后世'荣

① 陈亮．陈亮集［M］．邓广铭，点校．石家庄：河北教育出版社，2003：420.
② 潘永因．宋稗类钞［M］．北京：书目文献出版社，1985：1.
③ 潘永因．宋稗类钞［M］．北京：书目文献出版社，1985：2.
④ 李焘．续资治通鉴长编：卷七［M］．北京：中华书局，1979：172.
⑤ 王明清．玉照新志：卷六［M］．文渊阁四库全书本．

进素定，要路在前'之说也"①。此时的进士地位并不高，也并没有太宗朝以后的极致礼遇。堂堂的一朝状元，只得了一个司理参军的官职，掌管讼狱勘鞫之事，甚至被地方长官轻视。状元尚且是如此境遇，其他进士从政之后的仕途和政治地位可想而知。

即使是地位颇高，对朝廷卓有贡献的士大夫，太祖也并未真正把他们放在眼里。吴越王钱俶曾派人向赵普行贿，不巧被太祖发现，面对赵普的惶恐不安，太祖大度地劝赵普收下贿赂，并不无讥讽地说道，"彼谓国家事皆由汝书生耳"②，语气中满是不屑。邵伯温在《邵氏闻见录》中亦记载："帝一日登明德门，指其榜问赵普曰：'明德之门，安用之字？'普曰：'语助。'帝曰：'之乎者也，助得甚事。'普无言。"③ 太祖像这样公然对文士的嘲讽时有发生：

> 艺祖时，新丹凤门，梁周翰献《丹凤门赋》。帝问左右："何也？"对曰："周翰儒臣，在文字职，国家有所兴建，即为歌颂。"帝曰："人家盖一个门楼，措大家又献言语。"即掷于地。④

梁周翰是当朝有名的才子，还曾在犯下重罪的时候仗着自己的才气受到太祖的特别宽宥，即便是这样的人，也难逃太祖的奚落和鄙视。在太祖心目中，文人又是迂腐的代名词，欧阳修在《归田录》中记载："陶尚书（谷）为学士，尝晚召对，太祖御便殿，陶至望见上，将前而复却者数四，左右催宣甚急，谷终彷徨不进，太祖笑曰：'此措大索事分！'顾左右取袍带来，上已束带，谷遽趋入。"⑤ 宿儒陶谷谨守君臣之礼，却被太祖嫌弃事多。太祖与赵普论及后晋宰相桑维翰，赵普指出桑爱钱，非理想的治国之才，太祖却说："措大眼孔小，赐与十万贯，则塞破屋子矣！"⑥ 太祖时常以"措大"这类带贬义的词语来称呼朝廷中的文人士大夫，认为这些酸腐文士个性胆小、按部就班、目光短浅且惯会歌功颂德，他从心底不愿意承认文士之于朝廷的重要性。

到了太宗朝，士大夫的地位较太祖朝有了很大的提高。或许是看到太祖在位时的不足，抑或是预见到了大势所趋，太宗将太祖优待文士的政策真正落到

---

① 马端临．文献通考·选举三：卷三十［M］．文渊阁四库全书本．
② 李焘．续资治通鉴长编：卷十二［M］．北京：中华书局，1979：273．
③ 邵伯温，邵博．邵氏闻见录·邵氏闻见后录：卷十九［M］．王根林，校点．上海：上海古籍出版社，2012：12．
④ 龚鼎臣．东原录［M］．文渊阁四库全书本．
⑤ 欧阳修．归田录［M］．林青，校注．西安：三秦出版社，2003：41．
⑥ 吴曾．能改斋漫录［M］．北京：中华书局，1985：262．《扪虱新话》《东轩笔录》中亦有记载。

了实处："太宗初即位，天下已定，有意于修文……遂得吕文穆公为状头，李参政至第二人，张仆射齐贤、王参政化基等数人，皆在其间。自是连放五榜，通取八百余一人，一时名臣，悉自此出矣。"① 科举取士的人数大幅度增加，由平民阶层进入士大夫群体的数量也随之增多，宋初士大夫群体开始源源不断地注入新鲜血液，对政治文化的改革欲望呼之欲出。然在太祖朝因循的余韵笼罩以及太宗刻意提倡"人臣当思竭节以保富贵"② 的前提下，士人群体虽有了改革士风的人力基础，或许也有了改革士风的心理需求，但缺乏一个将其呼唤出来的引领者。他们很难以积极的心态和高度的热情真正参与到政治中去，其时文士阶层仍缺乏独立的政治人格和道义担当的自觉性。

第二节　士大夫群体认知：历史语境下的君子之党

能够在政治上一展抱负，实现自己的政治理想，是每个士大夫孜孜以求的事情。虽然宋初的士风整体上是沉闷的，但朝廷中仍有为数不多的士大夫，他们以身作则，一直为革除时弊、重振士风而努力。能得到君王绝对信任，推行自己的政治主张的股肱之臣毕竟只是少数。所谓"二人同心，其利断金"，在当时的朝廷，势家子弟只是少数，平民阶层的精英不断进入政治权力中心，为了能在朝廷占有一席之地，拥有一定的政治话语权，不少士大夫选择结成朋党以壮大其势力。

一、得君行道下的经世精神之觉醒：赵普与张齐贤

宋初朝廷，有极少数得君行道之重臣，他们本身位高权重，不需要依附任何党派，反而是普通士大夫争相结交的对象，赵普便是其中的代表。如前文所述，赵普因怙权而打压士大夫，直接导致因循持重的士风延续，但他本人却是宋初难得的坚持自我，拥有独立人格，敢于挑战最高统治者权威的士大夫。《宋史》本传中称："宋初，在相位者多龊龊循默，普刚毅果断，未有其比。"③ 李焘在《续资治通鉴长编》中记载了赵普为相时对太祖的两次谏言，从这两次事

---

① 叶梦得. 石林燕语：卷五 [M]. 田松青，徐时仪，校点. 上海：上海古籍出版社，2012：47.

② 杨亿，陈师道. 杨文公谈苑·后山谈丛 [M]. 李裕民，李伟国，校点. 上海：上海古籍出版社，2012：88.

③ 脱脱，等. 宋史：卷二百五十六 [M]. 北京：中华书局，1985：8940.

件中赵普的态度和做法可以看出他为相时的以身示范。

> （赵普）尝欲除某人为某官，不合上意，不用。明日，普复奏之，又不用。明日，又奏之，上怒，裂其奏投诸地，普颜色自若，徐拾奏归补缀。明日，复进之。上悟，乃可其奏。后果以称职闻。

> 又有立功者当迁官，上素嫌其人，不与，普力请与之，上怒曰："朕故不与迁官，将奈何？"普曰："刑以惩恶，赏以酬功，古今之通道也。且刑赏者，天下之刑赏，非陛下之刑赏也，岂得以喜怒专之。"上弗听，起，普随之。上入宫，普立于宫门，良久不去，上卒从其请。①

一个是关于人事罢免，一个是关于官员升迁，赵普出于朝廷的长治久安考虑，坚持官员的升迁和贬谪都只以国家利益为依归，而不因为皇帝个人的好恶而有所改变，即使因此屡次惹怒太祖，他也没有丝毫妥协，依然仗义执言，直到太祖答应为止。与宋初其他因循保守的大臣相比，赵普的言行，为其他士大夫树立了直谏的榜样。赵普亦是宋朝开国以来第一个以天下为己任的大臣，他所提出的刑赏是"天下之刑赏，非陛下之刑赏"，可以看作是士大夫与皇帝"共天下"的初步觉醒。司马光在《涑水记闻》中载赵普谏符彦卿典兵一事，更能显示出赵普敢谏之气魄：

> 太祖欲使符彦卿典兵，赵韩王屡谏，以谓彦卿名位已盛，不可复委以兵柄，上不听。《宣》已出，韩王复怀之请见，上迎谓之曰："岂非以符彦卿事邪？"对曰："非也。"因别以事奏，既罢，乃出彦卿《宣》进之。上曰："果然。《宣》何以复在卿所？"韩王曰："臣托以处分之语有未备者，复留之，惟陛下深思利害，勿为后悔。"上曰："卿苦疑彦卿，何也？朕待彦卿至厚，彦卿能负朕邪？"韩王曰："陛下何以能负周世宗？"上默然，遂中止。②

符彦卿一直深受太祖的喜爱，其时，符彦卿位高权重，如果再委以重权，极有可能颠覆朝廷。为了阻止太祖将兵权给符彦卿，赵普不惜直揭太祖之痛处，"陛下何以能负周世宗？"噎得太祖哑口无言，从而不得不从赵普之请，收回成命。当初周世宗临死之前将兵权交与太祖，足见对太祖的信任，太祖却以武力从孤儿寡母手中夺得政权，自立为帝，这本是太祖最忌讳的事情，而赵普出于对国家及赵氏的忠诚，在万不得已的情况不得不旧事重提，以此来扭转圣意，

---

① 李焘. 续资治通鉴长编：卷十四 [M]. 北京：中华书局，1979：306.

② 司马光. 涑水记闻 [M]. 北京：中华书局，1989：20.

其"触逆鳞"之勇气，绝非一般人可比。

另一个是在宋初具有行道之自觉的著名人物张齐贤，亦是宋初德才兼备、难得的有武略的士大夫。早在太祖幸西都时，张齐贤便向太祖献策于马前，"（太祖）召至行宫，齐贤以手画地，条陈十事……内四说称旨，齐贤坚执以为皆善，上怒，令武士拽出之。及还，语太宗曰：'我幸西都，唯得一张齐贤尔。我不欲爵之以官，异时可使辅汝为相也。'"① 其时，张齐贤只不过是一介布衣，但济世之心昭然若揭，在所献策略遭到太祖部分否定时，他毫不畏惧，坚称自己所呈皆善，其正直有气节之士大夫形象即已初显。此次进谏，太祖虽然对张齐贤倔强的个性和不可一世的态度感到震怒，但对他的才华与胆识却是十分钦佩的，于是才有了回朝后与赵光义以宰执相托的建议。

太平兴国二年（977），张齐贤进士及第，开始他的仕宦生涯。他因才气过人，直言敢谏的性格受到赵普的赏识。端拱二年（989年），赵普向太宗极力举荐张齐贤，赵普在奏疏中云："臣窃见工部侍郎张齐贤，数年前特受圣知，升于密地……凡言大事，须有悔尤，其如义士忠臣，不顾身之利害，奸邪正直，久远方知。齐贤素蕴机谋，兼全德义，从来差遣，未尽器能。虑淹经国之才，堪副济时之用，如当重委，必立殊功。"② 赵普称张齐贤为"义士忠臣"，并对他的才华和政治能力给予了很高的评价，认为其可任辅相。张齐贤在淳化二年（991）被授同中书门下平章事，于真宗大中祥符五年（1012）致仕，其间除了有两次短暂罢相外任的经历以外，其余时间皆于朝中执掌大权。太平兴国五年（980），群臣皆建议太宗趁势速取幽蓟，唯独时任左拾遗的张齐贤力排众议，向太宗直谏，认为此时应以休养生息为本，其中有云："臣虑群臣所闻，多以纤微之利，克下之术，侵苦穷民，以为功能者，彼为此效，相习已久，至于生民疾苦，见之如不见，闻之如不闻，敛怨速尤，无大于此。"③ 在评价其他主战之臣时言语犀利，一点不留情面，此举无疑是将自己置于群臣的对立面，但他丝毫无所畏惧，张齐贤的直臣个性由此可窥一二。

像赵普和张齐贤这样勇于直谏，自觉承担社会责任的士大夫，在宋初是极其少见的，而且他们的地位也非一般大臣可比。赵普与宋太祖相识于微时，在周世宗时，赵普就已跟随太祖，随后太祖建立宋朝，赵普亦一直从旁出谋划策。作为谋国元臣，最高统治者对赵普的荣宠与信任，非其他士大夫可比。"太祖数

---

① 脱脱，等. 宋史：卷二百六十五［M］. 北京：中华书局，1985：9150.

② 李焘. 续资治通鉴长编：卷三十［M］. 北京：中华书局，1979：681.

③ 李焘. 续资治通鉴长编：卷二十一［M］. 北京：中华书局，1979：485.

微行过功臣家，普每退朝，不敢便衣冠。一日，大雪向夜，普意帝不出。久之，闻叩门声，普亟出，帝立风雪中，普惶惧迎拜。帝曰：'已约晋王矣。'已而太宗至，设重裍地坐堂中，炽炭烧肉。普妻行酒，帝以嫂呼之。"① 太祖视赵普为股肱之臣，多次微服至赵普家，并示以兄弟之礼，宛如家人。赵普为相期间能取得如此高的成就和声誉，跟太祖的信任有很大关系，故李焘云："上倚信之，故普得成其功。"② 后来，赵普又助太宗登上帝位，尽心辅佐太宗，虽在其后与卢多逊的政治斗争中偶有挫败而受累，但他在太宗朝的地位亦不是旁人能够轻易撼动的。太平兴国八年（983），赵普在已近暮年时再次遭罢相，十一月丁卯：

> 宴饯赵普于长春殿，上赐普诗，普捧而泣曰："陛下赐臣诗，当刻于石，与臣朽骨同葬泉下。"上动容答之。明日，谓近臣曰："赵普于国家有大勋劳，朕布素时与之游从，齿发衰矣，不欲烦以机务，择善地俾之卧治，因诗导意。普感极且泣，朕亦为之堕睫。"③

当然，这里面不乏其故意打感情牌以求感动太宗的成分，但赵普对宋廷、对统治者的忠诚亦足以让人动容，从太宗的话语中显示出了他与赵普之间的君臣情分绝非一般士大夫可比。淳化三年（992），赵普病逝，宋太宗亲撰其神道碑，可谓史无前例。综观赵普其人，他虽怙权且偶有利用职务之便谋取私利的时候，但其执政时的果敢、直断，以及面对最高统治者毫无畏惧、据理力争的气节确实是值得肯定的。

作为太祖为太宗钦定的宰相人选，张齐贤的个人实力是不容置疑的，他为官地方时，留心刑狱，将治下政事治理得井井有条，身在阙下时，他又能提纲挈领地管理政治事务，并以为国进贤为己任。同时，张齐贤在军事上亦有突出表现，他曾率领军队与辽军作战并取得胜利，在应对边事上有着自己独到的见解和眼光。在文学上，张齐贤也颇有建树。这样的全才，在宋初实属罕见。张齐贤为官两朝，三次入相，在朝廷中有着举足轻重的地位，太宗对张齐贤之礼遇与恩宠亦是当朝少见，"齐贤母孙氏年八十余，封晋国太夫人，每入谒禁中，上叹其福寿、有令子，多手诏存问，加赐与，搢绅荣之"④。张齐贤居相位时，太宗对张齐贤的器重而推恩至其母，屡次诏入宫中闲话家常并给予厚赐，对张齐贤本人之恩赐与倚重更不必说。

---

① 脱脱，等. 宋史：卷二百五十六［M］. 北京：中华书局，1985：8932.
② 李焘. 续资治通鉴长编：卷十四［M］. 北京：中华书局，1979：306.
③ 李焘. 续资治通鉴长编：卷二十四［M］. 北京：中华书局，1979：558.
④ 脱脱，等. 宋史：卷二百六十五［M］. 北京：中华书局，1985：9154.

赵普、张齐贤等极少数得君行道的士大夫，虽称得上宋初士风当中的一股清流和砥砺士风的先驱，但由于身份的尊贵和帝王的荣宠，因而没有普遍意义，更不能有效推动整个士大夫群体的风气变革。普通士人对他们的态度或许是艳羡，抑或是尊崇，但难以效仿。因此，他们的身体力行并未在宋初士大夫群体中产生很大的影响，其对激进士风的推动作用亦十分有限。

二、上翼君道，下振逸民：田锡之益友——三君子与王禹偁

面对"君子之道孤弱"的现状，在未入仕时，田锡已经有意识地结交了与自己志同道合之人，步入仕途后，他与朝廷中的部分士大夫亦建立起深厚的友谊。与那些结成团体谋取政治上利益的士大夫不同的是，田锡并不是为了自身的名利，而是以辅佐帝王、建立更美好的社会为目的。因此，他所结交之人，很多都是朝廷中赫赫有名的君子贤士。田锡是一个十分喜欢结交朋友的人，他在与胡旦的信中称："古人所重者交结，翼道祐德，激切奋发，何莫由斯。故吕布、袁遂为奔走之交，晋文、介推为急难之友，垂在信史，有志者慕之。"[1] 这表现了他对结交朋友的热忱。出于"乐善疾恶"的儒道自觉，在朋友的选择上，田锡也有自己的要求，即与自己有着同样的目标、志同道合之人。其在《贻青城小著书》中云："非有好古博雅之道，纯信英特之气，锡则视之蔑如，非吾侪也。"[2] 他不止一次地强调，自己所仰慕的同类之人，应该有"明允之行，怀高奇之文，蓄不羁之才"[3]。田锡在《答何士宗书》中称："君子以道为心，以信为体，文彩为貌，声称为言，又何必敷衽相亲，晤言以接，方云识面，始谓知心哉。"[4] 其时，田锡与何士宗尚未谋面，但田锡已通过何士宗的言行、文章等对他的信仰和人格进行了全面的了解，并决定与其定交。可见，田锡对朋友的要求，必须是以古道为依归，同样有儒道君子之德行的人。

君子、小人之争由来已久，马令在《南唐书·党与传序》中有云："南唐之士，亦各有党，智者观之，君子小人见矣。"[5] 田锡对两者的区别有着鲜明的见解："君子之交以道义，小人之交以势利。势利为交，有时而改矣；道义之交，不可得而变矣。"[6] 因此，他崇尚的是稳固长久，以道义为宗的君子之交。

---

① 田锡.咸平集［M］.罗国威，校点.成都：巴蜀书社，2008：42.

② 田锡.咸平集［M］.罗国威，校点.成都：巴蜀书社，2008：47.

③ 田锡.咸平集［M］.罗国威，校点.成都：巴蜀书社，2008：47.

④ 田锡.咸平集［M］.罗国威，校点.成都：巴蜀书社，2008：43.

⑤ 马令.南唐书：卷二十［M］.文渊阁四库全书本.

⑥ 田锡.咸平集［M］.罗国威，校点.成都：巴蜀书社，2008：47.

《论语·为政》篇有云:"君子周而不比,小人比而不周。"① 田锡关于君子之党的言论,与孔子所言之旨可谓异曲同工。他在诗文中多次提及壮大君子之党:

> 亲人可以自托,友贤可以自扶。求仁得仁,必驰必驱。若隐几以召,凭几而呼,则仁贤斯遁,厮役来趋。呜呼!贤既遁,身即孤。②(《几铭》)

又如《辨祸篇》:

> 君子所树党,在择贤与良。其党苟非人,为祸亦自殃。蓄者本铅刀,用欲如干将。騺者本款段,骋欲侔骙骦。辨之胡不早,坚冰自履霜。③

他认为,对朋友的选择直接影响到自己以后的发展。君子择友,朋友必须是同样贤良之人。因此,在入仕之前,对于那些有贤良德行的君子,田锡主动结交,以求树君子之党,"明公有君子之行,称于识者,自迩及远,如兰蕙当风,苾芬袭人;如冬阳夏阴,人来归之。锡于是冒炎暑,涉远道,一拜高义,求他日之羽翼也"④(《贻杜舍人书》)。对于那些当时已经很有名望的人,田锡积极行卷,以期能拜谒在他们门下,在以后的政治生涯中互相扶持。同时,田锡也结交了很多志趣相投的友人。从政之后,鉴于宋初朝野"君子之党孤弱"的现象,田锡还多次大声疾呼,努力提倡"君子之党":

> 且士大夫所贵者,树德而亲仁,博学以师古。师得古道,以为己任,亲乎仁人,以结至交。至交立则君子之道胜,胜则可以倡道和德,同心为谋,上翼圣君,下振逸民,使天下穆穆然复归于古道。其若德树而未有邻,学博而不求知,则君子之道孤弱。⑤

他认为,作为士大夫,必须树立"君子之党",树立君子之党是为了"树德亲仁,博学师古",上能够辅佐帝王,下能帮助黎民百姓,使天下太平,社会趋于古道。他在贻青城小著的干谒信中云:"昔魏征得房玄龄杜如晦为党,所以成贞观之业;姚崇得宋璟为党,所以致开元之化。裴度无党,初为中人魏简、辞臣元稹排之;韦贯之无党,为张宿诬之。"⑥ 树君子之党,是为了和小人之党对

---

① 孔子. 论语 [M]. 杨伯峻,杨逢彬,注译. 长沙:岳麓书社,2018:23.
② 田锡. 咸平集 [M]. 罗国威,校点. 成都:巴蜀书社,2008:127.
③ 田锡. 咸平集 [M]. 罗国威,校点. 成都:巴蜀书社,2008:173.
④ 田锡. 咸平集 [M]. 罗国威,校点. 成都:巴蜀书社,2008:36.
⑤ 田锡. 咸平集 [M]. 罗国威,校点. 成都:巴蜀书社,2008:48.
⑥ 田锡. 咸平集 [M]. 罗国威,校点. 成都:巴蜀书社,2008:48.

抗的，君子之党越壮大，就越不会受到小人的侵袭，越有利于君子之道的发扬。反之，君子若无党，则君子之道孤弱，就容易遭到小人的诬陷。"周公嫉恶，有权有威，去恶之易，易于转规。伊尹惩过，位重言崇，惩过弗难，速于旋踵"①（《嫉恶箴》），周公、伊尹去恶惩过之所以容易，是因为他们"位重言崇"，毕竟能达到如此地位的人是极少的，剩下的大部分想要铲除恶势力的君子，只能团结起来以待时机。

田锡不仅在言论上提倡君子之党，在实际行动中亦是如此。从田锡结交的这些朋友，便可以看出田锡所谓的"君子之党"所言非虚。

居于蜀地的田锡，虽然未能在科举场上一举成名，然而却已经因为自己的才气受到地方许多名人的赏识和延誉，这当中不乏来蜀地任职的官员。其中尤以宋白、杨徽之、梁周翰三人与田锡的交往最深，他们对田锡的帮助和鼓励也最多。田锡在《贻青城小著书》中将此三人并称为"三君子"，可见三人在田锡心中的地位之高。

杨徽之（921—1000），字仲猷，蒲城人。周世宗时期，杨徽之登进士甲科，入仕后被世宗所赏识，屡进谏言。入宋后，他是宋初第一代诗人中最为著名的一位。乾德三年（965），宋朝平定后蜀后，杨徽之被调至峨眉任县令，在此期间，他闻听田锡之才名，遂以厚遇相待。"杨徽之宰峨眉，宋白宰玉津，皆厚遇之，为之延誉，繇是声称翕然。"② 杨徽之长田锡十九岁，与田锡可谓忘年之交。杨徽之在后周时以忠义闻名，宋太宗也因此对杨徽之喜爱有加，并曾在太祖欲杀杨徽之时极力劝阻，即位之后又对其委以重任，太宗评价杨徽之"文雅可尚，操履端正"③，可见，杨徽之不仅有才华，操守品行亦令人称道。《宋史》本传中称其"纯厚清介，守规矩，尚名教，尤疾非道以干进者"④，这点与田锡不谋而合，因此，他对才华横溢又沉稳不冒进的田锡十分欣赏。田锡对杨徽之非常尊敬，在他后来的从政生涯中，也受杨徽之一定的影响。

宋白（936—1012），字太素，又字素臣，大名府人。建隆二年（961）举进士甲科，乾德初解褐授著作郎。他曾任翰林学士，以吏部尚书仕终。宋白喜欢奖掖后进，为朝廷选拔了很多有用之士，田锡、胡旦、王禹偁、苏易简等皆出其门。乾德三年（965），授玉津县令。田锡与宋白相识于宋白担任玉津县令之时，与结识杨徽之的时间相当。在众多友人之中，田锡与宋白的交往最为密切，

① 田锡.咸平集［M］.罗国威，校点.成都：巴蜀书社，2008：117.
② 脱脱，等.宋史：卷二百九十三［M］.北京：中华书局，1985：9787.
③ 潘永因.宋稗类钞［M］.北京：书目文献出版社，1985：403.
④ 脱脱，等.宋史：卷二百九十六［M］.北京：中华书局，1985：9869.

《咸平集》现存三十卷中明确写给宋白的诗和书信就多达十五篇。真宗即位后，田锡因在太宗朝时直谏被一再贬谪，早已被排除在中央朝廷之外，但宋白仍然不遗余力地向真宗举荐田锡，足见宋白对田锡的看重。

梁周翰（929—1009），字元褒，河南郑州人。后周广顺二年（952）中进士，入宋后官至翰林学士，是宋初有名的才子，因才气受到太宗、真宗的器重。太祖时期，梁周翰曾为绵、眉二州通判，在此期间，他与杨徽之、宋白友善，三人时常有往来唱和。梁周翰与杨、宋一样，对田锡有延誉之恩。田锡将梁周翰视为自己的人生导师之一。在入仕之前，田锡经历了一段迷茫的日子，于是他写信给当时任左补阙的梁周翰，并附上自己所作之文，卜进退于梁，可以想见梁在田锡心目中的地位。

此外，在田锡的朋友圈中，有一个不得不提的人物，那就是王禹偁（954—1001）。在游学期间，他认识了一生的知己王禹偁①。王禹偁在《酬赠田舍人》诗中云："忆昔逢君在邹鲁，翰林丈人东道主。一言得意便定交，数日论文暗相许。"② 由此可知两人相识于宋白兖州任上。二人因性格相仿、志趣相投而一见如故，从此便结下了深厚的友谊。其后，两人的交往日益频繁。王禹偁在太平兴国八年（983）进士及第，两人开始同朝为官。田锡诗文大量散佚，在他现存的文集中没有明确署名写给王禹偁的诗文，只在《代书呈苏易简学士希宠和见寄以便题之于郡斋》一诗中有"请与副阁王舍人，呈似此歌希唱和"③ 之句。在王禹偁之诗文集《小畜集》中所存与田锡往来酬唱的诗歌足有十篇之多，如《寄田舍人》《送田舍人出守淮阳》《和陈州田舍人留别》（五首）等，足以体现两人的交情匪浅。无论是田锡被贬出京，还是奉旨回朝，可以说，田锡的每一次升降，王禹偁大多有诗文相随。

田锡和王禹偁，不仅有着相同的直谏性格和相似的仕宦经历，还同样有着"兼济天下"之志。王禹偁十分仰慕田锡的为人和才华，他在《投宋拾遗书》中云："登明公之门、师明公之道者甚未众，止闻胡、田二君矣。"④王禹偁在尚未与田锡认识之时，已对田锡心生仰慕。在《送田舍人出牧淮阳》中盛赞田锡"蔼然公议满朝端"⑤，在《酬赠田舍人》中又称："两制惟君最清慎，笔力辞锋

---

① 关于二人初次相识的时间，徐规《王禹偁事迹著作编年》认为是在太平兴国五年或次年，姜西良《田锡年谱》中认为是在太平兴国二年或明年初，本书从姜西良说。

② 王禹偁．小畜集：卷十二［M］．摘藻堂四库全书荟要本．

③ 田锡．咸平集［M］．罗国威，校点．成都：巴蜀书社，2008：196．

④ 曾枣庄，刘琳．全宋文：第七册［M］．上海：上海辞书出版社，2006：415．

⑤ 王禹偁．小畜集：卷七［M］．摘藻堂四库全书荟要本．

有馀刃。"① 田锡年长王禹偁十余岁，对于王禹偁来说，田锡不仅是他的人生知己，还是他的人生导师，王禹偁的个性在很大程度上受田锡的影响。王禹偁在《谪居感事》诗中称："兼磨断佞剑，拟树直言旗。遇事难缄默，平居疾喔咿。"② 明确提出自己好仗义执言的性格。王禹偁的刚直个性甚至超过了田锡，太宗对他又爱又恨，其称"禹偁文章，独步当世，然赋性刚直，不能容物"③。

在政治思想上，王禹偁亦深受田锡影响。他们都曾上言，希望皇上能重视宰相之职，并最大限度地发挥宰相的作用。为此，田锡专门写了一篇《相箴》，在序中，他极力阐释宰相对朝廷的重要性："宰相之贵异于臣僚之贵也，宰相之职贰于帝王之职也……天下知其隆贵而不知其忧劳，受其陶镕而不知其功业。"④ 他指出宰相虽承天下少有之权贵与礼遇，但同时也肩负天下少有之重任与辛劳，其于君王、于社稷、于百姓，都有着举足轻重的作用。他还曾多次在奏疏中提到宰相之于朝廷的重要性，希望太宗能做到对宰相充分的信任："今宰臣若贤，愿陛下信而用之，宰相非贤，愿陛下择可用而任之。何以置之为具臣，而疑之若众人也？"端拱二年（989），太宗两次发师而事先均未与宰相商议，田锡又上疏云："若宰相非才，何不罢免？宰相可任，何不询谋？今宰相普三入中书，再出藩镇，重望硕德，元老大臣，人所具瞻，事无不历。乞陛下以军旅之事，机密之谋，悉与筹量，尽其规画。此乃国体。"⑤ 他希望太宗能在军国大事决议之前，先与宰相商议。

王禹偁在奏疏中亦云："伏望陛下，远取帝尧，近鉴唐室。既得宰相，用而不疑，使宰相择诸司长官，诸司长官自取僚属，则垂拱而治矣。所谓忠良謇谔之士知进者也。"⑥（王禹偁《应诏言事疏》）其同样希望皇帝能够对宰相"用而不疑"，在政权上适当放手，给宰相更多的信任与权力。

端拱二年（989）正月，太宗诏文武群臣上陈备边击戎之策。王禹偁在奏疏中所提建议为"外任其人，内修其德之道，各有五焉"⑦。外有五者：一曰合兵势，委重臣；二曰侦边事，罢小臣；三曰行间谍之计；四曰以夷制夷；五曰下哀痛之诏告谕边民。内有五者：一曰省官吏，惜经费；二曰抑儒臣，激武臣；

---

① 王禹偁. 小畜集：卷十二 [M]. 摛藻堂四库全书荟要本.
② 王禹偁. 小畜集：卷八 [M]. 摛藻堂四库全书荟要本.
③ 李焘. 续资治通鉴长编：卷三十四 [M]. 北京：中华书局，1979：752.
④ 田锡. 咸平集 [M]. 罗国威，校点. 成都：巴蜀书社，2008：113.
⑤ 田锡. 咸平集 [M]. 罗国威，校点. 成都：巴蜀书社，2008：7.
⑥ 吕祖谦. 宋文鉴：卷四十二 [M]. 齐治平，点校. 北京：中华书局，1992：635.
⑦ 李焘. 续资治通鉴长编：卷三十 [M]. 北京：中华书局，1979：672.

三曰信用大臣，参决机务；四曰去虚名，戒无益；五曰禁游惰，厚民力。再来看田锡所上奏疏，其治边之策归纳起来有以下几点：一是选良将，委任责成；二是省塔庙之费，充军旅之赏给；三是忌独断，行公共之理；四是用重赏，行间谍；五是储粮草，宜慎静。将二人所提之建议进行对比，不难发现两者有很多相同之处。在文学思想上，二人的观点亦有许多共通之处，后文将进行详细论述。

除了"三君子"和王禹偁以外，田锡一生当中还结识了许多能够和自己一起致力于恢复儒道的君子。如与田锡同在嵩山读书的韩丕，据《续资治通鉴长编》中记载，韩丕"起寒素，以冲澹自处，不奔竞于名宦"①，和田锡的性格极其相似，两人入朝为官之后，仍然保持着友谊，田锡在《咸平集》中有很多与韩丕的往来之作。

真宗时官至辅相的毕士安，宋真宗称其"饬躬畏谨，有古人之风"②，对田锡友善，田锡在诗中称"毕三情旨颇似我"③（《代书呈苏易简学士希宠和见寄以便题之于郡斋》），对毕士安的性格及为人都十分赞赏。此外，田锡的好友如李沆、张咏、苏易简、向敏中等，无不以为人正直、品格高尚称誉朝野。

与他相识于微时的胡旦，在田锡入朝为官之后，二人的交情就发生了变化。在还未参加科举之时，胡旦就因才气出众而远近闻名，但也正因为年少成名，养成了他恃才傲物的性格。王辟之在《渑水燕谈录》中载："胡旦少有俊才，尚气凌物，尝语人曰：'应举不作状元，仕宦不为宰相，乃虚生也。'"④ 公元976年，胡旦在父亲任职的地方遇见了"工于诗"的吕蒙正，胡旦不但不加以礼遇，反因吕蒙正诗中有"挑尽寒灯梦不成"⑤ 之句而嘲笑吕蒙正为"渴睡汉"。后吕蒙正被录为太平兴国二年进士第一名，胡旦亦放下豪言，必于第二年夺魁。太平兴国三年（978），胡旦果如其言，考取当年状元。可见，胡旦本人确实是非常有才华的，但其为人急功近利，在科考前就已经显露一二。他在给田锡的信中分析即将到来的科考局势时写道："近者拾遗拜官，小子躬贺，喜沃无已，吾子可知。又论将来举公之杰技者，屈指算数，中无几人。有宋元瑜、李度二后之弟也。赵昌言名闻京师，其余势家，仅数十辈，惟何士宗卓然独立，有不愤

---

① 李焘．续资治通鉴长编：卷三十二 [M]．北京：中华书局，1979：724．
② 李焘．续资治通鉴长编：卷六十一 [M]．北京：中华书局，1979：1369．
③ 田锡．咸平集 [M]．罗国威，校点．成都：巴蜀书社，2008：196．
④ 王辟之．渑水燕谈录 [M]．北京：中华书局，1985：29．
⑤ 欧阳修，司马光．六一诗话·温公续诗话 [M]．克冰，评注．北京：中华书局，2014：49．

之色，愿与仅同群，为之力战。公（田锡）蜀人也，久在关辅，远于京阙，家贫援孤，与我相角，倘闻斯言，必大喜也。"① 他的言语中无不透露出身为才子的自负、傲慢，以及不顾别人感受的自私和急功近利的张狂。此时的田锡，与胡旦相识不过两年余，两人都是从异乡至京城，一样的胸怀大志，希冀在科场上一举成名。相似的人生经历和志向，两人于是视彼此为知音。

胡旦入仕之后，便成了朝中出名的"喜以名骛于时"② 的士大夫，性格缺陷和政治野心很快就暴露出来。他与之前信中所提到的"名闻京师"的赵昌言结成党派，之后更是不停地为个人的政治生涯积极钻营。太平兴国八年（983）十二月，时任右补阙、直史馆的胡旦上《河平颂》，文中指斥当朝重臣赵普、卢多逊，称他们为逆臣、强臣，言语诸多悖逆，极言驱逐二人之事，引得太宗震怒，太宗谓宰相曰："（胡）旦词意悖戾。朕自擢置甲科，历试外任，所至悉无善状。知海州日，为部下所讼，狱已具，适会大赦，朕录其才而舍其过，乃敢恣胸臆狂躁如此！今朝多君子，旦岂宜尚列侍从耶？亟逐去之！"③ 从太宗的话可以看出，胡旦自释褐以来，一直都以才气自任，锐意干政以求升迁，在人才济济的朝廷当中显得乖戾嚣张。因此，胡旦被贬谪。在胡旦谪官制中，朝廷对胡旦的品行有大体的概括，称其"年少气锐，所为不法……而乃沉湎于酒，恣行鞭朴，妄奏部下吏课最，以图侥幸，增置胥吏，侵用官钱，丑迹升闻"④，胡旦年少成名，恃才傲物，言语任性，行为放荡，这些似乎都可以原谅。然而，在任职期间挪用公款，则显示出他道德品行的败坏，他外任之处都是一片差评，这些都注定了他被贬。后来，胡旦不但未汲取教训，反而将其恶劣的本性更加暴露出来，太宗驾崩之时，胡旦与王继恩、李昌龄等谋立楚王元佐，事败之后被除名，流放浔州。胡旦性格如此，且做出如此大逆不道之事，显然和田锡的择友标准相去甚远。在田锡为官后数十年的诗文当中，他对胡旦却鲜有提及，胡旦的诗文与田锡相关的亦仅存科考前写给田锡的一封书信，可知其后两人的来往并不多。或许是因为田锡在真正了解胡旦为人之后，发觉胡旦绝非他先前所认为的"君子"，于是才逐渐与其疏远。也正是因为田锡远离小人之党，他才得以在此次政治事件中免祸。

需要注意的是，田锡提倡"君子之党"，完全是出于重建儒道的目的，而并

---

① 田锡.咸平集［M］.罗国威，校点.成都：巴蜀书社，2008：40.
② 文莹.湘山野录·续录·玉壶清话［M］.黄益元，校点.上海：上海古籍出版社，2012：82.
③ 李焘.续资治通鉴长编：卷二十四［M］.北京：中华书局，1979：561.
④ 司义祖.宋大诏令集［M］.北京：中华书局，2009：755.

非为了追逐自身的政治利益和投机需要。因此，他在政治立场上是公正无偏，不依附于任何政治党派的。故而宋真宗对田锡敬重有加，真宗称田锡"其人介然，别无朋党，可耳"①，对他的为人进行充分的肯定。

第三节　直言敢谏：士大夫风骨的再现与话语权的行使

宋代自太祖立朝以来，历任最高统治者对士大夫之直谏都是极其优容的，其程度可谓历代罕有。苏轼在《上神宗皇帝书》中云："历观秦汉以及五代，谏诤而死，盖数百人。而自建隆以来，未尝罪一言者，纵有薄责，旋即超升。许以风闻，而无官长，风采所系，不问尊卑。言及乘舆，则天子改容；事关廊庙，则宰相待罪。"②苏轼所言并非虚妄，北宋至太祖建国以来，虽多有士大夫谏言惹怒皇帝或重臣，但都未因此获死。最高统治者的虚心纳言和对进言者的宽容，势必对士大夫直言敢谏风气的形成产生了极大的促进作用。

出于巩固政权的考虑，太祖在建国之初便定下了不杀言事者的国策。他曾对宰相云："古之为君，鲜能正身，自致无过之地。朕常夙夜畏惧，防非窒欲，庶几以德化人之义。如唐太宗受人谏疏，直诋其失，曾不愧耻，岂若不为之而使下无间言哉！为臣者，或不终其名节，而陷于不义。盖忠信之薄，而获福亦鲜，斯可戒矣。"③太祖深知即使是君王，难免也有犯错的时候，要想将自己的过错降到最低，必须有忠信敢言之士在自己身边时刻提醒劝谏，他对唐太宗受大臣直言谏疏而"曾不愧耻"的行为表示赞赏，同时也希望为臣者能够以忠信为追求。太宗亦曾对赵普言："朕每读书，见古帝王多自尊大，深拱凝严，谁敢犯颜言事？若不降情接纳，乃是自蔽聪明。或喜赏怒刑，岂能归天下之心哉。"④足见太祖积极纳谏之心。

宋王朝的新气象极大地激起了士人们建功立业的热情，大批士大夫开始活跃于政坛。然而，士大夫群体虽然庞大，但如赵普、张齐贤等深受皇帝倚重的股肱之臣很少，他们仗着帝王的信任和荣宠，即使偶尔对统治者有所不敬，在上者亦不会轻易怪罪，其敢于挑战最高统治者的权威也就不足为奇了。因此，

---

① 田锡．咸平集［M］．罗国威，校点．成都：巴蜀书社，2008：307.

② 曾枣庄，刘琳．全宋文：第八十六册［M］．上海：上海辞书出版社，2006：227.

③ 李焘．续资治通鉴长编：卷十六［M］．北京：中华书局，1979：334.

④ 李焘．续资治通鉴长编：卷二十三［M］．北京：中华书局，1979：519.

这"触逆鳞"的事情并不是人人都做得、人人都敢做的。如第一章所述，太祖朝时，大臣多为五代遗臣，贰臣的身份本就让其缺乏独立之政治人格，他们大多对自己的身份感到惶恐，莫不以明哲保身为是。普通的士大夫对激进直谏之事尚有一定的顾虑，偶有谏诤之人，也多遭到在上者的贬斥。如当时著名的文士、后周遗臣杨徽之，在周世宗时期就屡进忠言，入宋之后，他仍以儒道复兴为己任，"太祖多遣近臣，廉访谣俗，使者即公（徽之）之故旧，公因言应天顺人，海内宁一，所宜以崇儒术以厚民风。使还，具白其语，太祖怒，以其讪上，左迁凤翔天兴令，未几，又移嘉州峨眉令"①。太祖在周世宗时与杨徽之已有嫌隙，宋朝建立后，太祖仍对他心怀怨恨，因而借机将其贬谪也是常理之中。然而此事对于杨徽之来说却是一个沉重的打击，他一心为社稷人民，积极进言却引得太祖大怒而屡遭贬斥，从此，杨徽之在太祖朝再不言时政。这也给其他的五代遗臣一个警示，他们尴尬的身份很难获得新朝皇帝的真正信任，更遑论参政议政了。

大理寺丞雷德骧，也是太祖朝性格刚直的士大夫典型。他曾有急事求见太祖，因而不顾太祖彼时正在放雀鹰娱乐，径直而入，左右莫敢阻拦，"上曰：'此岂急事耶？'对曰：'岂不急于放鹞子乎？'上大怒，自起击之，德骧稍退"②。后来，他更是因直言上书弹劾赵普被贬至宁夏一带。

《续资治通鉴长编》记载：

> （宋太祖）尝弹雀于后苑，或称有急事请见，上亟见之，其所奏乃常事耳。上怒诘之，对曰："臣以为尚亟于弹雀。"上愈怒，举斧柄撞其口，堕两齿。其人徐俯拾齿置怀中，上骂曰："汝怀齿，欲讼我乎？"对曰："臣不能讼陛下，自当有史官书之也。"上悦，赐金帛慰劳之。③

此事发生的场景，颇类唐代"太宗怀鹞"之事。觐见者并非深受皇帝倚重的权臣魏征，只是一个无足轻重的小臣；玩物者也并非心怀宽广的唐太宗，而是初登大宝的宋太祖。事情的发展可想而知却又出乎意料，某臣在太祖盛怒之下，依然毫无惧色，被太祖打得牙都掉了，还能泰然自若地将牙齿捡起来放入怀中，面对太祖的怒骂，亦能正气凛然，从容应对，最后连太祖都不得不服。此事的主角，只是一名普通臣子，连姓名都未载其上，然其正气可嘉，敢于直谏，无惧犯上的行为，在宋初可称之为典型，司马光在《涑水记闻》中、石介

---

① 杨亿. 武夷新集：卷十一 ［M］. 摛藻堂四库全书荟要本.
② 田况. 儒林公议 ［M］. 张其凡，点校. 北京：中华书局，2017：34.
③ 李焘. 续资治通鉴长编：卷一 ［M］. 北京：中华书局，1979：31.

在《三朝政录》中皆记其事。①

由此可见，太祖朝时也有少数士人，或身居低位，或名不见经传，亦拥有罕见的士大夫之气节，其虽有心致力于士风之建设，却因影响力有限，并未产生实质性的影响。加上宋太祖的性格是十分暴躁的，尤其面对普通的士大夫，大臣们语气稍微强硬，太祖便会展现出他的"雷霆之怒"，对他们非打即骂，难有一个开国帝王应有的气度和胸襟。虽然事后，他有时也会认识到自己的错误，又是后悔又是表扬，但无奈他的"暴行"已经深入人心。面对这样一位君主，臣子们也很难冒险直言。

太宗即位之后，同样极力鼓励大臣畅所欲言，积极上谏。他曾对近臣说："朕厉精求治，卿等为朕股肱耳目，设有阙政，宜悉心言之，断在必行，采访外事，条白于朕，虽浮泛之说，亦以闻也。凡人在下位，见当世之务不合理者，则怏怏于心，既列高位，得以献可替否，尽展素所蕴蓄矣。或所言不中程度，亦当共议而更之，俾协于道。朕每行一事，偶有未当，久之寻绎，唯自咎责耳，固不以居尊自恃，使人不敢言也。"② 对臣子的谏言可谓毫无限制，即使是"浮泛之说"，太宗同样予以接纳，而对于不合时宜的谏议，太宗提倡"共议而更之"，尽量做到让大臣们有敢言的胆量。太宗对上言者的宽容，亦是历代所罕见的。为了区别太祖一朝，成就一番新事业，太宗一直努力给自己塑造出一种平易近人的形象。如果说太祖在语言上建立了北宋敢言的传统，那么太宗则是用实际行动践行了对敢言之士的宽容。太平兴国七年（982），太宗以左正谏大夫、枢密直学士窦偁为参知政事，并询问窦偁是否知道让他担此重任的原因，窦偁以为是太宗念及藩邸旧臣的情分，谁知太宗却回答："非也，乃汝尝面折贾琰，赏卿之直尔。"③ 太宗之语，直接表明了太宗对直言士大夫的优待。与太祖相比，太宗的性格明显宽缓了许多。对太祖朝时一些被处罚之人，他都予以赦免，对太祖朝的元老宿将，他也开始罢黜和贬谪，努力培养新的人才。同时，他还鼓励大臣们积极进言，号召他们为新的统治献计献策。

后蜀国主孟昶在执政后期，仗着社会安定而偏安一隅，只管自己贪图享乐而不思朝政。和那些不满蜀主的蜀士一样，作为孟昶治下的百姓，田锡对蜀主这种做法颇不赞同。在《太平颂》里，他评价后蜀政权时云："庸蜀险固，以一

---

① 关于此事，王君玉在《国老谈苑》中亦有记载，但其主人公明确为雷德骧，若如此，则与《儒林公议》所记载雷之事有部分重叠。笔者姑系于此，两存之。
② 李焘. 续资治通鉴长编：卷二十四 [M]. 北京：中华书局，1979：558-559.
③ 李焘. 续资治通鉴长编：卷二十三 [M]. 北京：中华书局，1979：515.

方自大。"① 他对后蜀腐朽的统治极为不满，又急于在政治上有一番作为，而田锡在入宋之前，并未在后蜀政权中担任过任何官职，后蜀于对他来说，并没有政治上的归属感。另外，田锡祖上在唐僖宗时举家由京兆迁入蜀地，到田锡这一代也不过才数十年，以汉唐为宗的蜀地传统文化对田锡有很大的影响，然而蜀国政权对于田锡而言，却不存在家国般的情感归属。所以，后蜀被宋所灭，田锡并没有其他五代文士的丧国之痛。他甚至对那些由五代进入宋廷为官的贰臣给予高度评价，认为"志士之变通，敢逢时而懈怠。亦犹陈平背楚兮归汉，箕子去商兮事周，吕蒙拔于行阵，管仲释于俘囚"②，入宋是弃暗投明、顺应历史潮流的明智之举。因此，在赵宋政权灭蜀之后，他便视赵宋为唯一效忠对象。作为宋廷建立后成长起来的第一代士大夫，田锡完全没有贰臣的苦恼与忌讳。

太平兴国三年（978），田锡正式步入仕途，此时，距新帝宋太宗登基不过两年的时间。一个是豪气干云、积极进取的新进帝王，一个是身份纯粹，有着建功立业的决心和对宋廷尽忠的赤子之心的士大夫。二者的相遇，注定了士大夫风骨的重现和话语权的行使。

田锡从政之后，将直谏视为臣子的本分。田锡认为，作为食君之禄的臣子，要敢于言事，"缄默不言，实辜陶铸"③。面对朝中士大夫因循守旧的保守作风，田锡决定以自己的行动来改变这种风气。太平兴国六年（981）九月壬寅，宰相卢多逊执掌朝政大权，其人以怙权而闻名："有司受群臣章奏，不先禀多逊则不敢通。锡初从幸大名，欲献《平戎歌》，多逊许之，始得进御。又尝诣阁门献书，请皇帝东封，其书不实封，且言已白多逊，阁门吏乃受其书，又令锡依常式署状云：'不敢妄陈利便，希望恩荣。'"④ 群臣上章奏必须先得到卢多逊的首肯，过程繁复且无保密性可言，当时朝廷士大夫皆敢怒不敢言。田锡身为谏官，有职责直接上书言事，每次都要经过宰相之手多有不便，于是作《上宰相书》至卢多逊，认为宰相此举有违大体。此举引得卢多逊不悦，田锡因此被贬谪，不仅不再担任谏言之职，还被贬为河北转运副使。⑤田锡临行前入辞，直进封事，即《上太宗论军国要机朝廷大体》疏，疏中自认居于谏位，却没有谏言

---

① 田锡．咸平集［M］．罗国威，校点．成都：巴蜀书社，2008：203.
② 田锡．咸平集［M］．罗国威，校点．成都：巴蜀书社，2008：67.
③ 田锡．咸平集［M］．罗国威，校点．成都：巴蜀书社，2008：53.
④ 李焘．续资治通鉴长编：卷二十二［M］．北京：中华书局，1979：495.
⑤ 此事据《宋史》本传、《渑水燕谈录》中记载，其上书宰相为赵普，然其时赵普已未居宰执，且田锡信中有"相公佐先帝取吴、越，事今上平并、汾"之句，可知此为卢多逊无疑。

可上，是"尸禄旷官"，愧对朝廷所给之俸禄，于是择军国要机者一，朝廷大体者四以达圣听。因为此疏，田锡得太宗下敕书奖谕，并赐钱五十万，其诤臣之风由此初现端倪。针对此事，朝中同僚好心提醒他，"今日之事鲜矣，宜少晦，以远谗忌"①（范仲淹《赠兵部尚书田公墓志铭》）。由此可见，在田锡之前，因直谏而受到皇帝重赏的事情是十分罕见的。太宗此举，不仅给田锡极大的鼓舞，还给朝中士大夫一个明确的信号，证明太宗广纳贤言并不只是嘴上说说，而是落在实处的。田锡此次上疏也被后世视为开宋朝言路之先河。

太平兴国六年（981）九月、太平兴国七年（982）十二月，田锡连续两次上疏太宗。雍熙元年（984）八月，时任睦州的田锡再次上疏："臣两度上疏，而陛下不用一二，今臣在外而陛下委之以分忧，碌碌随众，忧旷遗之糜暇，皇皇有志，思谏诤之未能。今幸天启圣心，神赞皇运，感陛下虚伫待犯颜之谏，致陛下专精求逆耳之言，臣是以再罄愚衷，复伸鄙见。"②（《上太宗应诏论火灾》）他不断地对太宗进行劝谏，希望皇帝能够采纳自己的建议。

端拱二年（989）年末，数月干旱，田锡奉诏参与祈雨，他趁机向太宗进言："然自今岁以来，天见星妖，秋深雷震，继以旱暵之沴，可虞饥馑之灾。此实阴阳失和，调燮倒置，上侵下之职而烛理未尽，下知上之失而规过未能，所以成兹咎征，彰乎降鉴，或干文示变，或沴气生妖。"③古人认为宰相负有调和阴阳之职，长时间不下雨本是自然现象，田锡却借此指出宰相的失职：于下，伸手过长，是不能让下属尽其职能；于上，知最高统治者之过失而不能敦促其改正，是不能很好地辅佐皇帝。疏中不仅指斥宰相，还将矛头直指太宗本人。这样的直言敢谏，在其他人看来明显是过激言论，自然会引起最高统治者和宰相的不满，田锡也因此被罢知制诰，出任陈州（宛丘，今河南周口淮阳）。

以上是田锡在太宗朝时比较典型的几次谏诤，都表现了田锡作为一个士大夫应有的铮铮铁骨。所获结局虽然不同，但他并没有因为在上者的褒贬而改变自己的直言性格。至道三年（997）三月，真宗即位，是年五月丁卯，真宗诏御史台下谕告朝廷文武大臣，"自今人君有过，时政或亏，军事臧否，民间利害，并许直言极谏，抗疏以闻"④。七月，田锡就上书言朝廷边事，并急切地询问期间是否有人上言抗疏，希望真宗能够再降优诏，虚心以待贤良。其时，田锡已五十八，就算在身体无虞的情况下离七十致仕也只有十二年，"犬马之年未必保

①　曾枣庄，刘琳．全宋文：第十九册［M］．上海：上海辞书出版社，2006：37.
②　田锡．咸平集［M］．罗国威，校点．成都：巴蜀书社，2008：2.
③　李焘．续资治通鉴长编：卷三十［M］．北京：中华书局，1979：689.
④　李焘．续资治通鉴长编：卷四十一［M］．北京：中华书局，1979：865.

余龄，葵藿之心幸得承委照，则未退休间，有合言不敢不言，未陨越间，有合奏不敢不奏"①，时间的飞逝，让田锡深有时不我待之感伤，于是，他更加努力地做到该言便言，以期在致仕之前能够尽自己最后的力量为国、为君尽忠。田锡一马当先的谏言行为为真宗朝的广开言路起到了很好的表率作用。其后，朝廷大臣陆续上言献表，仅是年九月，就有左正言孙何、监察御史王济、刑部员外郎马亮、比部员外郎刁衎四人上疏直议时政。不久后，田锡又在《上真宗乞赈给河北饥民》奏疏中指出河北数地饥民被饿死，而朝廷却没有行之有效的赈灾办法，其中有言："陛下为民父母，使百姓饥死，乃是陛下孤负百姓也。宰相调燮阴阳，启导圣德，而惠泽不下流，王道未融明，是宰相孤负陛下也……昔伊尹作相，耻一夫不获。今饿杀人如此，所谓焉用彼相。"② 田锡再一次将矛头指向宰相，认为其不能很好地辅佐帝王，并非"良相"，完全没有资格再担任宰相一职，同时，他还直指最高统治者明知宰相失职而不将其罢免，是宋真宗有负于天下百姓。有了直言被贬的前例，他依然不顾被贬的风险直言上书，其言辞之激烈，比起太宗时有过之而不及，直谏耿介的性格并没有随着时间的变化而有丝毫改变。

宋初，直言上谏的士大夫本就不多，对帝王犯下的错误，他们更是不敢指出来，只能将这错误完全转嫁到其他执事身上。如以"狂""违众"自命的张咏，对官场上的奸佞之臣，他特意作《骂青蝇文》来表达自己内心的厌恶。然在宋真宗执政后期，任用丁谓、王钦若等为相，竭天下之财广建宫观，张咏屡次上书乞斩丁谓等，并表示愿以自己的性命以谢丁谓，显示出其嫉恶如仇的本性。但对于最高统治者的用人不当、不顾民生，张咏未有丝毫提及，只称"贼臣丁谓诳惑陛下"③（张咏《乞斩丁谓遗表》），完全将责任归咎于丁谓等人。可见在当时，放眼整个朝野，敢于直斥最高统治者的普通士大夫除了田锡之外，实难找到第二人。

纵观田锡的政治生涯，其可谓以实际行动履行了士大夫的直谏职责。田锡视自己所做的一切为本分，他曾说："吾立朝以来，章疏五十有二，皆谏臣任职之常言。苟获从，幸也，岂可藏副示后，谤时卖直邪？"④ 为了防止给后世留下一个沽名钓誉的不好示范，他将自己生平所有的章疏悉数焚毁。

田锡深知直言进谏的后果，他在《拟古》诗中写道："直言如霜刃，卒发伤

---

① 李焘．续资治通鉴长编：卷四十一［M］．北京：中华书局，1979：874.
② 田锡．咸平集［M］．罗国威，校点．成都：巴蜀书社，2008：21.
③ 曾枣庄，刘琳．全宋文：第六册［M］．上海：上海辞书出版社，2006：107.
④ 脱脱，等．宋史［M］．北京：中华书局，1985：9792.

人意。痛贯丹诚中，无与金疮理。缄恨若瘢痕，终身难弃置。伺隙果报时，遂陷无情地。虽悔安可追，弗及同奔驷。君子慎枢机，言之岂容易。"① 作为久在朝中的大臣，田锡明白，自己的直言很有可能触怒龙颜和当权者，给自己带来灾祸，但他为了实现理想中的大道，仍然选择仗义执言。他在奏疏中云，自己"所言激切，不为身谋，所虑安危，实为国计"②，他敢于直谏，并不是为了功名利禄，而是为了国家社稷的长远发展。因而，心虽有畏惧，但不得不为之。面对因言致祸的可能性，他亦很坦然："吾每言国家事，天子听纳，则人臣之幸，不然祸且至矣，亦吾之分也。"③ （范仲淹《赠兵部尚书田公墓志铭》） 田锡认为，敢言直谏，不仅是因为身在其位，职责所在，更是因为忠诚之心使然。正是这种明知不可为而为之的态度，让田锡在宋初士大夫群体中显得更加难能可贵，他也给其他士大夫做出了榜样。

　　田锡直言敢谏个性的形成，一方面得益于政治环境的宽松。如上文所述，宋朝确实是历史上少见的高度右文的封建王朝，历任最高统治者也秉承着太祖的承诺，宋朝史上无一士大夫因直谏言事遭到杀害。统治者对言事者的绝对宽宥给宋朝士大夫创造了一个宽松自由的语言环境。田锡亦坦言："若非陛下（真宗）与臣为主，则大臣必因事见诬，故逐度所上实封，皆乞留中不出，盖虑事不密而身已危矣。"④ 另一方面，则与蜀地文化传统不无关系。"前蜀冯大夫恃其学富，所为轻薄，然于清苦直谏，比讽箴规，章奏悉合教化。所著文章迥超群品，诸儒称之为大手笔矣。"⑤ 蜀中士大夫多以"忠谏"为传统，尤其是前后蜀时期，敢于直谏的士大夫更是层出不穷，如张扶、冯涓、张士乔、段融、田淳等人，无不以谏诤之个性名传后世，这样的现象在五代时期是极其罕见的。蜀地"谏诤"的文化传统对田锡影响极大，田锡曾数次提到对历史上的谏诤者的仰慕。《宋史·田锡传》称其生平"慕魏征、李绛之为人"⑥，而田锡亦自称"每观史氏之书，景慕朱云之节"⑦，此三人者，皆以正直敢谏流芳后世。田锡

①　田锡.咸平集［M］.罗国威，校点.成都：巴蜀书社，2008：169.
②　李焘.续资治通鉴长编：卷四十二［M］.北京：中华书局，1979：892.
③　曾枣庄，刘琳.全宋文：第十九册［M］.上海：上海辞书出版社，2006：37.
④　田锡.咸平集［M］.罗国威，校点.成都：巴蜀书社，2008：308.
⑤　何光远.鉴诫录校注［M］.邓星亮，邬宗玲，杨梅，校注.成都：巴蜀书社，2010：96.
⑥　脱脱，等.宋史：卷二百九十三［M］.北京：中华书局，1985：9792.
⑦　曾枣庄，刘琳.全宋文：第五册［M］.上海：上海辞书出版社，2006：320.

还特意撰文《斩马剑赞》，来表达对汉代著名直臣朱云的仰慕①，他在序中云："直言贻祸，虽君子之自知；杀身利君，故忠臣之所乐。是以奋刚肠而不顾，蹈烈节以如归。"② 表达了君子舍生取义的大无畏精神。

田锡的进言不仅仅是单纯地顺应帝王广言纳谏的心思，最主要的是为了尽为人臣子忠君为国的本分，因此田锡的政治生涯虽偶有挫折，但整体而言，田锡是很受最高统治者欣赏的。太宗曾对宰相言，"近诏中外咸贡直言，庶闻朝政之阙，以警朕心。而群臣奏对，多及琐细之务，曾无远大之略，甚非所望也。惟田锡、康戬陈词不繁，指事尤切"③，太宗不仅对田锡的奏疏表示夸赞，认为其"指事尤切"，还将他的奏疏付予吕端等重臣仔细参详，作为决策国事的重要资料。田锡也因其直言的个性，受到真宗的器重：

> 癸酉，命田锡以本官兼侍御史知杂事，仍遣中使谕旨曰："卿每上章疏，所司不敢满责，朕皆一一亲览。知杂之任，朝廷甚难其人，故以命卿。仍不妨徐徐撰述，或有所见，即具奏闻。"④

真宗在田锡生前对其尊重有加，视其为当朝汲黯。田锡死后，真宗在与近臣的言语中，也不时透露出对田锡的怀念以及对其直谏的赞赏，他曾不无惋惜地对李沆说："田锡，直臣也，天何夺之速。"⑤ 并将田锡的奏疏放入漆函，置于龙图阁保存。

司马光在《书田谏议碑阴》中称："余自始学未冠，闻故谏议大夫田公当真宗践祚之初，求治方急，公稽古以监今，日有献，月有纳，以赞成咸平盛隆之治，私心慕仰，想见其为人。"⑥ 从司马光的话中不难看出，田锡直谏的名声在当时朝中已是广为流传，其已是当时士大夫所景仰的对象。

田锡的以身示范，为普通士大夫在政治决策上争得了更多的话语权。统治者对田锡的宽容与优待，更让当时的士大夫群体受到了极大的鼓舞。话语权的下移，必然会成为不可忽视的舆论力量，对皇权形成制约。田锡之后，正直敢言、勇于直谏的士大夫层出不穷。真宗咸平年间入仕的鲁宗道，就因直谏被真宗称为"鲁直"，其后，拜右谏议大夫，参政知事，"鲁宗道为参政，以忠鲠自

---

① 见《汉书·朱云传》："愿赐尚方斩马剑，断佞臣一人以厉其余。"班固. 汉书：卷六十七 [M]. 北京：中华书局，1962：2915.
② 曾枣庄，刘琳. 全宋文：第五册 [M]. 上海：上海辞书出版社，2006：320.
③ 李焘. 续资治通鉴长编：卷四十一 [M]. 北京：中华书局，1979：875.
④ 李焘. 续资治通鉴长编：卷五十一 [M]. 北京：中华书局，1979：1124-1125.
⑤ 张光祖. 言行龟鉴 [M]. 徐敏霞，文青，校点. 沈阳：辽宁教育出版社，2001：61.
⑥ 曾枣庄，刘琳. 全宋文：第五十六册 [M]. 上海：上海辞书出版社，2006：266.

任，尝与宰执议事，时有不合者，宗道坚执不回。或议少有异，则廷诤不已，然多从宗道所论。时人谓曰'鱼头公'，盖以骨鲠目之也。"① 其实无愧于田锡之后的又一个直谏敢言的谏议大夫。另如本文后面提到的范仲淹、司马光等，他们莫不体现出北宋士大夫独有的正气与风骨。

第四节　以天下为己任：士大夫主体意识的初步凸显

一、士大夫淑世精神的回归

田锡出身寒微，虽然祖辈皆是文人雅士，但并没有显赫的家世和祖上的余荫，他在入仕之前属于纯粹的平民阶层。大宋的太平盛世，却让他萌生出读书人的"自觉精神"，即"从内心深处涌现出一种感觉，感觉到他们应该起来担负着天下的重任"②。他不仅勤于修己，还以积极的淑世情怀参与政事。田锡在未出仕之时，就已经体现出对政治和民生的极大热情，他在《枕铭》中写道："君子有四时，朝以听政，昼以访问，夕以审令，夜以安身。"③ 由前文可知，田锡一直以君子的标准来要求自己，希望有一天能够以"士君子"的身份去参与时政，为百姓贡献自己的力量，田锡对仕进的热情超乎常人，在蜀国时，田锡就参加过几次科举考试，最后都以失败告终，这让他感到寝食难安。

宋朝建立后，安定的社会环境，宽松的文化氛围，让田锡入仕的情绪更加高涨。他屡次上书当权者以求干谒，在蜀地之时，田锡就曾写信给当时的青城小著宋玙，希望能够得到其赏识。在《贻梁补阙周翰书》中，田锡称："抑近世仕进之子，不敢历公卿士大夫之门，虑殖嫌疑于栽培之地，而耦俱生谤，设使负非常之才，有非常之名，彼世疑俗嫌，又何畏忌违去之有哉。"④ 田锡自觉负非常之才，因此他不畏世俗之流言，以求能得到为政者的赏识和延誉，从而能够步入仕途为国效力。其为人之慷慨、胸襟之坦荡，以及求名于道的行为，都是令人称赞的。

需要注意的是，田锡对仕进的热情并不是因为他热衷于功名利禄，他在

① 王君玉．国老谈苑：卷二［M］．文渊阁四库全书本．
② 钱穆．国史大纲［M］．北京：商务印书馆，2010：558.
③ 田锡．咸平集［M］．罗国威，校点．成都：巴蜀书社，2008：129.
④ 田锡．咸平集［M］．罗国威，校点．成都：巴蜀书社，2008：45.

《上中书相公书》中写得很清楚，"又若刘禹锡、柳宗元之为人，皆以大儒为业，当壮年获志于科第，自谓跬步万里，坐邀大位，而言无畏忌"①，刘、柳等人，虽以儒为业，但也是在"坐邀大位"之后才能够"言无畏忌"，将自己的理想付诸实践。在《妖不胜德论》中，田锡又云："明与权相济，妖与德相敌。苟明不照微，权不在己，虽有盛德，岂能胜妖乎……朱云知张禹之妖，不能逐，是明有余而权不足也……少正卯，一奸雄尔，孔子未为司寇，尚不能以德胜之。"② 这些都可以视为田锡积极谋取仕宦的最好解释。他认为，如果权力不在自己手上，不仅自己的思想和仁政得不到实施，还会让大权在握的小人有可乘之机。"周公嫉恶，有权有威，去恶之易，易于转规。伊尹惩过，位重言崇，惩过弗难，速于旋踵。若异于兹，咸无自贻。"③（《嫉恶箴》）作为平民出身的士人，田锡深刻地意识到人微言轻的道理，认为只有那些有权势的人才有话语权，也只有他们才能够有效对抗邪恶、惩戒过错。因此，他积极干禄，希望能成为像周公、伊尹那样大权在握的人，以此来完成自己惩恶扬善、重建儒家道统的人生目标。

田锡进士及第之前，曾向当朝宰相卢多逊行卷，并奉上自己所作之文以求延誉，在《上中书相公书》中，田锡描述自己的现况与心境时说道："当明天子在上，贤宰相当国，仁犹及于草木，信尚孚于豚鱼。安可负六尺之躯，怀丈夫之志，而终日屑屑，不能自奋。非知己之罪，实自贻之戚也。寒贱幽忧之苦，不足为相公言之；希求遭逢之幸，不敢于相公伸之。"④ 田锡所处之宋初社会，已是天下平定，政治环境异常宽松，最高统治者及其宰相都潜心治国，正是大量用人之际，这对以读书干禄的士人来说无疑是一个千载难逢的好时机。其时，田锡已经三十九岁，数年前在蜀地与他共同征战科场的很多士人当时都已为官，而此时的田锡还尚未步入仕途，生活的清苦，政治抱负未能施展，这些对于拥有满腔热血和才气的田锡来说无疑是巨大的打击。

宋初，士大夫少有关心民瘼之人，且因为统治者对人才的大量需求，故对士大夫的升迁并不依循常例，破格升迁之事时有发生。《燕翼诒谋录》所载："国初，擢用人才不问资序，有初补京官便除知州，或差通判，既不知仕途之艰苦，小官往往遭其慢视；又且未历民事，不谙民间疾苦。"⑤ 因此，许多士大夫

① 田锡．咸平集［M］．罗国威，校点．成都：巴蜀书社，2008：39.
② 田锡．咸平集［M］．罗国威，校点．成都：巴蜀书社，2008：89-90.
③ 田锡．咸平集［M］．罗国威，校点．成都：巴蜀书社，2008：117.
④ 田锡．咸平集［M］．罗国威，校点．成都：巴蜀书社，2008：38.
⑤ 王栐．燕翼诒谋录［M］．诚刚，点校．北京：中华书局，1981：55.

在毫无基层工作经验的情况下随意升迁，对政治民生知之甚少，更遑论民间疾苦。田锡却不在此例，虽然他同样以进士第二的高起点出仕为官，但他在步入仕途之后，却能够本着明道以经世致用的宗旨，积极将他的儒家政治理想付诸实践。儒家为政之道，向来"以顺民心为本，以厚民生为本"①。宋初三朝，在北宋统治阶级的努力下，民生虽然在一定程度上已经有所恢复，"税赋课利百倍于前"②，但很多百姓却因为税收制度的不合理而难以安身。田锡在《思归引》中详细地描述了百姓遭受重税后的情形：

> 河朔受诏书，移官向湖外。初问禁法茶，次问丁身税。税口征四百，茶利高十倍。老死及充军，县籍方消退。采摘不入官，公家定科罪。何以升平时，遗民犹未泰。何以在位者，兴利不除害。我愿罢秩归，天颜请转对。一言如沃心，恩波必霑霈。③

丁身税又称丁赋、丁钱，始于汉高祖，其时每人每年之赋钱为一百二，而宋初"税口征四百"；茶税自唐德宗时期开始征收，以后历代，有增无减，田锡诗中所云宋初"茶利高十倍"，可知当时朝廷的赋税之重。除此之外，朝廷的禁茶令更是让产茶地区的百姓难以维持生计，太平兴国二年（977）起，国家的禁茶令更加严格。《续资治通鉴长编》记载："凡出茶州县，民辄留及卖鬻计直千贯以上，黥面送阙下，妇人配为铁工。民间私茶减本犯人罪之半。榷务主吏盗官茶贩鬻，钱五百以下，徒三年；三贯以上，黥面送阙下。茶园户辄毁败其丛株者，计所出茶，论如法。"④宋初对民间私贩茶叶之人的处罚是相当严厉的。在这样的太平盛世，百姓却因为重税等制度而难以安身，这让身为父母官的田锡难以释怀。他直指在位者"兴利不除害"，他深知安民之术，"不过厚其生殖，省其徭役，薄其赋敛"⑤。因此，在相州（河朔）时，他向太宗献上自己的生民之策，"且如州县征科农桑税赋，年丰则未闻加纳，岁歉则许之缓停"⑥，希望朝廷能够根据年岁的丰歉而对农桑赋税给予灵活增减，减轻百姓负担。他出使秦、陇，归来后，连续向皇帝上疏数次，"言陕西数十州苦于灵、夏之役，生民重困"⑦，其状民生之艰难，言辞之恳切哀婉，连太宗阅后都不禁戚戚然。田锡

①　程颢，程颐. 二程集［M］. 王孝鱼，点校. 北京：中华书局，1981：531.
②　李焘. 续资治通鉴长编：卷四十六［M］. 北京：中华书局，1979：1004.
③　田锡. 咸平集［M］. 罗国威，校点. 成都：巴蜀书社，2008：197-198.
④　李焘. 续资治通鉴长编：卷十八［M］. 北京：中华书局，1979：398.
⑤　田锡. 咸平集［M］. 罗国威，校点. 成都：巴蜀书社，2008：97.
⑥　田锡. 咸平集［M］. 罗国威，校点. 成都：巴蜀书社，2008：15.
⑦　脱脱，等. 宋史：卷二百九十三［M］. 北京：中华书局，1985：9791.

不仅时刻关注普通百姓的生计，而且对那些身居高位之人极少注意到的下层官员，他也体现出无微不至的关心。他曾上书太宗，替宣配河朔的衙前军将请命："今河朔数州衙前军将，应宣命配来之者，多江南两浙之人，虽曾有敕文，许令自便；然各无去着，犹系职名。其间有不请衣粮，只望差使，设有得该请受，多是折支，时寒无衣，日馁无食，老小相聚，冻饿贫穷，羁旅无图，咨嗟愁苦。"①（《上太宗条奏事宜》）将士们背井离乡来到河朔却没起到任何实质作用，反而因为羁旅在外，生活困苦无依，家人跟着受累，衣食皆无着落，因此田锡希望朝廷能够为他们考虑，将其放归。

真宗即位之初，宋朝境内发生地震，田锡认为地震乃下动之象，因而"经宿思虑""达旦忧惧"②，连续几次向真宗上疏，并提出放赋税、减课利、免徭役等建议，期盼真宗能尽快与大臣们商议出平民困、安民生之策，防止境内因此而出现大的暴动。其后，河北一带发生饥荒，许多人被活活饿死。田锡又上书真宗，希望朝廷能迅速赈灾，拯救百姓于水火。在《上真宗乞赈给河北饥民》中，田锡不仅提出了赈灾的良策，还指斥官员的不作为导致救灾不及时。咸平年间，田锡曾多次上书真宗，言及点集强壮之农人为军兵之事，陈其利害："虽不刺面，各遣归农，其如终隶军名，向去须在戎伍……壮丁父母，逐家妻男，有哀恸之哭声，实感伤于和气。"③田锡指出，以壮农充军，让很多家庭失去主要劳动力，给老百姓的日常生活造成了很大的影响，从长远来看，不利于邦国的稳定。

他在《苦寒行》中极言百姓生活之苦状：

禄粟不忧饥，帑俸无乏绝。江海主恩深，素餐心激切。儿童温且饱，当风沂凛冽。朝索暖寒酒，暮须汤饼设。不知有饥寒，灯火夜暖热。越人轻活计，春税供膏血。及至风雪时，日给多空竭。樵苏与网捕，负薪冰路滑。口噤无言语，股慄衣疏葛。藜藿不充饥，冻饿多不活。惭惶襦袴恩，彷徨空殒越。④

寒冷的冬日，数日的大雪，官员们衣食无忧，不知饥寒，而百姓此时还要辛勤劳作，但依然无法糊口。两相对比，让田锡不免觉得羞愧难当，觉得自己辜负了皇帝的任命之恩，同时也辜负了百姓的期待。他身为朝廷官员，生活舒

① 田锡.咸平集［M］.罗国威，校点.成都：巴蜀书社，2008：17.
② 李焘.续资治通鉴长编：卷四十二［M］.北京：中华书局，1985：889.
③ 田锡.咸平集［M］.罗国威，校点.成都：巴蜀书社，2008：23.
④ 田锡.咸平集［M］.罗国威，校点.成都：巴蜀书社，2008：190-191.

适无忧，却能够以儒士之心自觉体察民间疾苦，实为难得。与那些食君之禄却不忠君为国的士大夫相比，田锡时刻关心民瘼，就连真宗也由衷地赞叹其"爱民之诚，颠沛无已"①，他努力以自己的微薄之力改善民生，其赤子之心可嘉，实无愧于儒家淑世之传统。

田锡一生，皆以国家社稷为念，即使是在自己将死之时，所上奏表仍只谈国事君忧："锡疾亟，进遗表。真宗宣御医驰救之，无及矣。俄召宰相对，袖出其表示之，且曰：'朕自临大宝，阅是表多矣，非祈泽宗族，则希恩子孙，未有如锡生死以国家为虑，而微戒于朕者。'兴叹久之，命优其赠典。"② 田锡之遗表，丝毫未向真宗提及自己的子孙宗族以期能恩泽后代，有的只是对国家的担忧和对君主的拳拳劝告。其正直为公的形象，不仅让宋真宗为之动容，也为北宋士大夫群体树立了良好的榜样。

二、与君王共天下意识之觉醒

古代封建王朝建立伊始，君臣关系就成为历代士大夫讨论的主要话题。士大夫与君王共有天下的思想，汉代已有之，汉高祖刘邦在《求贤诏》中云，"今吾以天之灵，贤士大夫定有天下，以为一家"③，这仅仅是最高统治者巩固政权的手段而已，对于帝王来说，能够真正做到与士大夫共有天下谈何容易。士人们对此当然也心知肚明，董仲舒在《阳尊阴卑》篇中云："《春秋》君不名恶，臣不名善；善皆归于君，恶皆归于臣。臣之义，比于地。故为人臣者，视地之事天也。"④ 他将君主视为至高无上的存在，意图树立君主的绝对权威，可谓把君尊臣卑的思想发挥到极致，战国时期士与国君之间的平等人格自此不复存在，士人的人格逐渐沦丧。当然，后世也有士大夫抱有"君为元首，臣作股肱，齐契同心，合而成体"⑤ 的君臣观，但这样的人毕竟只是少数，因此，难以成为社会的主流意识。宋代以前的士人读书勤学，无非是抱着"学成文武艺，货与帝王家"⑥ 的心态，他们将自己的才学视为货物一般，与国君交换功名利禄。在他们心目中，天下是君王一人之天下，君王与臣子，就好比雇主和被雇佣者，二者本来就是一种不平等的关系。即使是在政治开明的唐朝，士大夫依旧视天

---

① 司义祖．宋大诏令集［M］．北京：中华书局，2009：844.
② 朱熹．宋名臣言行录前集：卷九［M］．文渊阁四库全书本．
③ 班固．汉书：卷一［M］．北京：中华书局，1962：71.
④ 董仲舒．春秋繁露［M］．凌曙，注．北京：中华书局，1975：397.
⑤ 吴兢．贞观政要［M］．济南：齐鲁书社，2010：91.
⑥ 王学奇．元曲选校注：第二册：下卷［M］．石家庄：河北教育出版社，1994：1928.

下为帝王一人所有，"芟帝王之权，能杀人，能生人，能达人，能穷人，能贫人，能富人"①（牛僧孺《守在四夷论》），帝王在政治上拥有绝对的领导权和话语权。宋朝建立后，太祖开始有意识地拉拢士大夫与自己一起治理天下，太祖曾云，"设科取士，本欲得贤以共治天下"②（李幼武《陈亮言行录》），然宋太祖一朝，士大夫多以降臣身份进入宋廷，对朝廷、对国家并没有归属感，更没有所谓的主人翁意识。在君王面前，他们显露出来的也是儒家传统的君臣观和五代士大夫惯有的卑微，"虽系君臣之际，可论父子之间"③（窦仪《左右仆射东宫三师为表首议》），并在君臣相处时，往往为了顺应君王而有意抬高君王的地位。

当然，与太祖一同打江山的赵普是个例外，他曾向太祖指出，"且刑赏天下之刑赏，非陛下之刑赏"④，明确指出天下非皇帝一人所有，君主不再是高高在上，任意妄为的，但对士权却没有任何提及。此时在士大夫群体中，他们也有少数人对君臣关系有着独特的看法。徐铉在《君臣论》中称："然则士之失君，所丧者富贵耳，庄、老吏隐，于陵躬耕，商皓采芝，君平卖卜，未失其所以为士也。君之失士，或丧既安之业，或败垂成之功。纣蹈于京，厉流于彘，鲁哀奔吴，项羽屠裂，则失其所以为君也。"⑤ 在徐铉看来，士人不再是君王的附属品，离开君王，他们照样能够存活下来。士人对于帝王而言，却是国家安定的保障，君王若离开了士人的辅佐，则有可能失去天下。不仅如此，徐铉眼中的臣子，是拥有独立政治人格的个体，士大夫的职责，是教君王之不知，匡君王之不逮，而"非徒承其使令，供其喜怒"⑥（《师臣论》）。作为朝廷重臣的张齐贤，他亦云，"君为元首，臣为股肱，上下一体"⑦，唯有上下同心，方能处理好政事，治理好国家。由此可见，宋初已有极少数士人对自己在朝廷中的地位有清醒的认识，他们认为，自己对君主和国家的付出远大于他们在君王身上所得到的。从宋初士大夫关于君臣关系的讨论中可以看出，宋之士大夫的自信与自觉精神已经开始有所觉醒。

---

① 董诰，等. 全唐文：卷六八二［M］. 北京：中华书局，1983：6971.
② 陈亮. 陈亮集［M］. 邓广铭，点校. 石家庄：河北教育出版社，2003：420.
③ 曾枣庄，刘琳. 全宋文：第二册［M］. 上海：上海辞书出版社，2006：80.
④ 脱脱，等. 宋史：卷二百五十六［M］. 北京：中华书局，1985：8940.
⑤ 曾枣庄，刘琳. 全宋文：第二册［M］. 上海：上海辞书出版社，2006：209.
⑥ 曾枣庄，刘琳. 全宋文：第二册［M］. 上海：上海辞书出版社，2006：212.
⑦ 李焘. 续资治通鉴长编：卷四十三［M］. 北京：中华书局，1979：918.

不可否认的是，在太祖、太宗时期君强臣弱的政治局面影响下，朝中仍有极少数士大夫秉持着传统的君尊臣卑的观念。柳开在《上皇帝陈情书》中云："君之视臣，犹父之视子也；则臣之事君，犹子之事父也。"① 柳开致力于恢复古道，为了达到这一目的，他甚至显现出一些矫枉过正的迹象。他提倡的仍是中国最传统的、"三纲五常"中的君臣观，他所宣称的臣子对皇帝不止于尽忠，而是应尽"忠孝之心"。太祖至太宗，再到真宗，士大夫的主政意识开始发生不可逆转的大趋势。

此时的田锡更是以先进之姿态，表现出明显的士人参政主体意识。他认为，一国之政，"一人不可以独理，必以众贤而赞之"②。尧、舜因后稷、伯夷、皋陶等贤臣而成其功，创造出历代向往的清明社会，而有宋君主若想建立太平盛世，同样离不开贤臣的辅助。不仅如此，他还对君臣之间的关系进行了详尽的阐释。田锡承认，在中央集权制的时代，君主的态度在君臣关系中起着至关重要的作用："一旦君臣中，夺宗物论喧。片词为密勿，四皓如飞翻。进退存亡间，以智为身藩。"③（《拟古》第十五）"乃知君臣际，反以交朋推。道德难结固，恩情有合离。毁誉苟不入，谗间无以施。"④（《投杼词》）谗言的危害极大，君臣之间的关系是非常脆弱的，一旦君主听信谗言，就很有可能疏远臣下。因此，国君保持公正无私，不偏听偏信是很重要的。他同样认为，只有君臣一体、上下一心，彼此互相信任，才能天下大治。但同时，田锡在君臣关系中臣子的主体性问题上，不仅较之柳开等人的君臣观有了巨大改变，与徐铉的观念相比亦更进了一步。田锡常将君臣关系比作鱼和水："信君臣之共济，若鱼水之相于。"⑤（《五声听政赋》）在《诸葛卧龙赋》中，田锡亦称："亮之遇先主也，若龙之得水；备之得先生也，若云之从龙。"⑥ 田锡认为，君主和臣子之间，是彼此需要、互相成就而并没有主次之分的。他以龙喻诸葛亮，以水喻刘备，可见在某种程度上，他甚至认为贤臣的重要性要高于君主。从田锡的言论中不难看出，他所代表的少数士大夫已开始拥有独立的政治人格，其所追求的也是与君王平等的关系，二者同为治理国家努力。田锡的这种主人翁意识，显示出宋代士大夫群体独有的自信，也为北宋士大夫树立"共天下"的自我体认

---

① 曾枣庄，刘琳．全宋文：第六册［M］．上海：上海辞书出版社，2006：264．
② 田锡．咸平集［M］．罗国威，校点．成都：巴蜀书社，2008：87．
③ 田锡．咸平集［M］．罗国威，校点．成都：巴蜀书社，2008：170．
④ 田锡．咸平集［M］．罗国威，校点．成都：巴蜀书社，2008：167．
⑤ 田锡．咸平集［M］．罗国威，校点．成都：巴蜀书社，2008：77．
⑥ 田锡．咸平集［M］．罗国威，校点．成都：巴蜀书社，2008：55．

埋下伏笔。

　　田锡身上所体现的这种治国平天下的淑世精神和积极参与政治的"自觉精神"，在当时还只是个别士大夫的自我意识，并未能形成一股时代精神。这种星星之火的出现，催生了北宋中期士大夫群体参政主体意识的燎原之势。当然，所谓"自任以天下之重的精神不是说人人要争做政治家，人人要具备'治平'之术以参与实际的政治运作，它只是一种精神境界"①，无论是得君行道的朝廷重臣，还是普通的士大夫阶层，皆有"以天下为己任"的责任感。士大夫开始主动参与政治活动，并有与国君同为参政主体的自信。及至范仲淹，他正式发出"先天下之忧而忧，后天下之乐而乐"的宣言，士风因此开始轰轰烈烈的变革。张载的"为天地立心，为生民立命，为往圣继绝学，为万世开太平"②，更是凸显了士大夫经世的热情。熙宁四年（1071），文彦博在与神宗、王安石谈论变法问题时，言辞激烈地指出皇帝是"与士大夫治天下，非与百姓治天下"③，而神宗也并未以此为非。可见，那时"以天下为己任"已成为宋朝士大夫的集体意识，并逐渐受到了最高统治者的肯定。南宋时期，士大夫刘黻曾上疏最高统治者，其云："故政事由中书则治，不由中书则乱，天下事当与天下共之，非人主所可得私也。"④ 明确表示天下并不是皇帝的私有财产，其"共天下"的意识较"共治天下"又有了很大的进步，它强调的是当时的士大夫已不满足于只是单纯的治理天下，而是要做天下的拥有者之一，反映出士大夫群体强烈的主人翁意识。

　　田锡此等士大夫，为北宋王朝士大夫群体建立起来的良好政治氛围，使得宋代士大夫的国家主人翁意识和政治使命感，达到了以往和以后任何一个朝代的士大夫群体都难以企及的高度。也正是这种强烈的自信心和主人翁意识，让北宋王朝逐渐拥有了无法比拟的凝聚力与向心力，吕中在《宋大事记讲义序》中云，"虽中更新法之毒乱，兵革之凭陵，权奸之剥丧，贪酷之夺攘，敢于怨吏而不忍雠吾君，敢于吁天而不忍叛吾国"⑤，大宋国祚在受奸臣侵蚀、内忧外患的情形下依然能够绵延数年而不倒。南宋时期，朝廷势弱，国力不振，列强环伺，北宋传统的士大夫精神不仅未受到冲击反而还得到巨大的发展。士权逐渐发展壮大，在很大程度上制约皇权，校正皇权的一些错误，不可否认，他们也

① 孙明君．自任以天下之重 [J]．孔子研究，2000（6）：122．

② 张载．张子语录 [M]．文渊阁四库全书本．

③ 李焘．续资治通鉴长编：卷二百二十一 [M]．北京：中华书局，1979：5370．

④ 脱脱，等．宋史：卷四百五 [M]．北京：中华书局，1985：12248．

⑤ 吕中．宋大事记讲义 [M]．文渊阁四库全书本．

会为了维护士大夫集团自身的利益而做出一些不恰当的决策。元朝儒士揭傒斯将宋代这样的政治局面称为"主弱臣强",从侧面印证了宋朝士权对皇权的制约。当然,这样的君臣关系是否有利于封建王朝的统治姑且不论,但宋代的士大夫政治文化的确是中国封建王朝中独一无二的。

第五章

文学的复古与革新——田锡的散文创作及理论

在宋代文人政治的背景下，北宋士大夫，往往是集文人和政客于一身的，宋初很多士大夫，既是参政主体，又是文学主体。在宋初士大夫群体中，田锡不仅是有名的政治家，还是出色的文学家。太宗曾不止一次地夸赞田锡的文学修养，称他"素有文行"①，《四库全书总目提要》评价田锡时云："诗文乃其余事，然亦具有典型，其气体光明磊落如其为人，固终非渀涩者所得仿佛焉。"②后辈杨亿亦称田锡"构赋十年，占梁园之右席"③（杨亿《上田谏议书》）。田锡虽不致力于文学，但其在宋初文坛中仍占有很高的地位。田锡在入仕前，曾自言"生平所著文约百轴"④，若加上他入仕后所作的文章，其数量之多，可想而知。现存虽仅有《咸平集》三十卷，然在数量上已超过与他同时期的许多文士。田锡对自己的文学功底十分自信，他曾言："天既付我以文，遂搦怀而命笔"⑤，自认天付之才，只有随心而作，才不辜负自己的才华。

古人对散文的定义较广，所包含的种类繁多，几乎涵盖了除诗歌以外的文学体裁。清代姚鼐在《古文辞类纂·序》中将散文分为"论辨类、序跋类、奏议类、书说类、赠序类、诏令类、传状类、碑志类、杂记类、箴铭类、颂赞类、辞赋类、哀祭类"⑥ 十三类，可谓详尽。作为宋初古文的推动者之一，田锡在散文创作上所花的精力，远超于诗歌。田锡现存的散文，数量与种类众多，如奏议、政论、辞赋、制诰、奏状、序、书、箴、铭、表等，不一而足，在同时代的文人当中，田锡散文的文体种类可以说是十分丰富的，也最能体现他的政治思想和文学观念。

---

① 江少虞. 宋朝事实类苑［M］. 上海：上海古籍出版社，1981：203.
② 永瑢，等. 四库全书总目［M］. 北京：中华书局，1965：1306.
③ 曾枣庄，刘琳. 全宋文：第十四册［M］. 上海：上海辞书出版社，2006：356.
④ 田锡. 咸平集［M］. 罗国威，校点. 成都：巴蜀书社，2008：38.
⑤ 田锡. 咸平集［M］. 罗国威，校点. 成都：巴蜀书社，2008：70.
⑥ 姚鼐. 古文辞类纂［M］. 宋晶如，章荣，注释. 北京：中国书店，1986.

第一节　"经世"之文论观

"经世致用"是我国古代传统文论中的重要思想，也是儒家文艺观的主要特点之一。"经世致用"的观点虽是明清之际的学者提出，但早在东汉时期，针对当时谶纬之学大行于道的社会现状，王充就已经明确提出尚用的文论观，他在《论衡·自纪》中云："为世用者，百篇无害；不为用者，一章无补。"① 王充以前无古人的魄力，指出文章应该且必须有益于世。其后，曹丕为了巩固曹魏之统治，将文章的功用与国家治理相提并论，其云："盖文章经国之大业，不朽之盛事。"② 至唐代，白居易提出"文章合为时而著"，认为文学作品应该体现出对时事的关注，表达出文人应有的社会责任感和使命感。即使是身处五代乱世，田锡成长的蜀地之文士，也一向以"好古文"著称。"蜀中士子旧好古文，不事举业"③，苏轼亦称："天圣以前，学者犹袭五代之弊，独吾州之士，通经学古，以西汉文词为宗师。"④（苏轼《眉州远景楼记》）可见，重视文章经世致用功能乃蜀士之传统。

田锡所处的太宗、真宗两朝，虽然整体局势是比较安定的，但盛世之下，仍存在着不少社会问题。边疆隐患在此时已经开始初现端倪，而对此不以为然的士大夫不在少数，统治者的对边决策又总是不得要领；士人汲汲于功名富贵，内心浮躁，名不副实，所作之文不仅毫无筋骨，而且缺乏对时事的关怀……对时局的关心和对士风、文风的不满，都是田锡"致用"的文学观形成的外部条件。这些社会问题，促使田锡希冀文章可以体现出它的社会功用，充分发挥"致用"的功能，他主张文章应关注社会现实，文学须有益于国事，作文的最终目的是治国。作为儒家思想的坚决拥护者，强烈的经世思想在文学上亦有体现。因此，田锡对散文在儒道重建和治理国家中所发挥的作用寄予了厚望。

一、"文""道"之关系

田锡关于"文""道"关系的看法可以看作是"经世致用"在他的文学观中的具体表现。"文"与"道"二者之间的互动，在中唐时期就已成为文士的

---

① 王充. 论衡［M］. 上海：上海人民出版社，1974：453.
② 魏宏灿. 曹丕集校注［M］. 合肥：安徽大学出版社，2009：313.
③ 江少虞. 宋朝事实类苑［M］. 上海：上海古籍出版社，1981：749.
④ 曾枣庄，刘琳. 全宋文：第九十册［M］. 上海：上海辞书出版社，2006：389.

重要议题。美国学者包弼德（Peter K. Bol）在《斯文——唐宋思想的转型》一书中指出，"古文运动是一场思想运动，它将文学的转变视作是对公共价值观转变至关重要"①，韩愈、柳宗元所倡导的古文运动，主要目的在于通过对文学的改变来推动儒家传统价值观的重建，其核心，是围绕"文""道"关系展开的。出于恢复儒道的需要，他们提出"文者以明道"②（柳宗元《答韦中立论师道书》），"道"明显处于主导地位，而"文"则处于依附地位。至晚唐五季，道统逐渐衰落，"文""道"开始分离，"'文'之个性得以显现，虽然其价值观呈多元化倾向，但'文'的体性在充分展示之际，文学思想也趋于成熟"③，士人由此开始关注到"文统"的独立性。宋初三朝，尤其是田锡所仕的太宗、真宗时期，为了与重塑儒家道统相呼应，统治者则必须重塑文统正宗，而要重塑文统正宗，必须以道统为旨归。因而，宋初文人所推崇的"文""道"之关系，基本是对韩愈思想的承继。然而，宋初士人群体所面临的社会文化困境，有甚于韩愈、柳宗元之时，故此时的"文"与"道"几乎是对立的。田锡关于"文""道"关系的理论，在宋初文坛大环境下，颇具典型和个人特色。

首先，田锡指出，"道"是"文"的基础，他在《贻陈季和书》中云："夫人之有文，经纬大道，得其道则持政于教化，失其道则忘返于靡漫。孟轲荀卿，得大道者也，其文雅正，其理渊奥。厥后扬雄秉笔，乃撰《法言》；马卿同时，徒有丽藻……抑末扶本，跻人于大道可知也。"④ 在信中，田锡认为，创作文章的目的是"经纬大道"的，故而雅正之文必须是以"得其道"为前提，否则文章便会失于浮靡，这也是晚唐五代以来卑弱之文风的由来。承认"道"是"文"的前提，以及文章的教化功能，是田锡"致用"文论思想的基础和前提。

值得注意的是，田锡在坚持以"道"为根基的同时，也一直秉持着"文道并重"的观点，其言"君子以道为心，以信为体，文彩为貌"⑤，以"文"为外在表现形式，以"道"为内在核心，二者互为表里，并无轻重之分。进而，田锡又率先提出将"文""道"分离，承认"文"的相对独立性，他曾说："文以意为主，主明则气胜，气胜则锵洋精彩从之而生。"⑥ 他提出作文的精髓在于

---

① 包弼德. 斯文：唐宋思想的转型 [M]. 刘宁，译. 南京：江苏人民出版社，2001：29.

② 柳宗元. 柳宗元集 [M]. 易新鼎，点校. 北京：中国书店，2000：457.

③ 罗立刚. 史统、文统、道统：论唐宋时期文学观的转变 [M]. 北京：东方出版中心，2005：211.

④ 田锡. 咸平集 [M]. 罗国威，校点. 成都：巴蜀书社，2008：32-33.

⑤ 田锡. 咸平集 [M]. 罗国威，校点. 成都：巴蜀书社，2008：43.

⑥ 徐师曾. 文体明辨序说 [M]. 罗根泽，校点. 北京：人民文学出版社，1998：92.

"意"，"文"之精彩与否与"道"无关，"意"胜则"文"胜。田锡在宋初儒学复兴的时代背景下，将"文"脱离道统而单独论之，赋予文章独立的审美情趣，主张文章在实用之外更应兼具美感，在宋代文论史上可谓第一人。他的这一思想，与后来二程的"作文害道"之说相比，更加客观、公正，也为朱熹的"文道合一"打下基础。

二、执政与教化

田锡作文的出发点和归宿，皆是有利于国家，有助于教化的。田锡的文章时时不忘国家和民生。田锡所作的许多文章，都体现了他对社会的具体关照，在田锡的文章创作当中，我们可以看到他作为文士所承担起来的社会责任。田锡对韩愈、柳宗元之文推崇备至，正是因为他们的文章"持政于教化"："韩退之、柳子厚、萌一意、措一词，苟非关颂时政，则必激扬教义。"① 田锡毕生奋斗的目标，和杜甫的人生理想是一致的，即"致君尧舜上，再使风俗淳"②（杜甫《奉赠韦左丞丈二十二韵》）。他的政治理想，体现在经世之文章创作中，同样可以从这两个方面进行讨论。

一方面，对于普通百姓，田锡希冀以文章为载体，教化于民。在他的散文当中，我们总是能看到他借文阐释和发扬儒道的地方。可以说，对儒家传统伦理道德观的重塑贯穿了他所有类型的文章当中。他在与胡旦的信中云，"德苟修而众善必为己邻。名载德而行"③，强调提高自身道德修养是取得名利的前提。在给杜舍人的干谒文中，田锡指出："图名不以道，虽使名动朝右，不取也。得位不以道，虽贵为王公，不取也。"④ 这些言论，很明显是针对当时奔竞的士风所提出来的。对儒家的尊卑观念，田锡也有清醒的认识："锡尝研几于圣人之用心也，设尊卑等差之位，以车服衮冕各有降杀，俾人各安其分。"⑤ （《晁错论》）大到伦理纲常，小到修身养性，田锡淳化风俗的愿望在他的文章当中体现得淋漓尽致。

另一方面，对于执政者，田锡则希望依靠文章给予他们启迪和反思。身为执政群体中的一员，田锡对统治阶层存在的问题和困境自然更加了解，故而他在文章中所提出的观点、给出的建议就更加中肯和切合现实。他在《斑竹帘赋》

---

① 田锡.咸平集［M］.罗国威，校点.成都：巴蜀书社，2008：32-33.
② 彭定求，等.全唐诗［M］.中华书局编辑部，点校.北京：中华书局，1999：2252.
③ 田锡.咸平集［M］.罗国威，校点.成都：巴蜀书社，2008：42.
④ 田锡.咸平集［M］.罗国威，校点.成都：巴蜀书社，2008：35.
⑤ 田锡.咸平集［M］.罗国威，校点.成都：巴蜀书社，2008：102.

中云："帘者廉也，感人思重华之德，援毫颂南风之熏。"① 若单从题目来看，不过是就斑竹帘而作的普通的咏物赋，田锡却赋予了它不一样的内涵。他由斑竹帘想到廉政之"廉"，继而想到虞舜。尧舜时期，为古代士人心目中政治最为清明之时，田锡借此来表达对廉政的向往和追求，可说是自勉，亦可看作是对整个统治阶层的期冀。又如在政论《知人安民孰难论》一文中，他站在执政者的角度，就"知人"和"安民"二者进行详细的分析，并且就稳定民生给出了自己的建议。他强调，所谓安民之术，"不过厚其生殖，省其徭役，薄其赋敛，而制度生于其间"②，建议看似传统且无新意，却是针对当时的统治现状提出来的。其时，虽为太平盛世，百姓的赋税和徭役却并没有因此有太大的缓解。田锡不仅在此文中强调轻赋税和徭役的重要性，还曾两度在上真宗的奏疏中，极力反对诏集近京诸州丁壮以选隶军。

田锡所作之文，以经世致用思想入文的例子，不可胜数。当然，若单以文学的审美角度来看，田锡的这些文章与他的那些纯文学作品相比，不免有一些说教的意味，从而使文章的艺术价值有所减弱。但若置身于当时的社会环境，则不得不承认，田锡的这些具有经世意味的文章就显得尤其珍贵，且极具前瞻意识。

田锡对文章致用功能的提倡和身体力行，显示了宋初文士应有的担当。然而受当时社会的拘囿，且加上个人力量的有限，田锡的作用是具体而微的。文坛巨匠欧阳修，以经世的原则治史，并且提倡作文须实用，反对空谈。王安石更是将经世致用视为其变法的核心内容，他明确提出作文的目的在于"礼教治政"，"所谓文者，务为有补于世而已矣"③（王安石《上人书》）。经世致用的作文观开始在北宋形成一股思潮，为革除文弊，形成宋代特有的文学起到了重要作用。田锡"文道并重"的观点，在肯定文章经世的同时，承认文章的独立审美趣味，避免走上重质轻文、矫枉过正的道路，在宋初的文风变革上体现出公正的态度，是十分难得的。

第二节　文法自然：儒道合流的前奏

田锡是儒学的拥趸，这是毋庸置疑的。他的人生信条和政治理念，无不受

---

① 田锡．咸平集［M］．罗国威，校点．成都：巴蜀书社，2008：71.
② 田锡．咸平集［M］．罗国威，校点．成都：巴蜀书社，2008：97.
③ 曾枣庄，刘琳．全宋文：第六十四册［M］．上海：上海辞书出版社，2006：167.

儒家思想的影响和浸润，但他的文论则融汇了儒、道两家的思想，体现了兼容并包的学术理念。道家思想在田锡文论中最重要的体现就是他关于"自然"的文学创作理论。"自然"是道家思想的重要命题之一。《老子》有云："功成事遂，百姓皆谓我自然。"① 庄子亦云："夫至乐者，先应之以人事，顺之以天理，行之以五德，应之以自然。"②（《庄子·天运》）"莫之为而常自然"③（《庄子·缮性》）。老子和庄子所谓的"自然"，指的是自然本真、顺应事物规律，不施加任何人力造作的因素，庄子甚至将"自然"视为世间万物美的最高标准。当然，老子和庄子思想中的"自然"虽与后世文论中的"自然"存在着很多共通之处，但在此时并不具有任何文学意义上的指向。至南北朝，文论家开始在文学理论中引入有关"自然"的命题，南朝梁文论大家刘勰在其文论专著《文心雕龙》中就数次提到"自然"一词，如"势者，乘利而为制也，如机发矢直，涧曲湍回，自然之趣也"④ "人禀七情，应物斯感，感物吟志，莫非自然"⑤ "傍及万品，动植皆文，龙凤以藻绘呈瑞，虎豹以炳蔚凝姿；云霞雕色，有逾画工之妙；草木贲华，无待锦匠之奇。夫岂外饰，盖自然耳"⑥ 等。刘勰所谓的"自然"，既包含了客观世界存在的非人力创造的自然之美，又包括人性所散发出来的、自然流露的真情实感，还包括了在进行文学创作时不事雕琢的语言表达，在刘勰心目中，只有自然才是作文的最高境界。梁简文帝萧纲在评价谢灵运的诗歌时亦引入"自然"一词，其称"谢客吐言天拔，出于自然，时有不拘，是其糟粕"⑦，对谢诗的用语"自然"表示赞赏，同时，他又认为谢诗过于表现真性情而一发不可收，往往在篇幅上不能节制，易放难收，难免有冗长之嫌。由此可见，那时，"自然"在文士心中就已经成为一种普遍的、理想的文学审美意识形态。至唐代，文学家亦承袭了南北朝批评家的观念，主张文学创作应出于自然之性情，创作过程也必须自然而不造作。其后，韩愈引领的古文运动，确立了构建"文统"之意识，"自然"与道统便有了密不可分的关系，

---

① 老子. 老子 [M]. 河上公，王弼，注. 严遵，指归，刘思禾，校点. 上海：上海古籍出版社，2013：37.
② 成玄英. 庄子注疏 [M]. 郭象，注. 曹础基，黄兰发，点校. 北京：中华书局，2011：272.
③ 成玄英. 庄子注疏 [M]. 郭象，注. 曹础基，黄兰发，点校. 北京：中华书局，2011：299.
④ 刘勰. 文心雕龙译注 [M]. 王运熙，周锋，译注. 上海：上海古籍出版社，2016：307.
⑤ 刘勰. 文心雕龙译注 [M]. 王运熙，周锋，译注. 上海：上海古籍出版社，2016：45.
⑥ 刘勰. 文心雕龙译注 [M]. 王运熙，周锋，译注. 上海：上海古籍出版社，2016：2.
⑦ 穆克宏. 魏晋南北朝文论全编 [M]. 上海：上海远东出版社，2012：472.

"自然"也被赋予了"道"的内涵。司空图所著诗歌专论《二十四诗品》，就将"自然"作为诗歌的风格之一单独列为一品，他指出，诗歌若想要达到自然的境界，必须"俱道适往"①，与"道"相偕。

蜀地作为道教的发源地，道家思想或多或少会给当地的历代文人学者造成一定影响。伟大的诗人李白就是受道教浸润之典型，道家思想不仅影响了他的人生选择，还对他的文学创作和文论观都产生了极大的影响。李白主张"自然"的文学创作观与审美观，将"自然"视为自己的创作宗旨和文学审美追求，如他在诗中所提到的"清水出芙蓉，天然去雕饰"②（《经乱离后天恩流夜郎忆旧游书怀赠江夏韦太守良宰》）"圣代复元古，垂衣贵清真"③（《古风》）等。他的诗歌创作，亦践行了这种追求，不加任何多余的修饰，随性自然，因而造就不少传世名篇。

到了宋朝，西蜀依旧是道教的大本营，巴蜀地区很多文士都秉持着"阳儒阴道"的思想。田锡生于洪雅，长于西蜀，前后蜀主皆尚道教。道家思想必然会对田锡产生一定的影响，田锡在《睦州夫子庙记》中云，"乃知取法于延陵季子，问礼于柱史老聃"④，这种影响，主要反映在田锡的文学创作和理论上。我们仔细研究田锡的文学作品，不难发现其中有道教及道家思想的影子，如在《樽前吟呈宋白小著》中有"懒询天道似张弓"⑤，即源于《道德经》"天之道，其犹张弓与"之句。《寄宋白拾遗》有"思佩朝天箓，相将升太清"⑥，其中的"天箓"为道教用语，谓天帝所授之官爵。在《与胡旦书》末尾，田锡畅想与胡旦、何士宗驰骋科场时云："况吾子负倜傥之气，怀磊落之才，将来振海内之名，鼓天下之动，广视阔步于场屋，飞声走响于公卿，高掇荣名，若坐会稽，临沧海，投犗十二而钓取巨鳖也，孰不伟之。"⑦ 用语夸张，想象丰富，一倾而下，势不可挡，其充分展示了自己高度的自信。其中所用比喻，源于《庄子·外物》中任公子钓鱼之片段："任公子为大钩巨缁，五十犗以为饵，蹲乎会稽，投竿东海，旦旦而钓，期年不得鱼。"⑧ 其与庄子的浪漫夸张可谓一脉相承。

道家思想反映在田锡文学思想上，则主要体现在他"文法自然"的文论上。

---

① 杜黎均. 二十四诗品译注评析［M］. 北京：北京出版社，1988：109.
② 彭定求，等. 全唐诗［M］. 中华书局编辑部，点校. 北京：中华书局，1999：1755.
③ 彭定求，等. 全唐诗［M］. 中华书局编辑部，点校. 北京：中华书局，1999：1674.
④ 曾枣庄，刘琳. 全宋文：第五册［M］. 上海：上海辞书出版社，2006：283.
⑤ 田锡. 咸平集［M］. 罗国威，校点. 成都：巴蜀书社，2008：135.
⑥ 田锡. 咸平集［M］. 罗国威，校点. 成都：巴蜀书社，2008：166.
⑦ 田锡. 咸平集［M］. 罗国威，校点. 成都：巴蜀书社，2008：43.
⑧ 郭庆藩. 庄子集释［M］. 北京：中华书局，1954：399.

田锡关于"自然"的论述，是以前人的理论为基础，在儒、道思想的交互影响下生发的。田锡与友人宋白论文时云："禀于天而工拙者，性也；感于物而驰骛者，情也。研《系辞》之大旨，极《中庸》之微言，道者，任运用而自然者也。若使援毫之际，属思之时，以情合于性，以性合于道。如天地生于道也，万物生于天地也。随其运用而得性，任其方圆而寓理"①（《贻宋小著书》），其中"自然"所指的，是一种在文学创作时的灵感际遇。"性"与"情"，是人最自然、本真的心理反应和情感表达。田锡从儒家经典作品中研究得出结论：要做到"为文自然"，不仅要合乎人之性情，还要顺应自然规律，更重要的是与"道"相合。其所谓"道"，即儒道精神。可见，田锡所谓"自然"，是以儒学正统为基础的。田锡主张在文学创作中必须坚持儒道正统，才能够随性而为且不偏离正轨。

正如本章第一节所论，田锡对"道"的重视并不表示他将"道"视为文学创作的唯一指向。作为一个文学家，田锡在创作中有着切身的体会，他描述自己的创作体验，亦是随心所至，顺乎自然，"为文、为诗、为铭、为颂、为箴、为赞、为赋、为歌，氤氲吻合，心与言会，任其或类于韩，或肖于柳，或依稀于元白，或仿佛于李杜，或浅缓促数，或飞动抑扬。但卷舒一意于洪濛，出入众贤之阃阈，随其所归矣。使物象不能桎梏于我性，文彩不能拘限于天真，然后绝笔而观，澄神以思"②（《贻宋小著书》），田锡并不反对效仿前人，但他提出模仿应自然随性，而不是生硬地照搬。由上还可以看出，田锡关于"自然"的文学思想秉承了南北朝以来文士之精神，且与唐朝文人所谓的"自然"不同，田锡虽然承认"道"在为文自然中的主旨作用，但他却更加关注创作过程中超脱于性情之外的自然随性和语言的随文多变。

田锡"文法自然"的文论观，既体现了传统儒士恢复道统的热忱，又显示了道家思想的自然圆通。其"文法自然"的观点，对文章创作有着指导性的意义。以"道"为旨归，则文章便有了筋骨和气节，不至于流俗；以"自然"为尚，则文章就有了声气，避免陷入绮丽浮夸、刻意为文的时弊之中。这在当时的宋初文坛，可谓开风气之言论，然而可惜的是在当时并没有产生多大的反响，到了北宋中期，经由文坛巨匠欧阳修及苏轼的身体力行，"文法自然"的文论观终于在宋代文学中得以发扬光大。

---

① 田锡. 咸平集 [M]. 罗国威，校点. 成都：巴蜀书社，2008：33.
② 田锡. 咸平集 [M]. 罗国威，校点. 成都：巴蜀书社，2008：34.

第三节　田锡与宋初古文家

如上所述，基于宋初文风不振的文坛现状，田锡以个人的力量积极致力于文风的变革，大力提倡古文写作，追求平淡自然的文风以及文章经世致用的功能。与田锡同时代，心怀改革文风意识的宋廷文士，并不只田锡一人。他们虽怀着同样的目的，他们的观念和创作，有相似之处，但也有不同的地方。在相互比较当中，我们更能看出同为古文家的田锡与众不同之处。

一、柳开

《宋史》记载，"自唐末历五代，文体卑弱。至宋初，柳开始为古文"①。宋人吴曾亦云："本朝承五季之陋，文尚丽偶，自柳开始变其风。"② 柳开（947—1000），字仲涂。他出生晚田锡七年，但在太祖开宝六年（973）已中进士，入仕时间早田锡五年，因此，可以说柳开和田锡二人几乎同时注意到了当时文坛所存在的问题，并致力于宋初文风的变革。基于其时的骈俪文风，柳开举古文之旗帜，他在《答臧丙第二书》中云，"文取于古，则实而有华；文取于今，则华而无实。实有其华，则曰经纬人之文也，政在其中矣；华而无实，则非经纬人之文也，政亡其中，则理世不足以观之也"③，主张文章与儒道和政统高度统一。柳开倾慕古道，"力学十余地年，非古圣贤之所为用心者不敢安"④（柳开《赠麴植弹琴序》），其前期一直以韩愈的传承者自居，柳开学韩愈，不仅学习韩愈的为文之道，还继承了韩愈恢复儒家正统的思想，他不无自负地说道："吾之道，孔子、孟轲、扬雄、韩愈之道；吾之文，孔子、孟轲、扬雄、韩愈之文也。"⑤（柳开《应责》）田锡和柳开，虽同为北宋古文运动的先驱，但在复古的主张与实践上却有所不同。

首先，柳开与田锡一样，承袭了韩愈柳宗元之"文""道"关系的讨论，然而，柳开关于"文""道"孰轻孰重的看法却与田锡大相径庭。罗立刚言："赵宋立国之后，'道统'论再次成为共同关注的对象时，宋儒的着眼点已不再

---

① 脱脱，等．宋史：卷二百九十五［M］．北京：中华书局，1985：9838.
② 吴曾．能改斋漫录［M］．北京：中华书局，1985：245.
③ 曾枣庄，刘琳．全宋文：第六册［M］．上海：上海辞书出版社，2006：296.
④ 曾枣庄，刘琳．全宋文：第六册［M］．上海：上海辞书出版社，2006：348.
⑤ 曾枣庄，刘琳．全宋文：第六册［M］．上海：上海辞书出版社，2006：367.

是韩愈式的存异求同、二者兼取，而是更多地注意到二者之间的差别。"① 对于宋初古文家来说，更是如此。柳开就明确提出重道轻文的作文倾向："文章为道之筌也，筌可妄作乎?"②（柳开《上王学士第三书》）他完全站在道家的立场，提出文章只不过是传道的工具，因而文统必须为道统服务。

其次，在"理""辞"之辨上，二人亦有明显的区别。为了矫正文坛浮华文风的盛行，柳开和田锡都做出了相应的努力。宋初也有好为古文者，如与柳开并称的范杲、高锡、梁周翰，以及郭昱等人，他们的文章多"深僻难晓""狭中诡僻"，让人难以理解。针对这种现象，柳开提出："古文者，非在辞涩言苦，使人难读诵之，在于古其理，高其意，随言短长，应变作制，同古人之行事，是谓古文也。"③（柳开《应责》）其中，明确界定了古文的标准，柳开所推崇的古文，并不在于言辞的深僻难晓，"理"和"意"才是最重要的判断依据。为了突出"理"之高古、"意"之深远，"辞"必须平实自然。不仅如此，柳开甚至提出："文恶辞之华于理，不恶理之华于辞也。"④（柳开《上王学士第三书》）对辞采华丽的文章持一概否定的态度，认为它们毫无可取之处。柳开这种偏激的观点影响了宋初很多复古之士，如石介就直接点名批评杨亿，认为杨亿所作之文"淫巧侈丽、浮华纂组"⑤（石介《怪说》），严重破坏了儒家之道的流传。其语言偏激，对辞藻华丽之文的深恶痛绝与柳开可谓一脉相承。石介门人何群，更是认为"辞赋害道"，甚至上书请罢以赋取士。

在文学创作上，田锡提倡自然平易的语言风格，这在上一节已经有详细的论述。然而，这并不表示田锡对文学的审美趣味就仅限于一种体式，他对华美之文的态度较柳开要温和、客观得多。

在提到友人梁周翰所作文章之时，他称赞其"如杜牧《阿房宫赋》、李华《吊古战场文》、李翱《高愍女碑》、高迈《长明灯颂》，如观灵凤一毛，则五彩九苞从而可知矣"⑥（《贻梁补阙周翰书》），其中所列举的例子，皆是言辞华丽之文，可见田锡本身对这些华美之文是非常欣赏的。对于文采华丽、想象新奇的文学作品，田锡亦指其有值得称道之处："然李贺作歌，二公（韩愈、柳宗

---

① 罗立刚. 史统、道统、文统：论唐宋时期文学观念的转变［M］. 上海：东方出版中心，2005：140-141.

② 曾枣庄，刘琳. 全宋文：第六册［M］. 上海：上海辞书出版社，2006：282.

③ 曾枣庄，刘琳. 全宋文：第六册［M］. 上海：上海辞书出版社，2006：366.

④ 曾枣庄，刘琳. 全宋文：第六册［M］. 上海：上海辞书出版社，2006：284.

⑤ 曾枣庄，刘琳. 全宋文：第二十九册［M］. 上海：上海辞书出版社，2006：291.

⑥ 田锡. 咸平集［M］. 罗国威，校点. 成都：巴蜀书社，2008：46.

元）嗟赏，岂非艳歌不害于正理，而专变于斯文哉?"①他提出"艳歌不害于正理"的文学观点。对于五代盛行的宫体诗，他仍采取包容的态度："莫嫌宫体多淫艳，到底诗狂罪亦轻。"② 田锡的文学作品中亦有此类文采华美之作，如《春色赋》中有："珠阁縻云，金茎烁日。奇树绮错，幽禽锦质。盈空兮嘉气晓浮，暎水兮晴云晚密。丹帷翠幄，因藉草以骈罗。宝马钿车，遇看花以圆溢。景丽何多，情怡若何。"③ 意象华丽富贵，颇有五代绮丽诗风之余韵，然又丽而不淫，实为华美文风的典范。又如《晓莺赋》："烟树苍苍，春深景芳。听黄鹂之巧语，带残月之余光。金袂菊衣，新整乎迁乔羽翼；歌喉辩舌，斗成乎一片宫商。"④ 其语言细腻柔美，写景恰到好处。由此可见，田锡反对的是辞藻过于华艳浮靡、毫无筋骨且于时无补之作，而绝非对华美的文学作品予以全盘否决。故而他在评价司马相如的辞赋时也不免感叹"马卿同时，徒有丽藻"⑤，他对司马相如赋之仅有辞藻之丽表现出无限遗憾。

　　田锡之所以有这样不拘一格的文论观，与他所生长的蜀地传统文化不无关系。蜀地虽崇儒重道，但这丝毫不影响历代蜀士对华丽文辞的偏爱。西汉时期，名动京城的司马相如是以铺排瑰丽、"合綦组以成文，列锦绣而为质"⑥ 的汉大赋闻名，由此开启了蜀地尚丽的文风。东汉扬雄同样以辞赋显于世，早年"心好沉博绝丽之文"⑦（《答刘歆书》），后来，他虽悔早期所做辞赋，认为"壮夫不为"，然其在《法言》中，他仍很客观地承认了"书亦有色"，同时，扬雄还发挥了孔子的"文质"说，称"实无华则野，华无实则贾"⑧（《法言·修身》），其言虽讲君子修身，然放诸文学，亦可看成扬雄对华丽辞藻存在的必要性的充分肯定。洎乎前后蜀时期，蜀地偏安一隅，经济、文化发展相对稳定，百姓生活富裕，蜀后主孟昶更是纵情于声乐，喜好浮靡艳丽之文风，故引得士人争而为之。广政三年（940），赵崇祚编《花间集》，其中收录了大量蜀中文士的词作品，以辞采华美为主要特色，对蜀地文坛风气产生了极大的影响。田锡的前半生都在蜀地度过，其文学审美必然会在一定程度上受西蜀绮丽文风的熏染，其对"理""辞"之辨的观点也受蜀地特有的文学传统的影响。

①　田锡.咸平集［M］.罗国威，校点.成都：巴蜀书社，2008：33.
②　田锡.咸平集［M］.罗国威，校点.成都：巴蜀书社，2008：140.
③　田锡.咸平集［M］.罗国威，校点.成都：巴蜀书社，2008：84.
④　田锡.咸平集［M］.罗国威，校点.成都：巴蜀书社，2008：86.
⑤　田锡.咸平集［M］.罗国威，校点.成都：巴蜀书社，2008：32.
⑥　葛洪.西京杂记：卷二［M］.周天游，校注.西安：三秦出版社，2006：93.
⑦　扬雄.扬雄集校注［M］.张震泽，校注.上海：上海古籍出版社，1993：264.
⑧　汪荣宝.法言义疏［M］.陈仲夫，点校.北京：中华书局，1987：97.

由上可知，田锡、柳开二人虽都积极致力于文道的恢复，但他们在公允性和客观性上却有所差异。柳开对自己在改革文风、回复古道方面所做出的努力颇为自得，其云："六经之文，各有其政，得而行之者鲜矣……吾之于文，得而行之也有时矣。"①（《答臧丙第二书》）作为文风变革的先行者，柳开所做出的贡献是不容置疑的，但较之田锡以及后来的改革者，柳开的不足之处也显而易见。首先，他急于改变宋初颓靡的文风，因而在理论上难免失之偏颇。如上文提到的，他为了达到"变偶俪为古文"的目的，积极推崇"理华于词"的文章，甚至对文学作品中的那些"词华于理"的文章全部加以否决。不可否认，重症需下猛药，在宋初文风亟需变革的情况下，柳开这些过激的言论有其存在的必要性，但他的观点完全站在道家的立场上，忽略了文学作品本身的独立性和多样性以及它们所表现出来的审美价值，从整个文学发展史的角度来看却是难以延续下来的。其次，柳开在理论上积极要求变革，提倡平实自然的文风，反对辞涩言苦的文章，但他却不能在文学创作上实践自己的理论，其所作之文，大多是言辞晦涩难懂，清人王士禛就曾评价柳开"能言不能行"。另外，柳开为人性格豪横，行事大胆且率直放纵，他的所作所为难以称得上儒家君子。以上的种种原因，注定柳开对儒道的守护只能停留在空谈阶段，他无法在文章上起到示范作用，故而柳开在宋初文风变革上并未产生实质性的影响。

同样是寻求文风变革，田锡以一个正统儒士的身份，在为人处世上，以身作则，颇有古道之风；在文学创作上，依靠自己的才力，写下大量平淡自然却又文采斐然、广被当时士人流传的文学作品。这些都为当时文士做出了表率。同时，田锡不仅意识到文学体裁和风格的多样性，还以包容的态度承认其存在的合理性，避免了在革除文坛时弊的同时走上矫枉过正的道路，这在宋初是十分具有前瞻性的。

二、王禹偁

王禹偁（954—1001 年），字元之，太平兴国八年（983 年）进士。他小田锡十多岁，入仕也晚于田锡。王禹偁也是率先提倡文学革新的古文家之一，若以时间推论，王禹偁进入宋初文坛的时间比柳开、田锡都晚。因他与田锡在二人尚未入仕之前就已经相识并成为知己，不管是在政治见解还是文学观念上，二人之间难免存在互相影响的关系，故在此一并论之。王禹偁是宋初有名的政

---

①　曾枣庄，刘琳．全宋文：第六册［M］．上海：上海辞书出版社，2006：296.

治家、文学家，太宗曾称赞王元之"文章在有唐不下韩、柳之列"①。他以韩吏部之文为典范，提倡"句之易道，义之易晓"②（王禹偁《答张扶书》）的古文。宋人对王禹偁的文学功力以及他在古文变革上所做出的贡献给予了很高的评价，如周必大称"太祖以神武基王业，文治兴斯文。一传为太宗，翰林王公元之出焉"③（周必大《初寮先生前后集序》），奉王禹偁为太宗朝斯文之传人。苏颂在《〈小畜外集〉序》中云："窃谓文章末流，由唐季涉五代，气格摧弱，沦于鄙俚。国初屡有作者，留意变风，而习尚难移，未能复雅。至公特起，力振斯文，根源于六经，枝派于百氏，斥浮伪，去陈言，作而述之，一变于道。"④ 相同的志趣，相似的仕宦经历，让田、王二人有许多共同语言，在古文主张上，他们同样也有很多相似之处。

在文道关系上，田锡主张文道并重，而王禹偁亦言："夫文，传道而明心也，古圣人不得已而为之也。"⑤（王禹偁《答张扶书》）王禹偁肯定了文章有"传道"和"明心"两个功用，而且表示了传道与表现个人情感两者之间无分轻重，这与田锡的"以道为心，文彩为貌"的观点不谋而合。

在文学创作上，和田锡一样，王禹偁亦注重文字的晓畅平实。在《再答张扶书》中，王禹偁对那些"语迂而艰，义昧而奥"的文章进行毫不留情地批判。同时，他对韩愈提倡的古文运动给予了很高的评价，并希望后辈作文能够以韩吏部为榜样。不仅如此，王禹偁也以自己的实际行动践行了他的这一文学主张。

在看待骈文的问题上，柳开认为其"华而不实，取其刻削为工，声律为能"⑥（柳开《上王学士第三书》），给予极力批判。田锡则在实际创作中，将骈散相结合，取二者之长处，以骈偶之典雅及声韵之美，辅以古文之平实灵活，使文章别具风格。王禹偁的骈文，同样能够避开晚唐五代骈文的通病，用意典切，为宋人所称赞。同时，他的散文亦采取了与田锡相同的处理方式。田锡的散文创作下文会有详细论述，此处不再赘述。王禹偁骈散结合的散文，典型的如《黄州新建小竹楼记》：

> 黄冈之地多竹，大者如椽。竹工破之，刳去其节，用代陶瓦，比屋皆

---

① 文莹. 湘山野录：续录·玉壶清话［M］. 黄益元，校点. 上海：上海古籍出版社，2012：89.

② 曾枣庄，刘琳. 全宋文：第七册［M］. 上海：上海辞书出版社，2006：396.

③ 曾枣庄，刘琳. 全宋文：第二百三十册［M］. 上海：上海辞书出版社，2006：150.

④ 苏颂. 苏魏公文集：卷六十六［M］. 文渊阁四库全书本.

⑤ 曾枣庄，刘琳. 全宋文：第七册［M］. 上海：上海辞书出版社，2006：395.

⑥ 曾枣庄，刘琳. 全宋文：第六册［M］. 上海：上海辞书出版社，2006：283.

然，以其价廉而工省也。子城西北隅，雉堞圮毁，蓁莽荒秽，因作小楼二间，与月波楼通。远吞山光，平挹江濑，幽阒辽夐，不可具状。夏宜急雨，有瀑布声；冬宜密雪，有碎玉声。宜鼓琴，琴调虚畅；宜咏诗，诗韵清绝；宜围棋，子声丁丁然；宜投壶，矢声铮铮然，皆竹楼之所助也。①

此段以散文形式开头，交代竹楼新建的背景，干净利索。他随后又以骈句入文，骈散结合，描述的画面动静皆有，寥寥几句，就形象地描绘了小楼的环境，冬夏时候的场景，以及想象中在小楼上玩乐嬉戏的情形，使人仿佛置身其中，只看文章，就不免心生向往。它既避免了骈文的铺排，又无古文的佶屈，读来朗朗上口，使人只觉轻快可爱。又如《待漏院记》，他同样采用的是骈散结合的方式，以己度人，想象三类宰相在等待上朝时的不同想法，然后得出"一国之政，万人之命，悬于宰相，可不慎欤？复有无毁无誉，旅进旅退，窃位而苟禄，备员而全身者，亦无所取焉"②的结论。文章短小有趣，且逻辑清晰，寓褒贬于其中，实为罕见之政论文。田锡与王禹偁在文章创作方面引骈文入散文的初步尝试，为之后的北宋古文运动提供了有力的借鉴。王禹偁在文坛的声望，更让他的文学主张被更多人所接受。

田锡与王禹偁在文学思想上有颇多相似之处，但也有一些不同。二人同样倡导文章之经世功能，但在对扬雄的看法上，二人有所不同。田锡一直视扬雄为自己的偶像先辈，对扬雄的文章亦是推崇之至。王禹偁却不以为然，他认为后世以扬雄文比天地，认为难窥其奥义，实在是过于夸大其词，他甚至站在"尚用"的角度，批评扬雄所作《太玄》等文，"既不用于当时，又不行于后代"③（王禹偁《再答张扶书》），没有任何实用价值，不过是"空文"而已。另外，在对待辞采华丽的文学作品的态度上，相较于田锡的包容，王禹偁和柳开的态度是一致的。当然，能有这样的差异，这和二人的成长环境不无关系。田锡长于西蜀，故对蜀地先贤推崇备至，同时，受前后蜀华丽文风的浸染，他对此类文学作品亦显示出宽容的态度。正所谓"君子和而不同"，稍许观念上的不同，并不影响田锡、王禹偁二人共同为宋初文学复古所做出的努力。

---

①　曾枣庄，刘琳．全宋文：第八册［M］．上海：上海辞书出版社，2006：79.
②　曾枣庄，刘琳．全宋文：第八册［M］．上海：上海辞书出版社，2006：68.
③　曾枣庄，刘琳．全宋文：第七册［M］．上海：上海辞书出版社，2006：397.

第四节 田锡的散文创作

金人王若虚在《滹南遗老集·文辨》中云，"散文至宋人，始是真文字"①，明代宋濂亦称散文"自秦汉以下，文莫胜于宋"②。由此可见，宋代散文，是后世文士心目中不可逾越的高峰。从田锡的散文中，我们不仅可以窥见晚唐至宋初散文发展的轨迹，还依稀可辨宋代散文为后世称誉的原因所在。其散文有着共同的特点，同时又因文体的不同而各具特色。因篇幅有限，本文仅从其中选取最能体现田锡个人特色的奏议、政论、书信、辞赋、箴铭、制诰、考词几类加以分析。

一、奏议：典实相济，伉直危切

奏议是我国古代臣子上书帝王之文书的统称，根据上书的不同目的又分为章、表、奏、议、疏等。刘勰在《文心雕龙》中云："章以谢恩，奏以按劾，表以陈请，议以执异。"③ 因为奏议上陈的对象为帝王，是臣下与君王沟通，表达自己意见和展示自己才华与能力的主要方式，所以，历代臣子对奏议是极为重视的。曾国藩在与其九弟曾国荃的信中即称奏议"是人臣最要之事"④（《曾国藩家书·致九弟》），并提醒他要多下功夫。作为宋初有名的直臣，田锡的奏议最能体现他的政治个性，也是最为时人及后世推崇的。

田锡奏议类文章的一大特点就是典雅平实。曹丕在《典论·论文》中称"奏议宜雅"，"雅正"一直是古代士人对奏议这种文体的要求之一。宋人吴处厚曾云："本朝夏英公（竦）亦尝以文章谒盛文肃，文肃曰：'子文章有馆阁气，异日必显。'后亦如其言……朝廷台阁之文，则其气温润丰缛，乃得位于时，演纶视草之所尚也。"⑤ 不管是身为布衣，还是在朝为官，田锡上书给最高统治者的文章都有一种雅正之范，其文章思想与立意、主旨宏大，以社稷为念，其思想高度，绝非一般文士可比。田锡在入仕之前，曾以布衣身份向当朝皇帝上书（《请复乡饮礼书》《请修藉田书》），极言时事，其中言辞不凡，指点时

① 王若虚. 滹南集［M］. 文渊阁四库全书本.
② 宋濂. 宋学士全集［M］. 四部备要本.
③ 刘勰. 文心雕龙译注［M］. 王运熙，周锋，译注. 上海：上海古籍出版社，2016：219.
④ 曾国藩. 曾国藩家书［M］. 北京：中国长安出版社，2015：212.
⑤ 吴处厚. 青箱杂记［M］. 李裕民，点校. 北京：中华书局，1985：46.

政，全非一白衣书生之泛泛。或许如夏竦所言，这也预示了田锡以后的仕途不凡。入仕之后，他的奏议更是将这种雅正美发挥到极致。同时，他的语言平实，丝毫没有炫耀才情的成分。如《上太宗条奏事宜》，他的整篇奏议骈俪雅正，谈古论今，信手拈来，汲取了骈文的典雅和古文的平实，文从字顺且兼具说服力，行文自然流畅，文采和可读性俱佳。我们以其中的一段为例：

> 臣尝读《扬子法言》曰："圣人之道犹日中。"又尝览《太公六韬》曰："圣人之道犹龙首。"龙首谓高视而远听，日中谓融明而烛幽。是知君有居上之威仪，臣有奉上之职业。君道务简，简则号令审而人易从；臣道务勤，勤则职业修而事无壅。①

此段的目的在于劝诫宋太宗无须事必躬亲。此段开头便引经据典，再加上排偶的运用，使行文显得雅正。他对经典的阐释，用语朴实，又切合实际，读来如春风袭人，娓娓动听。他在《上太宗答诏论边事》中云：

> 今之御戎，无先用谍。兵书曰："事莫密于间，赏莫重于间。"狄中自有诸国，未审陛下曾探得凡有几国否？几国与匈奴为仇？若悉知之，可以用重赏行间谍。间谍若行，则夷狄自乱，夷狄自乱，则边鄙自宁。②

他引用了《孙子兵法》中的语句，以证间谍的重要性。随后的反问和自答，更是平实的口语。其用语典雅，符合他士大夫之身份；其用语平实，则考量到帝王阅读的方便程度。田锡的许多奏议，都如这般在典雅与平实之间自由切换，显示了他非凡的文字驾驭能力。

优直危切是田锡奏议的又一特色。田锡作为宋初有名的直臣，他的奏议自然是他个性的最好体现。田锡在《贻宋小著书》中提到陆宣公条奏直陈利害，透露出他对陆贽奏议的欣赏。陆贽，系唐代著名的文学家和政治家，谥号"宣"，后世称其为陆宣公。陆贽官至宰相，精于儒学，且为人正派，文辩智谋皆出众。田锡推崇陆贽之文，一方面，在于他的学养和道德都堪称典范；另一方面，则在于陆贽的奏议确实有过人之处。陆贽之奏议，往往一针见血、切中时弊，为后世所推崇。田锡之后的宋代士人对陆贽其人其文的赞美几乎到了无以复加的地步。苏轼称陆贽为"王佐之才"，并向宋哲宗进札子，乞校正陆贽的奏议，同时建议哲宗能够时常阅读陆贽的奏议。朱熹对陆贽的奏议风格亦十分推崇："陆宣公奏议极好看。这人极会议论，事理委曲说尽，更无渗漏。虽至小

---

① 田锡. 咸平集［M］. 罗国威，校点. 成都：巴蜀书社，2008：15.

② 田锡. 咸平集［M］. 罗国威，校点. 成都：巴蜀书社，2008：7.

底事，被他处置得亦无不尽。"① 刘熙载在《艺概·文概》中云："陆宣公奏议，评以四字，曰：正实切事。"② 同时，刘熙载又指出，陆贽之文，"贵本亲用，既非瞀儒之迂疏，亦异杂霸之功利"③，其所陈之事，所列之举措，往往切合实际，具有很强的操作性和实践性。田锡的奏疏，亦承袭了陆贽的行文风格和艺术特色，切中时弊，直陈利害。其奏议所体现出的，往往是强烈的忧患意识以及对王道民生之急切。我们以《上真宗论拣选强壮失信》中的一片段为例：

> 其所谋者谓古者以民为邦本，食为民天。今国家取丁壮为兵，以失邦本。以灾伤去食，宁有民天。粮储何止无余，边备亦恐不济。以此得计，以此乘时，此外国所谋之小者也。其所谋之大者，以关西去年秋稼不登，京东今岁春种已失，国家营救之不暇，庙堂图虑之未精，欲以新集未惯之兵，授非才无勇之将，侥幸求胜，轻敌寡谋，此外国所谋之大者也。④

此段开头以古今对比，指出朝廷以壮丁为兵的举措非当。他接着指出此举带来的弊端，即只顾眼前，因小失大。然后，田锡又解释了何谓"远谋"，只此一段，由古及今，见微知著，环环相扣，可谓滴水不漏，读来气势非常，使人无法反驳。

他在《上真宗乞赈给河北饥民》中言：

> 陛下为民父母，使百姓饥死，乃是陛下孤负百姓也。宰相调燮阴阳，启导圣德，而惠泽不下流，王道未融明，是宰相孤负陛下也。今陛下何不引咎如禹汤罪己，略降德音，下饥饿杀人处州府，民心知陛下忧恤，然后振廪给贷，以救其死。若仓廪虚而馈运边备未足，即日无可给贷，则是执政素不用心所致。昔伊尹作相，耻一夫不获，今饿杀人如此，所谓焉用彼相。今陛下可将此事以理道略面责宰臣以下，观其何词以对，视其有无怍色，有无忧色，待三日后或旬浃以来不上表待罪，不拜章求退，是忍人也，何良相之为乎？⑤

那时河北正遭受饥荒，不到短短一个月的时间，全家饿死的多达十七户。这彻底激怒了以民生社稷为重的田锡，故而他在奏疏中言辞激烈，矛头直指真

---

①　黎靖德.朱子语类：卷一百三十六［M］.文渊阁四库全书本.

②　刘熙载.艺概［M］.上海：上海古籍出版社，1978：20.

③　刘熙载.艺概［M］.上海：上海古籍出版社，1978：19.

④　田锡.咸平集［M］.罗国威，校点.成都：巴蜀书社，2008：24.

⑤　田锡.咸平集［M］.罗国威，校点.成都：巴蜀书社，2008：21.

宗和宰相，体现了诤臣本色。然事情已出，光是责备已无济于事，田锡随后又向真宗提出解决事情的办法：一是降德音，向河北百姓发放救济粮，显示帝王的体恤之心。二是问责，对百官之首的宰相给予严厉批评，若其不上表待罪，可别用良相。两条建议，切合实际且干净利落，没有官场的虚与委蛇和官官相护，有的只是一个以天下苍生为念的忠直之臣。田锡奏议，其余如《上太宗论军国要机朝廷大体》《上真宗乞询求将相》等等，皆是耿介直言，切中时弊。

一代文豪苏轼为田锡奏议作序，其中极称其为人，同时亦赞其奏议"尽言不讳"①（《田表圣奏议序》）。清代彭元瑞更是称赞田锡的奏议"伉直危切，自魏郑公征、陆宣公外，千古所罕见也。"②（彭元瑞《咸平集跋》）这可谓是中肯的评价。他将田锡的奏议与古代名臣魏征、陆贽之奏议相提并论，足见其对田锡奏议之推崇。

二、政论：文以气盛，长于说理

汉朝政治氛围宽松，廷议之风日炽，助长了政论文的兴盛，汉朝可说是政论文的巅峰时期。田锡的政论文，谋篇布局巧妙绝伦，观点新颖独特，丝毫不逊色于汉之政论。就其行文特色而言，亦承袭了汉代政论之文统，往往气势磅礴，条理灼然，在宋初文坛是不可忽视的存在。

《断论》一文，通篇引用大量的史实典故，但都贴近中心论点，内容翔实却不显得繁芜，条理清晰，谈古论今，评点人物，皆能为我所用，为阐释"决断"之论点而用，显示了田锡非凡的驾驭材料的能力。其中论及凡成大事、立大功必须有决断之心时云：

> 昔桀恶日盈，汤德日新，干戈未举，而成败之数先定也。汤乃勃兴，应天顺人，一战而克，遂自诸侯而为万乘主。斯则汤之智虑已精，成败已见，而果敢于断也。其次商纣纵虐，而文王之德素积于民，民心归周久矣。一旦武王法成汤之举，师次牧野，风裂旗旆，武王震恐，以为天意未遂，遽思中辍。唯太公独排众意，以为必克。是则武王之断未侔于太公也。洎秦灭六国，咸名雄迹，信有英断。长戟巨铩，销为金狄。圣谋国典，焚为煨烬。将以弱诸侯之兵也，将以愚天下之民也。③

文中举了两个例子：周公有佐王之才，在周武王犹豫不决的时候当机立断，

---

① 曾枣庄，刘琳．全宋文：第八十九册［M］．上海：上海辞书出版社，2006：182.

② 田锡．咸平集［M］．明末祁氏淡生堂抄本.

③ 田锡．咸平集［M］．罗国威，校点．成都：巴蜀书社，2008：105.

从而完成伐汤之壮举。秦始皇统一六国，其虽有决断之才，但施之以暴政，而最终天怒人怨，导致国亡。田锡由此推论出，决断果敢也必须符合天道方能成事。行文的干脆利落，典故和大量排偶的运用，都为文章增添了无穷的气势。正反事例的两相对比，有理有据，让人信服。

《妖不胜德论》一文，全文构思巧妙，环环相扣，层层递进，同样体现了田锡政论文之特点：

> 《书》曰："妖不胜德。"锡谓理未当也……唐、虞时四凶为妖，尧、舜之德岂能胜之，卒用刑而流之窜之，然后天下咸服。既而禹继尧、舜，嗣总大位，不能以德胜防风氏，果明其罪，诛而胜之……伍相之忠，欲敌伯嚭之佞乎？盖不能也。唯明者能辨之，有权者得诛之。明与权相济，妖与德相敌。苟明不照微，权不在己，虽有盛德，岂能胜妖乎……盖三苗不欲因伐而降也。若然，则圣人之德素被于天下，何必七旬之间益修文教，方化匪人？盖彼缓舜之征，因而来服也。①

文章首先便点明作者的观点，认为"妖"远非"德"所能感化的。其次，田锡举尧、舜、禹之故事，来证明能够胜"妖"的唯是"刑"，此为文章的第一层。再次，田锡以伍子胥和伯嚭之事，印证"权"与"明"在"妖"与"德"之争中的重要性，此为文章的第二层。最后，以舜伐三苗、文王征崇侯为例，说明在外事上，想要胜"妖"，光靠以德服人是不行的，只有武力征伐才能取胜，此为文章的第三层。前两层专注于内政，后一层着力于外事，二者互为表里，最后得出与《书》完全相悖的结论——"妖必胜德"，仿佛石破天惊，但若从文章整体来看，却又自然合理。

《知人安民孰难论》一文，作者在开篇即打破常人所谓"知人甚难，而安民甚易"②的惯常思维，出人意料。然后上溯至唐尧，再至汉唐，从用人之制到安民之方，以宏博的知识和翔实的事例加以论述，最后得出"知人易，安民难"之结论。全文见解独到，有理有据，逻辑清晰，结构明朗，无一丝赘述，是少有的政论佳文。

三、书信：以才动人，以情动人

在田锡现存的书信当中，一部分为干谒文，一部分为与友人的书信。干谒，

---

① 田锡.咸平集［M］.罗国威，校点.成都：巴蜀书社，2008：89-90.
② 田锡.咸平集［M］.罗国威，校点.成都：巴蜀书社，2008：96.

是古代文人向朝中大臣自荐，寻求进身的重要手段，干谒文则近似于现在的自荐信。干谒之风在唐朝时就已盛行，李白、杜甫、韩愈等都曾走过干谒的道路。田锡来自偏远的蜀地，这些干谒书信多写于田锡未取得功名之时，科举的压力和行道的迫切使他不得不走上干谒这条路。干谒书信的目的性极强，自荐者必须在短短的文章当中阐述自己的理想，展示自己的才华，以期能得到干谒对象的赏识，这就相当考验自荐之人的水平了。综观田锡的干谒书信，主要特点就是以才动人。以《贻青城小著书》其中一段为例：

> 是以王璩以缬襦邀誉，奉春以短褐趋朝，郦生长揖于时君，王猛踞见于国相，岂不知谦能基德，礼可藩身。然以贱干尊，邈若阶天之险；以卑谒贵，慄如履虎之难。苟不设机变以先声，冀当途之动念，则夕锦讵知于文采，哑钟谁辨于春容。故有带橘具以自彰，怀长绳而请试，郭代公以轻财见异，裴中令以阴德受知。外黄小儿一言当而霸王息怒，杞梁女子一恸哭而长城为摧。所以感人以言，不得不切；从权济志，不得不然。①

短短的一段文字，却引用了十个典故，且这些典故并非为了炫才而故意堆砌的，而是经过选择，都是围绕田锡"希求结交"这一主旨展开的。典故之间层层递进，顺理成章地引出自己的干谒之心，其所展现出来的博学多识和善于行文，绝非一般文士所能匹敌。另外，他又以形象的比喻，所谓"善言事者，每于最难明之处设譬喻以明之"②，田锡用生动的比喻恰到好处地表明自己内心的惶恐，在展示自己才气的同时又使自己的干谒之行为显得不那么突兀和轻浮，很容易获得干谒对象的好感。

他在《上开封府判书》中有"则蝼蛄亦有五能，而铅锷亦堪一割也。愿敷斯志，罔避枝辞。锡闻于《易》曰：'舍尔灵龟，观我朵颐。'是戒人之躁进也。又曰：'君子见几而作，不俟终日。'是戒人不知变也"③，田锡以蝼蛄、铅锷的比喻自谦，然后引经据典，以经书上的名言来侧面表明自己名实相副、勤于修己的心路历程。通篇来看，田锡所表现出来的给人的初步印象完全是一个上进而不浮躁、有才华而缺乏机会的大好青年。田锡的谦虚、踏实，与其他名利之徒为了进身而不择手段的行径相比，显得尤为珍贵和特别。

田锡与友人的书信所展现出来的，则是另一番景象。田锡一生都好结交君子之友，在蜀地时，他就因才气得到宋白和杨徽之的赏识而与他们成为至交好

---

① 田锡. 咸平集［M］. 罗国威，校点. 成都：巴蜀书社，2008：50.
② 高步瀛. 唐宋文举要［M］. 上海：上海古籍出版社，1982：1036.
③ 田锡. 咸平集［M］. 罗国威，校点. 成都：巴蜀书社，2008：49.

友，其后出蜀游历数年，到入仕为官，结交的朋友很多。可惜的是，现存的田锡与友人来往的书信只有寥寥几篇，但从这为数不多的书信中，我们仍能看出田锡与友人书的大致风貌。在这些书信中，完全没有了干谒书信中的才气逼人，他虽然偶尔也有使事，但流露更多的是好友之间真挚的情感。

《答胡旦书》云：

> 余念自出蜀至咸、镐间，今已六稔，再迁家，两遇权停贡举，羁旅中支离契阔，幽忧愁辛，大丈夫壮节殆亦销烁……器局之名，当师范代公而求之。交友之情，当企慕白敏中而修之，则何适而不为君子也。①

田锡与胡旦相识于微时，他视胡旦为至交，在书信当中自然是有感而发，情感无所隐匿。该信写于科考前，此时的田锡，已经离开故土数年，仍旧是功名未就。信中开头提及自己的人生经历，有羁旅的哀愁、壮志未酬的辛酸以及雄心日渐消磨的无奈，他将自己内心的痛苦和迷茫全部展现在好友面前。在结尾的时候，田锡又表明心迹，愿为君子之交效法先贤，拳拳之心可见。

《答何士宗书》云：

> 当渭北杜门之暇日，有流阳寄信之来人……骇闻斯言，欣然而出，屡及于寝门之外，带及乎宾阶之间。得二贤之书，对使者朗读，喜与抃会，形相翼飞，胜获连城之珍，若听在愚之乐……余欲以六经为寰区，以史籍为藩翰，聚诸子为职方之贡，疏众集为云梦之游，然后左属忠信之櫜鞬，执文章之鞭弭，以与韩、柳、元、白相周旋于中原。②

信中开头描述自己收到何士宗信之后的喜悦情形，堪称范本。他慌乱中穿鞋，对着信使大声朗读，喜不自胜的形象跃然纸上。《答何士宗书》与《答胡旦书》时间大致相同。此时的田锡与何士宗并未见过面，而是通过胡旦的介绍以书信互通往来，所以在此信中，又可以看出和胡旦书不一样的朋友之情：因相交未深，故田锡未有与胡旦之间的无话不谈；又因志趣相投，言辞间没有了干谒信中的极度谦逊和谨小慎微，取而代之的满是对未来的憧憬和对自我才华的肯定，以及希冀在科场上一战成名、直追先贤的豪迈。整篇信中，充斥着真挚而热烈的情感和书生意气的挥斥方遒。

---

① 田锡. 咸平集［M］. 罗国威，校点. 成都：巴蜀书社，2008：41-42.
② 田锡. 咸平集［M］. 罗国威，校点. 成都：巴蜀书社，2008：43-44.

四、辞赋：雄壮豪健，雅正清丽

袁枚在《历代赋话序》中云："毛苌云：'君子有九能，然后可以为大夫，登高作赋其一也。'古人重赋，由来久矣。"① 自古以来，士人皆将作赋视为从政的必要技能之一。赋滥觞于先秦，盛于两汉。至唐代，律赋兴起并逐渐大盛，究其缘由，正如元代祝尧所云："雕虫道丧，颓波横流，光芒气焰，埋铲晦蚀，风俗不古，风骚不今，后生务进干名，声律大盛。句中拘对偶以趋时好，字中揣声病以避时忌。孰肯学古哉？"② 唐代统治者以律赋选士，士人为"干名"，不得不迎合时人所好，专力于律赋的写作，从而使律赋大行其道，而古赋渐衰。至宋初，科举基本沿袭了唐代之制度，宋人刘敞在《杂律赋自序》中云："当世贵进士，而进士尚词赋，不为词赋，是不为进士也；不为进士，是不合当世也。"③ 为了迎合科举，辞赋便成为北宋士人必备的写作技能。宋初科举对赋的要求更加严格，从最初对进士辞赋押韵不拘平仄次第，到太平兴国三年（1978）九月，始下诏书要求进士作律赋时平仄次第用韵，不仅如此，"考官所出官韵，必用四平四仄，词赋自此整齐，读之铿锵可听矣"④，朝廷科举制度的硬性要求势必加快律赋的流行，宋人辞赋作品中律赋甚多。

田锡之律赋，则更具典型。李调元在论及宋代律赋之流变时称："大略国初诸子，矩镬犹存。"⑤ 律赋始于初唐，经唐一朝，无论从声律、词藻，还是从技法上都已经到达登峰造极的境界，故而宋初律赋，大多是沿袭唐代以来的法度。宋之文士，想要自出新意，难免会陷入为文造情、空洞无物的形式主义泥沼。田锡在继承唐文统的同时，又能够自出机杼而不流俗，故他的律赋成就远高于同时代的其他文士。清人李调元对田锡的律赋给予了很高的评价。李调元云："宋初人之律赋最夥者，田、王、文、范、欧阳五公。黄州一往清泚，而谏议较琢炼，文正游行自得，而潞公尤谨严，欧公佳处乃似笺表中语，难免于陈无己'以古为俳'之诮。"⑥ 这其中，李调元又以田锡和文彦博二人的赋作为最雅者。他认为，田锡的律赋，有法度而又不过于严谨，有文采而又非刻意为之，最符合律赋的审美标准，故奉田锡为正宗。

---

① 浦铣．历代赋话［M］．续修四库全书本．
② 祝尧．古赋辩体：卷七［M］．文渊阁四库全书本．
③ 刘敞．公是集［M］．文渊阁四库全书本．
④ 王栐．燕翼诒谋录［M］．诚刚，点校．北京：中华书局，1981：48．
⑤ 李调元．赋话：卷五［M］．北京：中华书局，1985：41．
⑥ 李调元．赋话：卷五［M］．北京：中华书局，1985：37．

更难能可贵的是，田锡的辞赋作品，不仅有时下盛行的律赋，还有继承先秦两汉优良文统的古赋。古赋对于正统儒学之士而言，拥有很高的文学地位。王禹偁在《答张知白书》中就声称："夫赋之作，本乎诗者也。自两汉以来文士，若相如、扬雄、班固辈皆为之，盖六义之一也。"① 他将古赋提升到"六义"的高度，并称律赋不过是士人为了仕进不得已而为之，丈夫不为。田锡在律赋横行的时代，仍然坚持大力创作古赋，亦基于此种原因。田锡曾云，"赋可金门而献之"，因此，他所作之古赋，亦承袭了汉赋"劝百讽一""曲终奏雅"之传统。如在《倚天剑赋》之末，田锡以"魁梧丈夫"的口吻，道出了身为人臣，愿为朝廷鞠躬尽瘁、为君王一统天下扫清障碍的心理。《鄂公夺槊赋》，则以"军功武力，我实多之"为结尾，以期让君王能重视武将的作用。田锡着意于古赋的创作，且佳作甚多，颇有汉赋之精神，在律赋盛行的宋初是极为少见的。田锡的古赋起意多出人意表，壮思驰骋，如《倚天剑赋》《鄂公夺槊赋》《诸葛卧龙赋》等，皆为此中翘楚。由此可见，不管是古赋，还是律赋，田锡都能够游刃有余，其辞赋作品在宋初难有匹敌。

田锡所作辞赋最主要的风格特色，一是气势豪迈，豪健奔放。如《鄂公夺槊赋》主要叙述了唐代名将尉迟敬德的故事，尉迟敬德武艺超群，两军对战之时，他不仅能够灵活闪避众人长槊的攻击，还能夺敌人长槊反刺之。而以勇猛著称的李元吉，亦擅长槊，其对尉迟敬德早已心怀不满，欲一较高下。赋中着力描写的，正是齐王李元吉单挑尉迟敬德，两人比试时的场景：

> 二人乃策马交驰，锋芒若飞。千人看，万人窥，广场喧阗而将裂，高殿崔嵬而欲欹。一驰一骤，乍合乍离。红尘涨天地，杀气飘旌旗。若两虎斗而未知生死，二龙战而不辨雄雌。天颜为之动容，神武为之增威。莫不鬼出神藏，风驰雨走。金吾之列卫旁震，武库之五兵潜吼。或左兮或右，或前而或后。或翻身相避，或挺身以诱。王谓我艺必胜，公谓彼槊可取。俄而齐王之槊，已在鄂公之手。②

赋中的此段文字将二人角逐时的场景描绘得异常生动，情节跌宕起伏，所用字数不多却字字精悍，极尽夸耀渲染之能事，过程紧张而扣人心弦，然结果却只以一句"齐王之槊，已在鄂公之手"言明胜负，乍然而收，张弛有度，将尉迟敬德夺槊时的果敢勇猛表现得淋漓尽致。最后，文章又以场上众人瞠目结

---

① 曾枣庄，刘琳. 全宋文：第七册［M］. 上海：上海辞书出版社，2006：392.
② 田锡. 咸平集［M］. 罗国威，校点. 成都：巴蜀书社，2008：57.

舌的形象，侧面写出尉迟敬德出人意料的高强武艺。鄂公夺槊，本为历史场景，经由田锡的描述，仿佛重现一般跃然眼前。

田锡所作的《倚天剑赋》更是其中的典型，倚天剑本是志怪小说里虚构出来的意象，但在田锡的笔下，却显得形象而具体：

> 论其大也，若雪山之皑皑；壮其光也，若秋波之湛湛。倚于穹圆，高巍峨焉，孕长庚于太极，称纯兑于西偏。莫辨灵芒，或日明而月晦；讵分刚气，或嘘云而吸烟。夜吼半空，比雄风之九万；朝披回汉，陋莲峰之五千。北斗挂于锋芒，而七星错落；长虹绾于辘轳，而双带蜿蜒。论其用也，剖混茫以为天地；观其迹也，裁融结以为山川。①

文章对倚天剑的光芒万丈和与日月争辉的雄壮描述得恰到好处，其用语之雄浑奇绝，想象力之丰富，颇有李白出神入化之余韵。赋的后半段以"粤之魁梧丈夫"的口吻向帝王毛遂自荐，希冀借倚天剑之神威为国家效力，定国安邦，以镇四夷。其借帝王与魁梧丈夫之对话，侧面描述了倚天剑的神威，同时，又表现出田锡忧国忧民的为文宗旨，归于讽谏雅正之旨，将此赋的意境和思想大大提高。通篇文章汪洋恣肆，一气呵成，气势之庞大，思维之跳跃驰骋，在当世罕有所及。其所体现出来的雄浑奔放的浪漫主义文学传统与司马相如、李白可谓一脉相承。田锡豪健奔放的辞赋作品，在当时骨气卑弱的宋初文坛，可说是让人眼前一亮。

田锡的辞赋当中，又不乏清丽之佳作。浦铣在《复小斋赋话》中云："田谏议锡，有宋一代謇谔之人，乃观其《春云》《晓莺》诸赋，芊眠清丽，亦宋广平之赋梅花也。"② 宋广平的《梅花赋》一向被后人视为清丽辞赋的代表作品，皮日休、吴处厚称其"清便富艳，得南朝徐庾体"③，皮日休更是受其影响而作《桃花赋》。浦铣认为田锡的辞赋甚至不输宋璟的《梅花赋》，足见他对田锡辞赋的喜爱，其评价田赋"清丽芊眠"的作品，主要存在于田锡所作的律赋之中。浦铣提到的《春云赋》描写云彩之姿：

> 有时散作雨飞，春寒惨惨；有时乱和烟起，春阴悽悽……或宿林园，随竹阴以笼径。或沉村落，伴桃花而满蹊。或祈祈出关，或溶溶映水。或北渚萦住，或东风吹起。或勇如波骇，积芳野兮几重；或曳若练舒，横碧

---

① 田锡.咸平集［M］.罗国威，校点.成都：巴蜀书社，2008：58.
② 浦铣.复小斋赋话：卷上［M］.文渊阁四库全书本.
③ 吴处厚.青箱杂记：卷八［M］.李裕民，点校.北京：中华书局，1985：81.

天之半里。①

田锡的笔触可谓细致入微，短短数句，将云彩的诸多变化描绘得淋漓尽致。或雨，或烟，或霞，或水，姿态万千，每种变幻所呈现出来的姿态在田锡的笔下都显得清丽美好，婉约而不失可爱。他在写春云的同时兼写春景，细雨微寒、"竹阴笼径""桃花满蹊"、东风乍起，一幅美不胜收的春之画卷随之展开。

田锡的《雁阵赋》亦是赋中佳作：

> 单于台下，繁笳之哀韵催来；句践城边，两槊之幽音惊起。颉颃交相，翩翩迭翔，似鱼丽之布列，若鹅鹳之舒张。疏密有绪，高低载飏，天空而残月铺影，水阔而微云间行。应遵丹凤诏书，咸增跃跃；虽是苍鹰鸷勇，敢击堂堂。观其戾青霄，横碧落，历江渚，达沙漠。来若羽林骑士，闻一鼓以争前；去如翼卫材官，听挝金而稍却。②

开头四句，点明边境不安、夷狄四起的状态。"颉颃交相"以下八句，用语雅丽怡人，将在天空中成列而飞的雁群描绘得极具动态之美。后面的几句，笔锋一转，以拟人的想象，呼应开头，赋予雁阵不一样的象征意义，喻出征一往无前的军士，语言芊丽又不失风骨，读来颇具盛唐气象，故而李调元评价其"兴会淋漓，音节嘹亮，妍辞腻旨，不让唐人"③。以雁阵喻列队出战的士兵，田锡的这篇《雁阵赋》可说是开先例，之后有刘克庄的诗歌《雁阵》："出塞行行如出战，衔芦寂寂类衔枚。平沙夜宿排形势，谁为王师破得来。"④同写雁阵，刘克庄通篇以拟人的手法描写雁阵，写物而不见物，只为抒发内心的情感。弃田锡之清丽而承田锡之风骨，这也是刘克庄在当时时代环境下的必然选择。

田锡在《杨花赋》中对杨花的描述亦极具特色："梁苑残春，垂杨映津。枝黛染以交引，叶眉纤而斗伸。落絮如雪，飘烟拂尘。轻芳兮就月为魄，澹白兮依风作神。当艳阳之美景，过上巳之良辰。其繁也六出之英未多，其艳也早梅之芳若何。"⑤ 他将柳絮的轻飘、洁白描写得细致入微。而后，又将柳絮与雪花、梅花进行对比，侧面突出杨花的与众不同。然而，不管是直接描写还是侧面对比，赋中所用言辞都是十分清雅的，尤其是"落絮如雪，飘烟拂尘"两句，

---

① 田锡. 咸平集［M］. 罗国威，校点. 成都：巴蜀书社，2008：67.
② 田锡. 咸平集［M］. 罗国威，校点. 成都：巴蜀书社，2008：80.
③ 李调元. 赋话：卷五［M］. 北京：中华书局，1985：38.
④ 北京大学古文献研究所. 全宋诗：第五十八册［M］. 北京：北京大学出版社，1998：36750.
⑤ 田锡. 咸平集［M］. 罗国威，校点. 成都：巴蜀书社，2008：72.

超然脱俗，惶惶如梦中仙境一般。

五、箴铭：匡世修身，文质意远

刘勰在《文心雕龙·铭箴》中云："夫箴诵于官，铭题于器，名用虽异，而警戒实同。"① 姚鼐亦称，箴铭之文，乃"圣贤所以自戒警之义，其辞尤质，而意尤深"②。可见，箴、铭虽属两种不同的文体，但其主要功能都是做警戒之用。

如前文所述，田锡所处的时代，正是大动荡之后未久，治下百姓，甚至士大夫群体都面临着重塑道德价值观的问题。田锡一生以复兴儒学为己任，他在未入仕之时，就已经以儒家君子的标准要求自身，入仕之后，亲历官场，对某些士大夫的行为亦有所不满。因此，他作了大量的箴铭，在警戒自身的同时，也在不知不觉中以个人的力量影响着身边的士人。

田锡在《箴铭后序》中云："苟非圣与贤，而在中人之域，言与行终日不离戒慎……傥斯须而忘检慎，则差跌而获罪戾矣。因作箴铭以自戒也。"③ 田锡自知远非圣人君子，故时刻不忘修身，作大量箴铭以"自戒"。在《盘铭》和《箴铭后序》中，田锡表明自己视汤和正考父为自己的人生偶像，为了能够成为像圣人一样品行完美的人，他以"日新"为座右铭，于修身不敢有丝毫懈怠。

田锡所作箴文共九篇，虽名为"自戒"，但《相箴》《将箴》《用材箴》《嫉恶箴》四篇明显是对为官者的警诫，这四篇箴文代表了田锡理想中的为官者形象：为相者应识量有智、致君去危就安；为将者应仁信兼具、智勇双全；在高位者，任人能从其长；在低位者，去恶要静待时机。同时，这些箴文也体现了田锡以天下为己任，积极参政的士大夫之自觉。其他五篇《求名箴》《守默箴》《规过箴》《听箴》《视箴》，则是以士人的言行举止为出发点，以儒家君子的标准来劝诫世人、警醒自己。《规过箴》指出在人际交往中，用言语纠正别人的错误很容易，但若不注意分寸和说话的方式，则"言苟轻出，过反在己"④，故而此篇文意在劝诫君子，同时警醒自己"慎言"。《求名箴》则对当时社会上"唯名是企"的小人不仅不修己，反而诬陷、诽谤君子的恶劣行径给予了辛辣的讽刺和善意的规劝，他指出，当小人的行径被揭穿的时候，必定是"人皆指笑，

---

① 刘勰. 文心雕龙译注［M］. 王运熙，周锋，译注. 上海：上海古籍出版社，2016：98.

② 姚鼐. 古文辞类纂［M］. 宋晶如，章荣，注释. 北京：北京市新华书店，1986.

③ 田锡. 咸平集［M］. 罗国威，校点. 成都：巴蜀书社，2008：131.

④ 田锡. 咸平集［M］. 罗国威，校点. 成都：巴蜀书社，2008：118.

名亦消亡"①，反而得不偿失。

刘勰指出："箴全御过，故文资确切；铭兼褒赞，故体贵弘润。"② 由此可知，铭文除了劝诫之外，还有褒颂的功能。严格来讲，从田锡现存的铭文来看，只有《卜台铭》一篇是赞扬西汉蜀地道家学者严君平的，其余皆以警醒和劝诫为主要目的，充分体现了儒士匡世修身的传统精神。田锡所作之铭，多为器物铭。他从器物本身看到了作为人的特点，因此，他的铭文都是借由器物之名而行告诫之实，他的铭文因此具有不一样的深度与高度。《杖铭》："持人之颠，扶人之危。于国也，于家也，无得而忘之。"③ 田锡以此来时刻警醒自己身为儒士对国家社稷的责任。《几铭》则提醒自己应坚持"亲仁友贤"的交友准则，方可身有所属、道即不孤。以器物为铭十分常见，而借器物之名行复兴儒道之实的，不仅在有宋之前，而且在田锡之后的宋代文士所作铭文中也是很少见的。同样是砚铭，唐人张说有《煖砚铭》："笔锋晓冻，墨池夜结。香炭潜燃，推寒致热。"④ 全文只是对暖砚进行简单客观的描述，并无其他。苏轼亦有砚铭，如《孔毅甫龙尾砚铭》："涩不留笔，滑不拒墨。爪肤而縠理，金声而玉德。厚而坚，足以阅人于古今。朴而重，不能随人以南北。"⑤ 其对砚台有细致的描绘，且借此阐个人的心中所感，与张说之铭相比有所进步。田锡所作《砚铭》则大异其趣："治石如之何？载磨载琢。治艺如之何？以文以学。艺成如之何？以礼以乐。"⑥ 其中对砚本身并没有任何具体形象的描述，而是通过制砚联想到治艺，通篇显示出的都是一个传统儒士的严正之辞。又如枕铭，宋人薛季暄《枕铭》曰："无思无为，则高枕是宜。通昔不寐，心如之何！"⑦ 不过是借题发挥，表达自己清静无为、心无旁骛的个人审美情趣。田锡《枕铭》曰："君子有四时，朝以听政，昼以访问，夕以审令，夜以安身。苟名未扬于亲，惠未及于民，敢思甘寝，以忘夙兴夕惕之勤。"⑧ 同样未涉及器物本身，但他表达的则是君子忧国忧民的警醒。

从上面也可以看出，田锡所作箴铭，亦具有文辞质朴、意境深远的语言特色。铭文发展到魏晋六朝时期，语言开始由质朴向华丽转变，文学性增强而警

① 田锡. 咸平集 [M]. 罗国威，校点. 成都：巴蜀书社，2008：118.
② 刘勰. 文心雕龙译注 [M]. 王运熙，周锋，译注. 上海：上海古籍出版社，2016：98.
③ 田锡. 咸平集 [M]. 罗国威，校点. 成都：巴蜀书社，2008：126.
④ 董诰，等. 全唐文：卷二二六 [M]. 北京：中华书局，1983：2281.
⑤ 曾枣庄，刘琳. 全宋文：第九十一册 [M]. 上海：上海辞书出版社，2006：256.
⑥ 田锡. 咸平集 [M]. 罗国威，校点. 成都：巴蜀书社，2008：128.
⑦ 曾枣庄，刘琳. 全宋文：第二百五十八册 [M]. 上海：上海辞书出版社，2006：38.
⑧ 田锡. 咸平集 [M]. 罗国威，校点. 成都：巴蜀书社，2008：129.

诚功能减弱，正如挚虞所称："夫古之铭至约，今之铭至繁。"① （挚虞《文章流别志论》） 至唐代，箴铭文沿袭六朝文风，多追求繁复华美的辞藻。田锡所作箴铭，除了前面提到的四篇官箴因性质的不同而采取了大量的用典之外，其他皆具有文质意远的特点。他在《听箴》中有言："抗直之言，如锋如芒，勿以为伤，当从其长。未必逆耳，皆谓之是；未必顺词，皆生于疑。"② 话语平常，通俗易懂，讲的道理却是深刻的。《杖铭》："持人之颠，扶人之危。于国也，于家也，无得而忘之。"③ 仿若口语，他从生活中的常见之物拐杖讲起，引申出士人对国家的责任，句句都是对自己的暗自叮咛。《箭铭》："婞讦非直，忠信为直。勿枉道而谄人，常守道而保身。"④ 言辞质朴，却字字铿锵、掷地有声、意境深远。

六、制诰与考词：中正典雅，趋于古道

制诰之职，实为代王者言。《文心雕龙·诏策》篇中云："夫王言崇秘，大观在上，所以百辟其刑，万邦作孚。"⑤ 制诰文所传达的是皇帝的旨意，是面向天下的政令，其重要程度不言而喻。制诰不仅有相对固定的内容、结构和用语，还对文辞有一定的要求。汉公孙弘指出，诏令乃"明天人分际，通古今之义，文章尔雅，训辞深厚，恩施甚美"⑥，陈忠在上疏中亦云："古者帝王有所号令，言必弘雅，辞必温丽。垂于后世，列于典经。"⑦ 唐代钱翊云："体正而有伦，辞约而居要。始终明白，兹所以为诰也"⑧ （钱翊《舟中录序》）。文辞雅正、意境雄浑、言简意赅、意旨深远是诏令必备的语言风格，这对起草诏令者无疑有着很高的要求，只有具备熟练的文笔、高超的写作技巧的士大夫才能担此重任，能够进入两制是对为官者文才和能力的肯定。《文心雕龙·诏策》有云："淮南有英才，武帝使相如视草；陇右多文士，光武加意于书辞：岂直取美当时，亦敬慎来叶矣。"⑨ 因此，宋代士大夫将撰写制诰视为政治生涯的极高荣誉，两制对于他们而言是难得的"清华之职"。

---

① 穆克宏，郭丹. 魏晋南北朝文论全编 ［M］. 上海：上海远东出版社，2012：80.
② 田锡. 咸平集 ［M］. 罗国威，校点. 成都：巴蜀书社，2008：119.
③ 田锡. 咸平集 ［M］. 罗国威，校点. 成都：巴蜀书社，2008：127.
④ 田锡. 咸平集 ［M］. 罗国威，校点. 成都：巴蜀书社，2008：130.
⑤ 刘勰. 文心雕龙译注 ［M］. 王运熙，周锋，译注. 上海：上海古籍出版社，2016：193.
⑥ 司马迁. 史记：卷一百二十一 ［M］. 北京：中华书局，1959：3119.
⑦ 范晔. 后汉书：卷四十五 ［M］. 李贤，等注. 北京：中华书局，1965：1537.
⑧ 董诰，等. 全唐文：卷八三六 ［M］. 北京：中华书局，1983：8806.
⑨ 刘勰. 文心雕龙译注 ［M］. 王运熙，周锋，译注. 上海：上海古籍出版社，2016：189.

雍熙年间，田锡曾任起居舍人，并以本官知制诰。从田锡现存的文集来看，他所拟制诰文多达一百零九篇。作为宋廷新培养出来的第一代士大夫，田锡能够参与到帝王决策的过程当中，并创制出如此数量的制诰文，在宋初文人当中并不多见。这段两制时光是田锡引以为傲和最为满意的仕宦经历：他身处帝京，不仅能时常与志同道合的至交好友相见，更能经常在君王身边进言，实现"致君尧舜"的政治理想指日可待。因此，他在出任陈州后时常回忆起这段难得的美好时光。在与挚友苏易简和与初次相识的韩援的酬唱诗中，田锡都表达了对西垣之职的眷恋。他在任知制诰期间，公务繁忙，所作诗文也相应减少，其主要精力，都付诸公事当中，所作之文，主要也是这些公文。

考课，是古代社会对官员进行的定期考核，对官员的升迁或黜降有一定的影响。考词，即考核时的评语。考课之制起源于何时已无从考证。隋朝设三省六部制，其中吏部下设考功司，主管百官之考课，列考词。至宋代，官吏一岁为一考，基本以三考为一任。太祖时，户口、赋税、捕盗等为地方官吏考核的主要内容。太宗即位后，将州县官吏的考第分为三等："'政绩尤异'为上，'职务粗治'为中，'临事弛慢所涖无状'者为下。"① 在元丰之前，考课皆有考词。制诰与官员考核，都是极为重要的政治行为，制诰文和考词也都是具有典型的模式化的官方应用类文体，因而清代吴曾祺在《文体刍言》中将考词纳入"诏令类"文体。尽管如此，我们仍能够从中窥见当时的政治生态环境和作文者的政治人格和为文特色。田锡所作制诰与考词，亦显示了他在政治家和文学家双重身份下与众不同的一面，本文在此一并论之。

诏令起源于周朝，"周文王有《诏牧》《诏太子发》二篇……（汉诏）文词典雅，为历朝之所不及"②，魏晋以降，受当时文坛风气的影响，制诰越加讲求藻饰、对仗等写作技巧，且骈文化倾向逐渐明显。制诰文发展到唐代，因六朝文风之余绪，不合事实、追求语言的华美和辞藻的堆砌成为当时风尚。至元稹知制诰，其后又迁中书舍人，在此期间他一直致力于制诰的改革，追用古道。白居易亦积极响应，他对元稹在改革制诰上所做的努力给予很高评价，认为其"能芟繁词，划弊句，使吾文章言语，与三代同风"③（白居易《元稹除中书舍人翰林学士赐紫金鱼袋制》），他在将制诰删繁就简、变俗为雅的过程中可谓功不可没。同时，白居易在撰写制诰时也秉承着复古的原则，以简约的散体、质

---

① 脱脱，等.宋史：卷一百六十 [M].北京：中华书局，1985：3757-3758.

② 吴曾祺.涵芬楼文谈 [M].北京：金城出版社，2011：110.

③ 白居易.白居易集 [M].顾学颉，校点.北京：中华书局，1979：1048.

朴的语言创作了大量的制诰文。元稹、白居易二人为改革制诰文风倾注了不少心力。

作为宋初古文家之一，田锡所作制诰，亦秉承了元稹、白居易的复古倾向。同时，如前文所述，田锡长于辞赋，也擅长制诰，其辞赋雅丽的风格在制诰文中亦有体现。田锡的制诰文，或骈或散，没有统一的标准，完全由行文的需要而定，但有一个共同的特点就是语言质朴典雅，行文简约流畅，试看《六宅副使张茂宗可西京作坊使》：

> 敕：具官张茂宗，尝以文学，早策科名；爰自清班，俾从使职。谦恭周慎，所莅可观。勤干通明，何用不适。虽未周岁律，而益见时才。宜自副车之名，序迁缮工之局。表文武之兼济，彰委任于践更。勉答宠光，别伸殊效。①

全篇以典型的骈体写成，虽为骈体，但结构完整，短小精悍，从关于张茂宗的才能德行的介绍，到对其的委任与勉励，全文不到百字，行文严谨，丝毫没有拖沓之感。该篇用语浅近平易，不加藻饰，同时又不失大气豪迈，读来颇有馆阁之气。

《知制诰制二》云：

> 敕：朕每读《易》，至"言出乎身，加乎民；行发乎迩，加乎远"，未尝不惕然增念。所以言必顾行，行必顾言，书之为典谟，用之成风教。以尔具官某，素有文学，可掌丝纶。尔知朕之言乎？惩恶不近诬，奖善不过誉。尔知朕之行乎？舜闻一善以服膺，汤务日进以为德。尔秉笔之际，斯言莫忘。②

这篇制书用的则是散体。制书以语典开头，典雅庄严，中间为帝王对知制诰的谆谆教诲，表露了知制诰一职的重要性以及帝王对知制诰的重视。其中，两个设问的排比句，宛如君臣之间的日常对话，读来自然亲切，增强了文章的整体表现力，可谓是点睛之笔。该篇最后以事典结尾，显得庄重大气。全文通篇虽为散体，且言辞平易近人，却是高屋建瓴、语重心长，将帝王的心思和口吻揣摩得十分到位。其《三司大将加恩》云："躬耕之礼，用示于劝农；庆赐之恩，必均于效职。以尔等各伸劳绩，常夙夜以在公；例援恩荣，表云雷之沛

---

① 田锡 . 咸平集［M］. 罗国威，校点 . 成都：巴蜀书社，2008：351.
② 田锡 . 咸平集［M］. 罗国威，校点 . 成都：巴蜀书社，2008：355.

泽。"① 短短几句话，将三司之职能以及对其的期盼表露无遗。

田锡所作考词，好用四言，绝少用典，且语言同样质朴精练。《宣城毋克温考词》云："阅其版籍，仅二万户；较其租赋，盈十万数。兵戈之后，灾歉相仍；凋瘵之余，葺理非易。毋克温植性宽简，莅事廉平，既阙佐寮，又兼捕盗。"② 仅数十字，就将毋克温在任期内的德与行总结得全面而到位。田锡指出，毋克温德行兼备，在民生凋敝的情况下仍然能够取得不俗的政绩，故将其考核等级评定为中上。又如在《宁国簿康震考词》中，田锡总结其政绩时云："邑无流民，人鲜为盗。征敛云足，征利弗亏。众人悦宽裕之心，诸邑推办集之地。"③ 言简意赅，只此六句，他便将康震治理下的宁国生动而真实地呈现出来。

田锡作为北宋古文运动的先行者，其所作公文的复古倾向，也印证了北宋即将到来的古文运动，"其实践的意义突出地表现在应用文字方面"④。田锡在公文写作上的大胆尝试，也为北宋文学革新提供了可行的依据。

田锡所作制诰和考词，另一显著特点就是公正无私。

在宋代制诰文中，知制诰难免将个人的好恶掺杂进诏令之中，尤其在对象是自己熟悉的人物时，很难对其进行客观的评价。如端拱元年（988）二月，贾黄中在《李昉罢相除右仆射制》中评价李昉时称："岩廊旧德，文学名儒。践台阁之通班，素高问望；处钧衡之大任，久展谟猷。谦和秉君子之风，纯懿擅吉人之美。"⑤ 李昉在朝中一向风评很好，其与贾黄中私交甚笃，因此，在文中，贾黄中对李昉极尽赞美之词，丝毫不掩饰自己对李昉的喜爱。淳化四年（993），同样是这个为人宽厚、被太宗称为"善人君子"的李昉被罢相，诏令由时任翰林学士的张洎起草，张洎历仕南唐、赵宋两朝，素来以好钻营、善构陷同僚著称。张洎在制书中对李昉极力诋毁，全篇对李昉无一称道之处，其中有云："苟或依违在任，启沃无闻，虽居廊庙之崇，莫著弥纶之效……宜免公台之重，庶全进退之私。俾长中台，尚为优渥。"⑥（《李昉罢相制》）制书中认为李昉根本无法胜任宰相一职，他在相位期间不仅导致阴阳不调，且不知进退，让其任右仆射已是格外开恩。无独有偶，咸平五年（1005），名臣向敏中因违反诏令购买

①　田锡 . 咸平集［M］. 罗国威，校点 . 成都：巴蜀书社，2008：313.

②　田锡 . 咸平集［M］. 罗国威，校点 . 成都：巴蜀书社，2008：362.

③　田锡 . 咸平集［M］. 罗国威，校点 . 成都：巴蜀书社，2008：365.

④　胡念贻 . 中国古代文学论稿［M］. 上海：上海古籍出版社，1987：114.

⑤　曾枣庄，刘琳 . 全宋文：第五册［M］. 上海：上海辞书出版社，2006：335.

⑥　曾枣庄，刘琳 . 全宋文：第三册［M］. 上海：上海辞书出版社，2006：341-342.

薛宅，又被卷入寡妇柴氏之事而遭罢相，制书起草者刚好是与他有旧隙的宋白。宋白在制书中云："翼赞之功未著，廉洁之操蔑闻，喻利居多，败名无耻……对朕食言，为臣自昧，宜从罢免，用肃群伦。"①（《向敏中罢相归班制》）言辞犀利，句句诛心，原本导致向敏中罢相的事件尚有一些疑点，但在制书之中却已然是言之凿凿，且语句之间没有丝毫的隐晦。这些对于温良谦恭、清慎持重的向敏中而言无疑是个巨大的打击，一向喜怒不形于色的向敏中在读此制书之时都忍不住泪流满面，足见此篇制书的杀伤力。

考词和制诰一样，存在同样的问题。考课对官员的黜降有一定的影响，所以负责书写考词者往往多以赞美为主，措辞千篇一律，很少对被考核者的政绩给予负面的评价。因此，人们很难从考词中看出被考核官员的实绩。太平兴国六年（981）二月，太宗下诏，指出当时考课的弊端，即"主司不能彰明臧否，但以细碎之事混淆其间，非所以副朕详求之意"②。可见，在宋初，考第含糊其词、名不副实的现象就已经存在。至王安石从政时，他更是认为考词虚华，并无实质作用，神宗从其建议，遂罢考词。

田锡久历官场，对官场上的相互吹捧、党同伐异自然是非常了解的。他身处漩涡，却能够抽身事外，保持清醒的头脑，执笔之时，对事不对人，不因亲近而有所偏私，不因厌恶而对其妄加诋毁。田锡所作的制诰文与考词，客观且克制，皆从旁观者的立场给予当事人公正的评价，无愧于"天下之正人"的称号。我们从关于胡旦知制诰的制诰文中，即可窥见一二。田锡在《知制诰制一》中提到，作为知制诰，应该是德才兼备之人，"策名以文章之价，莅事有廉干之称"③。田锡与胡旦相识于微时，在入仕之前已是至交好友，而后胡旦与赵昌言结党，冒进之心显露无遗，二人关系或因此而有所改变。不管是胡旦的优点还是缺点，田锡应该是最为了解的人之一。很显然，以胡旦的文才，他担任知制诰绰绰有余，但若论德行，则难当此任。在《户部员外郎充史馆修撰胡旦可知制诰》一文中，田锡仅用了百余字，与其他制诰文无异，对胡旦也不过是"学识该通，笔力遒健，杰出多士，绰有文名"④ 这样中肯的评价而已，丝毫未涉及胡旦的德行。对于胡旦，他既没有给予过多的赞美之辞，也未对其道德品质有任何微词。在文末，田锡用的勉励之辞是"勉修儒行，以答殊恩"，饱含了一个旧友的殷切期盼，可谓意味深长。另如李若拙，他为人正直，颇有吏才。其

---

① 曾枣庄，刘琳．全宋文：第三册［M］．上海：上海辞书出版社，2006：396.
② 李焘．续资治通鉴长编：卷二十二［M］．北京：中华书局，1979：489.
③ 田锡．咸平集［M］．罗国威，校点．成都：巴蜀书社，2008：354.
④ 田锡．咸平集［M］．罗国威，校点．成都：巴蜀书社，2008：334.

曾出使南越，南越君黎桓傲慢无礼，李若拙即遣手下诫以其臣礼，在宴饮之时，"以奇货异物列于前，若拙一不留盱。取先陷蛮使邓君辩以归，礼币外，不受其私觌"①，面对南越君的财物利诱，李若拙丝毫不为所动，除了拿回南越应上交的岁币外，一无所取，还将先前被扣押的宋使一并带回，出色地完成了任务。宋太宗为了嘉奖他，将其升为起居舍人，并充盐铁判官，敕文即田锡执笔。此时的李若拙刚立新功，是太宗眼前的红人，若是一般制诰者，必定极尽溢美之词，而在此文中，田锡评价李若拙时称："珥笔轩墀之下，直吏是咨；运筹征赋之能，干时攸属。"② 他短短数语，对李若拙出使南越之事给予客观、恰当的总结，并无其他虚美之词，显示了制诰者应有的冷静与正直。

田锡作考词，亦是秉承着客观公正的原则。他注重官员的德行，同时也注重他们的实绩，田锡考词中对官员考核等级的评定，都是有理可据的。宋廷的《考课令》是田锡考核官员的主要依据。他在南陵簿杨光益的考词中云："据考课令四善二十七最中，恪勤匪懈为一善。职事修理，供承强济，为监掌之最。"③ 因其一最以上有一善，故将杨光益考为中上等级。而对于太平令贾昭伟，田锡在考词中云："地赋所征，总有二万。国家恩信遽下，凋弊渐苏，而能莅事施劳，在公无过。"④ 从税收到民生，他对贾任职期间的政绩给予全面客观的总结，因而将其定为中上。田锡云："国家设考课之法，官吏在任，功过必书，将以凭否臧而定黜陟也。"⑤ 与其他官员怕开罪同僚，在写考词的时候往往以褒扬为主相比，田锡明显显得铁面无私。在泾县簿王中古德考词中，田锡秉着"功即明言，过亦具举"的原则，对王中古获贼之功给予肯定，而对其输铜之罚也丝毫没有隐匿，最后"依长定格，宣省有殿罚者，其考亦降一等"⑥，将其定为"中下"。

① 脱脱，等. 宋史：卷三〇七 [M]. 北京：中华书局，1985：10134.
② 田锡. 咸平集 [M]. 罗国威，校点. 成都：巴蜀书社，2008：345.
③ 田锡. 咸平集 [M]. 罗国威，校点. 成都：巴蜀书社，2008：361.
④ 田锡. 咸平集 [M]. 罗国威，校点. 成都：巴蜀书社，2008：360.
⑤ 田锡. 咸平集 [M]. 罗国威，校点. 成都：巴蜀书社，2008：367.
⑥ 田锡. 咸平集 [M]. 罗国威，校点. 成都：巴蜀书社，2008：360.

第六章

唐音至宋调的转捩——田锡的诗学思想与诗歌创作

北宋文学家、后辈杨亿在与田锡的书信中称："元礼门墙，固如登于龙阪；乐天诗句，亦远播于鸡林。"① （杨亿《上田谏议书》） 可见，那时田锡不仅拥有极高的政治地位，他的诗歌亦广为流传，被时人称颂。田锡生平最大的爱好便是作诗，他在《归去来》中以他者身份述己之事时称："尔性虽拙颇好学，尔才虽短颇好诗。文学歌诗之外非乐为。"②田锡一生作诗颇多，他曾言："十年苦思诗千首，一夕回肠事万端。"③（《冬夕书事》） 这虽然有些夸张，但其诗作之多却是不可否认的。这些诗歌大部分都已散佚，今存仅有一百多首，然而在宋初诗人中也算数量较多的了。田锡的诗歌，深受最高统治者的喜爱："会乾明节，馆阁中多进诗歌，帝独喜公之辞，乃依韵和赐，令宰相宣付公。"④ （范仲淹《赠兵部尚书田公墓志铭》） 他的诗歌能在众多馆阁之士的作品中脱颖而出，并且还能收到太宗的唱和之作，由此不仅能看出田锡在朝廷中的分量，亦可看出他诗歌功底的深厚。

叶燮云："惟变以救正之衰，故递衰递盛，诗之流也。"⑤ （《原诗·内篇上》） 纵观历代文学，它总是在变化中不断发展演进，诗歌也是如此。唐代诗歌，无论在形式上还是内容上，都已经到达后世难以逾越的高峰。晚唐五代，诗歌明显到了一个盛极而衰的瓶颈阶段。宋初诗坛，多为模仿唐代大家，难出新意，更遑论有宋诗自己的特色。此时的田锡，在诗歌理论上自出机杼，以兼容并包的心态看待诗歌的发展，同时，他在诗歌创作上不仅能集前人之大成，而且能独树一帜，为开创宋诗新局面做出了贡献。钱钟书云："唐之少陵、昌

---

① 曾枣庄，刘琳．全宋文：第十四册［M］．上海：上海辞书出版社，2006：356.
② 田锡．咸平集［M］．罗国威，校点．成都：巴蜀书社，2008：198.
③ 田锡．咸平集［M］．罗国威，校点．成都：巴蜀书社，2008：140.
④ 曾枣庄，刘琳．全宋文：第十九册［M］．上海：上海辞书出版社，2006：37.
⑤ 叶燮，沈德潜．原诗·说诗晬语［M］．孙之梅，周芳，批注．南京：凤凰出版社，2010：16.

黎、香山、东野，实唐人之开宋调者。"① 田锡以杜甫、韩愈、白居易等前代名家为诗学典范，他对唐代诸家的继承、创新与突破，为宋调的最终形成奠定了基础。

第一节　田锡的诗学思想

在宋初众多文士当中，田锡的诗学思想可以说是最为复杂多样的。一方面，他的诗学思想与他的散文思想一脉相承，体现了他作为传统儒士的文学观以及复兴儒学的社会责任感。另一方面，他又将诗歌与散文分离开来，对诗歌的创作目的和创作手法以及审美倾向有着与散文不一样的、独特的体认。也正是这些既有传承又有新变的诗学思想，田锡在宋初复古士人中能独树一帜。

一、创作目的：美刺与自适的平衡

（一）美刺传统的重提

"美刺"是中国古代所强调的诗歌重要的社会功能之一，在《诗经》中，不乏美刺之诗。歌颂、赞美国君的如《大雅·常武》，其描述了周宣王亲征，平定叛乱并取得胜利的内容。《生民》《公刘》等则歌颂了周人远祖开国立业的事迹。讽刺诗如《小雅·正月》，其无情地揭露了贵族的残暴与昏庸。《大雅·瞻卬》则痛斥周幽王昏庸无道，宠幸褒姒而惹得天怒人怨，最终导致亡国。其余如国风中的《硕鼠》《伐檀》等，都是讽刺统治阶级的名篇。而在诗歌理论上正式提出美刺之说的应始于《毛诗序》。《毛诗序》继承了孔子的儒家诗教观，其中提到诗歌的教化意蕴，"上以风化下，下以风刺上"②，明确指出诗歌的政教功用。至唐代，白居易、杜甫致力于现实主义诗歌的写作，更是将诗歌的"刺"之功能发挥到极致。

杜甫与白居易所代表的儒家诗学传统，对田锡影响至深，在他的诗歌当中，亦继承了"美刺"之传统。田锡对杜甫、白居易诗歌的推崇与接受，很大一部分源于二人诗歌所体现出来的现实主义精神。他不仅仅是对白居易、杜甫诗语言和形式的模仿，还继承了二人关心时事的现实主义精神。田锡在《进文集表》中言："臣闻美盛德之形容谓之颂，抒深情于讽刺莫若诗。赋则敷布于皇风，歌

---

① 周振甫，冀勤.钱钟书《谈艺录》读本［M］.上海：上海教育出版社，1992：570.
② 阮元.十三经注疏［M］.北京：中华书局，2009：566.

亦揄扬于王化。下情上达，《周礼》所以建采诗之官；君唱臣酬，《舜典》于是载赓歌之事。"① 田锡主张恢复诗歌"美刺"传统，并将诗歌赋予了明显的功利性，将诗歌创作的最终目标归结于为政统服务。他认为诗歌须"抒深情于讽刺"，应以政治讽谏为最深要义。

田锡指出，"尝因叠嶂危楼，既登高而必赋；钓台浅濑，亦倚棹以成诗。岂唯抒子牟恋阙之心，其实歌文王南国之化。菁英虽寡，编缀靡遗"②，自己无论是外宦还是殿内供职，都能坚持不懈地进行诗歌创作，抒发自身情感只是其次，其最主要目的是"歌文王南国之化"。作为太平之世的一份子，出于对盛世发自内心的赞美和爱国情怀的感召，对朝廷歌功颂德是士大夫不由自主的情感表达。田锡的这个观点，在他对司马相如和扬雄的态度上也能够体现出来。司马相如、扬雄的辞赋多为歌功颂德所作，作为汉代蜀地具有代表性的文学大家，他们在宋初却是极富争议的。有些士大夫对他们以辞赋悦君王的行为不以为然，认为有失士之体统，甚至有辱文人气节。丁谓在《大蒐赋序》中云："司马相如、扬雄以赋名汉朝，后之学者多规范焉……观《子虚》《长杨》之作，皆远取旁索灵奇瑰怪之物，以壮大其体势，撮其辞彩，笔力恢然，飞动今古，而出入天地者无几。然皆人君败度之事，又与典正颇元。"③ 他认为二人文学作品题材单一，多为奉承帝王之作，远离"典正"，有违雅驯。田锡却正好相反，他一直以司马相如等人为自己的人生榜样，同时对他们所作辞赋流露出赞赏和倾慕之情。在《依韵和吕抗早秋赋》中，田锡对汉代的文学侍从称赞有加，"歌事曰风，而布义曰赋，赋可金门而献之"④，认为诗歌辞赋可以献于帝王，以资圣览，只要能够让君王看到后有所收获，就算是做侍从之臣也并无任何不妥。田锡不仅在理论上提倡恢复诗歌的政教功能，还积极将其付诸自己的亲身创作中。其所仕太宗、真宗二朝，大宋正处于比较安定繁荣的阶段，出于维护国家统一，增强中央王朝凝聚力的需求，他的诗歌亦有歌颂太平盛世之作，如《圣主平戎歌》《乾明节祝寿诗》十九首等，不仅表现出对宋初帝王英明睿智形象的极力歌颂，还流露出身在太平之世的骄傲和自豪。

更重要的是，除了歌颂太平盛世和统治阶级外，对于朝廷治下的不足和社会的不公现象，田锡在诗歌创作中亦进行毫不留情地揭露。田锡在《思归引》中就详细描述了当时的政治弊端给普通百姓造成的恶劣影响：

---

① 田锡. 咸平集［M］. 罗国威，校点. 成都：巴蜀书社，2008：236.
② 田锡. 咸平集［M］. 罗国威，校点. 成都：巴蜀书社，2008：236.
③ 吕祖谦. 宋文鉴：卷一［M］. 四部丛刊初编本.
④ 田锡. 咸平集［M］. 罗国威，校点. 成都：巴蜀书社，2008：65.

　　　　河朔受诏书，移官向湖外。初问禁法茶，次问丁身税。税口征四百，茶利高十倍。老死及充军，县籍方消退。采摘不入官，公家定科罪。何以升平时，遗民犹未泰。何以在位者，兴利不除害。我愿罢秩归，天颜请转对。一言如沃心，恩波必霶霈。①

　　此诗作于田锡初知睦州的时候，当时宋廷正处于刚稳定阶段，加之高梁河战役的重创，太宗欲集全国之经济力量与辽一战，以求一雪前耻。朝廷财政吃紧，统治者唯有将各种苛捐杂税都加到百姓头上。除了正常的税收项目之外，还有以人头收费的"丁身税"，同时宋廷又实行严格的禁茶制度，禁止百姓私自贩卖茶叶。税收项目的繁复和税收金额的庞大，都非普通百姓所能承受。身处太平之世，百姓却因为赋税、徭役制度的不合理而难以安身，这显然让作为父母官的田锡无法释然。

　　田锡所作《苦寒行》，对时政之弊的讽刺和揭露更加明显和不留情面，其中有云：

　　　　禄粟不忧饥，帑俸无乏绝。江海主恩深，素餐心激切。儿童温且饱，当风沂凛冽。朝索暖寒酒，暮须汤饼设。不知有饥寒，灯火夜暖热。越人轻活计，春税供膏血。及至风雪时，日给多空竭。樵苏与网捕，负薪冰路滑。口噤无言语，股栗衣疏葛。藜藿不充饥，冻饿多不活。惭惶襦袴恩，彷徨空殒越。②

　　一面是饥寒交迫，却依然要辛勤劳作的穷苦百姓；一面是衣食无忧，不知民间疾苦的朝廷官员。田锡强烈地谴责了那些心安理得食君之禄、饮民众膏血的士大夫。身为朝廷官员，田锡亦是生活舒适无忧群体当中的一员，但他却能够以己度人，设身处地为百姓着想，体察民间疾苦，并在文学创作上主动为百姓发声，批判与自己同朝为官的某些士大夫，这种胆量和担当，在当时的宋初诗歌史上和文人士大夫群体创作中，是极其罕见的。田锡这些关于"刺"的诗歌，其态度之强硬，已经完全突破传统诗教所提倡的"主文谲谏"，直接继承了中唐新乐府运动的现实主义精神。

　　董棻在《严陵集》里记录了田锡知睦州时写下的《悯旱》，其中有"下车逢岁旱，祷庙望秋成。火轮转瞳昽，赤日弥高明。稻苗已枯死，麦垄不堪耕"③

---

① 田锡. 咸平集［M］. 罗国威，校点. 成都：巴蜀书社，2008：197-198.
② 田锡. 咸平集［M］. 罗国威，校点. 成都：巴蜀书社，2008：190-191.
③ 董棻. 严陵集：卷三［M］. 文渊阁四库全书本.

之句，以写实的手法对干旱给当地农业和百姓造成的伤害进行了细致的描述，更表达了田锡作为地方官，对民生多艰的痛心与感叹。即使是写景或抒情的诗歌，田锡仍忧心民瘼，如《秋霖》："菊花潦倒雨冥冥，秋菌参差上壁生。台榭可堪闲眺望，池笼不快野心情。猿啼山馆寒无梦，灯背风帘滴到明。却为农家妨敛获，丛祠精舍拟祈晴。"① 他所创作的关于民生疾苦的诗歌多是在为官后有感于自己的亲眼所见和切身体会而作，充分体现了士大夫行道之自觉。

先于田锡入朝的宋廷士大夫，对诗歌的"美刺"功能很少提及。五代时期，虽也有极少强调诗歌的政教功能之人，但在入宋后亦碍于贰臣的身份而不复有往日的淑世情怀。南唐入宋的徐铉在《成氏诗集序》中云："诗之旨远矣，诗之用大矣，先王所以通政教、察风俗，故有采诗之官、陈诗之职。物情上达，王泽下流。及斯道之不行也，犹足以吟咏情性，黼藻其身，非苟而已矣。"② 他虽提到诗歌传统的风教功能，却是用一种两可的心态来看待的，他认为若是大道不行，不能得君行道，则诗歌的主要功能就是抒发诗人感情，彰显诗人文采才气，不再也不需要发挥政治上的作用，即所谓"君子有志于道，无位于时，不得伸于事业，乃发而为诗咏"③（徐铉《邓生诗序》）。这种观点在他进入宋廷之后表现得尤为明显。作为贰臣，徐铉入宋后就已经失去了参政的主动性与主体意识，他后期的诗歌创作，更是甚少流露出对时政的关心。与田锡同时期入仕的士大夫，极少提到诗歌政教功能。颇有吏才的名臣张咏就曾指出，文士之笔应"陈布道德，施张化风，有以惩，有以劝，有以规，有以讽"④（张咏《进文字表》），同时他还强调诗歌的功用应是劝善惩恶，要有补于世。然而，张咏对诗的政教功能，只是偶有提及，且仅限于自我的内心认知，并没有强烈的呼吁和以己及人的自觉，在他的诗歌创作中也甚少流露出政治功能的倾向。在此太平盛世之下，自然不乏对朝廷歌功颂德的诗歌和创作者。田锡的难能可贵之处在于，他不仅提倡诗歌颂美功能，还让诗歌"刺"的功能得以发挥，以补时政。

（二）诗歌自适的提倡

值得注意的是，田锡一方面肯定和提倡诗歌具有美刺的功用；另一方面，他在进行诗歌创作时，又不自觉地将诗歌视为情感宣泄、自适的工具。作为宋

---

① 田锡. 咸平集 [M]. 罗国威，校点. 成都：巴蜀书社，2008：159.
② 曾枣庄，刘琳. 全宋文：第二册 [M]. 上海：上海辞书出版社，2006：189.
③ 曾枣庄，刘琳. 全宋文：第二册 [M]. 上海：上海辞书出版社，2006：199.
④ 曾枣庄，刘琳. 全宋文：第六册 [M]. 上海：上海辞书出版社，2006：87.

初最具声名的士大夫之一，田锡给世人的形象总是积极正面的。但人是情感复杂的动物，田锡的一生，经历过许多跌宕起伏，他内心的情感也并非一成不变的。于是，文学在很大程度上成了他心灵与情感的寄托。诗歌创作对于田锡而言，是他唯一可以自由宣泄情感的方式，亦是一个心理补偿的过程。田锡那些不足为外人道的情感变化和心理体验，都记录在他的诗歌作品当中，也正是这些诗歌，向我们展示了田锡性格的多面性。

田锡在入仕之前，曾出蜀游学数年，为官之后，又因贬谪远离阙下数年，其间自然有心情苦闷彷徨的时候，这些情绪亦体现在他的诗作之中。在入仕之前，田锡的此类诗作多以思乡以及抱负难施的情绪为主，如《冬夕书事》："堪嗟栖屑客长安，风雪加添近腊寒。冻笔呵来书字淡，孤灯挑尽向窗残。十年苦思诗千首，一夕回肠事万端。家住天涯归未得，岭梅江蓼自辛酸。"① 此诗作于田锡客居长安之时，诗中写尽羁旅之人的心酸，远离故土，身无长物，在寒冬冷夜的背景衬托下，一个条件艰苦、满腹愁肠的文士形象跃然纸上。《三月二十八日书怀》："惜春将尽自徘徊，巷馆残阳户半开。芳树更无莺舌语，故巢空有燕归来，音书杜绝家千里，愁愤消磨酒一杯。地狭长沙何所适，行谣方忆摘杨梅。"② 他入仕之后，此类诗作的内容又以抒发思阙之情为主，如《秋夜有怀寄副翰林宋白舍人》："秋声萧瑟北山椒，赖有琴樽遣寂寥。书幌静怜斜月鉴，窗灯寒带落花挑。久辞知己来江国，少寄音书过海潮。因想玉堂今夜直，建章宫漏正迢迢。"③ 远离阙下，久辞知己，只有自己孤身一人在外为官，心情自然是寂寥惆怅的。田锡想到自己的知己宋白此时或许正在值夜，因而联想到遥远的宫阙，对好友以及朝廷的眷恋让诗歌的哀婉又加深了一层。《暇日偶题》："年来吟鬓已星星，乌石谿边叶又零。帘下孤灯删草奏，窗间叠嶂读茶经。瘴乡怕袭山岚毒，野艇嫌冲水雾腥。天末岂忘归去意，白云掩映数峰青。"④ 此为田锡身处睦州时所作，迥异的生活环境本就难以适应，加之自己外宦数年不得归，个中的心情自是难以言说的苦闷，身体和心灵的双重不适加重了诗歌凄苦的基调。端拱二年（989），田锡上疏直斥宰相及太宗，出知陈州。此次田锡受罚，虽问心无愧，但让他的内心遭受了很大的打击。远离宫阙和两制好友让他终日郁郁寡欢，他写下了很多与旧友唱和的诗歌，以此表达对旧友的思念和对阙下的留恋。最重要的是，他意识到官场的黑暗和自己的有心无力，开始萌生退意。田

---

① 田锡.咸平集［M］.罗国威，校点.成都：巴蜀书社，2008：140.
② 田锡.咸平集［M］.罗国威，校点.成都：巴蜀书社，2008：143.
③ 田锡.咸平集［M］.罗国威，校点.成都：巴蜀书社，2008：158.
④ 田锡.咸平集［M］.罗国威，校点.成都：巴蜀书社，2008：159.

锡在陈州写下歌行《归去来》，是唯一一首记录他为官史上心态变化的诗歌。在诗中，他第一次表现出对官场的厌倦和对退隐生活的向往："王事一埤遗我兮，终日孜孜，心力疲劳齿发衰……金门玉堂若无分，随分官职胡不归。苟能遣得婚嫁累，又何苦忧伏腊资。尔不闻仲尼曰，饭疏食饮水，曲肱而枕之，乐亦在其中，浮云富贵非尔宜。表圣表圣，尔当念兹而在兹，勿使无其实而有其词。"① 全诗以第二人称的口吻，对自己的前半生进行了一个总结，表面上是宽慰自己切勿躁进，应随遇而安，实际上却难掩自己内心的疲惫与失望。

当然，偶尔的感情宣泄，并不代表田锡的君子人格和淑世情怀有丝毫消减。田锡总能在沉郁之后为自己找到明亮的出口，如《自勉》：

> 飘泊年年颇恨身，梁园未到滞咸秦。上楼独为青山立，揽鉴初惊白发新。北叟何曾悲失马，宣尼犹自问迷津。功名分有终须得，莫强忧愁耗尔神。②

此时的田锡，已经三十出头，远离故土，功名未就，常年漂泊在外。诗的前两句指明写作背景，为全诗定下沉郁的基调。接下来两句，以细节描写点出年华的逝去，诗歌悲凉的色彩又增加一层。紧接着，诗人话锋一转，以塞翁失马和孔子问津两个典故，鼓励自己终会有拨云见日的一天。他在《寄蒲城宋白小著》中亦表现出同样的情绪转折，此时的田锡，居无定所，但在一通郁郁不得志的发泄之后，他仍能够发出"时来富贵终须有，懒学梁鸿赋五噫"③ 的振奋之音。

除了自我调适、自我排遣的自适诗外，田锡的自适诗也有积极主动的一面，即自我愉悦、纵情于山水间的怡然自得。田锡长于西蜀，蜀地群山矗立，到处皆景，其独特的自然风光和人文景观可以说是蜀地历代诗人写作灵感的主要来源，田锡当然也不例外。他的诗歌《峨眉山歌》《寄题象耳寺》等等，或描绘山川自然，或记录游历时的景色和心情，都充满了浓郁的地域特色。田锡为地方官时，也写下了大量清新优美的山水诗。彼时的田锡，衣食无忧，且能以一己之力致一方之太平，心绪自然是宁静美好的。因此，他此时所写的诗歌整体充满着恬淡安逸的情绪，如《红树》《秋霖》《七里滩》等等。这些诗歌，表达了田锡对自然美景的喜爱，也流露出他独特的审美情趣。同时，田锡深厚的文学功底，又让这些自然景观在他的笔下得以生动显现。

---

① 田锡．咸平集［M］．罗国威，校点．成都：巴蜀书社，2008：198.
② 田锡．咸平集［M］．罗国威，校点．成都：巴蜀书社，2008：134.
③ 田锡．咸平集［M］．罗国威，校点．成都：巴蜀书社，2008：133.

这些情感多变的诗歌作品的存在，使田锡成为一个形象立体、性格饱满的人物，也让田锡能够在生活的重压和官场的尔虞我诈之后有心灵的栖身之所。在这里，他可以是穷困潦倒的一介书生，也可以是雄心勃勃的丈夫豪杰，还可以是盛世之下的逍遥士大夫，更可以是看透世事的官场隐者。在这里，没有儒家的士志于道，没有政治家的忧国忧民，有的只是属于一个文人的一方净土。田锡的自适诗，可以说是他心灵深处最真诚的表露。

美刺和自适这两种迥异的作诗归趣，看似相互矛盾，实则体现了田锡作为士大夫和文人双重角色所表现出来的对文学的不同诉求。对诗歌"美刺"的提倡，是田锡基于正统儒士的身份，对儒家传统诗教观和唐代诗歌现实主义精神的承袭；对诗歌"自适"功能的创作诠释，则是田锡自我解脱的心理需求和旷达、脱俗的志趣使然，预示着宋代士大夫专注自身创作心态的转变。田锡在"美刺"与"自适"的创作天平中找到了难得的平衡，并将二者融为一体，尤其是他的诗歌创作以"自适"为贵，正体现了他在新时代下对文化人格的自觉追求。其后，欧阳修明确提出自适为诗歌的主要功能，苏轼更是"以文章余事作诗"①。诗歌的美刺功能逐渐被淡化，诗歌的地位亦由"不朽之盛事"的文体之一转而成为难以与散文相提并论的存在。这样的结果，或许是田锡意料之外的却又是意料之中的。

二、语言风格：雅正与艳丽并举

针对诗歌和散文这两种不同的文学形式，田锡主张"诗变于文"，他对诗歌的态度是极其包容的。关于诗歌的常态与变态，田锡在《贻陈季和书》中有详细的论述：

> 李太白天付俊才，豪侠吾道，观其乐府，得非专变于文欤？乐天有《长恨》词、《霓裳》曲、五十讽谏，出人意表，大儒端士谁敢非之？何以明其然也？世称韩退之、柳子厚萌一意、措一词，苟非美颂时政，则必激扬教义……然李贺作歌，二公嗟赏，岂非艳歌不害于正理，而专变于斯文哉？②

首先，对于那些出人意表，充满才气的神来之作，田锡是持赞赏和支持态度的。李白、白乐天，皆诗中豪杰，他们所作之诗歌，文采飞扬，他们引领着

---

① 王灼.碧鸡漫志校正［M］.岳珍，校正.成都：巴蜀书社，2000：34.
② 田锡.咸平集［M］.罗国威，校点.成都：巴蜀书社，2008：32-33.

文坛的审美标准，即使异于常人，亦无人敢有非议。其次，田锡承认韩愈、柳宗元二人的诗歌雅正不俗，是可以与圣人之文相提并论的大道之作。适逢盛世，为朝廷歌功颂德乃是一个普通文士发自内心的自豪与自觉，与此同时，利用诗歌宣扬儒道，亦是一个传统儒士的自觉。最后，田锡提出"艳歌不害于正理"的文学观点，他认为，李贺之诗，新奇诡谲，却能得到韩愈、柳宗元等文学名儒的欣赏，就更加证明了"变态"诗歌存在的合理性。对于五代盛行的宫体诗，他仍采取宽容的心态："莫嫌宫体多淫艳，到底诗狂罪亦轻。"①（《吟情》）这在当时立志于变革宋初文风的文士看来，无疑是石破天惊之语。

田锡所作诗歌同样践行着他雅正与艳丽并重的多样化风格。

雅正风格的如《御试二仪合德诗》：

> 圣主承祧兑泽深，乾坤玄化合尧心。黄舆比厚施生植，白日齐明远照临。周普至仁符积载，霶流睿渥若春霖。游鳞在藻方谐性，犷俗乘桴自献琛。和悦感人生瑞霭，穆清流咏在薰琴。小臣幸与观光试，敢效祈招颂德音。②

此诗为田锡参加殿试时所作，以"心"字为韵。诗中充满对宋太宗执政清明的赞美和身处太平盛世的自豪，以及他作为普通士子能够突围而出，参加殿试的荣幸与自豪。语言庄重雅正，虽为考试之作，但颇具演纶之气。《圣主平戎歌》，用语同样典正有余，其中诸如"汉王曾上单于台，壮心磊落侔风雷……涂山禹帝戮防风，涿鹿蚩尤死战锋。锋芒俱染玄黄血，紫气逶迤龙凤盖"③ 之句，用典极多，气势恢宏。

田锡的诗歌中，也有不少风格艳丽之作，如《晓莺》："春宵已阑更点急，烟柳濛濛露花湿。画堂深邃楼阁寒，碧纱窗中月华入。早莺百啭催朝阳，簧言绮语何铿锵。云飞雨散梦初破，闻时满枕梨花香。"④此段为诗歌开头，描述的是春寒料峭，夜雨初过后的清晨景色，不管是意象的选择，还是场景的描绘，都极尽细腻和华美，颇具五代绮丽诗风之神韵。《惜春词》亦是田锡华丽诗风的代表作，其中写到太宗幸洛阳时的场景：

> 天子銮舆驾幸时，嵩峰瑞霭笼郊圻。扈从千官与万骑，翊卫羽林兼伏飞。六宫随驾罗珠翠，诸王从行陪七贵。香气成霞金犊车，鸣珂中节虹龙

---

① 田锡．咸平集 [M]．罗国威，校点．成都：巴蜀书社，2008：140.
② 田锡．咸平集 [M]．罗国威，校点．成都：巴蜀书社，2008：145.
③ 田锡．咸平集 [M]．罗国威，校点．成都：巴蜀书社，2008：179.
④ 田锡．咸平集 [M]．罗国威，校点．成都：巴蜀书社，2008：176.

驷。朱桥细柳端门前，画舫横塘会节园。朝花贵侠珊瑚席，夜烛娇娥玳瑁筵。①

遣词雍容华美，意象大气深沉，场面的宏伟盛大，装饰的精美华贵，以及洛阳城的繁华与热闹，都在笔端显现出来。《华清宫词》《风筝歌》等，都体现出他绮丽的诗风。

田锡的诗学思想，承继了儒家传统的诗教观，强调诗歌的政教功能，同时，他又讲求诗歌要抒发自己的真性情，并在诗歌审美风格上主张兼容并包，矫枉而不过正，这些对当时及后世文坛都具有重要的借鉴意义。

第二节　以文为诗的宋调初探

宋初诗坛，大部分人继承了唐代诗人传统诗歌的艺术表现手法，第一章提到的白体诗和晚唐体，无一不是唐诗的延续。此时的大部分文士，对宋诗之发展方向尚无清醒的认识。田锡却能够以高屋建瓴的姿态，于唐诗之外另辟蹊径，开始"以文为诗"的初步尝试，为宋诗发展成与唐诗并肩的高峰提供了可能。

"以文为诗"，是将文的章法、字法等引入诗歌创作中来，以文章的写作手法来写诗。清人赵翼云，"以文为诗，自昌黎始"②，然在韩愈之前，就已经有诗人开始以散文的笔法入诗。以文为诗，"自《诗经》已是滥觞，汉乐府也见端倪"③，如诗仙李白，就极擅长以文章的笔法来写诗，其代表作《蜀道难》："噫吁嚱，危乎高哉！蜀道之难，难于上青天！蚕丛及鱼凫，开国何茫然！尔来四万八千岁，不与秦塞通人烟……"④ 一般来说，诗讲求凝练，故而虚词很少出现在诗歌当中，李白却一反常态，将大量的虚词引入诗中，同时又以杂言互相交错其中，不受诗歌句法和韵律的约束，体现出磅礴的气势和不可遏制的情感。《将进酒》亦是以文为诗的典型。全诗以三言、七言为主，毫无韵律可言，全似散文的写法，长短句的自由挥洒，体现了诗人不羁的个性和前无古人的魄力。及时行乐的劝解在诗中被诗人表现得淋漓尽致。这些不受韵律章法拘束的诗歌，

---

① 田锡. 咸平集 [M]. 罗国威，校点. 成都：巴蜀书社，2008：178.
② 赵翼. 瓯北诗话 [M]. 霍松林，胡主佑，校点. 北京：人民文学出版社，1963：56.
③ 阎琦. 论韩愈的以文为诗 [J]. 西北大学学报（哲学社会科学版），1983（2）：49-59.
④ 彭定求，等. 全唐诗：卷一百六十二 [M]. 中华书局编辑部，点校. 北京：中华书局，1999：1683.

完全契合了李白浪漫浮夸的气质，让他的一腔热情和无处安放的情感得以充分表达。因此，这些以文为诗的诗歌，必然会成为脍炙人口的名篇。白居易在诗歌创作当中也曾以文之写法入诗。《太行路》："君不见左纳言，右纳史，朝承恩，暮赐死。行路难，不在水，不在山，只在人情反覆间。"① 三言、五言相杂，《紫毫笔》："毫虽轻，功甚重，管勒工名充岁贡，君兮臣兮勿轻用。"② 则三言、七言交错，诸如此类。白居易也好以虚词入诗、以议论入诗，如"谓天果爱民，胡为夺其年？"③（《哭孔戡》）"宣城太守知不知？一丈毯，千两丝，地不知寒人要暖，少夺人衣作地衣。"④（《红线毯》）或反问，或设问，毫无诗歌的韵律与章法可言，但读来铿锵有力，极具感染力。

"以文为诗"这一文学现象虽不自韩愈始，但是经过韩愈的提出和发扬而得到明确的体认。韩愈好"以文为诗"，几乎是后人的共识。宋代释惠洪在《冷斋夜话》中记载沈存中等四人谈诗之事，存中曰："退之诗，押韵之文耳。"⑤ 陈师道亦云，"退之以文为诗，子瞻以诗为词"⑥。前人对"以文为诗"艺术手法的初探，只是纯粹为了表达自己内心的思想感情，并不带任何的功利性，因而影响是有限的。韩愈在诗歌创作中提倡的"以文为诗"，是在古文运动的大背景下提出来的，也是他变革诗风的一大举措，因此"以文为诗"经由韩愈的实践而具有不一样的意义。

这首《马厌谷》是韩愈"以文为诗"的典型：

> 马厌谷兮，士不厌糠籺；土被文绣兮，士无短褐。彼其得志兮，不我虞；一朝失志兮，其何如。已焉哉，嗟嗟乎鄙夫。⑦

诗的前四句，以富贵人家吃谷吃到厌恶的马和铺着精美刺绣地毯的地面与

---

① 彭定求，等．全唐诗：卷四百二十六［M］．中华书局编辑部，点校．北京：中华书局，1999：4706．

② 彭定求，等．全唐诗：卷四百二十七［M］．中华书局编辑部，点校．北京：中华书局，1999：4719．

③ 彭定求，等．全唐诗：卷四百二十四［M］．中华书局编辑部，点校．北京：中华书局，1999：4666．

④ 彭定求，等．全唐诗：卷四百二十七［M］．中华书局编辑部，点校．北京：中华书局，1999：4714．

⑤ 惠洪，费衮．冷斋夜话·梁溪漫志［M］．李保民，金圆，校点．上海：上海古籍出版社，2012：19．

⑥ 陈师道．后山诗话［M］．文渊阁四库全书本．

⑦ 彭定求，等．全唐诗：卷三百三十七［M］．中华书局编辑部，点校．北京：中华书局，1999：3788．

衣食无着的寒士作对比，形象地突出了社会地位悬殊所带来的不公正现象。接下来四句，诗人发出议论，道出士人的尴尬境地。这首古体诗，不仅句式上三言、五言交错且以虚词入诗，还以议论入诗，这是韩愈许多诗歌的共同特点，其余如《刘生》《谢自然诗》等，皆是此类。

韩愈"以文为诗"，并不仅仅止于其他人的"虚词""议论"以及句式杂糅等，最重要的是，在诗歌的谋篇布局上，他也采取了与文相同的写作手法。这首游记诗《山石》，被视为韩愈"以文为诗"作品中最具代表性的诗歌：

> 山石荦确行径微，黄昏到寺蝙蝠飞。升堂坐阶新雨足，芭蕉叶大栀子肥。僧言古壁佛画好，以火来照所见稀。铺床拂席置羹饭，疏粝亦足饱我饥。夜深静卧百虫绝，清月出岭光入扉。天明独去无道路，出入高下穷烟霏。山红涧碧纷烂漫，时见松枥皆十围。当流赤足踏涧石，水声激激风吹衣。人生如此自可乐，岂必局束为人鞿。嗟哉吾党二三子，安得至老不更归。①

该诗以散文的表现手法入诗，将山水游记以诗的形式表现出来，可谓别开生面。诗歌按照时间顺序，详细记录了诗人游惠林寺的所见、所闻和所感。前面四句写黄昏时分，诗人到寺庙之后见到的初夏景色，动静结合更显寺院的宁静祥和。接下来四句，写寺中僧人的热情款待。"夜深"两句，写诗人留宿时的寺中夜景，突出万籁俱寂的清冷。"天明"六句，写天亮之后，诗人离开寺庙，一路上的所见所闻，极力突出山中景色的美好。最后四句为诗人的感慨，即对山中自然美景的留恋和对自由人生的向往。全篇有写景，有抒情，有议论说理，"只是一篇游记，而叙写简妙，犹是古文手笔"②，全诗谋篇布局，皆为古文章法，但又不乏诗意，充分体现了韩愈游刃有余的文字功底。

陈善在《扪虱新话》中云："'韩以文为诗，杜以诗为文'，世传以为戏。然文中要自有诗，诗中要自有文，亦相生法也。文中有诗，则句语精确；诗中有文，则词调流畅。谢玄晖曰：'好诗圆美流转如弹丸。'此所谓诗中有文也。"③ 陈善充分肯定了"诗"与"文"二者之间相辅相生的关系，同时也肯定了韩愈为扭转柔靡的大历诗风而采取"以文为诗"疗救之法的必然性与可行性。宋初诗坛，同样处于与韩愈当时相似的境地。宋代对韩愈"以文为诗"创作手

---

① 彭定求，等. 全唐诗：卷三百三十八［M］. 中华书局编辑部，点校. 北京：中华书局，1999：3790.
② 方东树. 昭昧詹言［M］. 上海：上海古籍出版社，1980：148.
③ 朱易安，傅璇琮，等. 全宋笔记：第五编十册［M］. 郑州：大象出版社，2012：71.

法的接受，应始于田锡。田锡对韩愈的接受和模仿是显而易见的，他曾在与友人的书信中称赞"韩吏部之高深"，并称自己在文学创作时，"或类于韩，或效于柳"①。在面临唐代诗歌的辉煌和五代诗坛的萎靡的双重压力下，田锡遵循韩愈的疗救之方，开始了"以文为诗"在宋代的探索。

田锡的"以文为诗"，首先体现在以散文的写法入诗。这在他的古风歌行中表现得非常明显，典型的如这首《归去来》：

> 归去来，诗不云乎，王事一埤遗我今，终日孜孜，心力疲劳齿发衰。尔今已年五十二，前去七十几多时。尔性虽拙颇好学，尔才虽短颇好诗，文学歌诗之外非乐为。金门玉堂若无分，随分官职胡不归。苟能遣得婚嫁累，又何苦忧伏腊资。尔不闻仲尼曰，饭疏食饮水，曲肱而枕之，乐亦在其中，浮云富贵非尔宜。表圣表圣，尔当念兹而在兹，勿使无其实而有其词。尔若舍灵龟而观朵颐，无乃见尔疵尔疵。②

诗歌前半段自陈生平，从年龄到兴趣，再到对仕宦生涯的总结，以叙述的口吻娓娓道来。后半段表面上看是自我劝解，实际则是自我心声的表露。全诗用语皆为散文手法，语句忽长忽短，错落有致，全无诗歌所谓工整的句式、和谐的节奏，形散而神不散，以诗人思想情感的流动为线索，对现实的妥协以及对时光流逝的感叹随着诗歌的行进喷薄而出，情感浓烈但不张扬，很容易让读者感同身受。由此看来，这首诗更像是一篇短小的自我剖白的文章。

田锡《琢玉歌》中云："蓝谿中，荆山峰，结灵凝粹生群玉，飞英荡彩如长虹。"③ 两短两长，节奏明快，干脆利落，且语义明确，既保持了诗歌的韵律，又有散文的松散凝神，读来朗朗上口，让人过目难忘。又如《赠宋小著》，全诗以七言为主，但也掺杂了一大段杂言句式："所以房星之精姓东方，字曼倩，受天命，佐炎汉；昴星之灵其姓萧，其名何，贵为相，封于酂。复有中台称茂先，读书三十车，乃为晋朝辅相之大臣。又有长庚字太白，下笔一万字，是为唐朝之俊人。予知下则诞而为俊杰，上则列之为星辰。"④ 通篇来看，此为意之所至，不得不发，且语义流畅，一泻千里，毫无突兀之感，颇有李白诗歌的神韵。《西楼残月歌》："西楼置酒宾客欢，西楼酒阑夜亦残。汪汪月华如玉盘，酒力不

---

① 田锡．咸平集［M］．罗国威，校点．成都：巴蜀书社，2008：34.
② 田锡．咸平集［M］．罗国威，校点．成都：巴蜀书社，2008：198.
③ 田锡．咸平集［M］．罗国威，校点．成都：巴蜀书社，2008：188.
④ 田锡．咸平集［M］．罗国威，校点．成都：巴蜀书社，2008：187.

禁明月寒。"① 其遣词不甚严谨，虽有韵脚，但整首诗似朴素的叙述文一般。在句式节奏的处理上，田锡也是随心所欲，不受常规拘囿，往往能自出机杼。他在《酬宋湜贾黄中二学士菊花之什兼呈诸厅学士》中写道："靖节先生/曾赏菊，东篱/遥霜/花正开。翰林主人/共赏菊，北门/吟咏/有余才。"② 其以七言诗常规的"二二三"句式，间以"四三"节奏，可谓别出新意，使整首诗如散文般自在流动。

其次，田锡还承袭了韩愈以散文的谋篇布局写诗的创作方法，典型的如《赠别琅邪评事兼寄两制旧交》：

> 我从蜀国来咸秦，长安久客多风尘。因此移居清渭北，与君在彼初相识。相识经今二十年，支离契阔长相忆。去年罢直西掖垣，君亦醴泉方解官。关中路遥宛丘道，不远千里来相看……淮阳郡吏若早替，帝乡即有相见期。两制交朋若相问，为我勤勤多谢之。③

此诗是旧友王评事来陈州探望田锡，二人离别之时田锡所作。全篇按时间顺序，首先回忆与王评事的初次相遇，情真意切；其次写两人再次相逢，短暂的相聚后又面临别离；最后是对未来的期许，寄希望于不久后的相遇。《代书呈苏易简学士希宠和见寄以便题之于郡斋》亦是采用了同样的布局。诗的前半段以叙事为主，首先以回忆开头，讲述自己迁官淮阳的原因，接着以现实和想象两条线展开：一边是自己远离帝乡，空怀一身对帝王的忠心，满眼都是凄凉；一边是想象其他好友在君王身边，为太宗祝寿以及君臣之间相互唱和，全是热闹场面。诗的后半段，则是田锡对苏易简的谆谆叮咛，其用语平淡但生动，仿佛与对面人语。整首诗有叙事，有抒情，全是散文的谋篇手法。

最后，田锡的"以文为诗"还表现在以理入诗。田锡有意识地将说理融入自己的诗歌创作当中，使诗歌的内涵有了极大的提高，如《鬻冰咏》：

> 赫日生炎晖，鬻冰方及时。邀利有得色，冰消俄若遗。两失俱无猜，虽悔安可追。仁惠当务远，勿使失其宜。④

在古代，科技不发达，生产力水平有限，炎炎夏日，人们只有靠冰块消暑，鬻冰便成为古代夏天特有的一项商业活动。田锡却透过卖冰这件日常生活的普

① 田锡 . 咸平集 ［M］. 罗国威，校点 . 成都：巴蜀书社，2008：181.
② 田锡 . 咸平集 ［M］. 罗国威，校点 . 成都：巴蜀书社，2008：193.
③ 田锡 . 咸平集 ［M］. 罗国威，校点 . 成都：巴蜀书社，2008：192.
④ 田锡 . 咸平集 ［M］. 罗国威，校点 . 成都：巴蜀书社，2008：173.

通事件，看到了不同的东西。诗的前四句，描写夏日里卖冰的现象，将卖冰者交易成功的喜悦和冰块很快消融的惆怅刻画得细致入微。接下来的两句，写冰块的消融导致卖冰者财货两失，最终却一无所获，从而得出诗歌的最后两句，即全诗的主旨——"仁惠当务远，勿使失其宜"。整首诗看似是描绘卖冰这一现象，实则是警醒世人不要被眼前的利益所迷惑，诗歌意境也由此得到升华。

田锡的《拟古》十六首当中，很多都是借古事阐释不同的道理。其十："直言如霜刃，卒发伤人意。痛贯丹诚中，无与金疮理。缄恨若瘢痕，终身难弃置。伺隙果报时，遂陷无情地。虽悔安可追，弗反同奔驷。君子慎枢机，言之岂容易。"① 该诗开头运用三个比喻，形象地描绘了直言带给人内心的伤害之深，其后又以驷马难追，形容说出去的话，即便是后悔了也没有办法追回，因而得出"君子慎言"的结论。全诗有理有据，比喻说理，形象生动，非常能打动人心。其十一有"愚朴变浇漓，化之尤费力"②，指出了民风浇漓不费吹灰之力，再次淳化民风却非常艰难。其十五，有"进退存亡间，以智为身藩"③，说明作为臣子，应当知进退，才能保全性命。

田锡以理入诗的表现手法，对苏轼理趣诗的产生不无影响。苏轼为诗，注重"理趣相生"，他的诗歌常常有意识地借写景、记事和咏物阐发道理，给人以启迪，且他的说理充满诗意与情趣，故而被称为"理趣诗"。《琴诗》："若言琴上有琴声，放在匣中何不鸣？若言声在指头上，何不于君指上听？"④ 以及《题西林壁》："横看成岭侧成峰，远近高低各不同。不识庐山真面目，只缘身在此山中。"⑤ 这些都是苏轼理趣诗的代表作，其篇幅短小，借咏物和写景阐释哲理，但又充满生趣，读来只觉和蔼可亲，丝毫没有枯燥乏味之感。

田锡对"以文为诗"的借鉴和合理运用，扩大了诗歌的表现手法和表现内容，为宋代文士发展"以文为诗"提供了可行的借鉴，"以文为诗"逐渐成为宋诗发展的大趋势。及至苏轼，"以文为诗"达到巅峰状态，赵翼《瓯北诗话》称："至东坡益大放厥词，别开生面，成一代之大观。"⑥ 在苏轼的诗歌当中，可谓无物不可入诗，无语不可入诗，宋诗的主要风貌由此形成。

---

① 田锡. 咸平集 [M]. 罗国威，校点. 成都：巴蜀书社，2008：169.
② 田锡. 咸平集 [M]. 罗国威，校点. 成都：巴蜀书社，2008：169.
③ 田锡. 咸平集 [M]. 罗国威，校点. 成都：巴蜀书社，2008：170.
④ 张志烈，马德富，周裕锴. 苏轼全集校注·诗集 [M]. 石家庄：河北人民出版社，2010：2269.
⑤ 张志烈，马德富，周裕锴. 苏轼全集校注·诗集 [M]. 石家庄：河北人民出版社，2010：2578.
⑥ 赵翼. 瓯北诗话 [M]. 霍松林，胡主佑，校点. 北京：人民文学出版社，1963：56.

第三节　各体兼擅的诗歌创作

田锡可谓是宋初萎靡不振的诗坛中少有的佼佼者。从诗歌体裁来看，无论是律诗还是古体诗，田锡皆信手拈来，熟练运用；就诗歌内容而言，写景、抒怀、酬唱，他都能恰到好处，引人入胜；从诗歌风格来看，多种风格他都能轻松驾驭，实属各体兼备之才。

一、体效元白：平易晓畅

田锡入朝之时，正是白体诗在士大夫群体中盛行之时。田锡对元白诗歌的推崇是毋庸置疑的，在赞扬友人诗歌时，田锡往往以元白作比，"狂才意度若元白，满笺灵怪如麟凤"① （《酬陈处士咏雪歌》），田锡曾不止一次地称赞宋白"效元白"的诗歌，如他在《览韩偓郑谷诗因呈太素》中称宋白的诗歌："顺熟合依元白体，清新堪拟郑韩吟。"② 在《寄宋白拾遗》中又云："严吾侍从臣，元白才名子。"③ 在诗歌创作上，他也有意效仿元白之体。

田锡在所作《雉媒》诗中云：

> 东风麦垄青，白日桑阴清。一雉欲媒众，众雉无猜情。五步一饮啄，十步一飞鸣。暗中触骇机，镞发如流星。洞彻羽毛质，低摧锦绣翎。却宛若召客，子常非好兵。谗言既交搆，祸难即随生。齐王听游说，韩信急功名。三军虽罢戍，一命遽遭烹。古来不疑地，悔吝堪相惊。④

此诗明显受元白诗歌创作的影响。元稹曾作《雉媒》，诗中写到被猎人捕获驯养的野雉以自身为媒，诱捕其他同类的行为，从而发出"都无旧性灵，返与他心腹。置在芳草中，翻令诱同族。前时相失者，思君意弥笃"⑤ 的感叹。白居易随后作《和〈雉媒〉》诗，其中有："张陈刎颈交，竟以势不完。至今不平气，塞绝洍水源。赵襄骨肉亲，亦以利相残。至今不善名，高于磨笄山。况此笼中雉，志在饮啄间。稻粱暂入口，性已随人迁。身苦亦自忘，同族何足言？

---

① 田锡．咸平集 [M]．罗国威，校点．成都：巴蜀书社，2008：189.
② 田锡．咸平集 [M]．罗国威，校点．成都：巴蜀书社，2008：136.
③ 田锡．咸平集 [M]．罗国威，校点．成都：巴蜀书社，2008：166.
④ 田锡．咸平集 [M]．罗国威，校点．成都：巴蜀书社，2008：172–173.
⑤ 元稹．元稹集 [M]．冀勤，点校．北京：中华书局，1982：7.

但恨为媒拙，不足以自全。劝君今日后，养鸟养青鸾。青鸾一失侣，至死守孤单。劝君今日后，结客结任安。"①白居易将雉媒为了一己之利残害同族的行为推演到人身上，由古及今，从而劝慰世人应谨慎交友，其中用了张耳与陈余从刎颈之交至反目成仇、赵襄子杀姐夫代王并占其国的典故。田锡所作的《雉媒》则是元白二人诗的结合，诗歌开始写媒雉因利益诱惑同类导致其被捕，随后又以雉及人，针对当时存在的社会现象，借咏史以发自身感慨，指出听信谗言、急于功名带来的危害。其用典更多，短短六句，就用了四个典故，充分体现了田锡的学识渊博与使事自然。

田锡所作的诗也常化用白居易诗歌当中的语句，如"金骨俄轻举，玉霄仍近密"②（《寄宋白拾遗》）即源于白居易《春雪》"大似落鹅毛，密如飘玉屑"③之句。他在《送安仪凤》诗中有"人离湖水南边岸，蝉听槐花北向枝"④之句，与白居易"坐惜时节变，蝉鸣槐花枝"⑤（《思归》）别无二致，其不仅在意象选择上与白居易完全一样，而且在语义上，同样是为了抒发时光飞逝的感慨。

元白引领的唱和之风，也对田锡的诗歌创作产生了一定的影响。田锡的交友圈，不只限于官场同僚，他酬唱的对象范围十分广泛，有入仕前结识的至交，有同朝为官的士大夫，还有为地方官结识的友人及方外人士，可谓无所不包。

在诗歌风格上，田锡亦十分推崇元白平易浅切的诗风。他的许多诗歌，不管是写景，还是抒发自身情感，往往都用语平淡自然，浑然不事雕琢。与其他人学白不同，田锡的这些诗歌虽然平易浅近，但都透着活泼之趣。其中典型的如《送春》：

> 花霏霏，柳依依，留春不住送春归。春归何处堪图画，春尽江南日暮时。黄鹂啼多芳草远，青梅子重杨花飞。人生三万六千日，与君复有明年期。⑥

历代咏春诗歌数不胜数，田锡的这首诗在一众咏春诗里，绝对是出色之作。全诗通俗易懂，但又机趣盎然。诗歌以春天常见之景物——花和柳开头，似乎有些平淡和俗套。紧随其后，田锡以人比物，赋春人格，实在是出人意料。诗

---

① 白居易．白居易集［M］．顾学颉，校点．北京：中华书局，1979：45.
② 田锡．咸平集［M］．罗国威，校点．成都：巴蜀书社，2008：166.
③ 白居易．白居易集［M］．顾学颉，校点．北京：中华书局，1979：13.
④ 田锡．咸平集［M］．罗国威，校点．成都：巴蜀书社，2008：148.
⑤ 白居易．白居易集［M］．顾学颉，校点．北京：中华书局，1979：178.
⑥ 田锡．咸平集［M］．罗国威，校点．成都：巴蜀书社，2008：185.

的最后两句，在诗人与春的约定中结束全诗，表现出作者对春天的喜爱和期待，使朝气蓬勃的春景更添生趣。

再看这首《西楼残月歌》："西楼置酒宾客欢，西楼酒阑夜亦残。汪汪月华如玉盘，酒力不禁明月寒。"① 诗前三句直接描写残夜明月，用语通俗浅白，比喻月亮的喻体都是人常用之物，但最后一句却从侧面描写月夜之寒，使全诗变得生动可感，可谓点睛之笔。

田锡的另一首诗《归去来》，该诗写于田锡五十二岁之时。此时的田锡，人生已过大半，这首诗可以看作是作者对自己前半生的总结和与自己的心灵对话。全篇以第二人称的口吻自我调侃，笑中又带着些许无奈，抱怨中又强调自我排解，通篇近乎白话，其中有"尔今已年五十二，前去七十几多时。尔性虽拙颇好学，尔才虽短颇好诗，文学歌诗之外非乐为"②，完全如乡野长者之间的闲谈，通俗易懂。如果以常规意义上的诗歌标准来判断，其甚至很难称得上是真正的诗。

即使是在与友人的唱和中，田锡也习惯于平淡自然的诗歌风格，其诗《赠朱玄道士》："忆昔长安道，与君初相识。密云满天来，不见南山色。美酒斗十千，一醉情欢然。"③ 诗歌赠予的对象是一名道士，在文化素养上可能不及普通的文士，故田锡的这首诗完全没有深奥的典故以及华丽的词藻，只用平淡的寥寥数语，就生动地描绘出他乡遇故知的喜悦和彼此相见甚欢的场景。

田锡与至交宋白往来诗作《寄宋白拾遗》："醉中别大梁，西归渭水阳。飘然何所似，浮云辞帝乡。归来惊岁晏，怅然增浩叹……伊余重交结，白日贯精诚。黄金一诺重，鸿毛万事轻。微尘弹余冠，清泉涤吾缨。"④（《樽前吟呈宋白小著》）以及《和温仲舒寄赠》："桐江秋水锦鳞肥，闲钓烟波是见机。野步共游芳草径，吟情对启白云扉。醉来拾笔题红叶，睡觉凭栏望翠微。官满替人如未到，兼葭玉树且相依。"⑤ 宋白、温仲舒等人都是当时朝中有名的士大夫。宋白学问宏博，曾数次主持科举考试，预修《太祖实录》，还参加过《文苑英华》的编撰。温仲舒，太平兴国二年（977 年），举进士第二，有吏才，曾位列宰执，与寇准并称"温寇"。二人的文才和诗歌鉴赏能力自不必说，田锡与他们的唱和诗，虽然不如元白唱和那样浅俗易懂，但整体诗风仍是偏向平易，且加上

---

① 田锡. 咸平集［M］. 罗国威，校点. 成都：巴蜀书社，2008：181.
② 田锡. 咸平集［M］. 罗国威，校点. 成都：巴蜀书社，2008：198.
③ 田锡. 咸平集［M］. 罗国威，校点. 成都：巴蜀书社，2008：174.
④ 田锡. 咸平集［M］. 罗国威，校点. 成都：巴蜀书社，2008：166.
⑤ 田锡. 咸平集［M］. 罗国威，校点. 成都：巴蜀书社，2008：162.

偶尔的使事，使诗歌平淡却不失韵味，浅切而又不至于流俗。

二、以李杜为师：沉郁雄浑

田锡效仿白诗，已是不刊之论，然而这并不意味着田锡的诗歌仅仅局限于白体，他的诗歌风格亦不止平易畅达一种，正如他自己所言，"本色诗人百种心"，他的诗歌风格是十分多变的。他在《与宋小著书》中谈及自己创作时的心路历程时写道，"氤氲吻合，心与言会……或依俙于元白，或仿佛于李杜"①，可见，他同样钟情于李白、杜甫诗风。

李白作为盛唐甚至中国诗歌史上不可逾越的高峰，一直受后世的仰慕，而他川籍文士的身份，更使他成为川蜀后辈积极模仿的对象。李白雄浑刚健的浪漫主义诗风，亦是历代诗人争相模拟的范本。所谓"雄浑"，司空图《二十四诗品》释为："大用外腓，真体内充。反虚入浑，积健为雄。具备万物，横绝太空。荒荒油云，寥寥长风。超以象外，得其环中。持之非强，来之无穷。"② 它强调以自然的手法作诗，要求诗歌不仅要有刚健的实质性内容，还必须含有悠远绵长的意境，可以说是诗歌风格的最高境界之一。司空图将其置于二十四诗品之首，足见他对"雄浑"风格的推崇。田锡对诗歌的雄浑之风同样十分欣赏，他在与友人的诗中写道："水国迎凉暑气消，思清吟啸语雄豪。远如海树黄云晚，健比秋风白浪高。"③（《和安仪凤》）他对安仪凤诗歌的用语雄豪、意境悠远给予了很高的评价。不仅如此，在田锡的诗歌创作中，"雄浑"的诗风，亦有体现，如他的边塞诗《塞下曲》：

> 黄河泻白浪，到海一万里。榆关风土恶，夜来霜入水。河源冻彻底，冰面平如砥。边将好邀功，夜率麾兵起。马渡疾于风，车驰不濡轨。尽破匈奴营，别筑汉家垒。拓土过阴山，穷荒为北鄙。天威震朔汉，人心畏廉李。所以龙马驹，长贡明天子。边夫苟非才，怨亦从兹始。④

整首诗气象浑厚、用语奇夸，体现了雄迈奔放的盛大气势，尤其是前半段对边塞风光的描写，实属经典。诗的前四句，将边塞地势之偏僻、环境之恶劣描写得淋漓尽致，"黄河泻白浪，到海一万里""马渡疾于风，车驰不濡轨"四

---

① 田锡. 咸平集［M］. 罗国威，校点. 成都：巴蜀书社，2008：34.
② 杜黎均. 二十四诗品译注评析［M］. 北京：北京出版社，1988：61.
③ 田锡. 咸平集［M］. 罗国威，校点. 成都：巴蜀书社，2008：147.
④ 田锡. 咸平集［M］. 罗国威，校点. 成都：巴蜀书社，2008：166. "天威震朔汉"句"汉"字，四库本作"漠"，根据语义，应以四库本为是。

句，前两句从宏观的角度入手，后两句以细微处着笔，不仅写出了边塞之常态，还为边塞景色增添了气势，堪称妙笔。他的《塞上曲》，同样雄浑奔放，与此诗有异曲同工之妙。

他的《拟古》其一云：

> 棠谿出精金，百炼无余滓。铸得芙蓉剑，灵辉若秋水。陆咨断兕犀，阴亦惊神鬼。照物双影寒，中霄灵气紫。有时风雨至，欲作龙蛇起。海酒与陵肉，宝烛延奇士。酣饮取传观，英图各相视。吐气成虹蜺，将平不平事。大笑荆轲辈，卒如儿女子。①

前人诗写荆轲刺秦王之故事，多半从荆轲之侠义、易水送别之悲凉或者荆轲渐离之厚谊入手，如王昌龄《杂兴》（握中铜匕首），王粲《诗》（荆轲为燕使），阮瑀《咏史诗》（燕丹善勇士），等等。田锡却另辟蹊径，花很长的篇幅叙述荆轲刺秦王所使之宝剑，用语大开大合、奔放奇夸，气势雄浑，将古剑的霸气与不凡显露无遗，两相对比下，反而衬托出用剑之人的平庸。全诗不管是切入角度，还是情感选择，或者是整体气势，都显示出了田锡作诗的独特新颖之处。

再如田锡的《峨眉山歌》：

> 高高百里一屈盘，八十四盘青云端。星辰淋漓泻瀑布，岚楼雪寺五月寒。残阳忽黑雨雹飞，霹雳火著枯杉枝。登临慨然小天下，回时一顾东海涯。细看朝阳初出时，火精转毂百尺围。瞳瞳晓晓浮在水，峨眉朝云已如绮。②

峨眉山作为蜀地名山，古人描写颇多，田锡的这首《峨眉山歌》却体现出了独特的韵味。这首诗以登山人的视角，由下往上，写尽了峨眉山势之巍峨险峻和登顶之后的雄伟气势，以及山顶不同时间的壮丽景色。诗的前十句在整体风貌和具体物象之间跳跃，辅以一日之中不同时辰的峨眉景色，显示出一泻千里、锐不可当的恢宏气势，峨眉山的壮阔瑰丽跃然眼前，颇具李白豪迈奔放的神韵，而后两句笔锋一转，以登顶后看到的景色结尾，彰显了一种静态之美，前面所表现出来的壮丽雄放之态由此戛然而止，仿佛只是回首于梦中，给人一种似幻似真的美好。

田锡出身平民，无祖上余荫，且成长于偏远的蜀地，从小就潜心学殖，立

---

① 田锡. 咸平集 [M]. 罗国威，校点. 成都：巴蜀书社，2008：168.
② 田锡. 咸平集 [M]. 罗国威，校点. 成都：巴蜀书社，2008：183.

志恢复儒道，希冀能步入仕途，实现自己的人生理想。田锡游学期间，远离故土，生活上的困苦和抱负的难以施展，都给他的心理造成极大的压力与痛苦。这段游学经历，也给田锡的人生加上沉郁的底色。田锡幼年时期深受杜甫遗风浸染，前半生相似的人生际遇，以及同样对现实社会的清醒认识和扑救无门，如此种种，造就了田锡对杜甫发自内心的敬仰，因而在田锡的诗歌当中，有许多颇似杜甫风格的作品。

杜甫在《进雕赋表》中云："臣之述作，虽不足以鼓吹六经，先鸣数子；至于沉郁顿挫，随时敏捷，而扬雄、枚皋之徒，庶可跂及也。"① 可见"沉郁顿挫"是杜甫一直追寻的，也是他对自己诗歌风格的整体评价。所谓"沉郁"，指情感的深沉蕴藉；所谓"顿挫"，即诗歌的婉转曲折、抑扬回旋。田锡的很多诗歌都继承了杜诗"沉郁"之传统，这些诗歌，多创作于田锡出蜀之后未出仕之前，如《花雨比下秦中》：

> 雨里飞花片片红，雨微花乱转溟濛。川原何处连天草，帘幕无人半日风。寂寞刘桢新病后，凄迷庄舄苦吟中。可堪更是黄昏景，燕冷莺寒恨想同。②

诗的前半部分主要描写黄昏之景，落花微雨、荒原长风，皆为清冷的意象，为全诗定下沉郁之基调。随后，他以两个典故隐晦地指出自己现在的人生处境，"刘祯新病"隐喻自己体弱多病，"庄舄苦吟"点明自己远离家乡，有难以掩盖的蜀地之思。"寂寞""凄迷"两词的运用，使诗歌的阴郁氛围又进一层。最后一句用"冷燕""寒莺"极具指向性的意象结尾，呼应前文，以己之心度物之情，拟人化的独特写法更是让景色平添了一份凄美。整首诗未有一句直写诗人自己的心理感受，但句句都可以看出诗人的愁绪与哀思，足见田锡的文学功力之深。

《多情》云：

> 多情如病苦难医，头绪多于折藕丝。送客落花行马处，望乡残月倚楼时。忆来几入春深梦，感极翻成酒后悲。大抵为君言不尽，彩笺闲咏合欢诗。③

此诗若从题目来看，大抵是写情人之间的相思，但从内容上来看，亦可看

---

① 董诰，等. 全唐文：卷三五九 [M]. 北京：中华书局，1983：3650.
② 田锡. 咸平集 [M]. 罗国威，校点. 成都：巴蜀书社，2008：132.
③ 田锡. 咸平集 [M]. 罗国威，校点. 成都：巴蜀书社，2008：135.

作朋友之间的离人之思。开篇两句即点题，比喻的运用让离愁更加生动形象。随后两句离别时的场景，"落花""残月"，无不在述说诗人内心的凄凉。"忆来几入春深梦，感极翻成酒后悲"两句，以梦中之思和酒后之感来突出自己的思念，最后两句却突然欲言又止，看似一切尽在不言中，实则心中的感情已经不可抑制地风起云涌。除此之外，《离怀》《醉题红叶》《寄题象耳寺》等，都是田锡"沉郁"风格的代表诗作。

由此可见，田锡"沉郁"诗风的形成，与杜甫所作"沉郁顿挫"的诗歌一脉相承。首先，在意象的选择上，田锡与杜甫一样，皆习惯于清苦、凄冷的意象，通过现实环境的阴郁来渲染自己内心的悲苦。其次，在诗歌结构上，开与合皆出人意料，他们惯于营造跳脱曲折的情感曲线。

三、诗学谢公：清新自然

南朝谢灵运，是我国第一位专注于创作山水诗的诗人，他将自然山水作为独立的审美对象，其山水诗"如初发芙蓉，自然可爱"[1]，备受后人推崇。田锡本人对清新的诗歌作品十分推崇，如"吟成大雅百篇诗，首首清新鉴者谁"[2]（《谢晏公》）。他在诗中提到自己"吟咏狂思学谢公"[3]（《中夜闻泉》），可见其作诗亦是有意识地学习谢灵运，因此，在田锡的诗歌中，亦有不少是清新可爱的诗作，尤其是他描写秋景的诗，绝对可称作同类诗歌中的上品，如《红树》：

> 秋来嘉树色堪攀，红叶沿溪复映山。半露寺楼深崦里，密笼渔舍夕阳间。吟看摇落堆金井，醉赏扶疏对玉颜。水国却疑春野秀，似花幽鸟正关关。[4]

此诗前面四句，诗人用细腻的笔触，描绘出一幅静谧的秋之美景：红叶映山，寺楼半露，以及夕阳下密集的渔舍，无不透露出秋景静美的气息。接着，田锡叙述到自己吟诗、饮酒的行为，营造出一幅人与自然和谐相处的画面，更显秋之恬淡与生活之闲适。最后一句"似花幽鸟正关关"，突来的鸟叫声，以动衬静，营造出一种"鸟鸣山更幽"的气氛，更加映衬出秋之静美。

---

① 李延寿. 南史：卷三四 [M]. 陈苏镇，等标点. 长春：吉林人民出版社，1995：503.
② 田锡. 咸平集 [M]. 罗国威，校点. 成都：巴蜀书社，2008：148.
③ 田锡. 咸平集 [M]. 罗国威，校点. 成都：巴蜀书社，2008：155.
④ 田锡. 咸平集 [M]. 罗国威，校点. 成都：巴蜀书社，2008：157.

《七里滩》云：

> 清泚寒流走白沙，钓台苍翠远嵯峨。隔溪人语穿芳树，旁岸鱼跳落浅莎。几处上源堪涉渡，有时野艇并来过。秋声不尽吟诗意，七里潺湲奈尔何。①

此诗同样以动静结合的方式，写出七里河宜静宜动的美景。白沙、芳树、扁舟，本是写河滩景色时常人惯用的意象，但"隔溪人语穿芳树"这一句，不见其人，只闻其声，为全诗注入生动之趣，可谓神来之笔。

《桐江咏》云：

> 桐溪湛湛见游鳞，摇落枫林绕水滨。秋色数行沙上雁，残阳一簇渡头人。蓝鲜斫竹过深涧，雪吼寒潮入富春。俱是谢公吟咏地，伊余何以继芳尘？②

写富春江的诗人很多，谢灵运有《富春渚》，吴融有《富春》，等等，田锡的这首《桐江咏》算得上是其中的上乘之作。诗歌先从近处着笔，写江中游鳞、水滨落叶。接着，将视线拉远，以"沙上雁""渡头人"为描写对象，其中"一簇"一词以陌生化的量词，形象地描绘了夕阳之下，光与影的配合所带来的奇特效果，用得极妙。前面四句，虽然都是活动的意象，但整体却描绘出一副冷落、静谧的秋之画卷。后面两句笔锋一转，"雪吼寒潮"一句更是以强硬的姿态打破秋之静美，显现了一种势不可挡的动态之景。同样是写富春江潮，田锡这一静一动，远比其他诗人直叙来得精彩。诗歌最后两句，由写景转入怀古，寄予对谢灵运的怀念，让整首诗从单纯的写景中跳脱出来，引人以无限遐想。

田锡的其他山水诗亦有很多可称之处，如"余花飞尽空芳树，落絮繁多满绿苔。"③（《池上》）"春晚落花经雨尽，夜来寒水绕堂流。"④（《言怀》）等。以上可见，田锡在此类诗歌意象的选择上，往往从细微处着笔，出人意料又极尽唯美，实非时人可比。其诗歌语言清新自然，如"出水芙蓉"，使人读来毫无陌生感，完全身临其境。田锡山水诗的"自然"，又与他的白体诗所体现出来的"自然"不同，其遣词用语看似自然、不事雕琢，实则是经过作者深思熟虑、慎重选择后而显现出来的自然之美。此与谢灵运之山水诗可谓一脉相承。严羽在

---

① 田锡. 咸平集 [M]. 罗国威，校点. 成都：巴蜀书社，2008：161.
② 田锡. 咸平集 [M]. 罗国威，校点. 成都：巴蜀书社，2008：160.
③ 田锡. 咸平集 [M]. 罗国威，校点. 成都：巴蜀书社，2008：154.
④ 田锡. 咸平集 [M]. 罗国威，校点. 成都：巴蜀书社，2008：155.

《沧浪诗话》中称谢康乐之诗"精工",意即他呈现给世人自然清新的言辞,实际是经过自己极力锤炼的结果。当然,这也成为后人认为谢诗不及陶诗的重要依据。诗歌中所谓的"精工"是好是坏暂且不论,但田锡山水诗所呈现出来的清新与自然却是不容置疑的,其中字字可见作者的功力和用心。周密在《浩然斋雅谈》中言及田锡的诗歌,称其"中多佳语,'磬韵似烟和烛袅,松声如雨入窗流'、'行色迎秋清似画,别情因景化为诗'、'秋色数行江上雁,残阳一簇渡头人'"①,对田锡此类诗歌极尽赞美,其中所列举的,都是田锡这些清新的山水诗。

需要注意的是,谢灵运的山水诗,往往喜欢在最后引入玄言,从而使诗歌失去纯粹、本真的意味。田锡的这些诗歌在风格上虽颇得谢公之旨,但又摒弃了谢灵运以玄言入诗的特点,完全以吟咏美景为目的,给人以精神上的愉悦与享受。

以上可知,田锡的诗歌,是其所有文体中风格最多样化的一种,也是最能体现田锡文气才情的一种。学白、学杜、学谢等,田锡都能够信手拈来,且并不是一味生硬模仿,而是能够抓住前代大家诗歌的精髓,为我所用,充分体现自己的才气和神思。但不管是哪种风格的诗歌,其都饱含着田锡真挚的情感,而这些不同风格的诗歌所蕴含的多样化情感,与田锡的个人经历和时代环境有很大关系。田锡成长于深受汉唐文化浸染的西蜀,亲历过鼎革的混乱、民生的艰难和盛世的太平,因此,他的诗歌中既有气冲云霄的豪迈,又有清丽哀婉的忧愁;既有对民瘼的急切关怀,又有对闲适生活的恬淡书写。这些复杂多变的情感碰撞在一起,让田锡的诗歌在宋代诗坛中成为不可忽视的存在。田锡之后的北宋士大夫,大多数沉浸于舒适的生活,诗歌多注重理趣的书写和太平社会的描述,现实主义精神再难凸显。其后的南宋士大夫,则面临国破家亡的悲惨境地,他们或随朝廷偏安,诗歌内容多为短暂的享受,或激昂悲恸于国土的沦丧,难有平和恬淡的诗风。从这个层面上来讲,田锡诗歌的多样化,正是时代造就的结果。

---

① 周密. 浩然斋雅谈:卷中 [M]. 邓子勉,校点. 沈阳:辽宁教育出版社,2000:27.

第七章

斯文之先觉，儒道之悬衡——田锡对北宋士大夫群体的影响

田锡对统治者的谏议，正如苏轼所说："今公（田锡）之言，十未用五六也"①（《田表圣奏议序》），统治者对田锡的器重，在一定程度上来说，或许只是为了向整个朝廷及士大夫群体表明最高统治者对直言敢谏、忠君爱国之士大夫的态度和立场。因此，田锡虽有心致力于儒道及王道正统的重建，无奈却不能触碰国家政治决策的核心，进而未能对朝廷的方针大略产生实质性的影响，不得不说是一种遗憾。尽管如此，田锡对当时及后世士大夫的影响依旧是很深刻的。太平兴国三年（978），田锡举进士第二，随后释褐为官，至咸平六年（1003）去世，仕宦之地遍布宣州、相州、睦州、汴京、陈州等地。在其所到之处，他都结交了大批君子士大夫，他以自己的人格魅力，赢得了其他士大夫的尊重与欣赏。② 同时，在其外宦之时，他又积极致力于当地民风的淳化，为地方的文化建设贡献出自己的力量。他以一己之力，为宋初士大夫群体树立了榜样。统治者对田锡的欣赏和表彰，更让其他士大夫看到了得君行道的希望。文人兼政客的身份，让田锡在致力于儒家正统重建的同时，深深地意识到文统对于国家的重要性，他在赋中写道："迨乎《易》之教也，厥旨精微；《书》之训也，俾人贞干。《诗》之教也，致流俗之惇厚；《春秋》之教也，惩贼臣之叛乱。斯乃文之于内者也。万国化之中正，炳然明焕。"③ 因此，他在北宋文统的建构上也付出了不少心力。作为宋初最早意识到宋初文坛所面临的问题的士大夫之一，田锡不仅站在儒学的角度，在尽量避免矫枉过正的基础上提出大量补救时文的文学理论，还身体力行，在自己的诗文创作上一扫五代文坛之浮癖，为北宋诗文革新提供了理论依据和写作范式，对宋代文坛的许多名家亦有着心灵上的启发。

---

① 曾枣庄，刘琳 . 全宋文：第八十九册［M］. 上海：上海辞书出版社，2006：182.
② 田锡的交游情况，详见于雷恩海，杨小红 . 田锡交游考［J］. 北华大学学报（社会科学版）. 2019，20（1）：129-139.
③ 田锡 . 咸平集［M］. 罗国威，校点 . 成都：巴蜀书社，2008：82.

第一节　政治人格：砥砺士风之先驱

一、忠义之风

最高统治者的需要与倡导，自然也就促成了古代士大夫将忠义作为臣子的重要标准。田锡之前的士大夫，多为五代旧臣，他们以贰臣之身份仕于赵宋，本就有负"忠义"二字，更遑论对宋廷尽忠。而田锡的身份却不同，作为宋廷培养的第一代士大夫，田锡的身份更符合忠义观建设中的人物设定，他自入仕开始就以宋廷为效忠对象，没有旧臣一臣事多主的忧虑，他可以理直气壮地对忠义进行大力提倡。同时，田锡时时以儒家士君子的标准要求自己，其形象和行为与在上者要求的忠臣亦十分契合。田锡上书论谏，得到太宗五十万之巨的赏赐，朝野震动，因此有人"好心"提醒他收敛锋芒，田锡回道："事君之诚，惟恐不竭，矧天植其性，岂一赏可夺耶！"①（范仲淹《赠兵部尚书田公墓志铭》）他明确表示自己对帝王的忠诚是其性格使然，并不会因为时人的讥谤而有所退却。帝王对田锡的赏识，使得田锡忠诚之心愈炽："臣所以尝思启沃，上答圣明，每有见闻，必陈章疏，非敢沽直臣之誉，但欲酬英主之知。"② 他一再强调自己并不是为了沽名钓誉，而是为了报答圣上的知遇之恩。

田锡的忠义也得到了统治者的肯定。真宗称其为"忠贤"之臣，并在田锡去世后下推恩诏，"特越常规，以劝忠荩"③（《推恩田锡诏》），对田锡的两个儿子给予封赏，以此表彰田锡的忠义和唤醒其他士大夫的尽忠之心。事实上，在田锡的提倡下，士林的忠义之风确实日炽，并逐渐成为北宋士风中不可磨灭的特征之一。如政坛"不倒翁"冯道以及薛居正等五代入宋之士人对其称道有加，而在田锡之后的北宋士大夫对他却完全是另一种评价。欧阳修称其为"无廉耻者"④。司马光在评价冯道时云："为臣不忠，虽复材智之多，治行之优，不足贵矣。何则？大节已亏故也。道之为相，历五朝、八姓，若逆旅之视过客，

---

① 曾枣庄，刘琳. 全宋文：第十九册［M］. 上海：上海辞书出版社，2006：37.
② 田锡. 咸平集［M］. 罗国威，校点. 成都：巴蜀书社，2008：255.
③ 司义祖. 宋大诏令集［M］. 北京：中华书局，2009：844.
④ 欧阳修. 新五代史［M］. 徐无党，注. 北京：中华书局，2016：691.

朝为仇敌，暮为君臣，易面变辞，曾无愧怍，大节如此，虽有小善，庸足称乎！"① 他明确提出为人臣子要以忠义为先，如果为臣者没有忠义之心，即便是有过人的才智和治世之才，亦不足以称道。他指斥冯道这种没有气节之人，虽然也有一些优点，但和"大节"比起来，都是不值一提的。邵伯温在《邵氏闻见录》中记载一奇事：

> 泸南之长宁军有畜秦吉了者，亦能人言。有夷酋欲以钱伍拾万买之，其人告以："苦贫将卖尔。"秦吉了曰："我汉禽，不愿入夷中。"遂劲而死。呜呼，士有背主忘恩与甘心异域而不能死者，曾秦吉了之不若也。②

其以一飞禽之口，强调了忠义之风和民族气节，可见那时忠义之气已经充盈整个士大夫群体。公忠体国、忠君爱国精神成为宋朝士大夫的普遍政治伦理意识。

在《宋史·忠义传序》中，其亦记载了五代至宋士人的这种巨大变化："士大夫忠义之气，至于五季，变化殆尽。宋之初兴，范质、王溥，犹有余憾，况其他哉！艺祖首褒韩通，次表卫融，足示意向。厥后西北疆场之臣，勇于死敌，往往无惧。真、仁之世，田锡、王禹偁、范仲淹、欧阳修、唐介诸贤，以直言谠论倡于朝，于是中外搢绅知以名节相高，廉耻相尚，尽去五季之陋矣。"③ 作为宋初普通士大夫中的一员，田锡对宋初士大夫精神风貌的改变起到了很大的推动作用，正是由于田锡这代宋初士大夫的不懈努力，宋朝士大夫群体的整体精神面貌得到了极大的改变，忠义之气也得以重新建立。直至靖康之变，奋起勤王、精忠报国的士大夫层出不穷。洎乎南宋，忠义之风在内忧外患的情势下显得尤为突出。即使是到了宋朝灭亡之际，这种士风也未有丝毫减弱。崖山海战，大宋全军覆没，南宋灭亡。陆少夫带着少帝投海自尽，十万忠义之士紧随其后，跳海殉国，谱写了一首宋朝，甚至是中国历史上最为悲壮的忠义之歌。

二、朋党之风

唐朝后期，持续四十年的牛李党争，加重了唐王朝的统治危机。唐文宗曾

---

① 司马光.资治通鉴：卷二百九十一 [M].胡三省，注.北京：中华书局，2011：9643-9644.

② 邵伯温，邵博.邵氏闻见录·邵氏闻见后录 [M].王根林，校点.上海：上海古籍出版社，2012：98.

③ 脱脱，等.宋史：卷四百四十六 [M].北京：中华书局，1985：13149.

感叹，"去河北贼非难，去此朋党实难"①，道出了最高统治者对朋党之争根深蒂固的无可奈何。基于唐朝的教训，宋朝自成立以来，最高统治者对士大夫树党的行为一直是持否定态度的。宋朝关于朋党的记载应始于乾德二年（964年），"先是，去华上章诉居官久次，且言澹及祠部员外郎、知制诰卢多逊等文字肤浅，愿得校其优劣。上即诏澹等与去华偕试讲武殿，命翰林学士承旨陶谷、知制诰高锡等考之。澹所对策不应问，故责"②。状元出身的张去华，自认与张澹、卢多逊等人相比才力非凡，便向太祖请求"校其优劣"，因此太祖诏张澹与张去华二人在讲武殿一试高低。高锡与张澹那时不合，于是就利用这一次考试，伙同陶谷、张去华二人，罢黜张澹之职。然而，该事件只是小股势力的争斗，并没有在朝中泛起大的波澜，张澹成了唯一被贬之人。此时的太祖并没有意识到事件的实质，朝廷大臣也只是鄙薄张去华之为人。高锡一党，以陶谷、高锡为主要人物，经常排挤其他士大夫。时任翰林学士、吏部尚书的窦仪，因为刚直有操守，一直深受太祖的喜爱，太祖"每嘉其有执守，屡对大臣言，欲用为相。赵普忌仪刚直，遽引薛居正及吕余庆参知政事，陶谷、赵逢、高锡等又相党附，共排仪，上意中辍"③。太祖最后放弃以窦仪为相的念头，与陶谷、高锡一党对窦仪的排挤不无关系，主因在于权相赵普的极力阻挠，故而太祖对高锡等人排除异己之事并没有深究，而是主动放弃擢升窦仪。对另一起有结党嫌疑的事件，太祖就没有这样轻易放过："枢密使李崇矩与宰相赵普厚相交结，以其女妻普子承宗，上闻之，不喜。先是，枢密使、宰相候对长春殿，同止庐中，上始令分异之。"④ 与高锡、张去华等人相比，赵普、李崇矩二人同为朝廷重臣，尤其是赵普，在朝中的分量更是举足轻重，他们不可避免地成为太祖的重点关注对象。两人日常生活中的亲密关系已经引起太祖的警惕，两大势家联姻后造成的影响更是不可小觑，赵普、李崇矩二人虽然没有结党的实质性证据，但也足以引起太祖的怀疑，太祖不悦也是情理之中。自唐朝以来，进士皆为知举官门生，这样就形成了强大的利益关系网，晚唐"牛李党争"中的牛僧孺一派即靠这种关系壮大自己的力量。到了宋朝，鉴于前朝旧事，为了避免朝廷官员借知贡举拉帮结派，建隆三年（962）九月，赵匡胤下《及第举人不得谢恩于举官诏》，明令禁止及第举人不得谢恩于举官，诏书中称"既擢第于公朝，宁谢

---

① 刘昫，等．旧唐书：卷一百七十六［M］．北京：中华书局，1975：4554．
② 李焘．续资治通鉴长编：卷五［M］．北京：中华书局，1979：118．
③ 李焘．续资治通鉴长编：卷七［M］．北京：中华书局，1979：182．
④ 李焘．续资治通鉴长编：卷十三［M］．北京：中华书局，1979：289．

恩于私室？将惩薄俗，宜举明文"①，声明及第之人皆为朝廷所选，与知贡举的考官无关，及第者更不能自称为考官门生。

宋太宗对大臣之间交往甚密的现象亦十分反感，深受太宗器重的宋琪就是一个例子："乾德中，左补阙蓟人宋琪为开封府推官，上时尹京，初甚加礼遇。琪与宰相赵普、枢密使李崇矩善，多游其门，上恶之，白太祖出琪知陇州，移阆州。上即位，由护国节度判官召赴阙，程羽、贾琰先自府邸攀附至显要，琪为所中，久不得调。丁巳，上召见诘责，琪拜谢，请悔过自新，乃授太子洗马。"② 那时，太宗尚未即位，在太宗任开封府尹之时，对时任左补阙、开封府推官的宋琪很尊敬，但后来宋琪却因与赵普、李崇矩等大家势族来往过多而遭到太宗的厌恶，不仅如此，太宗还将此事告知太祖，太祖将宋琪贬谪出京。太宗即位后，将宋琪召回，当时，许多潜邸旧臣都受到太宗重用，在朝廷担任要职，而唯独宋琪没有得到任何调任。直到很久以后，太宗才召见宋琪，并当面责骂他依附赵普、李崇矩，宋琪悔过后才得以升迁。

田锡在所应之试《开封府试策第二道》有云，"今国家以文教大兴，古道尽复，若采声华于乡曲，恐渐成朋比之风"③，开封府试策在一定程度上代表了朝廷的主流意识形态，由此可见太祖、太宗对朋比之风是严厉禁止的。雍熙二年（985）科举之时，太宗还特意下诏，令礼部贡院严密监视赴考之举人的一举一动，"勿容朋比，私相授受。犯者永不得赴举"④（《论礼部贡院监视引试举人勿容朋比诏》），意图将朋比之风扼杀在进士释褐之前。

太宗虽然如此谨慎，但是在执政期间，仍然发生了一起比较严重的朋党事件：

> 枢密副使、工部侍郎赵昌言与盐铁副使陈象舆厚善，度支副使董俨、知制诰胡旦皆昌言同年生，右正言梁颢常在大名幕下，故四人者日夕会昌言第，京师语曰："陈三更，董半夜。"有佣书人翟颖者，奸险诞妄，素与旦亲狎，旦知颖可使，乃为作大言狂怪之辞，使颖上之，仍为颖改名马周，以为唐马周复出也。⑤

胡旦与董俨、赵昌言、陈象舆等人结成党羽，臧否大臣，恶意抨击赵普、

① 曾枣庄，刘琳．全宋文：第一册［M］．上海：上海辞书出版社，2006：32.
② 李焘．续资治通鉴长编：卷十九［M］．北京：中华书局，1979：437-438.
③ 田锡．咸平集［M］．罗国威，校点．成都：巴蜀书社，2008：224.
④ 曾枣庄，刘琳．全宋文：第四册［M］．上海：上海辞书出版社，2006：169.
⑤ 李焘．续资治通鉴长编：卷二十九［M］．北京：中华书局，1979：650-651.

卢多逊等大臣，被视为"朋党比周"的代表，最后统统被贬。① 后来，太宗病重，胡旦更是与赵昌言等人谋立楚王元佐为太子，虽然事败，但由此可见，太宗当初的疑虑并不是没有道理的。此次事件直接威胁到了真宗彼时的太子之位，故而给真宗留下了深刻的印象，真宗即位后，也十分留意朝廷中的朋党。咸平二年（999），真宗谓宰相曰："（朕）闻朝臣中有交结朋党、互扇虚誉，速求进用者。人之善否，朝廷具悉，但患行己不至耳。浮薄之风，诚不可长。"② 其于是下诏严禁朋党之风，并令御史台进行纠察。景德元年（1004），真宗在和宰相论政时又言到"唐室朋党，渐不可制，遂至卑弱"③，他认为朋党之争是造成唐朝衰弱的主要原因之一。

五代入宋的士大夫，由于对唐末朋党之争对于朝廷政治的危害有深刻体会，同时，贰臣的尴尬身份更令他们对朋党之事噤若寒蝉。徐铉就多次表明对朋党的反对，"君子之事上也，近之不敢佞，远之不敢怨，受命无二虑，临难无苟免。小人之事上也，远之则憾，近之则比"④（徐铉《君臣论》），他甚至偏激地认为，君子是不会有朋党的，只有小人才汲汲于在朝中结党来巩固自己的权势。其在《持权论》中云："朋党势固，奸邪在侧，人主以不闻过为贤，不违命为治。如是，则赏罚者则朋党之所为，而假手于人主矣。"⑤ 他认为，朋党势力的壮大，不仅断绝了贤臣的上言之路，还会左右君主的各项决定，从而影响整个朝廷的公正。梁周翰上疏谏曰："群臣非有公事，不得于中书候见宰相。"⑥（《群臣非公不得候见宰相奏》）其意在避免私相授受，妨碍政事。其又云："至有两省及它局杂官，请谒往来，动踰晷刻，有司无所弹击，内外相参，清浊一混，惜哉！"⑦（《杂官不得与学士请谒往来议》）他认为，学士掌内厅之书诏，具有极强的保密性，而当时朝廷的杂官却经常与学士私底下会面，即有结党营私、泄露机密之嫌，而有司却不闻不问，实在有失朝廷大体。于是，他提出明确建议，希望朝廷能下旨，禁止杂官与学士之间的请谒往来。可见，梁周翰对于朋党之事，是十分谨慎和忌讳的。

也正是由于以上因素，宋初三朝并没有形成真正意义上的大范围的朋党之

---

① 事见《续资治通鉴长编》端拱元年，《宋史·赵昌言传》亦有记载。
② 李焘．续资治通鉴长编：卷四十四 [M]．北京：中华书局，1979：930.
③ 李焘．续资治通鉴长编：卷五十六 [M]．北京：中华书局，1979：1225.
④ 曾枣庄，刘琳．全宋文：第二册 [M]．上海：上海辞书出版社，2006：210.
⑤ 曾枣庄，刘琳．全宋文：第二册 [M]．上海：上海辞书出版社，2006：211.
⑥ 曾枣庄，刘琳．全宋文：第三册 [M]．上海：上海辞书出版社，2006：234.
⑦ 曾枣庄，刘琳．全宋文：第三册 [M]．上海：上海辞书出版社，2006：234.

争。在上者虽出于统治阶级的利益而极力反对臣子之间的结党之风，部分贰臣出于自身安全考虑而对朋党之事非常忌讳，但丝毫未能影响宋初士大夫群体结交朋友的热情。赵普就曾在与太宗的对话中提道："帝王进用良善，实助太平之理，然于采择，要在得所。盖君子小人，各有党类，先圣谓'观过各于其党'，不可不慎也。"① 赵普的本意在于提醒太宗，用人之时需谨慎判断。从他的话中可以明确知道，当时朝廷，"君子小人，各有其党"，已经有党派的存在了。

以上所谓的"朋党"，都是士大夫私底下心照不宣的存在。自宋朝建立以后，真正在朝中公开提倡树立君子之党的士大夫，田锡应是第一人。他关于朋党的言论给当时及以后的朝廷士大夫造成了深刻的影响。在他的倡导下，宋廷士大夫不再忌讳结党之事，也开始公开讨论朋党之事。田锡的至交好友王禹偁亦有文《朋党论》一篇，其中称朋党自尧舜之时已有之："八元、八凯，君子之党也；四凶族，小人之党也。惟尧以德充化臻，使不害政，故两存之。惟舜以彰善明恶，虑其乱教，故两辨之。"② 以王禹偁所言，朋党能否有裨于时政，取决于君王的察查。他希冀君王能亲君子之党，远小人之党，其用意与赵普相类。然而，对于君子之党，王禹偁并没有过多的阐述。

到了仁宗时期，宋朝所谓的"朋党"正式形成，并逐渐成为宋朝政治的一大特征。庆历四年（1044）：

> 戊戌，上谓辅臣曰："自昔小人多为朋党，亦有君子之党乎？"范仲淹对曰："臣在边时，见好战者自为党，而怯战者亦自为党，其在朝廷，邪正之党亦然，唯圣心所察尔。苟朋而为善，于国家何害也？"③

以上是范仲淹身在两府时，面对宋仁宗"有君子之党乎"的提问，他所作的回答。范仲淹明确指出君子之党是有益于国家的，那时，政敌夏竦将范仲淹、欧阳修、余靖、尹洙等人诬为朋党。针对政敌的欲加之罪，欧阳修奋起反击，他在《新五代史·唐六臣传》中借史实对夏竦等人的做法给予了强烈的抨击，其云："夫欲空人之国而去其君子者，必进朋党之说；欲孤人主之势而蔽其耳目者，必进朋党之说；欲夺国而与人者，必进朋党之说。夫为君子者，故尝寡过，小人欲加之罪，则有可诬者，有不可诬者，不能遍及也。至欲举天下之善，求其类而尽去之，惟指以为朋党耳。"④ 他认为，夏竦等人无非就是以朋党之诬来

---

① 李焘. 续资治通鉴长编：卷二十四 [M]. 北京：中华书局，1979：547.
② 王禹偁. 小畜集：卷十五 [M]. 摛藻堂四库全书荟要本.
③ 李焘. 续资治通鉴长编：卷四十七 [M]. 北京：中华书局，1979：3580.
④ 欧阳修. 新五代史 [M]. 徐无党，注. 北京：中华书局，2016：430.

打击政敌，以达到孤立人主，铲除异己的目的。同时，为支持范仲淹的"庆历新政"，欧阳修还特撰文《朋党论》，并呈于宋仁宗赵祯。文中具体阐述了何为"君子之朋"："所守者道义，所行者忠信，所惜者名节。以之修身，则同道而相益，以之事国，则同心而共济，终始如一，此君子之朋也。故为人君者，但当退小人之伪朋，用君子之真朋，则天下治矣。"① 欧阳修大力提倡"君子之朋"，认为君王只有用"君子之真朋"，才能让天下大治。这篇《朋党论》也被后世视为政论散文的典范。随后，苏轼作《续欧阳子朋党论》，其中更加详细地阐述了君子与小人的根本区别，此文虽是声援欧阳修的，但言辞明显不如欧阳修激烈，其中对小人的看法亦是保其富贵，擢而用之。自此，北宋轰轰烈烈的朋党之争正式开始。其后，围绕着熙宁变法，以王安石和司马光为两派领袖的元祐党争又经历了数十年。可以说，宋代此次党争，持续时间之久，影响士大夫数量之广，亦是前代罕见的。

王夫之在《宋论》中所云："朋党之兴，始于君子，而终不胜于小人，害乃及于宗社生民，不亡而不息。"② 田锡等人主张君子之党的初衷，本是为了捍卫儒道的正统地位，朋党之间本属君子之争，而到了北宋晚期却逐渐演变成各党派为了自己的政治利益互相残害倾轧，甚至置国家大局于不顾。在外敌环伺，国家岌岌可危之时，各党派的士大夫想到的只是如何将政敌打倒，从而对北宋朝廷造成了毁灭性的打击，这些估计是田锡始料未及的。

三、对高昂士风的推动

田锡参政的热情是不容置疑的，在入仕之前，他就已经积极投身于时政，以布衣身份向皇帝上书，极言时事。入仕之后，田锡在仕途上曾几次遇到挫折，他偶尔也会萌生退隐的想法。在知睦州之时，他就曾写下《归去来》一诗来表达自己几欲急流勇退的想法，诗中云："金门玉堂若无分，随分官职胡不归……浮云富贵非尔宜。"③ 其诗与陶渊明《归去来兮辞》"富贵非吾愿，帝乡不可期"④ 的意旨相类，然仔细品味，二者虽都是叙述自己归隐之志，田锡之诗却与陶渊明的大相径庭。陶渊明隐世，是自己主动选择的，而田锡归隐的想法，则源于"金门无分、随分官职"，仕途的挫折、抱负的难以施展，这些是田锡萌

---

① 李焘. 续资治通鉴长编：卷四十八［M］. 北京：中华书局，1979：3581.

② 王夫之. 宋论：卷四［M］. 北京：商务印书馆，1936：72.

③ 田锡. 咸平集［M］. 罗国威，校点. 成都：巴蜀书社，2008：198.

④ 哈尔滨师范大学中文系古籍整理研究室. 陶渊明诗文校笺［M］. 王孟白，校笺. 哈尔滨：黑龙江人民出版社，1985：199.

生退意的唯一诱因。田锡的归隐之志只是一时兴起和感慨，并不是他真正的想法，即使是在被贬谪期间，"恋阙"仍是他所表现出来的主要情怀。在他得君行道之时，归隐的念头就消失了。从田锡的整体政治生涯亦可以看出，他对当时的隐逸之风是很不赞成的。对于归隐，田锡有着自己独特的看法。他与当时的隐士来往密切，且承认归隐之士的志趣高洁，但同时又认为在当时的社会环境下，归隐是不可取的。在凭吊东汉著名隐士严子陵时，他称"白云遗迹今亲到，青史高名不可陪"①（《钓台怀古》）。田锡的这种观点很明显源自孔子的"有道则见，无道则隐"②思想。田锡在诗歌中表达出对归隐行为的理解，但他并不接受这种行为，在与好友同僚的相处过程中，他也时刻释放出这种信号。一方面，田锡劝说有才的归隐之士为国效力，如对他的方外好友陈处士，田锡就不遗余力地游说他出仕："君不闻吾皇在上致太平，地不藏珍天降灵。时闻刺史奏河清，又报诸侯贺景星。君心幸有经纶术，休向江湖隐声迹。云眠雪啸意虽高，争似金銮待赭袍。"③陈处士时常与田锡往来唱和，田锡在诗中亦称赞陈处士为"高人"，虽然田锡对隐士的志气高洁表示欣赏，但他认为，既然有明君在上，有才之人就应该出仕为官，发挥自己的所长，为国效力，施展自己的抱负。于是，他努力劝陈处士放弃隐匿江湖，以自己的才华为国家效力。另一方面，对那些为官不得志想要归隐的人，他极力劝说其留在朝廷为百姓尽自己的一份力，他在《酬桐庐知县刁衎歌》中写道："尝闻水国清辉殿，曾事吴王侍文宴。田园未遂归去来，严子台边知一县。古人穷则善一身，达则惠泽如阳春。一邑生灵如受赐，何须兼济方为贵。金门吏隐能安身，何必弃官为逸人。"④刁衎初仕南唐，直清辉殿，因为很有才气，甚为李煜器重。入宋之后，其授太常寺太祝。刁衎个性高洁，南唐灭亡之后再无出仕之念，于是称疾归隐数年，后来在李昉、扈蒙的勉励下出仕，任桐庐知县。其出宰桐庐，仍无仕进之心，七年都没有任何升迁，"搢绅服其纯澹夷雅，多推尊之"⑤。与刁衎同为南唐旧臣的徐铉，在得知刁衎即将赴任桐庐后，曾作《送刁桐庐序》，其中云："道在于己，事至乃应，诚接于物，令行莫违，弹琴咏诗，角巾蜡屐。推是而往，所至必安。朝市丘壑，复何有异？他日岂失为东方曼倩哉！"⑥同样是劝刁衎"吏隐安身"，

①　田锡. 咸平集［M］. 罗国威，校点. 成都：巴蜀书社，2008：158.
②　孔子. 论语［M］. 杨伯峻，杨逢彬，注译. 长沙：岳麓书社，2018：103.
③　田锡. 咸平集［M］. 罗国威，校点. 成都：巴蜀书社，2008：189.
④　田锡. 咸平集［M］. 罗国威，校点. 成都：巴蜀书社，2008：191.
⑤　李焘. 续资治通鉴长编：卷二十三［M］. 北京：中华书局，1979：533.
⑥　曾枣庄，刘琳. 全宋文：第二册［M］. 上海：上海辞书出版社，2006：177.

徐铉的话语中带有典型的遗臣心态，只愿明哲保身，而不期在任上有任何作为。他在文中，畅想的几乎是刁衎知桐庐之后琴棋书画的闲适、安逸如隐居般的生活，而对刁衎身为县令的政治上的勉励，却只有一句"将惟新之化，抚思乂之俗"① 轻描淡写而过。田锡则不同，他对刁衎不乐出仕的性格自然十分了解，但即使是面对这样一个在政治上不愿有任何作为的人，田锡仍然在诗中劝他不要归隐，而是以吏隐安身，专心治理一方，让一邑的百姓能够受到恩惠。

另外，田锡亦反对士大夫因循守旧，他在《上真宗乞赈给河北饥民》中论及边防之事时称："陆贽云：'贪因循者终有大患。'今若因循不早为谋，则大患至矣。"② 给当时的时政作风以猛烈抨击，他希望真宗能够治理于未乱，显现了他强烈的忧患意识和未雨绸缪的拳拳之心，然而，田锡的谏议却未被帝王采纳。数年之后，田锡的预言终于成真，让人在扼腕之时不得不佩服田锡当时的决断与远见。在考核官员时，田锡也很注重官吏的进取精神。考课虽然有一定的制度和标准，但从考词当中，亦能够看出考课者的倚重点。如在旌德簿刘德元的考词中，田锡写道："无宣省责罚，无市肆赊苛。临莅疲民，庶几奉职。"③ 旌德时为名邑，而刘德元却政绩平平。不求有功，但求无过可能是当时很多官吏的心理状态，田锡却不以为然，并将其考为"中中"。而对于主理"民鲜畏法，狱不暇空"的宣城令毋克温，田锡对其"莅事廉平，既阙佐僚，又兼捕盗"④ 的政绩称道有加，认为他不仅完成了自己分内的工作，还努力完成职责外的其他工作，以期让当地百姓安居乐业，因而田锡将其评为"中上"。

田锡上书言朝廷大体、军国要机，太宗不仅亲自予以回复，还对他进行嘉奖，随后田锡上表以谢，他在章表中称太宗赏赐自己的行为给朝廷大臣带来了十分积极的影响："小臣愚昧，所见寻常，妄言军国要机，朝廷大体，退而恐惧，伏待诛夷。然于忠亮之心，少赎贪饕之罪。岂期圣造特轸皇慈，优降诏书，褒称贱品。仍颁御札，宣示群臣，见皇王鉴烛之明，示天地包容之量。朝廷虽理，而陛下未以为理；黎庶虽安，而陛下未以为安。自此言路洞开，朝纲益整。"⑤ （《谢敕书奖谕上章表》）正如田锡所言，这一标志性的事件，让大臣们看到了太宗的求言若渴，以及其对普通大臣谏言的重视，"自此言路洞开"。田锡以积极参政的心态，不顾被某些士大夫指责有冒进之嫌，以身示范，让其他

---

① 曾枣庄，刘琳．全宋文：第二册［M］．上海：上海辞书出版社，2006：177.
② 田锡．咸平集［M］．罗国威，校点．成都：巴蜀书社，2008：21.
③ 田锡．咸平集［M］．罗国威，校点．成都：巴蜀书社，2008：364.
④ 田锡．咸平集［M］．罗国威，校点．成都：巴蜀书社，2008：362.
⑤ 田锡．咸平集［M］．罗国威，校点．成都：巴蜀书社，2008：242.

人看到了统治者对上言者的鼓励和优待，可谓打开了北宋士大夫进言的大门。端拱二年（989）末，田锡因向太宗上书直言，触怒当朝宰相而出知陈州，田锡赴任之时，他的好友郭忠恕曾作《送田表圣出知陈州》："客里睽离已不堪，何当出守正移骖。孔融在汉人应惮，善感鸣唐罪自甘。义重不嫌身死万，忧深宁忍口缄三。陈州亦是天朝地，好为疮痍雨露覃。"① 他将田锡与汉朝锋芒毕露、好针砭时政的孔融相提并论，对田锡忠义直言的性格表示极大的赞赏。可知，田锡直谏的个性已对当朝部分士大夫产生正面的影响。

田锡在革除宋初因循之弊，振兴北宋士风上所做出的表率，是显而易见且卓有成效的，在田锡等士大夫的共同努力下，最高统治者也逐渐意识到变革士风的必要性。淳化四年（1993）十月，素来深受太祖、太宗器重的李昉和贾黄中被罢本官：

> 先是，上召翰林学士张洎草制，授昉左仆射，罢平章事，洎上言曰："昉因循保位，近霖霫百余日，陛下焦劳惕厉，忧形于色，昉居辅相之任职，在燮调阴阳，乖庚如此，而昉宴然自若，无归咎引退之意……宜加黜削，以儆具臣。"上以昉耆旧，不欲深谴，但令罢守本官，制词仍以"久壅化源，深辜物望"责之。黄中谨厚廉洁，习知台阁政事，后进知名士多出其门，然在中书畏慎过甚，政事颇稽留不决，时论弗许之。②

张洎上书称李昉"因循保位"，难居相位，要求太宗加以黜削，太宗深以为然，但念其年老，不欲深究，故只令罢守本官。曾两次知贡举的名臣贾黄中，在中书时就因为太过谨慎而无所作为，令政事受到迁延，遭到众人的非议，太宗虽然于心不忍，但最终却不得不以"循默守位"为由将其罢守。淳化四年（993），贾黄中出知澶州，太宗还刻意叮嘱他："夫小心翼翼，君臣皆当然，若太过，亦失大臣之体。"③ 从以上事件可以看出，太宗在执政期，已有意于革除太祖朝遗留下来的因循守旧之弊，以激励士大夫积极上进，希望他们能"立功名于盛世"，而时论也由前期对因循持重风气的褒扬变为贬斥，士林风尚由此一变。到了真宗时期，朝中士大夫便开始有了"君子之道暗然而日彰，历试既久，

---

① 北京大学古文献研究所. 全宋诗：第一册［M］. 北京：北京大学出版社，1995：148. 此诗原收录于元代陈世隆所编的《宋诗拾遗》中，作者题为郭忠恕。田锡出知陈州在端拱二年，而《续资治通鉴长编》中又载郭忠恕于太平兴国二年九月卒，故此诗作者存疑。

② 李焘. 续资治通鉴长编：卷三十四［M］. 北京：中华书局，1979：754-755.

③ 李焘. 续资治通鉴长编：卷三十六［M］. 北京：中华书局，1979：799.

自当见矣"① 的自我体认，足见当时士风正在向一个积极的方向发展。

不可否认，高昂士风的不断演进也给宋廷造成了一些负面影响。田锡等人让士大夫群体看到了最高统治者对士大夫的宽容、优待。因而，很多士人为了求得一官半职费尽心思，有些士大夫身居禄位却不懂适时求退。太宗执政期间，士人积极干禄之风已经日炽。真宗咸平元年正月庚辰，审刑院详议官、监察御史韩见素上表请求致仕，韩见素时年只有四十八岁。"上问辅臣曰：'见素齿发尚少，遽求致仕，何也？'……李至曰：'近世朝行中，躁竞求进者多，知止求退者少，若允其请，亦足以激劝薄俗。'"② 真宗听后沉默良久，最后同意了韩见素的请求，并授其刑部员外郎。李至的话说出了当时士风的基本状况，像韩见素这种在壮年时期即生急流勇退之心的士大夫在当时是少之又少的。

另外，北宋士大夫群体谏言之风盛行，很大程度上影响了在上者的决策，然谏言的增多，却并非完全是一件好事。钱穆在《国史大纲》中就指出士大夫好议论政事，谏言不止所带来的不利影响："谏官既以言为职，不能无言，时又以言为尚，则日求所以言者，但可言即言之。而言谏之对象，则已转为宰相而非天子。宰相欲有所作为，势必招谏官之指摘与攻击。于是谏垣与政府不相下，宰执与台谏为敌垒，延臣水火，迄于徽、钦。又文臣好议论，朝暮更张，常为政事之大害。"③ 谏官的势力由此日趋庞大，至北宋后期，台谏竟能与宰相分庭抗礼。宋初两朝统治者对直谏的大力提倡，导致北宋士大夫以屡上谏言为是，这其中，有很多并无任何真知灼见，往往只是为了谏言而谏言，这就导致谏言的无用与反复，让最高统治者无所适从。

第二节　道德楷模：范仲淹与司马光

田锡不仅在北宋士风的变革上起到了很大的推动作用，在北宋士林人格的建构上同样做出了不可磨灭的贡献。他高尚的气节、刚直的个性以及崇高的人格可谓当时以及后世之士大夫的楷模，宋代士大夫群体中，有不少人将田锡视为自己的人生偶像。北宋著名文学家、深受太宗赏识的杨亿，对田锡就倾慕不

①　李焘. 续资治通鉴长编：卷四十三 [M]. 北京：中华书局，1979：915.
②　李焘. 续资治通鉴长编：卷四十三 [M]. 北京：中华书局，1979：908.
③　钱穆. 国史大纲 [M]. 北京：商务印书馆，2010：554.

已，他不仅"博访编联，愿窥阃奥"①（杨亿《上田谏议书》），还四处寻访田锡的作品仔细研读，他主动投文求结交，表明自己"思齐之尤切"，在得到田锡的回信之后更是喜不自胜。杨亿称田锡为"斯文之先觉，实吾道之悬衡"②（杨亿《上田谏议书》），充分肯定了田锡在宋初儒道重建中的道德模范作用。受田锡为人影响至深的，应属北宋士大夫群体中拥有理想人格的两个典范人物、北宋名臣——范仲淹和司马光。

一、范仲淹

大中祥符八年（1015），范仲淹正式步入仕途，距田锡去世仅十年时间，二者可以说是两个时代的人，然而田锡对范仲淹的影响却是极其深刻的。范仲淹曾云，"仲淹幼闻（田公）高风，未尝获游其门"③（《赠兵部尚书田公墓志铭》），并以此为憾事，可见在范仲淹小时候，田锡的声名已经流传甚广，而范仲淹更是自幼时就已经对田锡产生仰慕之心。在范仲淹为官之后，他对田锡的崇拜之情日益增加。

首先，在仕宦经历上，范仲淹和田锡有颇多相似之处。太平兴国六年（981），直史馆的田锡因直言而被贬谪外地。太平兴国八年（983），田锡移知睦州。睦州位于杭州一带，远离中原，位置偏远，属于典型的江南水乡，风景和习俗都异于中原，朝中士大夫大多也是被贬谪，迫于无奈而至此。景祐元年（1034），右司谏范仲淹同样因为上书建议废后触怒仁宗被贬谪至此地。范仲淹当时作诗云："风物皆堪喜，民灵独可哀。稀逢贤太守，多是谪官来。"④（《新定感兴》其一）范仲淹晚田锡数十年为政睦州，对于田锡在睦州任上教化百姓所做出的努力，范仲淹给予了高度评价："至桐庐郡，以吴越之邦归朝廷未久，人阻礼教，邈如也，而公下车，建孔子庙，教人诗书，天子赐《九经》以佑之。自是睦人举孝秀、登搢绅者比比焉。"⑤（范仲淹《赠兵部尚书田公墓志铭》）范仲淹以自己的亲眼所见，肯定了田锡执政睦州后为开启当地向学之风所做出的贡献。范仲淹在此地为官时，曾作《新定感兴》五首，其中有云："山水真名郡，恩多补谏官。中间好田锡，风月亦盘桓。"⑥ 相似的为宦经历，同样的贬谪

---

① 曾枣庄，刘琳．全宋文：第十四册［M］．上海：上海辞书出版社，2006：356.
② 曾枣庄，刘琳．全宋文：第十四册［M］．上海：上海辞书出版社，2006：356.
③ 曾枣庄，刘琳．全宋文：第十九册［M］．上海：上海辞书出版社，2006：37.
④ 北京大学古文献研究所．全宋诗：第三册［M］．北京：北京大学出版社，1991：1891.
⑤ 曾枣庄，刘琳．全宋文：第十九册［M］．上海：上海辞书出版社，2006：37.
⑥ 北京大学古文献研究所．全宋诗：第三册［M］．北京：北京大学出版社，1991：1891.

之地，让范仲淹很容易对田锡产生情感上的共鸣。

其次，在政治人格和道德层面上，范仲淹对田锡也极为崇拜。范仲淹在为田锡所作墓志铭中言："呜呼田公，天下之正人也。言甚危，命甚奇，尽心而弗疑，终身而无违。呜呼贤哉！吾不得而见之。"①（《赠兵部尚书田公墓志铭》）字字可见他对田锡的敬仰，其中对田锡的评价乃是范仲淹"索文于江外"，并"采旧老之言"而作，绝无谀墓之嫌。田锡刚直的性格，直言敢谏的士大夫形象，对范仲淹的政治生涯产生了极大的影响。范仲淹一生以儒道自守，他在《新唐书·儒学上》中说："若乃举天下一之于仁义，莫若儒，儒待其人，乃能光明厥功，宰相大臣是也。"② 他"先天下之忧而忧，后天下之乐而乐"的儒家淑世精神更是影响了数代士大夫。他编撰儒学列传，就是为了宣扬以儒家思想来培养人才，按照儒家的道德标准来为封建统治者选拔人才的为政理念。另外，在范仲淹任职期间，他所表现出来的正直敢言的个性与田锡极其相似。他在《灵乌赋》中以借赞灵乌"宁鸣而生，不默而死"之精神自喻，表达了士大夫应有的正气。范仲淹曾为还政仁宗一事屡次上书太后，在宰相晏殊的"提点"下，他不仅没有收敛和惧怕，反而回信称"事君有犯无隐，有谏无讪，杀其身，有益于君则为之"③（范仲淹《上资政晏侍郎书》），表明自己的忠心与无畏。范仲淹以身作则，对所用之人同样十分重视他们的人格与气节，潘永因在《宋稗类钞》中云："范文正公用士，多取气节，而阔略细故。"④ 在他的倡导之下，北宋士风大变。故而，朱熹对范仲淹极其推重，称其"大厉名节，振作士气，故振作士大夫之功为多"⑤，对范仲淹之于北宋士风建设的功劳给予极大的肯定。《宋史》在论及范仲淹时亦称其"每感激论天下事，奋不顾身，一时士大夫矫厉尚风节，自仲淹倡之"⑥。北宋之士风以田锡为改变契机，及至范仲淹，终于得以全面改变。

二、司马光

司马光（1019—1086），宋仁宗宝元元年（1038）入仕。司马光为人温良谦

---

① 曾枣庄，刘琳．全宋文：第十九册［M］．上海：上海辞书出版社，2006：38.
② 欧阳修，宋祁．新唐书：卷一百九十八［M］．北京：中华书局，1975：5637.
③ 曾枣庄，刘琳．全宋文：第十八册［M］．上海：上海辞书出版社，2006：288.
④ 潘永因．宋稗类钞［M］．北京：书目文献出版社，1985：42.
⑤ 黎靖德．朱子语类：卷一百二十九［M］．文渊阁四库全书本．
⑥ 脱脱，等．宋史：卷三百一十四［M］．北京：中华书局，1985：10268.

恭、刚直不阿，被称为儒学教化下的典范，苏轼评价其"忠信孝友，恭俭正直"①（苏轼《司马温公行状》）。司马光在世之时，士大夫皆以他为人生楷模，"熙宁元丰间，士大夫论天下贤者，必曰君实、景仁。其道德风流，足以师表当世。其议论可否，足以荣辱天下"②（苏轼《范景仁墓志铭》）。后世甚至还将他与孔子、孟子并称为"儒家三圣"。这样的一个近乎完美的人，亦视田锡为心目中理想的士大夫形象，司马光同样称赞田锡为"天下之正人"，足见他对田锡人格的肯定。

司马光在《书田谏议碑阴》中称："光自始学未冠，闻故谏议大夫田公，当真宗践祚之初，求治方急，公稽古以监今，日有献，月有纳，以赞成咸平盛隆之治，私心慕仰，想见其为人。"③ 可见，司马光不仅在青少年时期就对田锡在政治上所表现出来的忧国忧民之意识和行道之自觉精神十分仰慕，而且对田锡为促成太平盛世所做的贡献亦给予极大的肯定。熙宁年间，司马光在机缘巧合下认识了田锡的曾孙田衍，就立即借机向田衍求观田锡的遗文，以期能窥田公思想之一二。

司马光从政后，一心为国为民的淑世情怀与田锡如出一辙。黄庭坚在《祭司马温公文》中称："惟天下信公（司马光）不疑，惟公以天下自任……所进忠贤，拔毛连茹；其去奸佞，迹无遗根。泾渭洞明，凛乎太平之渐。"④ 他对司马光一生以天下为己任的自觉精神和对国家做出的贡献给予了很高的评价。在直谏之事上，司马光也可谓不遗余力。针对宋仁宗立嗣之事，司马光就曾多次进谏，但仁宗都未答复，司马光于是当面谏言，"（仁宗）闻公言，沉思久之，曰：'得非欲选宗室为继嗣者乎？此忠臣之言，但人不敢及耳。'"公曰：'臣言此，自谓必死，不意陛下开纳。'上曰：'此何害？古今皆有之。'因令公以所言付中书。公曰：'不可，愿陛下自以意喻宰相。'"⑤（苏轼《司马温公行状》）在司马光的积极敦促甚至可以说是"步步紧逼"之下，仁宗不得不立即执行。对于一个君主制的封建王朝，立嗣是国之大事，它涉及国家的盛衰、社会和人心的稳定。为了此事，司马光甚至将自己的生死置之度外，可谓达到了儒家士大夫"文死谏"的最高境界，足见司马光对国家的忠心。司马光反对王安石的新法，并非出于一己私利，或是排除异己，最重要的原因是认为新法会伤及百

① 曾枣庄，刘琳．全宋文：第九十一册［M］．上海：上海辞书出版社，2006：429.
② 曾枣庄，刘琳．全宋文：第九十二册［M］．上海：上海辞书出版社，2006：46.
③ 曾枣庄，刘琳．全宋文：第五十六册［M］．上海：上海辞书出版社，2006：266.
④ 曾枣庄，刘琳．全宋文：第一〇八册［M］．上海：上海辞书出版社，2006：169.
⑤ 曾枣庄，刘琳．全宋文：第九十一册［M］．上海：上海辞书出版社，2006：416.

姓的利益，他指斥"不加赋而上用足，不过设法以阴夺民利，其害甚于加赋"①（苏轼《司马温公行状》）。

第三节　文学圭臬：欧阳修与"三苏"

如果站在历史的角度来看，以田锡为代表的宋初士大夫不管是声名还是对后世文坛的影响都比不上宋代中后期的很多文士，但若将范围缩小到宋代文坛，我们不难发现，田锡的文学创作和理论的确影响了大批的北宋士大夫和文坛巨匠。田锡的至交、入仕略晚于田锡的王禹偁在文学观上受田锡影响颇深，王禹偁同样以复古为己任，同样主张文道并重，强调文章"传道而明心"的双重功用，对文学作品亦持有兼容并包的开放心态。范仲淹在《唐异诗序》中云："如孟东野之清苦，薛许昌之英逸，白乐天之明达，罗江东之愤怒，此皆与时消息，不失其正者也。"② 他对多种审美风格的诗歌作品给予宽容的态度。另有仁宗时期进士吴处厚在他所著的《青箱杂记》中提出："文章纯古，不害其为邪；文章艳丽，亦不害其为正。"③ 其对言辞华丽的文章给予了客观的评价。以上二人的这些理论与田锡"艳歌不害于正理"的文学思想可谓一脉相承。司马光在《答孔司户文仲书》中就主张"学者贵于行之，而不贵于知之；贵于有用，而不贵于无用"④，强调为文应有用于世，即经世致用之功能。王安石亦云："且所谓文者，务为有补于世而已矣。"⑤（王安石《上人书》，）他的这个观点与田锡关于文章经世之功能的文论观相比更进一步。倘若要论田锡的文学创作及理论影响至深的，非欧阳修与"三苏"莫属。

一、欧阳修

作为北宋文坛一代盟主、诗文革新的领袖人物，欧阳修的文学观在很大程度上可以说与田锡不谋而合。田锡曾言："锡以是观韩吏部之高深，柳外郎之精博，微之长于制诰，乐天善于歌谣，牛僧孺辨论是非，陆宣公条奏利害，李白、

① 曾枣庄，刘琳．全宋文：第九十一册［M］．上海：上海辞书出版社，2006：423.
② 曾枣庄，刘琳．全宋文：第十八册［M］．上海：上海辞书出版社，2006：394.
③ 吴处厚．青箱杂记：卷八［M］．李裕民，点校．北京：中华书局，1985：81.
④ 司马光．司马文正公传家集：卷六十［M］．四部丛刊本．
⑤ 王安石．王文公文集：卷三［M］．上海：上海人民出版社，1974：45.

杜甫之豪健，张谓、吕温之雅丽，锡既拙陋，皆不能宗尚其一焉。"①（《贻宋小著书》）田锡在文学上有着自己的偏好，其文学创作，亦有意识地模仿韩愈、陆贽、李白等人。苏轼在《居士集叙》中评价欧阳修"论大道似韩愈，论事似陆贽，记事似司马迁，诗赋似李白"②。可见，欧阳修与田锡有同样的文章审美。

在文学理论上，欧阳修与田锡的文学观念有诸多相似之处。在田锡之前的文学家和儒学家，通常将文作为道的附属，他们认为，文学是为政治及道德服务的，相对于道统来说，文统只能居于次要地位。然而，田锡却开创性地提出"文道并重"，为文统的独立创造了条件。至北宋中期，欧阳修将田锡"文道并重"的文论加以发扬，提出"我所谓文，必与道俱"③（苏轼《再祭欧阳文忠公夫人文》）的文学思想，正式将"文"与"道"相提并论。他同样在承认以"道"为基础的前提下，保持"文"的独立性。因此，他对韩愈钦佩有加，认为其是"有道而能文"者。

其次，欧阳修同样视"自然"为文章的最高境界，他在《后汉修孔子庙器碑跋》中云："前汉文章之盛，庶几三代之纯深，自建武以后，顿尔衰薄。崔、蔡之徒，擅名当世，然其笔力辞气非出自然，与夫杨、马之言，醇醨异味矣。"④ 他认为，后汉文章之所以衰薄，是因为"非出自然"，文章要想如前代文章那样纯正厚重，笔力辞气都必须自然。在创作实践上，欧阳修所作之文都是随性由心的，毫无刻意为文之态，非常人可比，故其能成为彼时的文坛盟主。曾巩在与王安石的信中有云："欧公更欲足下少开廓其文，勿用造语及模拟前人，请相度示及。欧云：孟、韩文虽高，不必似之也，取其自然耳。"⑤ （曾巩《与王介甫第一书》）欧阳修所提倡的为文之道，便是不要刻意模仿前人，而要以自然取胜。

欧阳修虽力主矫正时文之弊，却能站在公正、客观的立场看待问题。这一点和田锡"无偏"的文学观一脉相承。田锡在《和宋小著〈杂咏诗序〉》中阐述了自己的为文观念："文贵于才周而识通，通则无偏，周非一途。与其喻而言，十二律在五音，旋相为宫，如环之无端，所以能通天地万物之情也。在六

① 田锡. 咸平集 ［M］. 罗国威，校点. 成都：巴蜀书社，2008：34.

② 曾枣庄，刘琳. 全宋文：第八十九册 ［M］. 上海：上海辞书出版社，2006：181.

③ 苏轼. 东坡全集：卷九十一 ［M］. 摘藻堂四库全书荟要本.

④ 曾枣庄，刘琳. 全宋文：第三十四册 ［M］. 上海：上海辞书出版社，2006：125.

⑤ 曾枣庄，刘琳. 全宋文：第五十七册 ［M］. 上海：上海辞书出版社，2006：248.

籍、子、史、典策、教令、碑铭、箴赞、歌颂、诗赋亦旋相为文。"① "通则无偏"是他所主张的文学创作的原则，而与之相适应的文学观，同样是基于"无偏"的基础上。欧阳修之世，石介、尹洙等人为了恢复古文之道，不惜以偏激的言论抨击时文、指斥文弊，对骈偶之文全盘否定，在当时引起了不小的轰动。对于他们这种矫枉过正的文学态度，欧阳修给予了严厉的批评。他直言石介"自许太高，诋时太过"②（《与石推官第一书》）。欧阳修在《六一诗话》中云：

> 杨大年与钱、刘数公唱和，自《西昆集》出，时人争效之，诗体一变。而先生老辈患其多用故事，至于语僻难晓，殊不知自是学者之弊。如子仪《新蝉》云："风来玉宇乌先转，露下金茎鹤未知。"虽用故事，何害为佳句也。又如"峭帆横渡官桥柳，叠鼓惊飞海岸鸥。"其不用故事，又岂不佳乎？③

欧阳修指出西昆体语言生僻难解，是学者共同的毛病，非西昆诗人独有。同时，他认为杨亿、刘筠、钱惟演等人学识渊博、功底深厚，无论是否用典，都能够写出佳句。他在诗话当中，对钱惟演的诗歌很是欣赏，称钱惟演所作诗歌"好句尤多"。作为诗文革新的领袖，欧阳修不带偏见的诗论见解，充分彰显了他的大家风范。

苏辙云："及公（欧阳修）之文行于天下，乃复无愧于古。"④（《欧阳文忠公神道碑》）他对欧阳修之于北宋文统的构建之功给予了很大的肯定。事实上也是如此，经过欧阳修的传承与发扬，宋之文章得以与古人匹敌。欧阳修因其特殊的身份，大力提倡古文创作须自然，为革除时文之弊提供了解决方法，给当时的文坛指明了方向，并由此掀起了北宋诗文革新运动的高潮。

二、"三苏"

自晚唐起，北方战乱频发，南方地区相对稳定，因此大批士人涌入南方避乱，南方文化逐渐兴起，然北方作为中原文化的发源地，文化发展大不如前，这样的变化自然会引起北方士人的不满。在宋初之时，朝廷士大夫亦有南北之

---

① 吴文治. 明诗话全编：第七册 [M]. 南京：江苏古籍出版社，1997：7498.

② 曾枣庄，刘琳. 全宋文：第三十三册 [M]. 上海：上海辞书出版社，2006：72.

③ 欧阳修，司马光. 六一诗话·温公续诗话 [M]. 克冰，评注. 北京：中华书局，2014：72.

④ 苏辙. 栾城集·后集：卷二十三 [M]. 四部丛刊本.

分。大多数北方士人以中原传统文化为傲，寇准就是其中的典型，他以北人自居，排斥南方士人，并公开宣称"南方下国人，不宜冠多士"①。南方士大夫亦将其视为官场潜规则，南方人陈恕知贡举时为了避嫌，"凡江南贡士悉被黜退"②，南方士人在宋初遭遇的不公正待遇由此可见一斑。

蜀地地处西南，地理位置偏远，亦在北人排斥之列。另外，在田锡之前，蜀地历来被统治阶级视为偏远、文化欠发达之地，朝廷对蜀地文人也并没有应有的重视。宋朝初期，"蜀中士子，旧好古文，不事举业，迨十五年，无一预解名者"③。从太宗朝中期开始，这种情况逐渐发生改变。太平兴国二年（1977年），苏易简中进士，次年，田锡又举进士第二。宋人田况云："益州自太平兴国以来，登进士第者接踵而出。天圣、景祐中，其数益倍，至庆历六年，一榜得十八人，皇祐元年，得二十四人，他州来学而登第者，复在数外。"④（田况《进士题名记》）这其中自然有像张咏这样为官蜀地者的鼓励，但声誉之隆的先辈榜样作用同样不容忽视，尤其是田锡，其可以称作是蜀中士大夫的典范，他正直自守、公忠体国的政治人格亦成为川籍士大夫的标签。田锡在朝廷中的示范作用，也让宋朝最高统治者对川籍士大夫另眼相看。田锡之后，川籍士大夫在朝廷的地位日益显露。到了真宗后期，无论是在政治上，还是在文学艺术上，南方士大夫在朝廷中都逐渐有了自己的一席之地，并大有与北方士大夫群体分庭抗礼之势，川籍士大夫更是以其卓越的政治才干或文学造诣，赢得了最高统治者的倚重，尤其是阆中陈氏一门，出了两个状元、两个丞相，他们极受皇帝优宠，甚至有人称"圣（宋）朝之盛，一家而已"⑤，足见陈氏家族在当时朝中的地位。其中，真宗咸平三年庚子科状元陈尧咨，性刚戾，以气节自任，颇有田锡之遗风。成都范氏家族，亦是田锡之后川籍士大夫群体的典范："熙宁、元丰之际，天下贤士大夫望以为相者，镇与司马光二人，至称之曰君实、景仁，不敢有所轩轾。光思济斯民，卒任天下之重；镇巍然如山，确乎其不可拔。君子之道，或出或处，易地则皆然，未易以功名优劣论也。百禄受学于镇，故其议论操修，粹然一出于正。祖禹长于劝讲，平生论谏，不啻数十万言。"⑥ 范

① 李焘．续资治通鉴长编：卷八十四［M］．北京：中华书局，1979：1920．
② 脱脱，等．宋史：卷二百六十七［M］．北京：中华书局，1985：9202．
③ 江少虞．宋朝事实类苑［M］．上海：上海古籍出版社，1981：749．
④ 田况．儒林公议［M］．张其凡，点校．北京：中华书局，2017：186．
⑤ 刘斧．青琐高议后集：卷八［M］．王友怀，王晓勇，注．西安：三秦出版社，2004：247．
⑥ 脱脱，等．宋史：卷三百三十七［M］．北京：中华书局，1985：10800．

镇、范百禄、范祖禹，皆以正人君子之操守、直言敢谏之个性，被当时士大夫群体视为楷模，尤其是范祖禹，屡上谏言，为人心之所向。蜀中士人群体遂成为朝廷一股不容忽视的力量。川籍士大夫之所以能在政坛取得如此高的成绩，和田锡等川籍士大夫的榜样力量不无关系。

　　洎乎南宋，内忧外患，川籍士人更需要田锡这样的士大夫作为榜样激励士风。宋高宗绍兴年间，洪雅执政者孙诏为了改变当地人口众多但业儒者甚寡的现状，绘田锡像于学宫壁，并将范仲淹所作之墓志铭、司马光所作之碑阴及苏轼所作之《奏议序》书于后，以彰其德行，并称"公（田锡）文章器业，昭昭在图史，其余绪流于载籍，缙绅先生颇能言之"①（孙长民《大司徒田公绘像记》），他希望借田锡的榜样力量来激励当地士人重振儒业。魏了翁任眉州知州时，特地建载英堂，"田公（锡）而下，列于图者二十有六人"②（魏了翁《眉州载英堂记》），表彰田锡等眉州先贤的功绩，以示后学。师从魏了翁、潼川人吴泳在《和张亨泉宴鹿鸣》诗中云："平生湖海独元龙，门作丹梯倚太空。还我蛾眉千顷月，借渠羊角一帆风。文随脚迹机难活，学到源头理自通。何代不生田表圣，诸君切在敏前功。"③ 田锡以进士第二扬名科场及后世，自然是当时川籍士人征战科场效法的前辈之一，吴泳不仅肯定了田锡这样的川籍士人出现的必然性，还将田锡视为自己的人生榜样。吴泳其人，刚正不阿，敢于直言，在南宋奸臣当道、国势衰微之时，他仍能够"正色昌言，力折史弥远之锋，无所回屈，可谓古之遗直"④。"古之遗直"，同样是苏轼对田锡的评价，足见两人性格的相似。另外，被誉为朝中正士、南宋"蜀中四贤相"之一的游似也曾上书，请封谥田锡，以表彰田锡在变革士风方面所做出的努力。宋末理宗时人牟巘本为四川井研人，十二岁时随父迁至湖州，田锡在他的成长历程中也起到了积极的影响，牟巘在《罗汉臣拄笏亭》一诗中称赞高洁之士罗汉臣云："里中表圣公，千载推汲直。"⑤ 他将罗汉臣与田锡相提并论，更将田锡与汉代性格刚直、敢于廷诤的汲黯相提并论，足见牟巘对田锡的尊崇与钦敬。

　　若论受田锡影响最大的川籍士大夫，莫过于"三苏"。苏洵曾云："君子不

---

① 曾枣庄，刘琳．全宋文：第一百九十四册［M］．上海：上海辞书出版社，2006：221．

② 魏了翁．鹤山先生大全集：卷四十一［M］．四部丛刊本．

③ 北京大学古文献研究所．全宋诗：第五十六册［M］．北京：北京大学出版社，1998：35063．

④ 永瑢，等．四库全书总目［M］．北京：中华书局，1965：1306．

⑤ 北京大学古文献研究所．全宋诗：第六十七册［M］．北京：北京大学出版社，1998：41921．

待褒而劝，不待贬而惩，然则史之所惩劝者独小人耳。仲尼之志大，故其忧愈大，忧愈大，故其作愈大。是以因史修经，卒之论其效者，必曰'乱臣贼子惧'。"①（《史论上》）继田锡之后，他严格划清君子、小人的界限。苏轼极称田锡之为人，在《田表圣奏议序》中，苏轼称田锡为"古之遗直"②，其政治人格亦深受田锡影响，《宋稗类钞》有载："东坡性不忍事，尝云：'如食中有蝇，吐之乃已。'又公尝自言：'性不慎言语。与人无亲疏，辄输泻肝胆。有所不尽，如茹物不下，必吐尽乃已。'"③ 苏轼刚直的性格与田锡相比，可谓有过之而无不及。苏轼在仕途上受到的挫折和起伏远甚于田锡，但即使受到外界的不断打压，他仍能够矢志不渝，始终保持着自己正直的性格。苏辙亦是有气节，对朝廷忠诚的士大夫，朱胜非在《秀水闲居录》中记载："黄庭坚，豫章人，善诗律、书法，苏轼荐入馆。仍兼史院，又荐修起居注。而苏辙方秉政，以为庭坚无行，不可。"④ 苏轼自与黄庭坚相识以来，便将其视为知己，与黄庭坚往来非常密切。作为苏轼亲弟弟的苏辙，对东坡与黄庭坚的交情定然是十分了解的，但在朝廷选士之事上，苏辙选择了公正无私，他认为黄庭坚的品行难以胜任官职，以正直大公的态度拒绝了苏轼的举荐。

"三苏"在文学观念上受田锡的影响则更加直接而具体。田锡认为"文以意为主"，强调作文时应以"意"统摄全篇，而苏东坡同样以"意"为作文要诀。葛立方在《韵语阳秋》中记载了苏东坡与友人讨论作文之法，东坡称：

> 儋州虽数百家之聚，州人之所须，取之市而足。然不可徒得也，必有一物以摄之，然后为己用。所谓一物者，钱是也。作文亦然，天下之事散在经子史中，不可徒使，必得一物以摄之，然后为己用。所谓一物者，意是也。不得钱不可取物，不得意不可以明事，此作文之要也。⑤

苏轼认为，文的关键是"意"，作文之时，须先立意，以"意"统摄全篇，才能够做到收放自如。如果没有"意"，则如买货物没有钱一样，货物终不能为己所用。其为文心法，可谓与田锡"文以意为主"的观点一脉相承。

田锡在《送僧归天宁万年禅院》中云："得诗从史阁，扫石向岩扉。"⑥ 其在诗文创作中祖述六经、引史入诗的观点，也深深地影响了苏洵。苏洵在《史

① 曾枣庄，刘琳．全宋文：第四十三册［M］．上海：上海辞书出版社，2006：143.
② 曾枣庄，刘琳．全宋文：第八十九册［M］．上海：上海辞书出版社，2006：182.
③ 潘永因．宋稗类钞［M］．北京：书目文献出版社，1985：456.
④ 李心传．建炎以来系年要录：卷六十二［M］．上海：上海古籍出版社，1992：1061.
⑤ 葛立方．韵语阳秋［M］．文渊阁四库全书本．
⑥ 李庚．天台续集：卷上［M］．四库全书本．

论上》中云："吾故曰：'经不得史，无以证其褒贬'。使后人不通经而专史，则称谓不知所法，惩劝不知所祖。吾故曰：'史不得经，无以酌其轻重'。经或从伪赴而书，或隐讳而不书，若此者众，皆适于教而已。"① 他明确提出经史互资之观点。"三苏"对田锡文论最重要的承袭则是"文法自然"和"风水之论"两个命题。

田锡所提倡的"文法自然"在第五章中已有详细论述，此处不再重复。关于以风与水的意象来论文，田锡可以说是先驱，他在论文专篇《贻陈季和书》中云：

> 锡观乎天之常理，上炳万象，下覆群品，颢气旁魄，莫际其理，世亦靡骇其恢廓也。若卒然云出连山，风来邃谷，云与风会，雷与雨交，霹雳一飞，动植咸恐，此则天之变也。亦犹水之常性，澄则鉴物，流则有声，深则窟宅蛟龙，大则包纳河汉。若为惊潮，勃为高浪，其进如万蹄战马，其声若五月丰隆，驾于风，荡于空，突乎高岸，喷及大野，此则水之变也。非迅雷烈风不足传天之变，非惊潮高浪不足形水之动。②

此段是在田锡进入论文正题之前的引子。其先描绘天之常态，再以风云交会、雷电交加，造成万物变色的骇人场景来描绘"天之变态"，然后描绘水之常态，继以惊涛骇浪、凌风荡空的惊人场面来描绘"水之变态"。同时，田锡又对天、水的非常态产生的条件加以强调，即是风和浪要累积到一定的高度和气势之后方可催生变态情形的发生。田锡通过对天、水皆有常态、变态之时，从而引出文之常态、变态并存的合理性。然而，田锡指出，变态之文的发生亦有其条件，即"失其道则忘返于靡漫"，由此开始阐述自己关于"艳歌不害于正理，而专变与斯文"的文论观点。

另外，田锡在《贻宋小著书》中又明确提出，作文须"随其运用而得性，任其方圆而寓理，亦犹微风动水，了无定文，太虚浮云，莫有常态，则文章之有声气也"③，其以"微风动水""太虚浮云"来形容为文时了无常态、不拘一格的形态，只有随性而为，写出的文章才能够精彩。

苏氏父子，则在田锡的理论基础上，将二者进行结合。首先，他们将"自然"视为创作至文的不二法门。苏洵在《仲兄字文甫说》一文中强调的就是"自然"的重要性，"今夫玉，非不温然美矣，而不得以为文；刻镂组绣，非不

---

① 曾枣庄，刘琳．全宋文：第四十三册［M］．上海：上海辞书出版社，2006：143.
② 田锡．咸平集［M］．罗国威，校点．成都：巴蜀书社，2008：32.
③ 田锡．咸平集［M］．罗国威，校点．成都：巴蜀书社，2008：33-34.

文矣，而不可与论乎自然"①，苏洵认为，"刻镂组绣"一类的东西，虽有着繁复精美的纹饰，但终究不可与自然之美相提并论，只有"自然"才是审美意识形态中的最高境界。苏轼也极力主张文法自然，他在《南行前集叙》中曾言："夫昔之为文者，非能为之为工，乃不能不为之为工也。山川之有云雾，草木之有华实，充满勃郁，而见于外，夫虽欲无有，其可得耶！自少闻家君之论文，以为古之圣人有所不能自已而作者。故轼与弟辙为文至多，而未尝有作文之意。"② 他认为，有雕琢痕迹的文章皆不能算得上是好文章，真正的文章应该随心所发，感情不能自已，喷薄而出，就如自然界的万物一样没有存在感而又真实存在一样。苏轼指出，他和弟弟苏辙在为文时，亦是以自然为宗旨，"未尝有作文之意"。苏辙在《亡兄子瞻端明墓志铭》中评价其兄之文，亦称"公（苏轼）之于文，得之于天"③。可见，"三苏"不仅在理论上倡导"文法自然"，在自己的亲身创作当中，亦以自然为贵。同时，他们将田锡的"文法自然"进行生发，与田锡的"微风动水"论相结合，进行了更详细具体的阐释与发挥，苏洵在《仲兄字文甫说》中云：

> 今夫风水之相遭乎大泽之陂也，纡余委蛇，蜿蜒沦涟，安而相推，怒而相凌，舒而如云，戚而如鳞，疾而如驰，徐而如徊，揖让旋辟，相顾而不前，其繁如縠，其乱如雾，纷纭郁扰，百里若一。汩乎顺流，至乎沧海之滨，滂薄汹涌，号怒相轧，交横绸缪，放乎空虚，掉乎无垠，横流逆折，溃旋倾侧，宛转胶戾，回者如轮，萦者如带，直者如燧，奔者如焰，跳者如鹭，跃者如鲤，殊状异态，而风水之极观备矣。故曰："风行水上涣。"此亦天下之至文也……今夫玉非不温然美矣，而不得以为文；刻镂组绣，非不文矣，而不可以论乎自然。故夫天下之无营而文生之者，惟水与风而已。④

文中描绘了风水遭际时的景象，摧枯拉朽，势不可挡。随后，苏洵指出，为文应如"风水相遭"。风与水之际会在乎天然，行文同样讲求自然、不事雕琢，不期而遇的灵感乍现，便能文思如泉涌，就如江河之上的风水交会，波澜壮阔，精彩纷呈。那些经过雕饰的文章虽然亦有其妙处，却无法与自然之文相提并论。

---

① 曾枣庄，刘琳. 全宋文：第四十三册［M］. 上海：上海辞书出版社，2006：163.
② 曾枣庄，刘琳. 全宋文：第八十九册［M］. 上海：上海辞书出版社，2006：189.
③ 曾枣庄，刘琳. 全宋文：第九十六册［M］. 上海：上海辞书出版社，2006：260.
④ 曾枣庄，刘琳. 全宋文：第四十三册［M］. 上海：上海辞书出版社，2006：162-163.

苏轼亦以行云流水之说喻行文，其云"大略如行云流水，初无定质，但常行于所当行，常止于所不可不止，文理自然，姿态横生"①（苏轼《答谢民师推官书》），他以行云流水来形容为文的最佳状态，当行而行，当止而止，完全出于内心的自然引导，因此，他认为，只有自然之文才可算得上是出彩。

此外，田锡对文学开放、包容的态度，在苏轼的文论观中亦能觅得踪迹。苏轼在与张耒论及王安石时云："王氏之文，未必不善也，而患在于好使人同己。自孔子不能使人同，颜渊之仁，子路之勇，不能以相移。而王氏欲以其学同天下！地之美者，同于生物，不同于所生，惟荒瘠斥卤之地，弥望皆黄茅白苇，此则王氏之同也。"②（《答张文潜县丞书》）苏轼认为，圣人之道，崇尚和而不同，要允许并尊重大家有不同的思想、不同的文风，正如丰美之地，必然是百花齐放、百草丛生。西昆体代表人物杨亿因华丽的文风颇受时人尤其是古文家的诟病，然苏轼却在奏议《议学校贡举状》中云："近世士大夫文章华靡者，莫如杨亿，使杨亿尚在，则忠清鲠亮之士也，岂得以华靡少之。通经学古者，莫如孙复、石介，使孙复、石介尚在，则迂阔矫诞之士也，又可施之于政事之间乎？"③ 不以文风艳丽否定其人，不以通经复古而肯定其人，苏氏对田锡文学观的接受大抵类此。

作为宋代"蜀学"的先导，田锡继承了巴蜀传统文化中有益的部分，同时又根据时代之需要，赋予巴蜀文化新的内容。北宋巴蜀文化以田锡为魁首，经"三苏"的发展，在巴蜀士人的共同努力下，巴蜀终于进入繁荣时期。"蜀学"终成北宋中期的重要学派之一，川籍士大夫也逐渐成为中国古代士大夫群体中极富个性和士人精神的一支群体，这其中，田锡功不可没。

---

① 曾枣庄，刘琳．全宋文：第八十七册［M］．上海：上海辞书出版社，2006：336.
② 曾枣庄，刘琳．全宋文：第八十七册［M］．上海：上海辞书出版社，2006：346.
③ 曾枣庄，刘琳．全宋文：第八十六册［M］．上海：上海辞书出版社，2006：211.

结　语

不可否认，儒道的消长和王朝的兴衰总是紧密相连的，它们又在一定程度上影响着文学的发展。宋初王朝的安定给儒道文化的复兴创造了肥沃的土壤，但儒道重建仍需要领头人，田锡无疑是这场复兴的先导。他一生以卫道者自居，以忠义名节自守，时刻维护儒道的正统地位，自觉担当起一个儒者的社会责任，为宋初儒家正统的重建起到了很好的表率作用。在宋初儒学复兴的政治大环境下，田锡以卓越的见地和正统儒士之精神，积极推动儒学在宋朝的发展。同时，他又以极具前瞻性的眼光和富有探索精神的创作，为宋代文学的发展进行大胆且有效的尝试。

在士大夫人格的塑造上，田锡以身作则，一生都以儒家士君子的标准严格要求自己，给北宋士大夫做出了典范。他以独特的人格魅力和以己及人的热忱，在砥砺士风方面也做出了自己的贡献，为北宋中期士风的高昂创造了条件。田锡自觉地将儒学文化应用于政治实践中，以义理与时务相互关照，可谓开宋代儒学经世精神之先河。田锡继承了杜甫"致君尧舜上，再使风俗淳"的政治理想，在儒道精神长久缺失的时代，他终其一生都致力于修身致君，以期通过自己的努力，重塑儒家正统，建构符合"三代之治"的社会秩序。田锡的清净自守和直言敢谏，对北宋三代帝王均产生了一定的影响。太宗欣赏他直言的个性，不仅对其进行物质上的褒赏，还与田锡以诗歌相唱和，以示对他的看重。田锡去世后，宋真宗追赠其为兵部尚书，并将田锡生平的奏议收藏在漆匣中，田锡的两个儿子也因其余荫改为大理评事，可谓哀荣之至。至仁宗朝，田锡已成为北宋最受士大夫群体敬仰的士大夫，时任翰林学士彭乘在与仁宗的对话中亦称："锡天资骨鲠，不可捷进，故不得大用。然至今天下士人皆称之。"① 田锡殁后，范仲淹为其作墓志铭，苏轼为其奏议作序，司马光亲为其撰神道碑阴，执笔者皆为天下伟人。其声誉之隆，在宋初士大夫中难有与之匹敌之人。

---

① 王应麟．玉海：卷九十［M］．扬州：广陵书社，2003：1654.

在宋初文风凋敝的情形下，田锡在文学创作和文学理论上的革新同样是不容忽视的。田锡对儒道的坚守在文学上亦有所体现，他开始重提文学的经世功能，并提倡崇经重道。文学对于田锡而言，是一种心理补偿，他的豁达、圆通及包容，全部体现在文学创作与理论上。不同于其他古文家的非黑即白，田锡在提倡浅近自然的文风的同时，又以包容的态度看待华美的文学作品，他承认"道"是"文"的基础，但并不因此否认"文"的独立性，他提出的"文""道"并重的观点，显示了传统儒士对文学罕有的重视。他承继了前代的优良文统，在创作上兼取各家之长又能自出机杼，有自己独特的风格。在宋代文学的发展走向并不明朗的情况下，田锡就以敏锐的嗅觉开始了积极的尝试，为宋代文学独立于唐文学之外、建立属于自己的时代特色提供了思路。

田锡一生的精力，都放在道统与文统革新上，实无愧于其在科考之前立志于"左属忠信之櫜鞬，右执文章之鞭弭，以与韩、柳、元、白相周旋于中原"①的初心。田锡承袭了巴蜀文化以及汉唐精神特有的兼容并蓄之传统，以儒学立身，以儒、道思想入文，在政治上的执意坚守和在文学上的融通豁达，使其成为士人心目中拥有完美人格的典范，这或许是他成为宋初士大夫群体中不可忽视的一个重要符号的主要原因。田锡对宋初士风和文学的发展皆有积极的影响，对真宗朝之后的"道学之儒"和"文章之儒"都有非凡的影响力。虽然与之后的许多宋代思想大家和文学大家相比，田锡在学术上缺乏完整的理论体系和系统的变革方法，但正是有了田锡的珠玉在前，才有了北宋中期李觏、范仲淹等人的奋起，儒学得以全面复兴，宋代士大夫阶层主动承担社会责任的意识全面苏醒；才有了欧阳修主导的诗文革新，最终让北宋在政坛和文坛皆迎来了儒学复兴的高潮；才有了川籍士人的盛名在外和名节相高，以及以苏轼为代表的"蜀学"的繁荣。田锡继承了儒家传统的"中庸"之道，他向往三代之治却不否定汉唐文化的积极作用，与北宋后期部分士大夫为了塑造宋型文化而故意贬低汉唐文化成就的做法截然不同。不管是在政治上还是在文学上，田锡都是当之无愧的连接汉唐文化与宋代文化的桥梁。他宛如一粒种子，将汉唐文化传承下来，传播出去，同时，又赋予其宋代特色的新内涵，为宋朝重建儒家正统文化做出了不可磨灭的贡献。

---

① 田锡. 咸平集 [M]. 罗国威，校点. 成都：巴蜀书社，2008：44.

参考文献

（一）著作类

［1］白居易. 白居易集［M］. 顾学颉，校点. 北京：中华书局，1979.

［2］班固. 汉书：卷八十八［M］. 北京：中华书局，1962.

［3］北京大学古文献研究所. 全宋诗：第一册［M］. 北京：北京大学出版社，1991.

［4］毕沅. 续资治通鉴：卷十［M］. 北京：中华书局，1957.

［5］曹学佺. 蜀中名胜记［M］. 重庆：重庆出版社，1984.

［6］查屏球. 从游士到儒士：汉唐士风与文风论稿［M］. 上海：复旦大学出版社，2005.

［7］常璩. 华阳国志校补图注［M］. 任乃强，校注. 上海：上海古籍出版社，1987.

［8］陈邦瞻. 宋史纪事本末［M］. 北京：中华书局，2015.

［9］陈邦瞻. 宋史纪事本末［M］. 北京：中华书局，1977.

［10］陈亮. 陈亮集［M］. 邓广铭，点校. 石家庄：河北教育出版社，2003.

［11］陈善. 扪虱新话［M］. 上海：上海书店出版社，1990.

［12］陈师道. 后山诗话［M］. 北京：中华书局，1981.

［13］陈植锷. 北宋文化史述论［M］. 北京：中国社会科学出版社，1992.

［14］成玄英. 庄子注疏［M］. 郭象，注. 曹础基，黄兰发，点校. 北京：中华书局，2011.

［15］程颢，程颐. 二程集［M］. 王孝鱼，点校. 北京：中华书局，1981.

［16］程杰. 北宋诗文革新研究［M］. 呼和浩特：内蒙古教育出版社，2000.

［17］丁传靖. 宋人轶事汇编［M］. 北京：中华书局，1981.

[18] 董棻. 严陵集：卷三 [M]. 文渊阁四库全书本.

[19] 董诰，等. 全唐文：卷三五九 [M]. 北京：中华书局，1983.

[20] 董仲舒. 春秋繁露 [M]. 凌曙，注. 北京：中华书局，1975.

[21] 杜黎均. 二十四诗品译注评析 [M]. 北京：北京出版社，1988.

[22] 段成式. 酉阳杂俎 [M]. 曹中孚，校点. 上海：上海古籍出版社，2012.

[23] 范晔. 后汉书：卷四十五 [M]. 李贤，等，注. 北京：中华书局，1965.

[24] 范仲淹. 范仲淹全集 [M]. 李勇先，王蓉贵，校点. 成都：四川大学出版社，2002.

[25] 范祖禹. 帝学：卷三 [M]. 杨淮，杨洹，释译. 呼和浩特：远方出版社，1998.

[26] 方回. 瀛奎律髓汇评 [M]. 李庆甲，集评校点. 上海：上海古籍出版社，2020.

[27] 房玄龄. 晋书：第五册 [M]. 北京：中华书局，1974.

[28] 傅璇琮. 唐才子传校笺 [M]. 北京：中华书局，1987.

[29] 葛洪. 西京杂记 [M]. 周天游，校注. 西安：三秦出版社，2006.

[30] 葛立方. 韵语阳秋 [M]. 文渊阁四库全书本.

[31] 龚鼎臣. 东原录 [M]. 文渊阁四库全书本.

[32] 郭允蹈. 《蜀鉴》校注 [M]. 赵炳清，校注. 北京：国家图书馆出版社，2010.

[33] 哈尔滨师范大学中文系古籍整理研究室. 陶渊明诗文校笺 [M]. 王孟白，校笺. 哈尔滨：黑龙江人民出版社，1985.

[34] 何冠环. 宋初朋党与太平兴国三年进士 [M]. 上海：中西书局，2018.

[35] 何光远. 鉴诫录校注 [M]. 邓星亮，邹宗玲，杨梅，校注. 成都：巴蜀书社，2010.

[36] 黄坚选编. 详说古文真宝大全 [M]. 熊礼汇，点校. 长沙：湖南人民出版社，2007.

[37] 惠洪，费衮. 冷斋夜话·梁溪漫志 [M]. 李保民，金圆，校点. 上海：上海古籍出版社，2012.

[38] 慧立. 大唐大慈恩寺三藏法师传 [M]. 北京：中华书局，1983.

[39] 计有功. 唐诗纪事 [M]. 上海：上海古籍出版社，1987.

［40］贾大全，陈世松．四川通史［M］．成都：四川人民出版社，2010．

［41］江少虞．宋朝事实类苑［M］．上海：上海古籍出版社，1981．

［42］姜西良．田锡年谱［M］．北京：北京语言大学出版社，2015．

［43］孔子．论语［M］．杨伯峻，杨逢彬，注译．长沙：岳麓书社，2018．

［44］老子．老子［M］．河上公，王弼，注．严遵，指归，刘思禾，校点．上海：上海古籍出版社，2013．

［45］黎靖德．朱子语类：卷一百二十九［M］．文渊阁四库全书本．

［46］李焘．续资治通鉴长编［M］．北京：中华书局，2004．

［47］李调元．赋话：卷五［M］．北京：中华书局，1985．

［48］李贤．大明一统志：卷一六《池州府》条［M］．文渊阁四库全书本．

［49］李心传．建炎以来系年要录：卷六十二［M］．上海：上海古籍出版社，1992．

［50］李延寿．南史：卷三四［M］．长春：吉林人民出版社，1995．

［51］李之鼎．宋人集［M］．台北：新文丰出版社，1988．

［52］梁启超．新史学［M］．北京：商务印书馆，2014．

［53］刘敞．公是集［M］．文渊阁四库全书本．

［54］刘斧，王友怀．青琐高议［M］．王晓勇，注．西安：三秦出版社，2004．

［55］刘勰．文心雕龙译注［M］．王运熙，周锋，译注．上海：上海古籍出版社，2016．

［56］刘昫，等．旧唐书：卷一百六十［M］．北京：中华书局，1975．

［57］柳诒徵．中国文化史［M］．上海：上海古籍出版社，2001．

［58］鲁迅．汉文学史纲要［M］．上海：上海古籍出版社，2011．

［59］陆游．老学庵笔记：卷六［M］．杨立英，校注．西安：三秦出版社，2003．

［60］吕中．宋大事记讲义：卷四［M］．文渊阁四库全书本．

［61］吕祖谦．宋文鉴：卷四十二［M］．齐治平，点校．北京：中华书局，1992．

［62］吕祖谦．宋文鉴：卷一［M］．四部丛刊本．

［63］罗立刚．史统、道统、文统：论唐宋时期文学观念的转变［M］．北京：东方出版中心，2005．

［64］马令．南唐书［M］．北京：中华书局，1985．

［65］穆克宏．魏晋南北朝文论全编［M］．上海：上海远东出版社，2012．

[66] 欧阳修, 司马光. 六一诗话·温公续诗话 [M]. 克冰, 评注. 北京: 中华书局, 2014.

[67] 欧阳修, 宋祁. 新唐书: 卷十一 [M]. 北京: 中华书局, 1975.

[68] 欧阳修. 归田录 [M]. 林青, 校注. 西安: 三秦出版社, 2003.

[69] 欧阳修. 新五代史 [M]. 徐无党, 注. 北京: 中华书局, 2016.

[70] 潘永因. 宋稗类钞 [M]. 北京: 书目文献出版社, 1985.

[71] 彭百川. 太平治迹统类 [M]. 民国乌程张氏刊本《适园丛书》校玉玲珑阁钞本.

[72] 彭定求, 等. 全唐诗: 卷二百四十六 [M]. 中华书局编辑部, 点校. 北京: 中华书局, 1999.

[73] 浦铣. 复小斋赋话: 卷上 [M]. 文渊阁四库全书本.

[74] 漆侠. 宋学的发展和演变 [M]. 石家庄: 河北人民出版社, 2002.

[75] 钱穆. 国史大纲 [M]. 北京: 商务印书馆, 2010.

[76] 钱易. 南部新书 [M]. 尚成, 校点. 上海: 上海古籍出版社, 2012.

[77] 阮元. 十三经注疏 [M]. 北京: 中华书局, 2009.

[78] 邵伯温, 邵博. 邵氏闻见录·邵氏闻见后录 [M]. 王根林, 校点. 上海: 上海古籍出版社, 2012.

[79] 沈松勤. 宋代政治与文学研究 [M]. 北京: 商务印书馆, 2010.

[80] 释慧皎. 高僧传: 卷五 [M]. 汤用彤, 校注. 北京: 中华书局, 1992.

[81] 司马光. 司马文正公传家集: 卷六十 [M]. 四部丛刊本.

[82] 司马光. 涑水记闻 [M]. 北京: 中华书局, 1989.

[83] 司马光. 资治通鉴: 卷二百八十八 [M]. 胡三省, 注. 北京: 中华书局, 2011.

[84] 司马迁. 史记: 卷二十八 [M]. 北京: 中华书局, 1959.

[85] 司义祖. 宋大诏令集 [M]. 北京: 中华书局, 2009.

[86] 苏轼. 东坡全集: 卷九十一 [M]. 摛藻堂四库全书荟要本.

[87] 苏颂. 苏魏公文集: 卷六十六 [M]. 文渊阁四库全书本.

[88] 苏洵. 苏洵集 [M]. 邱少华, 点校. 北京: 中国书店, 2000.

[89] 苏辙. 栾城集·后集: 卷二十三 [M]. 四部丛刊本.

[90] 粟品孝, 等. 成都通史 [M]. 成都: 四川人民出版社, 2011.

[91] 谭平. 惟蜀有才: 宋代四川人才辈出的文化机理 [M]. 成都: 四川大学出版社, 2013.

［92］田况．儒林公议［M］．张其凡，点校．北京：中华书局，2017.

［93］田况．儒林公议［M］．张其凡，点校．北京：中华书局，1985.

［94］田锡．咸平集［M］．罗国威，校点．成都：巴蜀书社，2008.

［95］脱脱，等．宋史：卷二百六十［M］．北京：中华书局，1985.

［96］汪荣宝．法言义疏［M］．陈仲夫，点校．北京：中华书局，1987.

［97］王安石．王文公文集：卷三［M］．上海：上海人民出版社，1974.

［98］王辟之．渑水燕谈录［M］．北京：中华书局，1985.

［99］王称．东都事略［M］．济南：齐鲁书社，2000.

［100］王夫之．宋论：卷四［M］．北京：中华书局，2011.

［101］王国维．王国维全集［M］．谢维扬，房鑫亮，主编．杭州：浙江教育出版社，2009.

［102］王君玉．国老谈苑：卷二［M］．北京：中华书局，1985.

［103］王楙．野客丛书［M］．郑明，王义耀，校点．上海：上海古籍出版社，1991.

［104］王明清．挥麈后录余话［M］．文渊阁四库全书本．

［105］王士禛．五代诗话［M］．戴鸿森，校点．北京：人民文学出版社，1998.

［106］王水照，朱刚．苏轼评传［M］．南京：南京大学出版社，2004.

［107］王水照．宋代文学通论［M］．开封：河南大学出版社，1997.

［108］王文才，王炎．蜀梼杌校笺［M］．成都：巴蜀书社，1999.

［109］王先慎．韩非子集解［M］．钟哲，点校．北京：中华书局，2013.

［110］王应麟．玉海：卷九十［M］．扬州：广陵书社，2003.

［111］王栐．燕翼诒谋录［M］．诚刚，点校．北京：中华书局，1981.

［112］王禹偁．小畜集：卷十二［M］．摛藻堂四库全书荟要本．

［113］王灼．碧鸡漫志校正［M］．岳珍，校正．成都：巴蜀书社，2000.

［114］魏了翁．鹤山集：卷五十六［M］．文渊阁四库全书本．

［115］魏了翁．鹤山先生大全集：卷四十一［M］．四部丛刊本．

［116］魏泰．东轩笔录［M］．李裕民，点校．北京：中华书局，1983.

［117］文莹．湘山野录：续录·玉壶清话［M］．黄益元，校点．上海：上海古籍出版社，2012.

［118］吴处厚．青箱杂记：卷二［M］．李裕民，点校．北京：中华书局，1985.

［119］吴兢．贞观政要［M］．济南：齐鲁书社，2010.

[120] 吴任臣. 十国春秋 [M]. 徐敏霞, 周莹, 点校. 北京: 中华书局, 2010.

[121] 吴文治. 明诗话全编: 第七册 [M]. 南京: 江苏古籍出版社, 1997.

[122] 吴曾. 能改斋漫录 [M]. 北京: 中华书局, 1985.

[123] 夏君虞. 宋学概要 [M]. 上海: 上海科学技术文献出版社, 2015.

[124] 熊铁基. 汉唐文化史 [M]. 长沙: 湖南人民出版社, 1992.

[125] 徐松, 刘琳. 宋会要辑稿 [M]. 刁忠民, 舒大刚, 校点. 上海: 上海古籍出版社, 2014.

[126] 薛居正, 等. 旧五代史 [M]. 北京: 中华书局, 2015.

[127] 荀况. 荀子校释 [M]. 王天海, 校释. 上海: 上海古籍出版社, 2016.

[128] 扬雄. 扬雄集校注 [M]. 张震泽, 校注. 上海: 上海古籍出版社, 1993.

[129] 杨简. 先圣大训: 卷一 [M]. 文渊阁四库全书本.

[130] 杨伟立. 前蜀后蜀史 [M]. 成都: 四川省社会科学院出版社, 1986.

[131] 杨亿, 陈师道. 杨文公谈苑·后山谈丛 [M]. 李裕民, 李伟国, 校点. 上海: 上海古籍出版社, 2012.

[132] 杨亿. 武夷新集: 卷十一 [M]. 摛藻堂四库全书荟要本.

[133] 叶梦得. 石林燕语: 卷八 [M]. 田松青, 徐时仪, 校点. 上海: 上海古籍出版社, 2012.

[134] 叶适. 水心集: 卷二十三 [M]. 文渊阁四库全书本.

[135] 义净. 大唐西域求法高僧传校注 [M]. 王邦维, 校注. 北京: 中华书局, 2000.

[136] 佚名. 国朝二百家名贤文粹 [M]. 续修四库全书本.

[137] 于慎行. 谷山笔麈 [M]. 北京: 中华书局, 1984.

[138] 余英时. 士与中国文化 [M]. 上海: 上海人民出版社, 1987.

[139] 元稹. 元稹集 [M]. 冀勤, 点校. 北京: 中华书局, 1982.

[140] 岳珂. 桯史 [M]. 吴敏霞, 校注. 西安: 三秦出版社, 2004.

[141] 曾枣庄, 刘琳. 全宋文 [M]. 上海: 上海辞书出版社, 2006.

[142] 张岱年. 中国文化概论 [M]. 北京: 北京师范大学出版社, 2006.

[143] 张栻. 南轩集: 卷二十六 [M]. 文渊阁四库全书本.

[144] 张燧. 千百年眼 [M]. 贺天新, 校点. 石家庄: 河北人民出版社, 1987.

［145］张唐英. 蜀梼杌［M］. 北京：中华书局，1985.

［146］张兴武. 宋初百年文学复兴的历程［M］. 北京：中华书局，2009.

［147］张毅. 宋代文学思想史［M］. 北京：中华书局，2016.

［148］张咏. 张乘崖集［M］. 张其凡，整理. 北京：中华书局，2000.

［149］张志烈，马德富，周裕锴. 苏轼全集校注［M］. 石家庄：河北人民出版社，2010.

［150］张仲裁. 唐五代文人入蜀考论［M］. 北京：中国社会科学出版社，2013.

［151］赵令畤. 侯鲭录［M］. 孔凡礼，点校. 北京：中华书局，2002.

［152］赵汝愚，北京大学中国中古史研究中心校点整理. 宋朝诸臣奏议：卷一四六［M］. 上海：上海古籍出版社，1999.

［153］赵翼. 廿二史札记校正［M］. 王树民，校正. 北京：中华书局，1984.

［154］周密. 浩然斋雅谈：卷中［M］. 邓子勉，校点. 沈阳：辽宁教育出版社，2000.

［155］周密. 齐东野语［M］. 高心露，高虎子，校点. 济南：齐鲁书社，2007.

［156］朱熹. 宋名臣言行录：卷十［M］. 美国哈佛大学汉和图书馆藏清道光元年（1821）洪氏绩学堂刊本.

［157］祝尚书. 宋代文学巴蜀通论［M］. 成都：巴蜀书社，2005.

（二）期刊类

［1］官性根. 论田锡的安民思想［J］. 蜀学，2008（0）.

［2］郭学信. 试论宋代士大夫忧患意识的时代特征［J］. 天津社会科学，2015（5）.

［3］雷恩海，杨小红. 田锡交游考［J］. 北华大学学报，2019，20（1）.

［4］李健. 田锡文学思想的接受问题及其原因分析［J］. 阜阳师范学院学报，1992（2）.

［5］刘培. 论田锡辞赋的新变［J］. 文史哲，2001（4）.

［6］马茂军. 论宋初百年士风的演进［J］. 华南师大学报，2004（4）.

［7］钱逊. 历史上士人的文化担当［J］. 北京日报，2012（2）.

［8］汪国林. 试论宋初直臣田锡白体诗歌创作［J］. 重庆师范大学学报，2015（4）.

[9] 王德毅. 宋代的科举与士风 [J]. 厦门大学学报, 2005 (6).

[10] 阎琦. 论韩愈的以文为诗 [J]. 西北大学学报 (哲学社会科学版), 1983 (2).

[11] 张其凡. 论宋太宗朝的科举取士 [J]. 中州学刊, 1997 (2).

[12] 诸葛忆兵. 范仲淹与北宋士风演变 [J]. 中国人民大学学报, 2006 (5).

[13] 祝尚书. 试论西蜀作家田锡 [J]. 四川大学学报, 1990 (2).

(三) 论文类

[1] 李同乐. 北宋士大夫的政治理想和实践 [D]. 上海: 华东师范大学, 2010.

[2] 梁涛. 田锡文学活动及文艺思想研究 [D]. 成都: 四川师范大学, 2013.

[3] 刘兴亮. 北宋士风研究 [D]. 兰州: 西北师范大学, 2009.

[4] 孙华. 田锡事迹著作编年 [D]. 西安: 陕西师范大学, 2005.

[5] 王凤翔. 五代士人群体及士风研究 [D]. 西安: 陕西师范大学, 2004.

[6] 张胜海. 宋初直臣田锡研究 [D]. 广州: 暨南大学, 2006.